文芸社セレクション

ポムポム

～ボクらの知らない虹色世界～

アルセーヌ・エリシオン
Arsène Elysion

文芸社

目次

第一章　『回る数字』

「！！！っ」

目覚まし時計の容赦ないアラーム音が、現実世界への強制送還を執行する。いつもと違い、びっくりしたせいで、あたふたとアラームを止め、一呼吸置き再び目を閉じたが、もう眠れはしなかった。仕方なく薄っすらと目を開くと、朧《おぼろ》げな視界の中、見慣れた天井が出迎え、そのまま起きるでもなく、二度寝するでもなく、暫く天井に見入っていた。

「暑っちぃ……」

無意識に口を突いて出た言葉だったが、意識してしまったことで暑さに拍車が掛かる。まだ、早朝だと言うのにこれでは少々気が重い。

攻撃的で情熱的、それでいて開放的な独特の雰囲気を纏って毎年それはやって来る。好き嫌いの賛否はあるにせよ、街も人も活気づく季節、夏。

艶やかな秋、淑《しと》やかな冬、麗《うら》らかな春、そして華やかな夏、と言ったところだろうか。思いきり、独断と偏見な上にボキャブラリーが少ないとこうなる。それはいいとして、暑くて賑やか、そして何かしら期待感が溢れる季節というのが一般的な夏のイメージだろう。しかし、ボクにとっての夏は、実は少々苦痛な季節だ。

遡ること十五年前の七月七日、ボクが二歳の時、父さんが他界した。事故だった。初めて家族三人で出かけたキャンプの帰り道、事故で父さんだけ帰らぬ人となったと聞いている。

ボクにはその頃の記憶は疎《おろ》か、父さんに関する記憶もない。写真を見ても、父さんの片鱗すら思い出せない。いつの頃からか、夏になると決まってそのことが脳裏にチラつくようになり、軽い虚無感と焦燥感に襲われるようになった。それが原因かは分からないが時をほぼ同じくして、夢も見るようになった。夏を告げる輪廻する夢を……。

突如訪れる意識を劈《つんざ》くほどの静寂の侵蝕
やがて飲み込まれ同化する無防備の自我
次第に鮮明になる無機質な真っ白い空間
その果てなくどこまでも広大な鏡面のような地平の真ん中に
独り佇む淡い影
感情を表現しないその立ち姿が印象的で
ボクは無感情のままそれに向かってただ寡黙に走っている

そんな夢だ。いかにもなほど、意味深なその夢は、忘れようもないほどの単純な光景と、数えきれないほどの回数を重ね、ボクの脳裏に棲みついている。

今まで、どれだけ走っても『それ』との距離が縮まることはなかったが、最近、少しずつ距離が縮まってきていると感じるようになった。これは、視覚的にではなく感覚的にだ。

独り佇むその影はヒトなのか、それとも人の形をした別のモノなのか。夢を重ねる毎に、より鮮明に、より臨場感が増し、次第に現実味を帯びる感覚の中、期待と不安が入り乱れる。明らかになるのも、そう遠い未来ではないと直感的に感じていた。

そして、ボクにはもう一つ、夏を認識させられる大きな要因がある。他人には秘密にしている不可解な現象がそれだ。小さい頃は、何の疑問も持たなかったが、物心つく頃にはおふくろさまにやんわりと口止めされていたこと。


それは……人に色が点いて見えるという現象。

桜の花のような淡い紅色と藤の花のような薄い紫色。この二つの色のどちらかが何かの拍子に急に色づく。光るというより灯るという感じだ。ぱっと見だと、色の判別と言うよりは暗いか明るいかという微妙な差異だ。見え始めて以来、通年出くわす現象だが、夏だけは自己主張するかのように、より鮮明になる。最近では、例の夢とこの現象で夏の到来を実感するほどだ。

見えるようになったきっかけは心当たりがある。それは、父さんの死。おふくろさまの話によると、事故後、暫くたったある日、何の前触れもなく、ボクがそういうことを口にしたとのことだった。

見え出してから十五年近く経つ今も、ほぼ毎日見る機会がある。ただ、今まで見えることによって、何かの役に立ったことはなく、かと言って何か害を及ぼすようなこともなかった。自分が気にさえしなければ、何の当たり障りもない現象だが、当然、気にならないはずもなく、気になりつつも、気にし過ぎないようになるまでには、おふくろさまとの二人三脚による結構な年月を費やした。空想、迷走を繰り返し、気にしないようにしながらそのことについて考える、そんな矛盾しているような、していないような、ややこしい日々を経て今に至る。

色については今までの経緯で、自分なりの仮説を立ててはいるが、勿論、自信も確証もない。最初は、機嫌とか体調のバロメーターみたいなものだろうかとか考えていたが、どうもそうではなさそうだ、と言うところまでは分かってきた。十五年経って尚、この程度だ。おふくろさまに口止めされた理由も別に特別なことではなく、いつの間にか理解できた程度のものだった。そんなボク独自の不可解な現象が無造作に交錯する季節、それが『ボクの夏』だ。

そんな夏の、まさに昨日。ボクに追い討ちをかける出来事が起きた。世の中は七夕だと言うのに、ボクは望みもしない初体験をした。失恋という名の初体験を……。

「何もよりにもよって今日じゃなくても……」

　初体験だからと言って別にモテる訳ではない。告白されたこともなければしたこともない。そういう意味での初体験だ。しかもこの失恋、告白する勇気がないまま、他の人に先を越されたというよくある臆病な失恋だ。勿論、先に告白したからと言って、良い結果になったという保証も自信もない。そんな、たらればの自分会議をしたところで机上の空論、後の祭りだ。そんな反省やら後悔やらで足取りも少々重い帰り道、それは起こった。

「たかゆき～。ちょっと付き合えっ」

「いいけど、どこ？」

「ちょっとなっ。いいだろ？　どうせ暇なんだろ？」

「失礼なっ」

「何か用があんの？」

「全然ないっ」

「だろっ。ん？　そのバッグ、おニュー？」

「あっ、うん」

「お前、そういう感じの、好きだよな」

「そうか？」

「たまには冒険してみりゃいいじゃんっ」

「オレもいつもそう思うんだけどさ、

いざ、その時になると無難な方を選んじゃうんだよなぁ」

「まぁ、分からんでもないけど」

こいつはよしゆき。数少ない友人の一人だ。ただ、何かと縁がある。幼馴染ではないが、小学三年からの付き合いで、こいつとは本当に必然性を疑う偶然が今まで何度も重なってきた。所謂《いわゆる》、腐れ縁ってやつだ。こいつが男でなければ運命の赤い糸を感じるほどだ。

「しょうがないな〜。付き合えばいいんだろっ」

「よぉ〜しっ、よく言った。それでこそ親友だっ」

親友という言葉が、何だかピンとこなかった。友達と親友の境界線はどこなんだと、ふと疑問に思った。ただ、よしゆきがボクのことを本気で親友と思ってくれているとしたら、よしゆきに悪い気がして、少しの罪悪感が芽生えた。

「はいはいっ。って、あ〜もうっ」

「なんだよっ。びっくりするだろっ」

「また信号にひっかかった」

「はぁっ?」

「よくひっかかるんだよな〜」

「い〜じゃんっ、信号くらい。詐欺とかじゃないんだから。おっ、上手いなオレ」

「いやいや。確実に他の人よりひっかかる確率高いっ。絶対にっ」

「何で分かるんだよっ。それに今、オレも一緒だっただろっ。

って言うかスルーかっ、オレの自信作っ」

「体感かな」

「無視かっ！　しかも体感？」

「そんでもって、急いでる時はほぼアウト」

「ほぉ～、徹底的だなっ」

「今まで、何回もあるんだよっ。家から学校に着くまでの全部の信号にひっかかったことがっ。

　下校時ならまだしもっ、朝だぞ朝っ。時間に制約がある時ほど、結構な確率でひっかかる」

「でしょうねっ。何せお前んちから学校までは信号二つしかないからなっ。

お前の言う結構な確率で出くわすだろ、そんなのっ。ただの被害妄想だっつ～のっ」

「お前も、あ～言えばこ～言う、こ～言えばあ～言う、屁理屈オタクかっ」

「はぁ？　訳の分からん八つ当たりはやめれっ」

「絶対多いしっ」

「気のせい、気のせい」

　そんな他愛のない話をしながら信号待ちをしていたボクらの前を、救急車がサイレンを響かせ通り過ぎた。そのサイレンに驚いたのか、頭上で無数の羽ばたきが聞こえた。いつものように、まじないと共に救急車を見送っていたボクに、よしゆきが怪訝そうに声を掛けてきた。

「たかゆきさ～、救急車好きだよな～」

「はぁ？　そんな訳ないだろっ」

「だって、いっつも凝視じゃんっ」

「普通、目で追うじゃん。あ～いう特殊車両」

「はぁ？　追わんし。あとさ、前から気になってたんだけど、お前何か話しかけてない？」

「あぁ、おまじないだよ」

「おまじない？　どんな？」

「黙秘っ」

「黙秘？　まぁい～やっ。そんで、いつからやってんだよっ」

「ん～、物心ついた時にはしてたかな。理由は覚えてないけど」

まじないの言葉は、別に秘密にする程の事でも無かったが、経緯を含めて、諸々説明するのが面倒だった為、今回はそういうことにした。

「ふ～ん」

「それよっかお前、肩にバクダン落とされてるぞっ」

先ほどのびっくりの名残がそこにあった。

「ん？　うおっ、ほんとだっ」

「ついてないな～お前も」

「な～に言ってんだよっ。お陰で運がついたぜっ。ラッキ～。サンキュ～キャラスッ」

満面の笑みだ。どういう思考回路してるんだ。いろんな意味で興味深い。

「キャラスって、鳩だったろっ」

「クルック～」

素直に認めたのか別にどうでもいいのか、いずれにせよ、このドヤ顔の鳴き真似は明らかにボクに何かを振っている。

「……オレにど～せ～って」

「お前もノリが悪いヤツだな～」

「ノリ?」

「攻めろ、攻めろっ。もっと攻めてこいっ」

「うわっ。うっぜっ」

「うざい言うなっ。その言葉、宇宙一嫌いだって、いつも言ってるだろっ」

「へいへいっ」

「まったく」

そう言いながら、肩に付いた名残を笑顔で拭き取っていたよしゆきが薄紅色に灯っていた。その隣にいたOL風のお姉さんも巻き添えにあったようで、バッグについたそれを丁寧にティッシュで拭き取っていたが、そのお姉さんは薄紫色に包まれていた。

「お前はいいよなぁ～。超ポジティブだもんなっ。いやっ、能天気の方か」

「ネガゆきには言われたくな～いっ」

「ネガゆき言うなっ」

　ネガゆき、誰が最初に言ったのか知らないが、いつのまにか、何かある度にこのあだ名で呼ばれた。因《ちな》みに、自分ではネガティブなのではなく、慎重なだけだと思っていたが、最近、自信がなくなってきた。

「何ならこのポジティブ遺伝子分けてやるぞっ」

「いらんっ」

「あら残念。では改めて教えてやろう。お前も早く拭いた方がいいぞ、それっ。いくらポジティブなオレでもそこは少々凹《へこ》むぞっ」

　そう言って、よしゆきが堂々と指を差した。その指先を辿ると、ボクのズボンのとても人前では拭けない場所にリアルな色とカタチを模《かたど》って滴っていた。

「うわっ」

　もし、周りの人が気付いたら、場所といい、色といい、なんとも元気のいい高校生だと温かい笑いで済ませてくれる……訳がない。完全に猥褻物陳列予備軍に振り分けられる。

「はぁ～。まじ、最っ低」

　流石にこれで、人前を堂々と歩く度胸もポテンシャルもないボクは、よしゆきを壁にして丹念に拭き取った。案の定、瑞々《みずみず》しさこそなくなったが跡はしっかりと残った。

「ん～。やっぱ跡が残るなぁ」

「ほらなっ。やっぱりオレの方がついてないだろっ」

「いやいやっ。ちゃんと付いてるじゃんっ」

「やかましっ」

「気の持ちよう、気の持ちようっ。良かったじゃんっ。お前にも運がついたってことだろっ」

「場所を選んで欲しいわっ」

「確かにっ、そこは否定せんっ。流石《さすが》にそれじゃ～堂々と歩けんわなっ」

「当たり前だっ。こんなので歩けるポテンシャルなんぞ持ち合わせていないっ」

「だよな～。でも、お前の場合、場所云々じゃなくて、落とされたこと自体が既に不幸みたいなもんだもんな～。しょうがない、一人で行くかっ」

「是非そうしてくれっ。って言うか、どこ行く気だったんだよ?」

「明日さっ、あやの誕生日なんだわっ。ちょこっとプレゼントをなっ」

「何でもっと早く買わないいんだよっ」

「いやっ、もうモノは決めてるんだよ」

「じゃ～何でオレが行く必要があるんだよ?」

「こっぱずかしいって言うか……」

「おいおいっ。下着とかじゃないだろ～なっ」

「そんな訳ないだろっ。ドン引きされるわっ」

「だよな～。でっ？　何にしたんだ？」

「あいつ花が好きだからさ～、
花を色々調べてたらブリザードフラワーってやつがあってさっ。これだっ！　ってな」

「どんな花だっ。吹雪いてんぞっ。プリザーブドフラワーだろっ。でもあれ結構するぞ」

「プリザーブド？　何だそれ？

しかも、そう、そうなんだよっ、高いんだよっ。って、何でお前知ってんのっ？」

「おふくろさまが好きでさっ。父さんの影響らしいけど、家にもいくつかあるよ」

「へぇ～、そっかぁ。オレ値札見た時、思わず二度見したもんなぁ。

まぁでも、結構気に入ったのがあってさ、なんとか手持ちとバイト代合わせれば足りそうだったから、バイト代出るまで取り置きしてもらってるんだよ。

そんで、昨日バイト代が出たから、ぎりぎりの今日ってわけさっ」

「でっ、花屋に独りで行くのはこっ恥ずかしいと」

「ま～なっ」

「まぁ、オレらの年齢じゃ、ちょっと入りづらい場所のひとつだよな～。

やっぱ行こうか？　一緒に」

「ははっ。さんきゅっ。気持ちだけもらっとくわっ。

流石に、それで付き合わせたら罰当《ばちあ》たりそうだしなっ」

「ははっ。罰は当たんないだろっ。特にお前の場合。それより、まじでいいのか？」

「あぁ、い～よっ」

「そっか。きっと喜ぶよ、あやちゃん」

「だといいけどさっ」

「大丈夫だよっ」

「あんがとよっ」

「じゃ～、気をつけて行けよ」

「あぁ。お前も気をつけてなっ。じゃ～また月曜日っ」

「おうっ。月曜日ノロケ話聞いてやるよっ」

「ははっ。じゃ～なっ」


そう言って、嬉しそうに手を振って横断歩道を小走りに駆けて行くよしゆきが心底羨ましかった。あのポジティブさが欲しいと心から思った。しかも、彼女にプレゼント。そんな素敵な悩みを抱えてみたいもんだ。こっちは、このバクダン痕の悩みが関の山だ。街中は避けられたとしても家までの道のりがある。ホントついてない。そう思った瞬間、二つの悪夢が蘇った。失恋という悪夢とバクダン痕の悪夢が入り乱れる中、バクダン痕の悪夢対策が先だと左脳が判断した。……いや、右脳が……、どっちでもいいか。自分でも時折、可哀想になる知識と思考回路で色々考えた末、カバンをしおらしい女子高生のように、前で持ちながら歩いた。そうしながらも少しは男っぽく見えるようにとか、そんな自分会議をしながらいつもの見慣れた、しかし色褪せた景色の中を歩いていた。

夕方だというのに陽射しも蝉も容赦のない中、肩を落として歩いていたであろうボクの横を、赤い自転車に乗って、風を纏った女の子が心地よい風と共にすり抜けた。ボクの目は何の感情も持たないまま自然と彼女を追った。と、次の瞬間、不意にボクは彼女の引力に引き寄せられた。右肩に提げていたショルダータイプのサイドバッグごと右半身を持っていかれるような感覚が、実はリアルに持っていかれたことに気付くのに一秒もかからなかった。脱力全開で歩いていた為、肩からひっぱり落とされるバッグを握りとめることができるはずもなく、あっさりと持ち去られ、落ちたバッグはコンクリートの地面を滑った。どうやら彼女の自転車にニケツしていた傘がボクのサイドバッグをひっかけたようだ。昨日買い替えたばかりのお気に入りのバッグだったのに、今日はとことんだ。

気付いた彼女は、すぐさま自転車を止め、ボクのサイドバッグを抱え上げると、丁寧に汚れを落としながら小走りにボクに近寄ってきた。

「ごめんなさいっ。怪我しませんでした？」

「うん。大丈夫っ」

「これっ、傷が……。ごめんなさいっ、弁償しますっ」

新品感全開のバッグにあまりにも新鮮味を帯びた傷が目についたようだ。

「いいよ、いいよっ。どうせいつかは傷も付くし汚れるから。気にしなくてい～よっ」

「えっ。でもぉ……」

「ほんとっ、大丈夫。それよりキミの方は大丈夫？」

「私？　私は全然……」

彼女の反応を見た瞬間、間抜けな質問をしたことに気付いた。

「傘の柄がたまたま外を向いてたんだね。ボクがついてなかっただけだから、気にしないでっ」

「でもぉ」

「ほんといいよ。バッグの傷は別に気にならないし、それに、ほらっ怪我もしてないからっ」

勿論、内心いろんな意味で凹んでいたが、努めて明るく振る舞った。八方美人の悲しい性だ。ただ、一貫してバッグは定位置に確保する変な冷静さは失ってはいなかった。これも、小心者の徳だろうか。

「本当にごめんなさいっ」

「うん」

そう言うと彼女は深々と頭を下げ、また自分の自転車まで小走りで戻り、ハンドルを握ると振り返ってまた軽く頭を下げて自転車に跨《またが》ると、そのままゆっくりと滑らせた。ボクは軽く手を振って気付いた。

「あっ……」

もしかして今の、神様がくれた細《ささ》やかなチャンスだったんじゃ……。このきっかけをふいにするなんて。まったく、ついてない。

そんな感じで二度落ちしていると、さっきの彼女が、ボクの六〜七メートル先で急に停まって前を歩いていたお婆ちゃんに声を掛けた。二言三言、言葉を交わすと、お婆ちゃんの手荷物を受け取り自分の自転車の前籠に入れて自転車を押して横を歩いた。雰囲気からすると知り合いではなさそうだ。そのままチャリンコターボで優しいひったくりの成功だ。こんなことを考えてる自分を客観視するだけで、自分が荒んでいるのがよく分かる。普通なら、少なからず感動まではしないまでも感心の一つくらいはしただろうに。それとも、本当は性根が悪いのだろうか。軽い自己嫌悪がさらにテンションを下げた。

そう、たかが臆病な失恋で、『それくらいのこと』でボクの人格は瞬時にこうも変わる。人格とは少々大袈裟だが……と、また自分会議に入るところだった。いや、既に入っていたか。

次第に目の焦点が合ってきた中、先ほどの光景がまだ、親切が保全された状態でそこにあった。そんな光景すら、その時のボクには色褪せた景色の一つに過ぎなかったが、次の瞬間、ボクの目はその二人に釘付けになった。

「ん？　……なんだ……あれ」

前を歩くその二人の頭上に、それぞれ数字が浮いていた。一瞬、思考が停止したが、今までの経験の賜物《たまもの》だろうか、割とすぐに冷静さを取り戻せた。

ボクは、極度にびっくりすると、いつも変な自制心が働く。本音を言えば、勿論、頭の一部はパニックだが、根本的な疑問や現実から目を逸らそうとするあまり、半ば強制的に冷静に目の前の状況だけを把握しようとし、他人事のように客観視して分析を始める。そう言えば、聞こえは良いが、実はただの現実逃避だ。

改めて見ると、二人の頭上には、淡い紅色の数字と、薄い紫色の数字が表裏一体となってゆっくりと回っている。薄紅色の数字は、温かみのある心地よさを感じるのに対し、薄紫色の数字は、軽い不快感のようなものを感じたが、色自体も色の印象も今までとは変わらない。ともあれ、その数字がいつ出現したのか分からないが、数字という認識できるモノが、見たこともない光景としてそこに存在している。今までは、人そのものが色付いて見えていたが、それ以外の変化はこの時が初めてだった。

「なんだ、あの数字」

お婆ちゃんの上には薄紅色の数字が72、薄紫色の数字は38。女の子の上には薄紅色の数字が42、薄紫色の数字は17と、はっきりと視認できる。

ボクの思考回路が失恋モノクロモードから切り替わるには十分過ぎる出来事だった。しかし、驚いたのはそれだけではなかった、数字が現れて数秒後、お婆ちゃんの薄紅色の数字が重厚感のある金属的な音を従えて71に変化し、同時にお婆ちゃんの胸の辺りから、空色をした柔らかそうなま～るっこい小人のような物体が、ポムッという小気味良い音と共に現れた。正確には、そう聞こえた気がしただけだ。そしてそのまま、ポテンッと地面に落ちて二、三回軽く跳ね、可哀想なことに最終形態はうつ伏せになってしまった。暫くしてモソモソと動き出し、そのままゆっくりと立ち上がり、体についたホコリをポフポフと払うと、溜息を一つついた後、辺りを見回した。やはり、確実に生命体だ。未確認生物だから、いわゆるUMAだ。しかし、畏怖《いふ》は微塵も感じなかった。その生命体は、それからほんの数秒後、意を決したかのように、どこへともなくポテポテと走り去っていった。ボクはそのお婆ちゃんのお迎えの瞬間を見てしまったのかと固唾《かたず》を飲んだが、お婆ちゃんが健在なとこを見るとそうではなかったようだ。

「妖精？」

そんなことを考えていた矢先、今度は女の子の薄紅色の数字がやはり金属音を伴って43に増えた。しかし、その時は、あのUMAが現れることはなかった。数秒後、二人の頭上の数字は何事もなかったかのように周りの景色に溶け込むようにス～ッと消えた。ハッとして自分の頭上を見上げたが、期待虚しく数字は浮いてはいなかった。周りにいた他の人達にも目を走らせたが、誰一人、数字が浮いてる人は勿論、色付いている人も、今の現象に気付いた人もいないようだった。

「何だったんだあれ」

あまりの出来事に、ただただ呆然となったが、正気に戻ったところでその二人に声を掛ける勇気などあるはずもなく、暫くの間、その場に立ち尽くしていた。仮に声を掛けることとができたとして、説明すれば聞いてはくれただろうが、ただの可哀想な人か不審者として片付けられそうだと自制心が働いた。昔からそうだ、自分を守るのに一生懸命だった。傷付くのが怖いから、恥をかくのが怖いから、自分から率先して何かに飛び込むようなことは絶対になかった。と、いつものように自分会議で瞬時に楽な結論を出すと、談笑しながら交差点を左折した彼女らを見送り、ボクはその交差点を直進して家路へとついた。

こうやって、今までもいろんなことから逃げてきた。こんな不思議なことがあって尚、これだ。一歩踏み出す勇気がない。いつも保身優先だ。これではいけないと分かっているのに、行動に移せないでいる。ボクはいつか変われるのだろうか。大人という生き物になったら、自然と大人な男になるんだろうか……。またいつもの自分会議。何の結論も出ないまま見慣れた家に帰り着いた。

「ただいま〜」

「お帰りぃ〜」

いつものテンションのおふくろさまの声が、心地よい夕食の支度の生活音と共に聞こえてきた。ボクも、いつも通りのテンションで返事をして自分の部屋へと上がった。

一息つき、お風呂を済ませると父さんの命日ということもあり二人で遺影の前で手を合わせた。いつも、事ある毎にうざいのを通り越して、観念せざるを得ない位に絡んでくるおふくろさまも、ボクの様子から察したのか、夕食中も二言三言の会話を交わすだけだった。食事を済ませ、早々に自分の部屋へと滑り込み、ベッドに横になって、あれこれ自分会議をしていると、軽い睡魔が邪魔をしたお陰で、ボクは失恋モードに浸ることなく睡魔に便乗し普通に眠ることができた……訳がないっ。

夏ならではの寝苦しさの中、失恋に加え、もっと眠れない出来事があったのに、普通に眠れる訳がない。妄想と暴走の自分会議をしつつ、時折寝落ちしてはいたが、その寝落ちした睡眠も、限りなく浅い眠りにしかなっていない。そんなけだるさをひきずって、時計を見ると朝の五時過ぎ。取り敢えず自分会議を強制中断した。

朝日がすっとカーテンの隙間から差し込んでくるのを無感情のまま眺めていると、光の移り変わりが自分会議の一時的な終息を讃えるかのようにボクに脚光を浴びせた。あまりの心地よさに目を閉じ、軽く深呼吸をすると、意識がゆっくりと遠のき、ウトウトとし始めた一番心地よいタイミングで目覚ましが容赦なく鳴り響いた。いつもと違い、びっくりしたせいで、あたふたとアラームを止め、一呼吸置き再び目を閉じたが、もう眠れはしなかった。仕方なく薄っすらと目を開くと、朧《おぼろ》げな視界の中、見慣れた天井が出迎え、そのまま起きるでもなく、二度寝するでもなく、暫く天井を見上げたまま自分会議を始めていた。

「さてとっ」

体を起こして時計を見ると九時ちょっと過ぎ。軽い自分会議のつもりが、思いの外、長引いていた。先ほど感じただるさもなくなり、眠気もなかったが、再び横になり、タオルケットを被ったまま、ぼ～っと天井を眺めつつ、本命の自分会議を再開することにした。

あの出来事の後、自宅に帰りついてから、風呂でも、夕食時でも、勉強……はしてないかっ。兎に角、ほぼ徹夜での一人大討論会という名の自分会議。今もまた再開しているが、答えなんか出る気がしない。

「はぁ……」

睡眠不足のせいなのか、それとも、いよいよ自分のキャパに限界が迫っているのか。出るのは溜息ばかりだ。

『回る数字』と『未確認生物』

父さんの命日と何か関係があるのだろうか……。答えの出ない自問自答。そんな、中だるみし始めた自分会議の中、叩き慣れたテンポのノックが聞こえた。

「たかゆきぃ〜、起きてるぅ？」

おふくろさまだ。日曜日に起こしにくるなんて珍しい。大抵、お昼ご飯まで完全放置だ。ボクが思うに確信犯だ。朝食を作らなくて済むのが嬉しいに違いない。なのに、今日はどうしたんだ？　何か約束でもあったかと、自分会議をそちらに向けつつ、けだるく促した。

「どぉ〜ぞぉ〜」

ゆっくりとドアが開き、いつものエプロン姿のおふくろさまが顔を覗かせた。実年齢を感じさせないこの容姿のせいで、このフリルのエプロンを着けた姿も、違和感を感じない。まだまだ独身で通るルックスとオーラ。スタイルには人一倍気を遣ってるようで、息子のボクが贔屓目に見ても感心するほどのスタイルだ。……誓って言うがマザコンではない。いや、マザコンが良い悪いという問題ではなく、自分はマザーコンプレックスではないと言いたいだけだ。たぶん……そのはずだ。

「あらぁ～。珍しく起きてたみたいねぇ。今日は雪かしらぁ～」

「昭和かっ」

「そのツッコミ何か面倒くさいわねぇ。それにしても酷い顔ねぇ～」

「はぁ？　これは生まれつきだしっ。実の親に言われたくないっ」

「バカちんっ。そういう意味じゃないのぉ～」

「分かってるっつ～のっ。付き合ってあげたんじゃん」

こういう会話が、毎日のようにアレンジされつつ繰り返される。お互いにこのやり取りが日常で、別に苦ではない。むしろ、こうでないと調子が狂う。

「あ～らぁ～。我が子ながら優しい子ねぇ～。でっ、どうしたのぉ？」

「はぁ？　おふくろさまが用があったんじゃね～の？」

「そうじゃなくてぇ～。そのクマよぉ～。く～まっ。ガオガオッ。眠れなかったのぉ？」

そう言いながら、熊のポーズ？　をしてみせた。一瞬でもかわいいと感じてしまった自分に腹が立つ。まぁ、もう慣れたが。

「あぁ〜。勉強のし過ぎっ」

いつも通り軽く乗ってはみたものの、もっと気の利いたことは言えないものかと自己反省しきりだ。

「…………」

おふくろさまも同感のようだ。

「あぁ〜もぉ〜。何だよその哀れみの目は。オレにも色々考え事があんのっ。思春期なんだからほっといてくれよっ」

「あ〜らそぉ〜。思春期と反抗期ぃ。青春真っ只中で両手に花ねぇ〜」

何気にチクッと刺してくる。

「うるさいなぁ〜。ほっといてくれよ。それより何っ？　用があるんでしょ〜」

「あぁ〜。いけなぁ〜いっ。えりちゃんが来てるわよぉ〜」

「はあっ！　なんでそれを先に言わないんだよっ」

「あなたのクマがいけないのよっ。ガオガオッ」

「ガオガオッて……」

「ここに呼んじゃおうかしら〜」

「はぁっ？　顔も洗ってね〜しっ、ドパジャマじゃんっ。無理無理無理無理っ」

「冗談よぉ〜。私が恥ずかしいじゃな〜いっ。早く用意なさいなぁ」

「おふくろさまっ、ちょっと相手して時間稼いでくれっ」

「まったくもぉ～」

「まったくもぉ～はこっちのセリフだっつ～のっ」

きっとこれもおふくろさまの計算の内だ。微妙なさじ加減で活かさず殺さず。魔女めっ。

えりは同い年の幼馴染で、二軒先のご近所さん。えりんちは元々この土地の出身で、うちは、ボクが二歳の頃越してきたらしい。その頃からの付き合いのせいか、今ではすっかり家族のようなものだ。えりは小さい頃から社交的で、ボクは引っ込み思案、常にえりが主導権を握っていた。本当の姉弟……いや兄妹……これは未だに決着がついていないが、そこにいて当たり前の存在という感じだ。中学生になりたての頃までは、幼馴染感全開だったが、いつしか、自然な距離感が生まれていた。今じゃ良くも悪くも幼馴染の距離感を保っている。

因みに、えりの両親はというと、家や身なり、振る舞いなど、金持ちを絵に描いたような感じだが、全く嫌味がない。しかも二人とも地元出身ということで親近感抜群、持ち前の社交性と相まってご近所でも好印象を持たれている。ボク個人としては、おふくろさまが二人いるようで、ちょっと荷が重……、得した気分だ。ノリと勢いで日々を楽しんでる兼業主婦のうちのおふくろさまに対し、上品で常に優しい専業主婦のえりのおふくろさま。小さい頃は、自分の都合で両方のおふくろさまに甘えてきたことを覚えている。高校生になった今、改めて考えてみると、かなり贅沢な幼少期を過ごしてきたことが分かる。

そして、父さんが亡くなってからというもの、えりのおやっさんが父親代わりのようなものだ。実際、父さんの実感も記憶もほとんどないボクに、父親的存在として接してくれた。どんな感じなのだろう、この年齢の男子と父親の本当の関係性は。たまにそう考えるが、おやっさんもそう考えていると思う。おふくろさまに話を聞くと、最初の頃はおやっさんもぎこちなかったらしい。勿論、今でも父親として真摯に接してくれていると感じる。過去、ちゃんと怒られもしてきたし、褒められもしてきた。キャッチボールもしてくれたし、自転車の練習にも付き合ってくれた。そして、そこには、いつもえりの姿があった。ボクも、ちょっと前までは普通に甘えていたし、我侭《わがまま》も言えた。流石《さすが》に、高校生となった今では、昔と違って本当の親じゃないことへの若干の社交辞令と本音の葛藤はありつつも、良くも悪くも距離感は保てている。お陰で『父親』というのは、きっとこんな感じなのだろうと想像できるようにもなった。

いつのまにか、お互いの親も、お互いの子供に対していい意味で遠慮はしなくなった。時にうっとうしく感じることもあるが、そこは家族として勿論感謝している。……まただっ、そんな時間はないのにっ。

「そんな暇があったら、急ぎなさいなぁ～」

「うわっ。まだいたんかっ？　って言うか、いたなら止めてよね～」

「へっへっへ～」

「なんじゃ、その笑いはっ」

やっぱり読まれてる。魔女めっ。油断も隙もない。と言うよりボクが油断だらけ隙だらけなんだろうか。

「元はと言えば、おふくろさまが用件を先に言わないからだろぉ～」

「文句言う暇があったら急ぎなさいなぁ～」

そう言って、今度はちゃんと退席した……のを確認した。慌てて幼馴染用身支度最短コースを済ませ最後にミラーチェックをし、急いで居間に向かい、いざ対面。

「待たせてごめんっ。おはよっ」

「おはよっ。全然、大丈夫だよっ。こちらこそ、ごめんね、急に」

「オレも全然いいけど、どした？　うちに来るなんて久しぶりじゃん」

「うん。ちょっと気になることがあって……」

「気になること？　って言うか、部屋に上がろうっ」

「うん。それより、ふふっ。ごめんねっ、まだ寝てたんだね」

「えっ」

階段を踏み外しそうになった。何で分かった？　時間がかかり過ぎたか？　と俊足自分会議をするも、答えなど分かるはずもない。

「いやっ、誓って寝てはいない。徹夜で勉強っ」

微妙な真実とみえみえの嘘で、もう、自分でも意味が分からない。

「勉強……そっか～。それでそんな芸術的な髪型なんだね……」

えりがクスッと笑った。

「へっ？」

頭に手をやると、まさにベートーベン的な髪型の感触がそこにはあった。しかし、寝てない以上、寝癖など付くはずもなく、いや横になってる時点で寝癖の可能性は有りか。って言うか、ちょこちょこ寝てたんだった。まぁそれはどうでもいいとして、何故ミラーチェックで気付けなかった？　いつもなら確実に引いて確認するのに……。まったく、ついてない。

「ほい、ど～ぞっ」

「おじゃましまぁ～すっ」

えりを椅子に座らせ、ボクはベッドに腰掛けて、改めて向き合い、目が合った瞬間、微妙な沈黙が生まれた。

「……ちょっと昨夜、作曲に行き詰まっててさ～」

素の恥ずかしさの照れ隠しで顔中がひきつってるのが自分でもよく分かる。

「…………」

真顔のえりがボクの方をまじまじと覗き込む。魔の……間だ。

「頼むから、何かつっこんでよ。この髪型で作曲といえばベートーベンだろ～。ほっとかれると一人じゃ帰ってこれなくなるじゃんっ」

「じゃじゃじゃじゃ～～んっ。自分会議してた割には面白くなぁ～いっ」

「うわっ、びびった」

聞き覚えのある神の声が直ぐ後ろで聞こえた。

「いつの間にっ。なんで、そこにいんだよっ」

「ふふっ。おかぁさん、下からずっと付いてきてたよ。気付かなかったのぉ？」

「全然、気付かんかった。って言うか、えりわざと黙ってただろっ」

「ふふっ」

「なんでってぇ、ある意味あなたが面白いからよぉ～。すべて計算済みかえぇ～」

「だとしたら、遺伝だなっ」

いや、ならそれなりに面白いはず。じゃ～ボクのは独学ということか……。いやいやっそんなことはどうでもいいっ。いやっ、良くはないが、今はいいっ。

「まぁ～～～。この子ったら失敬なっ」

「まぁ～が長いよっ。それに失敬って……」

「ふふっ」

蚊帳《かや》の外から観覧中のえりが笑った。

「今、笑っただろっえりっ。おふくろさまのには笑うのな～。もっとオレに優しさというものをオレ自身のセンスのなさを痛感してしまうだろっ。

……。

ま～い～やっ。でっ、どした？　っておふくろさまっ。

何でどさくさに紛れてそこに座んだよっ。下行けよ下に～。えりが話しづらいだろ～」

「あらぁ、つれないわねぇ～。えりちゃんは絶対に嫌がらないわよぉ～。ね～えりちゃんっ」

「勿論っ」

「ほぉ～らぁ～」

「当たり前だっ、そんな露骨に嫌がれるかっ」

「本当に大丈夫だよ～」

「そうよ、そうよっ。邪魔なら邪魔って……えぐっえぐっ」

「あぁ～。たかゆき、おかぁさんを泣かせた～」

「うわ～面倒くせぇ～。えりも乗らなくていいからっ」

「えへへっ」

「しょうがない。たかゆきがそんなに私のことを煙たがるなら出て行こうかしらぁ～」

「そういう言い方やめれっ。ストレス貯金が貯まるからっ」

「あいやぁ～」

「何で、なんちゃって中国系なんだよっ」

「愛よっ……あ～いっ」

「わ、訳が分からん」

「ふふっ」

「可笑《おか》しくないっ」

「二人とも楽しそうっ」

「楽しくないっ……こともなくもない」

「や、ややこしぃねぇ～」

「ん？　そお？」

「うんっ」

「あ～らっ、えりちゃんには素直だことぉ～。こりゃ将来、尻に敷かれちゃうわねぇ～。えりちゃんっ、こんなふしだらな……違った。いや、違わないかしら」

「おいっ」

「冗談よぉ～。こんな不束者《ふつつかもの》ですがよろしくねぇ～、えりちゃんっ」

「こちらこそ、不束者ですがよろしくお願い致します、おかぁさま」

この社交辞令なやりとりの会話が、効力を持つんじゃないかと勝手に妄想した。

「しょうがないわね～。解放してあげようかしらぁ～。でも、おぬしっ、おいたしちゃ～あっしが許しやせんぜぇ～」

「お、おいたって……」

一体、どっからが『おいた』なんだ。

「しないよっ。そんなことっ」

「ふふっ」

「ほらみろっ。またえりが笑ったじゃん。

早く行けよおふくろさま～。美味しいとこ取りはやめてくれっ」

「はいはいっ。じゃ～拙者はこれにてっ、どろんっ」

「ふふっ」

「うわぁ～。拙者って。しかも、どろんって。聞いてるこっちが恥ずかしいわっ」

恥ずかしいは恥ずかしいが、面白いのがちょっとむかつく。しかも、ちゃっかりと忍者ななりで退席していく芸の細かさ。完全に自分が楽しんでる。と言うか、あれはもう完全に地だ。

「おかぁさん、相変わらず面白～いっ。昔から変わんないねぇ～」

「まぁねぇ～。でも、たまにイラッとするぞ」

一応、照れ隠しの社交辞令を言ったものの、小指の先ほどの罪悪感にも似た感情が過ぎった。

「ふ～ん。私は羨ましいなぁ～。賑やかで楽しそうっ」

「まぁ、賑やかは賑やかだけど……」

「でしょぉ～。明るい家庭って素敵だよっ」

「ま～そうだけど。でっ、どした？　何かあった？」

「あっ、実はね、昨日気になるモノ見ちゃって」

「気になるモノ？　なに？」

「昨日の下校途中なんだけどね。タバコ屋さんがある交差点があるでしょ」

「あ〜、人形みたいにほとんど動かない、かわいいお婆ちゃんがやってる、あのタバコ屋の交差点なっ」

「うん、そう。その交差点の手前でね、たかゆきを見かけたのっ」

「昨日の夕方？　交差点？　えっ、あそこにえりいたの？」

「うん」

「なんだ〜声掛けてくれれば良かったのに」

「そうなんだけど、挙動が面白くて静観しちゃってた」

「えっ？　オレ何か変だった？」

「傍目にはそう見えたと思うよっ。

だって、たかゆき、前にいた女子高生とお婆ちゃんを凝視したまま微動だにしないかと思えば、いきなりキョロキョロしだすんだもんっ。

挙動不審のお手本だったよあれ」

「あ〜、あの時ね」

「いつものが見えてるのかなぁなんて、声を掛けようとも思ったんだけど、何だか声を掛けるタイミングを逃しちゃって……」

「ははっ。そうだったんだ」

「うんっ」

「じゃぁ、数字は見えなかったんだ」

「数字？　数字って？」

「あっ、いや……」

「たかゆきには数字が見えてたの？」

「うん。えりは何も変なモノ見なかった？」

「え？　たかゆき以外に？」

「おいおいっ。そっか、と言うことは、やっぱオレにしか見えてなかったのか、あれ……」

「あれって、数字？」

「うん。まだ会議中で結論が出てないのよね～」

「いつもの自分会議？」

「そっ」

「で？」

さらっとしてはいるものの、その目は興味津々だ。

「おいおいっ」

「は～や～くっ」

「へいへいっ。数字がね、見えたのよ」

結論も出てないのに、えりに口火を切ってしまった。

「うんっ。言ってたね」

「えっ、驚かないの？」

「だって具体的に言ってくれないと驚きようがなくない？」

「ははっ。そだねっ」

「で、数字がどうしたの？」

「数字がさ～、回ってたんだよ。頭の上で……」

「頭の上？　誰の？」

「あの時、オレの前に同じ学校の女の子とお婆ちゃんがいただろ」

「うん。たかゆきが凝視してたあの二人でしょ」

「そっ。あの二人の頭の上にさ、回ってたのよ……数字が」

「えっ……えぇっ」

「わ、わざとらしいなぁ」

「だってぇ、さっき『驚かないの？』なんてたかゆきが言うから。ちょっと意識しちゃったんだもんっ」

「ははっ」

「えへっ」

「だもんだから、史上最高の自分会議を繰り広げていたのよ。今さっきまで」

「でっ、結論が出てないって、さっき言ったんだぁ」

「そっ。だって人知の理解を超えてるだろ。えりもあれ見たら、きっとオレと同じになるよっ」

「かもね。見てない私にとっては、意見やアドバイスすらしようがないもんなぁ～」

「って言うか、えり信じてるの？　オレの話」

「ん？　だって見たんでしょ、たかゆき」

「うん。でも、あまりにも突飛過ぎて誰にも言えないな～って思ってたからさ」

「でも、私には話してくれたねっ」

「まぁね。でも、怖くない？　理解できないこと口走ってるヤツ」

「物心付いた時には、もう傍にいて、色んな不思議な話を聞かせてくれてたでしょ。私にとって、そんなたかゆきが普通で自然だから、怖くもなんともないよ」

「そんな簡単に割り切れるもん？　避けたくならない、普通？」

「そっかなぁ……。たかゆきは、昔っから、私にとって普通じゃなかったからなぁ」

「やっぱ、普通じゃないよなオレ」

「ふふっ。そういう意味じゃないよ。それに、昔から私には隠し事とか嘘とかなかったし。今も、ちゃんと話してくれたでしょ。だから怖いとかないよ、全然」

「あれは勢いって言うか、えりの誘導尋問にひっかかったんだよ」

「あれのどこが誘導尋問よぉ。純粋に聞いただけじゃんっ」

「オレには十分な誘惑になったのっ」

「誘惑？」

「誘惑？」

無意識の本音につっこまれたボクは、ただオウム返しになってしまった。

「今、たかゆきが誘惑って言ったんだよぉ〜」

「ちがっ……ごっ、ごめんっ。誘導に訂正」

「面白い、たかゆき」

やっとボクに向けて笑ってくれたようだが何か違う気がして微妙に満足できなかった。

「面白くないっ。しかも微妙に嬉しくもないっ」

「でも、何なんだろうね、その数字。もっと詳しく教えてよ」

ここはスルーですか……と寂しかったので一人つっこみで気を紛らわせ、脱線しかけた話を元に戻した。

「……実はあの時、二人とも薄紅色の数字と、薄紫色の数字が表裏一体になって確か右回りに回ってたんだ」

「色が人に付いてたんじゃなくて数字についてたんだ」

「うん、そう。もう、その数字がいくつだったかまでは覚えてないけどね」

「そっかぁ」

「でねっ、数字が現れてすぐ、お婆ちゃんの薄紅色の数字が確か一減ったんだ。

そしたら、お婆ちゃんの胸の辺りから空色をした美味しそ〜な物体が出てきたんだよねぇ。

オレはそのお婆ちゃんにお迎えが来たのかとちょっと焦ったけど、出てくるなり普通に落ちて、暫くしたら走っていなくなったんだ。

そしたら今度は女の子の方の薄紅色の数字が一増えてさ、でも、それは別に何も起こらなかったんだよな～。ただ数字が増えただけだった。

そしてその後、すぐにその数字はスウ～ッと消えたんだ」

「へぇ～。何だったんだろう」

「分かんないけど、でも気味が悪いとか怖いとかはなかったな～。

不思議というか、どっちかというと明るいイメージだったな」

「その時は、薄紫色の方の数字に変化はなかったんだね」

「あっ。そういえばそうだな～確かに」

「でも、何で数字になったんだろうね」

「オレの魂が抜けかかって、臨死体験しかかってたからかもなっ」

「魂？　何それ？　何かあったの？　それはそれで興味があるなぁ～」

「それは秘密っ」

「えぇ～、教えてよっ」

「やだっ」

「もうっ。け～ちっ」

そう言って、イ～ってして見せた。

「けちで結構っ」

ボクはふんぞりかえって見せた。

「あぁ～、かわいくな～いっ」

そう言って口を尖らせたえりに、不覚にもキュンとした。

「へっへ～」

表向きは平静を装ったが装いきれていない自分がいた。久しぶりに希少な優越感に浸れると思ったがキュンとした時点で立場が逆転した気がした。

「それで、おかぁさんに相談とかするの？」

「いや。今はしないかな。それに、えりに聞いてもらって、ちょっとすっきりしたし」

「そう。でも、ちょっとでもすっきりしたなら、それはそれで良かったっ」

「うんっ、ありがと。いろいろと……」

「こちらこそっ」

この絶妙なタイミングでノックが入った。

「はいよっ」

「紅茶いれたわよぉ～。おふたりさんっ」

「おっ、サンキュッ」

「ありがとっ。おかぁさんっ」

「それにしてもぉ、世の中不思議なことがあるもんねぇ～」

「ブ～～ッ」

「きゃっ」

「あらまぁ、汚いわねぇ～おぬし～」

「ごめん、えりっ」

「大丈夫っ」

「立ち聞きしてたのかよっ、おふくろさまっ」

「立ち聞きも何もぉ、この家は壁が薄いんだから筒抜けよぉ～。

　夜は夜であなたが一生懸命何の勉強か知らないけどギシギシギシギシやってるのもぉ……」

「おいっ。おいっおいっおいっおいっ」

「あらまぁ～。この子ったらぁ、照れちゃってぇ～」

「なっ、何を言い出すんだっ。プライベートの侵害及び名誉《めいよ》毀損《きそん》だっ」

「あらまぁ～、難しい言葉知ってるのねぇ～」

「はぁ？　話を逸らすなよぉ～。もういいからっ、自分のサンクチュアリに戻れよぉ～」

「へいへいっ。邪魔者はこれにてっ。でも、まだ勉強の成果を試しちゃぁだめよぉ～」

「せんわっ。ってか何の勉強のだよっ」

　クスクスッと、えりが笑った。こんな微妙な空気を残して、おふくろさまが含み笑いのしてやったり顔で威風堂々退室した。

「…………」

「…………」

一瞬、気まずい空気になり掛けたが、その変な沈黙を打開したのはえりだった。

「ね～、何の勉強してるの？　ギシギシと？」

小悪魔のような表情でえりが挑発してきた。

「えりの想像通りだよっ」

こっちも負けてはいられない。

「その勉強、見てあげよっかぁ～」

「えっ」

「な～んてねっ。たかゆきか～わいっ」

ここで試合終了～。惨敗です。惜敗じゃなく。前までこの違いも読み方も分からなかったけど今は知ってるんだよ～と、現実逃避一歩手前……。あ～、なんで精神年齢は女性の方が高いんだ？　おふくろさまといいえりといい。何か手のひらで転がされてる気がする。いや、転がされている、確実に……。

「私も見たいな～」

「なっ」

「違うよぉ～。その数字とつるぷりんちゃん。まぁ、もういっこの方も見たいけど……」

「あ～そっちね～。……もういっこ？　それは却下。って言うか、何もしてないしっ。

しかもつるぷりんちゃん？　なんだか、一気にファンタジーだな～」

まったく、ボクの大事件が勉強事件で蔑《ないがし》ろにされるところだった。

「ね～、見えるようになったきっかけとか、思い当たることないの？

さっきの魂抜けかけ事件と関係があるのぉ？」

「きっかけ、ないこともないけど……」

「ん？　なになにっ？」

「死んでも教えんっ」

「え～。それがきっかけだったらどうするのよぉ～。

きっかけさえ分かれば色々分かるかもしれないじゃんっ」

親身な物言いとは裏腹に、瞳が爛々と輝いている。

「…………」

「たかゆきはどうしたいのぉ？」

煮え切らないボクに恐らくわざと前かがみで大接近してきた。これは絶対、ボクの反応を楽しもうとしている。と、構えたが、いい香りと襟元から覗く胸の谷間で思考回路が一瞬にしてショートした。

「どうしたいか……。どうしたいか……」

もう言葉ではなく呪文だ。今この時をどうしたいか……。えりとどうしたいか……。妄想暴走列車が見切り発射寸前です。

「真相を知りたいとか思わない訳じゃないでしょ？　自分会議してたくらいなんだから」

際どいタイミングでえりが距離をとった。やはり小悪魔だ。将来はきっと小悪魔大魔王だ。その時、不意に幼馴染に異性を感じたことに気付いた。今までも似たようなシチュエーションはあった。しかし、ボクはそれらから目を背けていた。世間一般の自制心が働いていたんだろうか。えりは普通に美人だし、天然で可愛い。気が利く上に、スタイルだっていい。ほんの少しの頑固さと時折見せる小悪魔感がいい具合にアクセントになってる。あくまでボクの主観だが。いや、単に好みなだけか。今更ながらに、見て見ぬ振りをする必要がないことに気付いた。というよりは受け入れたといった方が正解か。ボクは、この時、えりを昔から異性として認識していたことを再認識させられた。

「真相、勿論知りたいよ」

「だったら、気になることは視野に入れた方がいいよぉ～。

私に言いたくないなら、それでもいいけどさぁ」

「……失恋って言うか……」

「えっ？　たかゆき、好きな子いたのっ？」

「好きな子っていうより、気になってたというか……」

「へぇ～。でっ、どんな子？　かわいい？　私の知ってる子？」

「隣のクラスの子。えりの知らない子だよ、たぶん。

その子が、オレの知ってる奴と付き合うことになったみたいで……」

「あっ、もしかして昨日おばあちゃんといたあの子？」

「いやいやっ、違うよ」

「ふぅん。そっか……でも、残念だったね」

「え？　それだけ？　詳しく聞かないの？　なんなら笑ってもいいんだぞ」

慌てて取り繕うのが精一杯だった。

「えっ？　何で笑うの？

確かに聞きたいのは聞きたいけど、根掘り葉掘り聞かれたくないでしょ。

まぁ、たかゆきらしいと言えばらしいけどさっ。でっ？　それがきっかけだと思うの？」

「それ以外に思い当たることがないからなぁ」

「ということは、頭打ったとかの外的なことじゃなくて精神的なショックが原因なのかなぁ」

「……どうだろう」

「何かスイッチが入っちゃったとか？」

「かもな～。世の中の失恋経験者はみんな見えてたりして……」

「じゃ～私も今日から見えるのかなぁ……」

「えっ？　えりも振られたのか？」

意外という理由とは別に、かなり動揺した。

「ん？　冗談よっ……」

そう言ったえりの表情が気になったが、そこに触れる勇気などボクにはなかった。

「もしかしたら幻覚とか？　実際、私には見えなかったし……」

「まぁ、なくもないかもな～。でも、それにしてはリアルだったな～」

「ん～。もっかい、おさらいしてみようか」

もう一度二人で、よしゆきとの出来事から二人に数字が見えるまでの経緯をおさらいした。一通り確認し終わるとえりが唐突に言い放った。

「たかゆきっ。今日さ～、デートしてあげよっかっ」

「デ、デート？」

「ふふっ。そこは『あげるって何だよ』でしょっ」

まさに青天の霹靂《へきれき》だった。その言葉に反射的にえりを見ると、いつもなえりがそこにはいたが、ボクの方は完全に動揺していた。

「あっ、嫌がってる～」

「いや、全然そんなことないよ。でも、どうして急に？」

「なんとなくっ。あっ、もしかして今日、用事とかあった？」

「な～んもないっ。でも、いいのかえり？」

「ん？　何が？」

「いや、オレと……デート……」

「ん？　なんで？」

「いや、したことないからさ……」

「そだねっ。でもしちゃいけないことないでしょ。

それに、もしかしたら、今日私にも見えるかもしれないし。

もし、私に見えなくてもたかゆきに見えた時に、
何が起きてるのか分かるかもしれないでしょっ。

今の時点で原因が分からないんだから、考えててもきっと答えは出ないよぉ。

いっそのこと、もっと経験すれば、何か分かるかもしれないじゃない」

「まぁ、そうかもね……。何か、色々ありがとなっ」

「いえいえっ」

「じゃぁ……初デートだっ」

「うんっ。初デートっ」

たぶん、このタイミングにお互い違和感はあったが、このアクシデントのお陰で、ボク自身は、色んなことと向き合えた。この瞬間、今までの関係に新しい風が吹き込んできたのを感じた気がした。たぶん、完全に恋愛対象として意識した瞬間、と言うよりは、それはありなんだと、自然なんだと自分に言い聞かせた瞬間だった。

「よしっ、しようっ」

「……何を？」

この予想だにしない返しに、思いっきりきょどってしまった。それを見たえりがニマニ

マしている。また、えりが小悪魔化してボクのリアクションを愉しんでいることに、否定されていない感を感じたボクは、それはそれで満更でもなかった。

「勿論っ、えりが望むことだよっ」

「ふふっ。そうきたかっ。じゃ〜今回はデートにしとこうっ」

「しょうがないなぁ。じゃ〜そうしようっ」

ほんのちょっと期待していた自分がいたが、いともあっさり幕が下りた。

「うんっ。そうと決まれば、私、今から着替えに帰るねっ」

「えっ？」

「えっ？」

「着替える？」

「うんっ。折角のデートだもんっ」

「そっか……。だよなっ。じゃ〜オレも速攻着替えて迎えに行くよっ」

「ウチまで迎えに来てくれるの？」

そう言ったえりの笑顔は、いつもの笑顔に戻っていた。

「あぁ。勿論っ！」

「うれしっ」

えりの笑顔が余所行きのそれではなく素の笑顔だと感じて嬉しかった。

「おかぁさ〜んっ、ご馳走様でしたぁ〜。お邪魔しましたぁ〜」

「あらぁ～。えりちゃんもう帰るのぉ～？　またいつでも遊びにいらっしゃ～い」

「は～いっ」

そう言って玄関を後にするえりが、今までとは違い、幼馴染という特別な関係の女の子としてではなく、普通に恋愛対象になりうる女の子として見えた。

「えり、気を付けてなっ。また後でっ」

「うんっ。後でねっ」

今日はえりのこの笑顔を独り占めできるんだという感情が急に芽生えた。同時に、昨日の失恋の落ち込みはなんだったんだと、都合よすぎる自分に少々不信感も芽生えた。この時点で、デートの目的を履き違えていることくらいは分かるし、考えることも色々あるが、正直、既に思考回路が正常に機能する気がしない。今は深く考えずに、感じるままに向き合うことにした。

第二章　『ゼロ』

「さりげなくお洒落に…………むずっ」

デートなんて初めての経験で、服選びを楽しむ余裕などあるはずもなく、当たり前のように着替えに時間が掛かった。優柔不断な独断と偏見による一人ファッションショーの途中、幾度か軽い現実逃避を交えつつも、なんとか、自分なりに納得できる格好に仕上がり、階段を小走りに下りた。

「ちゃ～んと空気を読むのよ～」

台所から、おふくろさまのエールのようなジャブが飛んできた。ん？　えりとデートだって何で知ってるんだ？　そう思ったが今はスルーすることにした。

「分かってるよ～。行ってきま～すっ」

返事はしたものの、時間と気持ちに余裕があれば、どういうアドバイスだとつっこむところだ。ボクには、全くもってハードルの高いアドバイスだ。

そう考えながら家を出て数歩、えりの家の玄関が見えた途端、得体の知れない不安と緊張が差し込んだ。今までに感じたことのない不安と緊張が、胸の中で大きく膨らんでいる感じに息苦しささえ覚えた。

やっとのことでえりの家の玄関前に着くと、心の準備をする間もなく、ちょうどえりが出てきた。ボクは一瞬で硬直した。タイミングもそうだったが、それよりも、えりに魔法を掛けられた、そんな感じだった。

これが、えり……。小さい頃からずっと見てきた幼馴染が、女の子としての余所行き仕様になると、こんなにも変わって見えるものなのだろうか。そんな自分会議の中、先ほどまで緊張感に弄ばれていたのが嘘のように、体も心も羽が生えたように軽くなった……、はずもなく、さらに緊張感が上乗せされた。

「…………」

「変……かな……」

ボクの自分会議で出来たこの変な間に、不安げな表情を浮かべたえりが、ボクを少しだけ我に返らせた。改めてえりに視線を投げると、高校生という子供と大人を兼ね備えた、ある意味、最強のオーラを纏っている。返ってきたのも束の間、ボクの思考回路は一瞬で破壊された。

「……あっ」

「えっ……」

ふと我に返ると、えりが不安そうな表情のままボクに視線を向けていた。

「おかしい……？」

「いい……」

「えっ？」

「えっ？　あっ、いやっその。凄く……良いよっ」

脳の再起動が間に合わないまま、口が勝手に動いた。

「ほんとっ？　うれしっ」

えりの少し照れた表情に、こっちがその何倍も赤面しているのが分かった。

「たかゆきも、お洒落してきてくれたんだぁ」

「あ、うん」

たかゆきも？　自然と顔がニンマリする。思考回路が勝手に自分に都合よく再起動した。

「そんなお洒落なたかゆき見るの、七五三以来だぁ」

「はぁ？　それ褒めてないよねっ」

「そんなことないよぉ。似合ってるよっ」

「ほんとかな～」

「うんっ。ほんと、ほんとっ」

「なら、いいけどさぁ。このくらい気合い入れないと釣り合わないと思ってさっ」

「えっ……」

「あっ」

初々しさ全開のやり取りを楽しむ余裕などなく、ぎこちない会話と泳ぐ視線のキャッチボール。ここまで露骨な照れは初めてだった。

「ふふっ。じゃ〜、いこっかっ」

「うんっ、いこっ」

門を閉めたえりが、いつもの笑顔で小走りに寄ってきてくれたお陰で、少しだけ落ち着いた。

「お天気で良かったね」

「そだねっ」

初めてのデート。理由もきっかけもどうあれ、嬉しいと素直にそう思え、えりのいつもな笑顔を見れたことで、いつの間にか足取りも軽く、胸の不快感もなくなっていた。

えりが、買いたいモノがあるとのことで、バスで街に出ることにした。バスに揺られること二十分ほどで到着。その店に向かう途中、えりお勧めの喫茶店で早めのランチをとった。二人きりでというのは初めてではなかったが、恋愛対象の女の子としてのえりとなると、紛れもなく初ランチだ。おかげで、緊張のせいか、正直、味はほぼ分からなかった。

喫茶店を出て、ちらほらと寄り道しながら、えりのお目当ての店へと向かった。幸いにも、ボク自身も興味がある雑貨屋だった為、店に入るなりテンションが上がった。あれこれ夢中になっていると、ボクをじっと見つめるえりに気付いた。

「あっ、ごめんっ」

「う〜うん。楽しい？」

「うん。あれっ、もう買ったんだ」

「うん。お目当てゲット」

えりは、店のロゴが入った青い紙袋を顔の高さまで引き上げ見せてくれた。

「何買ったの？」

「日記帳」

「日記書いてんだっ」

「うんっ」

「へぇ～」

「なぁに？」

「いやっ……。何か……新鮮」

「そぉ～お？」

「うんっ」

「小さい頃からの習慣かなっ。それに、色々思い出せるし。何かと便利だよっ。

たかゆきは興味ない？」

「えりの日記帳になら興味あるっ」

「見せませんっ」

「でしょうねっ」

何気ない日常の会話が普通に楽しかった。

「じゃ～次、どこ行く？」

「もう、ここいいの？　たかゆきが納得できるまで付き合っちゃうぞっ」

「ははっ。ありがとっ。でも今日はいいよ。また、来ようよっ」

かなりの勇気と、精一杯のさりげなさを搾《しぼ》り出した一言だった。

「うんっ」

そんな見え見えの口実にも、何の躊躇《ちゅうちょ》もなくあっさりと承諾してくれた。全て見透かされている気がして、少しだけ恥ずかしくなったが、それ以上に嬉しさが込み上げた。

いつもの他愛もないはずの特別な会話。初めてづくしの時が流れる。いつも見ているはずの、えりの知らない一面にもたくさん出逢えた。コロコロと転がるような笑い方。髪をかきあげる仕草。聞き慣れているはずの声に混じる聞き覚えのないトーンの声。そして何よりボクをちゃんと意識してくれている目。今は全てボクに向けてくれているようなそんな感じがした。改めて考えると、えりの隣はかなり居心地が良い。幼馴染という環境で育ったからではなく、相性とでもいうのか……。とにかく居心地が良かった。

暫く街中を目的もなく散策していると、喧騒の中、微かに聞き覚えがある金属音が聞こえてきた。辺りを見回すと、四～五メートル先の道路脇に慌ただしい数人の人だかりが見えた。

「あれ……」

えりも気付いて胸元で小さく指を指した。そこにいた数人に例の数字が浮いていた。本来の目的との遭遇だったが、今はそれどころではなかった。

「何だろう。行ってみよう」

「うんっ」

近づいてみると事故現場だった。軽自動車とバイクの接触事故で、今起きたばかりのようだ。事故の当事者であろう二人の頭上にも数字が回っていた。見る見る人だかりが増えるなか、最初からいた女性は、バイクを運転していたであろう初老の男性に寄り添い声をかけていた。もう一人の若い男性は、救急車の手配と警察への連絡をしていた。えりとボクは、軽自動車を運転していたであろう若い女性に駆け寄った。

「大丈夫ですか？」

ボクより先にえりが優しく声を掛けた。狼狽《ろうばい》する女性と、落ち着かせようとする女の子。傍目には、えりの方が大人に見えた。

「は、はい。私、余所見してて……」

「今、救急車が来ますから」

「あぁ、すいません」

幸い、初老の男性は見た目には怪我はなさそうで意識もはっきりしていた。ホッとしたのも束の間、振り返ると、いつのまにか、かなりの人だかりができていた。そうこうしている中、救急車、パトカーの順に到着した。当事者を含めボクら六人が軽い事情聴取を受け、初老の男性は大事をとって救急車で搬送された。軽自動車の女性がまだ警察官とやり取りをしてる中、ボクら四人はもう一人の警察官に礼を言われ開放された。見ず知らずの他人が損得なしで人の為に何かをしたことと、その中に自分もいたことに少しの優越感と達成感、そして仲間意識が芽生えた。

「大事に至らなくて良かったですね」

警察官から解放された女性が、ホッとした感じで声を零した。

「ええ。不幸中の幸いでしたね。事故は気をつけてても加害者にも被害者にもなり得ますから、ボクらも気を付けなくては、ですね」

サラリーマン風の男性は、そう言いながら、ボクらにも目配せをしてくれた。

「仰る通りですね」

ちょっと嬉しかったのは、明らかに社会人なその二人がボクらを子供扱いせずに接してくれたことだった。

「お互い、気を付けましょう。ではっ」

サラリーマン風の男性のお開きの言葉に、それぞれが返事をして解散した。今回の事故により、ここで初めて出逢った赤の他人同士が、私利私欲とは無縁の共同作業を済ませ、何事もなかったかのように、またそれぞれの日常に戻っていく姿が人ごみに消えるまで、ボクは目を離せないでいた。

「行っちゃったね」

「そうだね」

えりの言葉に、えりもボクと同じ思いで見送っていたんだと感じ、嬉しくなった。ふと、周りを見ると、いつの間にか先ほどまでの人だかりは消え、いつもの賑わい通りへと戻っていた。

「事故って怖いね。いつ急に巻き込まれるか、私達も他人事ではないって実感しちゃった」

「だね。ついさっきまでは想像もしてなかったもんな～」

「でも、二人とも大したことなさそうで良かった」

「そうだねっ。オレ達も気をつけなきゃね」

「そう言えば、見えた？　例の数字」

「うん、疑いようもないほどにはっきりとね。

あの事故の当事者二人と野次馬の中の何人かに見えたよ」

「そっかぁ。やっぱり見えてたんだ……」

少しだけ寂しそうにえりが答えた。

「でも、変化の瞬間は見てないんだよな～」

「つるぷりんちゃんは？」

「いや、気付かなかった」

「そうなんだ……」

パトカーを尻目にボクらもそこを後にした。気付けば夕方五時過ぎ。色々あったが、楽しいことほど時間が経つのが早いと、月並みだが実感した。帰りのバスの中で、もうちょっとだけ歩きたいという話になった為、二つ前のちょうど通っている学校前のバス停で下車した。

少しでも長くデートという雰囲気に浸りたくて、帰りの道程は、普段あまり通らない、川沿いの道を選んだ。この道は、歩行者と自転車専用で景色も良く、静かで緩やかな時間の流れを感じるせいか、この街の学生にも定番的なデートスポットだ。目線より少し高めに留まる夕日が、川の水面に乱反射して透明感を帯びた朱色となり周りを照らしている。日常に生まれる非日常が、幻想的な光景となり広がっていた。なるほどと思った。これは一種の魔法だ。もう少しすると、マジックアワーも訪れる。無条件に恋に堕ちそうな、そんな光景が容易に目に浮かぶ。

「今日、楽しかったたっ。またしよっ」

「うんっ」

『またしよっ』がデートなのか検証なのか、聞けなかった。声の方に振り向くと、夕陽に照らされたえりと、まともに目が合った。一瞬で耳まで真っ赤になっていたであろうボクの顔を、辺り一面を朱く染めていた夕陽が庇ってくれたお陰で、平静を装うことができたが、心臓は躍動感抜群な鼓動を奏で、ボクを捲し立てていた。エリの言葉を、自分に都合よく受け取ることで、その言葉が何倍にも嬉しく感じられた。夕陽に透けるようなえりを眺めていると、今までに無い幸福感に包ま……れ……。

「え〜っ」

完全に油断していた。と言うか、頭に全くなかった。

「えっ？　なに？　どうしたの急に？」

「え、えりの上に数字が……」

全く気配もなく、ただ静かにそれは回っていた。今までは、何かがあって、それに呼応するかのように現れていた数字が、今はひっそりと回っている。あまりにも意表を突かれたせいで、初めて見るようなリアクションになった。

「えっ？」

「もしかして……見えるの？」

驚いたえりが咄嗟に上を向いて、そのまま固まったのを見て恐る恐る聞いてみた。

「全然……」

「えっ……」

そう言ったまま、上を見上げているえりに、おもいっきり拍子抜けした。

「今も浮いてる？」

「うん。薄紅色が152で、薄紫色が17」

「そうなんだ……」

ボクのリアクションを他所に、あっけらかんと聞いてきたが、宙を見上げたまま、えりのテンションが少し下がった。ボクも少しの落胆と、微量の優越感が入り乱れた。ハッとして、自分の頭上を見上げてみたが数字は浮いていなかった。

「…………」

「えっ？　たかゆきにも浮いてるの？」

「いや、浮いてない……」

すると間髪入れず、例の金属音と共に、えりの薄紅色の数字が151へと減算した。

「あっ、えりの数字が151に減ったよ」

「えっ、そうなの？」

「うん……。あっ出てきた……。そこに、例のつるぷりんちゃんがいるよっ」

同時にえりの胸元を指差して教えた。

「エッチ～」

そう言って胸を手で覆ったが、表情は小悪魔な笑顔だった。

「ちっ、違うよ。つるぷりんちゃんが……」

「確かにつるぷりんちゃんだけどっ」

全てのポテンシャルを総動員して、一点集中、渾身の全身全霊妄想を慣行した。

「あっ。今、想像してたでしょ～。エッチ～」

「しっ、してないよっ」

「ふふっ。たかゆき、分かりやす～いっ」

「やっぱ、おふくろさまに似てきてるぞ。えり……」

「だって～。見習ってるもんっ」

「げっ」

「へへっ。でっ、まだいるの？」

そう言って胸の辺りをじっと凝視するえりに便乗して、ボクも『ソレ』と『その辺り』を凝視した。

「この子、どんな感じ？」

「やっぱ生き物だ。薄紅色で透明な人型をしてる。かなりのぽっちゃりさんだけど。

あっ、落ちた……」

「えぇ〜。大丈夫そう？」

「うん。あっ、キョロキョロしてるよ。何見てるんだろう……」

「な〜に見てるのかなぁ〜」

見えないつるぷりんちゃんに、小声でえりが話しかけた瞬間、例の『ソレ』は意を決したかのように一目散に走り出した。

「あっ、走りだしたっ」

川とは逆の方へと道を渡り始めたが一生懸命さは伝わるものの、小さいせいか移動速度と距離が伴わない。

「えっ、どこどこっ？」

「そこっ」

やっと道の真ん中まで差し掛かった『ソレ』を指で差し示したが、道を渡りきる手前でスッと消えた……。

「あっ、消えちゃった……」

「えっ、消えたの？」

「うん、そこで消えた」

さっき指差した手を戻す間もないほどの短い時間の出来事だった。

「そっか～。どこ行ったんだろう。つるぷりんちゃん」

そう言って、少しだけ心配そうにえりが道を眺めていた。

「あっ。数字も消えてる……」

「そうなんだ……」

日常と非日常が混在してる不思議な感覚を覚えたが、やはり恐怖などは微塵もなかった。

「回る数字につるぷりんちゃん……。ん～～」

「はいはいっ。ここで考えても答えは出ないよきっと。とりあえず帰ろっ、たかゆきっ」

「そうだね。でもえり、意外と冷静だな」

「見えなかった分、実感がいまいち……。見えてたら大はしゃぎしてるよ、たぶん」

「だよな。オレもえりと共有したかったよ……」

「また、次があるよっ」

「うわっ」

予想外の角度から覗き込んできたえりに、かなりびっくりしたが、そのうっすらとほほ笑んだ笑顔に、またしても心を鷲摑みにされた。限りなく非日常的な体験をしてきた日にも拘わらず、この一瞬のえりの挙動で、足のつま先までの全神経をえりに奪われた。まるで魔法だ。

「お～いっ。還っておいでぇ～」

その魔法から、現実に引き戻されると、さっきより明らかに近い距離にえりの笑顔があった。

「うわっ」

「あぁ、ひっどぉ～いっ。今、引いたぁ～」

「まっ、まさか……」

仰け反るボクの目の前に、再び小悪魔登場。憎めない拗ね顔を披露してくれた。完敗だ。ある意味、乾杯だ。えりに対するボクの気持ちは嫌と言うほど、このたった一日で思い知らされた。

「やっぱり、えりにも他の人にも、恐らく日常的に普通に起きてるんだね。今日だけでも結構見えたもんなぁ……」

「だったね。結局、私にも見えなかったし。見たかったなぁ。やっぱり条件云々じゃなくて、たかゆきだからなのかなぁ」

「どうだろう」

「たかゆきと一緒にいる機会を増やせば、私も見れるチャンスがあるかなぁ」

「分からないけど、またしたいな、デート」

「んっ、しよっ」

『んっ』からの『しよっ』……。魔法だ。究極の小悪魔法だ。効き目も桁違いだ。えりは天然だが、空気を読める天然だ。空気を読める時点で天然かどうかなんて考えるだけ野暮だ。ボクにとって、ある意味、異性としては最強な存在だ。

「ねぇたかゆきっ、時間まだ大丈夫？」

「うん、全然っ」

「じゃぁ〜、土手に下りてみない？」

この川は、昔あった大きな水害の後に、大掛かりな河川改修工事を行い、安全性と景観に留意した河川環境へと整備され、河川敷には河川の両側に遊歩道も造られた。大人が三人ほど、横並びで歩ける位のその遊歩道は、茶色く小さなレンガが不規則に敷き詰められた石畳的な道になっていて、柔らかく蛇行している。その道を縁取るように草花が生えているが、知名度のある草花を飾り立てるのではなく、土手に元々自生していた可憐で素朴な草花を道に寄り添うように自生させているのが、どこか温かさを感じて心地いい。歩道には、数メートル置きにレトロモダンな街灯も立てられており、その下には、気軽に座れるように石製のオブジェが設置されている。また、橋とは別に、条件を満たせば、対岸へと渡れる飛び石も数箇所ある。極め付けは、日が暮れると道が仄かに発光し、天の川のように柔らかく煌《きら》めく。

　この遊歩道、実際、こんなに雰囲気が良いのに、明らかに上の道よりは人通りが少ない。特に、この時間帯は、意識しないと下りれないほどのオーラを感じる。正に、聖域的な場所だ。それを承知の上で、二人でその聖域へと通じる階段へと向かった。

「私、ここ下りるの初めてっ。なんだか嬉しいけど照れくさいね」

　このえりの言葉を、自分に都合よく解釈することで、テンションがかなり上がった。階段を下りる途中、自然とえりの手を引いてることに気付いてびっくりした。

「あっ、ごめんっ」

「えっ？　何が？」

「いやっ、あの……、手……」

　握った手の力を緩め、離そうとした瞬間、ボクはバランスを崩してしまい階段を踏み外した。咄嗟にえりが握っていた手に力を込め引き上げてくれようとした手を、ボクは迂闊《うかつ》にも摑んでしまった。

「あっ」

「きゃっ」

　えりの手の温もりを感じた瞬間、慌てて離そうとしたが間に合わず、一緒に滑り落ちた。えりを庇《かば》おうとしたが、抱き寄せるのが精一杯で、そのまま、地面に二人して倒れ込んでしまったが、幸いにも三段ほどだった為、大事には至らなかった。

「イテテテ。えり、大丈夫?」

「うん、大丈夫。たかゆきは?」

「良かった。オレも大丈夫だよ」

えりに怪我をさせずに済んだようで、心底、安心した。

「あっ、血がっ」

そう言うと、自分の身なりを気にするより先に、ボクの擦り傷にハンカチを当てがった。

「あっ、血が付くよ」

「気にしなくていいよ。そのまま押さえておいて」

「分かった。ありがとっ」

「あそこ、座ろっ」

「うん」

えりが促すように指を差した。階段から一番近くにあったベンチのようなオブジェに二人腰掛けると、えりは持っていたポーチから水色のハート型をした絆創膏を取り出し貼ってくれた。

「これでよしっと。ごめんね、こんなのしかなくて」

「全然気にしないよ。ありがとっ」

「こちらこそ、ありがとぉ。庇ってくれて」

「誰でもあ～するよっ」

「えへっ」

そんなやりとりの中、例の数字が再び降臨した。

「あっ。えりにまた数字が……」

「えっ？　ほんと？」

「うん」

「たかゆきは？」

そう言われて見上げたが、自分の上にはやはり浮いてはいなかった。

「やっぱり、浮いてない」

「そうなんだ」

するとまたあの金属音と共にその数字に変化が起きた。

「あっ。薄紅色の数字が一減った」

そして、期待通りに、例のま〜るっこいつるぷりんな物体が再びえりの胸元から出てきた。

「出てきたよ。つるぷりんちゃん」

「ほんとっ？」

今回は些細な部分まで観察しようと、出てきた未確認生命体を凝視した。また、キョロキョロと見回している。そのままポテッとえりの膝の上に落ちたかと思うと、そっからするりと足元まで滑り下りた。物体ではない、明らかに生命体だ。スライムっぽく柔らかそうで透明感がある。若干、人間を意識している風な姿だが、ボクの記憶の中では初めて見る生命体だ。暫く周りの様子を窺うと、今度は草むらへと、ポテンポテンッと走って消えた。

「あっ。行っちゃった……。やっぱ生きてた。

半透明で、本当につるぷりんって表現がぴったりだよっ」

「え〜、見たいなぁ〜」

「オレだって見せてあげたいけど……」

「どうして、たかゆきだけなんだろっ」

「どうしてだろ……」

「消えたってことは、消滅したってことなのかな？」

「オレも初めはそう思ったけど、でも、明らかに何かに向かって走り出すというか……。

消滅とか、逃げるとかじゃなくて、目的があるように感じるんだよね」

「そうなんだ……」

「だから消えると言うよりは、姿を消してるんじゃないかな。誰かに見つからないように」

「ふぅ〜ん」

えりの頭上に目をやったが、既に数字は消えていた。

「それか、単純に、何かの前兆として現れるとか……。

でも、その前に現れる数字は、絶対に意味があるよなぁ……。ん〜……」

「全く無関係、と言うことはないと思うけど……」

「分からないけど……例えば、何かが起きる前兆とか……」

「良いことだといいなぁ」

「うん……そだねっ」

とは言え、良い予感も、悪い予感も別にしなかった。

「実際、あのつるぷりんちゃんは魂の一部で何かの度に溶け出すというか……。死へのカウントダウンとかだったら笑えないよね。

『はいっあなたは無事、また死へ近づきました』的なさっ」

「きゃはははっ。考えてもみなかった～。たかゆき、面白～い。って言うか他人事でしょ～。ひどぉ～いっ」

「ははっ。ごめんごめんっ。冗談だよ」

「でも、たかゆき、発想というか考え方というか、面白いよねっ」

「もしそうだとしたら、おふくろさまからのありがた～い遺伝子のせいかもなっ」

「いいとこ受け継いだねっ」

「そっかなぁ～。なんか長所ってより短所って気がするんだけどなぁ～」

「そんなことないよぉ～。長所だよっ。ちょ～お～しょっ」

「ははっ。えりがそう言うなら、そうなのかもな～」

「絶対そ～だよ～。おかぁさんに感謝しなきゃねっ。ふふっ」

「仰せのままにぃ～」

今日の目的を忘れていた訳ではなかったが、正直こんなに見れるとは。本当にこの事象は何なのだろう……。悪いことの前触れじゃないことを祈るばかりだった。

「そろそろ帰ろっか」

「うん。そだねっ」

本当は、えりが切り出すまで黙ったままもっと一緒にいたかったが、初デートで心象を悪くはしたくなかった為、今日はここで帰ることにした。

「大丈夫？　痛いとことかない？」

「うん大丈夫。たかゆきは？」

「オレも大丈夫」

「じゃ～帰ろっ」

「うん」

気が付くと、辺りは、朱色の夕暮れから神秘的な紫に様変わりを始めていた。昼と夜が混ざる魅惑的な時間帯。夜を迎え入れようとしている。

階段を上りきると、先ほどとさほど変わらない、まばらな人影に何か安堵感をおぼえた。数字が浮いてる人もいる。それが逆に自然で普通に感じられた。

「な～んにも変わってないね。さっきと」

「そうだねぇ。周りの人達には普通の日曜日なんだね」

「こんな、非日常的なこと、他にもあるのかな。オレたちが知らないだけでさ……」

「あると思う。世の中、不思議なことがた～くさんあるもん」

そう言ってえりはすっと空を仰いだ。

「だよなぁ。それに、この事象を既に経験してる人もいるかもしれないしねっ」

「うん。そ～だねっ」

「オレさ、なんでオレがって少しの不安と、オレだけ特別なのかもって優越感とで、今朝、えりがオレん家に来るまで頭の中がごちゃごちゃでさっ。

えりからデート誘われた時、正直、いろんな意味で嬉しかった。

デートで頭がいっぱいになって、その感情を忘れることもできてたし。

それに、あれは幻覚や気のせいじゃなかったって、今日ははっきり分かったし。

えりに見えなかったのが残念だけどね。ただ、これが悪い予兆でないことを信じたい。

えりをそういうことに巻き込んだオレとしては、少なからず、責任と不安も感じてるんだ。

だから……、今日はごめん。そして、ありがとっ」

「こちらこそ、ありがとっ。しかも、さらっと嬉しいこと言ってくれちゃって……。

本当はね……、デート断られると思ってたんだ～。

たかゆきには、私は女の子として映ってないような気がしてたから……。

だから、私の方こそ嬉しかったんだよ」

かなりほっとした。そして、素直に嬉しかった。気恥ずかしい幼馴染の隠れ蓑をかる〜く取り去ってくれたえり。自分のことを子供なうえに、臆病だと思いっきり認識させられた。自分でも苦笑いしてしまうほどに。でもそれすら心地よかった。負い目やら自己嫌悪を感じないのは、えりの舵取りのお陰なのだろう。そう思った。

「もし、何かあったとしても、オレがえりをちゃんと守るから」

思わず口をついて出たが、『何か』って……。そもそも、守らないといけないようなことがあってはいけないのに、縁起でもないことを言ってしまったと後悔した。

「あっ、ごめん、縁起でもない」

「……ううん。ありがとぉ」

なんで、こんな意味不明なキザなセリフにつっこみもせずに素直に頷けるのか。空気を読めるというか、大人というか、何にしてもやっぱり、居心地が良い。本当にココロから守りたいと思った。そういえば、空気を読めとおふくろさまに言われたが、まだまだだと自己反省しきりの一日となった。

「こちらこそありがとっ」

「うん」

黄金のデートコースを離れ、生活感溢れる人が行き交う見慣れた商店街を横目に、県営住宅群を抜け、角を二つ曲がるといつもの帰り道に合流した。いつもと何も代わり映えのしない道だが気持ちが高揚しているせいか全くの別世界に見えた。

「それにしても、紫が減ったり、ピンクが減ったり。訳分かんないね」

「だろぉ」

「これじゃ～眠れなくもなっちゃうね」

「そうなんだよっ」

「たかゆき、私には想像もできないような自分会議してきてたんだろうね……」

「ははっ、大袈裟だなぁ。でもさ、経験と知識が絶対的に足りてないから、ただの自己満足の独りよがりなんだよな～。

まっ、忘れることも多いし、言うほど物知らないし。それに、理屈っぽくなっちゃうんだよね。

下手したら屁理屈になる。だからちょっと敬遠されたり、面倒臭がられたりね。

変に気を遣ったり、遣われたり……」

「そう感じてたんだ。なんだか、寂しいね」

「ま～ね、でも慣れたよ。身を守る術を憶えたと言うか……」

「もっと早く、こういう話聞きたかったなぁ～。

でも、これからは一人で悩まないで、ちゃんと私には本音で話してね。約束だよっ」

「うん、ありがとっ」

幼馴染だった同い年の女の子がボクを置いて大人になっていく。そんな取り残された感を感じつつもどこか嬉しい自分もいた。

「いこっか」

「うん」

「なんだか、軽く免疫できちゃったな……」

「ふふっ」

日常、何処にでも、誰にでも起こっているであろうこの事象。それが具体的に具現化して見えること自体が不思議であって、その事象自体は珍しくもなければ、特別なことでもない。……たぶん。見え始めたきっかけ、時期、そして数字。これらには、ちゃんと意味があるはず。帰ったらもう一度、お浚いをしてみることにし、ここでの自分会議を終えた。

五分ほど歩くと、なだらかな坂が出てくる。その坂をさらに五分ほど上ると、えりの家とその先にボクの家がある。ふと気付くと、二階建てのえりの家が見えるところまで来ていた。ちょっと洋風で真っ白な壁にオレンジの屋根の洒落た家だ。ついでにその先にはボクんちも見えている。『ザ瓦』って感じで昭和感が否めない。この近所で浮いて見えるのは、勿論えりの家だ。と言い切りたいところだが、逆の意味でボクん家も浮いている。いや、沈んでる？　当たり障りのない外観の家が立ち並ぶ中、昭和と平成、それぞれを象徴するかのような個性的な家に、ボクは満足してるが、えりは全く意識すらしていない感じだ。

「着いたね……」

「うん……。着いちゃったね……」

その言い回しに、『残念』という感情を重ね、少し嬉しくなった。それにしても、こんなに近くにいるのにこの物足りなさと寂しさときたら……。完全に惚れた側の感情だと、経験のない恋愛感情に対する独断で想いに浸っていた。

「たかゆきっ。今夜、たかゆきんち行ってもいいかな？　今日のこと、お浚《さら》いしてみない？」

なんと神のようなお言葉だ。青天の霹靂だ。一瞬にして顔が満面の笑みに変わったのが、自分でも容易に分かった。

「もっ、勿論いいよ。そうできたらとオレも思ってたんだ」

「じゃ〜、シャワー浴びて、夕食済ませたら行くねっ」

「うん、待ってる。って言うか、電話くれたら迎えに行くよ」

「ふふっ」

「何？」

「一分もかかんないよっ。この辺明るいから大丈夫っ。でも、ありがとっ」

「だよ……なっ」

「うんっ」

「じゃ〜、待ってる」

「うんっ。後でねっ」

「うんっ。後でっ」

こんなやりとりの間にも満面の笑みが消せない。きっとそんな感じだ。えりを送り届けて……、という大層な距離でもないがボクも帰り着いた。玄関を開けると、『ただいま』より先に三つ指立てて平伏しているおふくろさまが出迎えた。

「おかえりなさいましぃ～」

顔を上げたおふくろさまは目も耳も全開、小動物を狙う女豹状態だ。聞く気満々だ。

「た、ただいま……」

ボクの顔を見れば誰でも良いことがあったに違いないとあからさまに分かる。そんな顔をしているんだろうから、おふくろさまに隠せるはずもない。って言うか、何で帰ってくるのが分かったんだ。帰る時間は言ってなかったのに……。オンナの勘ってやつだろうか……。恐ろしい……、魔女めっ。

後からえりが来ることを告げると何も言わず、しかし、おもいっきり当てつけがましいにやけ顔ですぐさま、お風呂の準備をしてくれた。よくおわかりでっ。気の利くおふくろさまだ。部屋に入るなり、デート仕様を解除。自分の部屋にふさわしく、いつもの自分に帰還し、暫く、今日の余韻に浸っていた。

「こぉ～らぁ～」

思いっきり耳元で、しかも小声というより、もう息に近い生温かい風が不意を突いた。

「うわっ。びっくらこいたっ。ノックぐらいしろよ～」

浸っていた心地よい回想から、全身の鳥肌と共に呼び戻され、ある意味一番きつい拷問のような呼び起こされ方をした。

「三回……」

「三回？」

「ノック、三回を三回。ちゃ～んとしたわよぉ～。極小さく……」

「三回も？　ってか極小さくって……」

「まぁ～あっ。文句あるのぉ～？」

「べ～つにっ」

「あらまぁ～。にくったらしい子ねぇ～。お風呂流してこようかしら～」

「おいおいおいっ……。分かったよぉ～。ごめんなさいでしたっ」

「まったくぅ～。頭の中はさぞ綺麗なお花畑なのねぇ～」

おふくろさまからの温かくも的を射たお言葉。おっしゃると～りで。それよりっ、人間、年を取ると勘が鋭くなるのかっ。それとも都合のいいとこだけ目が肥えるのか……。いやっ、やっぱ魔女なのかっ……。ボクとおふくろさまの中では、大抵の秘め事は秘密にはならない。

「でっ、なに？」

「何ってぇ、お風呂沸いたわよぉ。さっきからどんだけ叫ばすんじゃいっ」

「えっ、もう沸いたの？」

「もうってぇ、十五分ず〜〜〜っとお花畑？　まったくぅ、お幸せなことで〜。羨ましいですことぉ……。早くお入んなさいなぁ〜。えりちゃんくるわよぉ〜」

おっと……だった。えりが来るんだった。

「分かってるよぉ〜。すぐ入るよっ」

このやり取りに満足したのか、おふくろさまは自分の部屋へと帰還した。まっ、夕食とってくるって言ってたからまだ時間はあるだろう。それにお風呂も入ってくるだろうし。お……お風呂……。あっ、ばかっ……おさまれ！　オレ様っ。両手をズボンのポッケに突っ込んで、気持ち前屈みでお風呂に向かうボクをあのおふくろさまが見逃すはずはない。どう嗅ぎつけたのか、台所から猪突猛進なオーラ全開で参上仕った。

「うわっ」

「こら〜。うわって何よ〜」

「何でいつもタイミングがいいんだよぉ〜」

「それはっ愛よっ。あ〜いっ」

「ははっ」

空笑いするボクに、弱点をみつけたおふくろさまが、先制口撃をしかけてきた。

「あ〜らっ。気の早いことでぇ。風呂場でおいたはやめてねぇ〜」

「なっ……」

デリカシーのかけらもない。

「何のことだよっ。腹がいてぇ～のっ」

……しまった。おふくろさまに悦楽チャンスを与えてしまった。無視して風呂に向かうべきだった。が、時既に遅し。

「ど～らっ。みせてみんしゃ～いっ」

やっぱりきたっ。ってか来ないはずがない。この千載一遇のチャンスをあのおふくろさまが逃すはずがないっ。

「少々のことなら ぁ～このマザーズゴッドハンドで治してあげるわよぉ～」

ニコニコしながら酔ってくる……。あ～ちょっと違うがあながち間違ってもないか、このテンションは……。

「まっ……まぢ怖いから。やめれっ、おふくろさま」

「な～に遠慮してんのよぉ～～～。あなたが小さい頃はぁ、ほとんどこれで治したんだからぁ。

大丈夫よぉ～。ぜぇ～んぜん、痛くないわよぉ～。薬いらず、医者いらずのありがたぁ～い能力よぉ～。ささっだしなっせ、だしなっせ」

明らかに楽しんでる……、ボクで……。

「まぢ、きもいからいいってぇ～」

「まぁ、つれない子ねぇ〜。母親の唯一の楽しみぃ、じゃなかったぁ、能力を奪うなんてぇ。この親不孝ものぉ」

はぁっ？　能力？　しかも親不孝？　そんなに？これは親孝行の一環なのか？　そう考えると、それはそれでなんか複雑だ。って言うか『楽しみ』って言ってたし……。

「まっ、また今度お願いするわっ」

「しょ〜がないわねぇ〜。今日は見逃してあげようかしらぁ〜」

やっぱ楽しんでる。ってか、ボクもまんざらでもないのかも。もしかしてマザコン？

いやっ断じてそれはない……はず……。

「ほいっ。バスタオルっ。これもなかったからぁ、ほいさっ」

おふくろさまがバスタオルを投げてよこす。間髪入れずに石鹸も投げてよこす。人間って凄い。ある程度のことなら、咄嗟のことでも判断ができるようだ。ボクの照準は、意識的であろう無意識で後から飛んでくる石鹸に合った。迷いがなかった分、なんなくキャッチ。ところが、おふくろさまがにんまりしている。

「はうあっ」

まんまとしてやられた。ちゃんとキャッチできている……。バスタオルも……。ボクの下半身は帽子掛けかっ！　何気にバスタオルの弾道も目標物にぴったりだったし。恐ろしやおふくろさま。やっぱ魔女に違いない。

「イエェ〜スッ」

おふくろさまが、満面のしてやったり顔で凱旋《がいせん》。その頭上には数字が回っていたが見届ける気になれなかった。そのまま意気揚々と台所へとご帰還なされた。

「ちゃぁ～んと洗ってから湯船に浸かるのよぉ～」

勝利の雄たけびにも似たお優しいお言葉が台所から響いた。

「子供かっ」

「子供よぉ～」

独り言のように呟いたが、ちゃんと応えが返ってきた。全く反論できない。しかもこの地獄耳……魔女めっ。ボクは、この一連のやりとりで恥ずかしいやら、悔しいやら。しかもこのまま放置かいっ。いや、いじられるよりはましか。ほぼ毎日こんな感じだ。ストレスではないが決して楽しみでもないっ……。こともなくもないか。ん？　……、結局どっちだ……。

「あっ、そうそう。今日はお風呂で本を読むのはおやめなさいね～」

「なんで？」

「えりちゃんを待たせる気？」

「だった……」

「でも、のぼせない程度にちゃんと温まってきなさいな～」

「はいはいっ」

「はいは一回っ」

「は～い」

「返事はっ！」

「伸ばさないっ！」

「まったく～、何回言っても聞かないわねぇ～。ゆっくり浸かって、さっさと上がるのよ～」

　もうワケが分からんっ……、こともないか。それにしても全てがおふくろさまのペースだ。この家は、言わばおふくろさまの聖域、サンクチュアリだ。ん～聞こえは良いが、実際はあり地獄的な感じだ。何度も言うが、だからと言って不快ではない。なにはともあれ悦楽のバスタイム。お風呂場でやるべきことを一通りこなし、温《ぬる》めのお湯で満たした湯船に浸かってお気に入りの歌を口ずさみながら極楽フィニッシュと洒落こんでいると、ふと気配を感じた。

「へぇ～。たかゆき、歌上手いんだぁ～」

「サンキュ～…………ん？」

「…………」

「ん？」

「…………」

「んんっ？」

「…………」

「！！！」

絵に描いたような間を経て、風呂場が南極？　北極？　どっちでもいいが、とにかく凍った。

「えりちゃん……。なんでそこにいるのかな？」

「………」

声が上擦るとはこういうことか。テレビの世界だけだと思ってたが本当にこうなるんだ～ってのは今はどうでもいい。

「な……なんで、そこにいんのっ？」

「あれ？　おかぁさんに聞いてないの？

うちの両親、今日結婚記念日だから夜は二人で外食ど～ぞって言ってあったの。

両親が家を出た時ね、ちょうどおかぁさんと鉢合わせてその話をしたら私の夕食はうちでど～ぞって誘ってくれたらしくて。

お言葉に甘えてそ～させてくださいってなったみたいでさ～。

たかゆきんちで夕食を～みたいなメモがあったの。

それを読んでる時、ちょうどおかぁさんから電話がきてね、なるはやでおいで～って言うから、速攻、シャワー浴びてきたんだよ～。

そしたら、ちょうどいいからお風呂覗いておいで～って。

いいもん聴けるよって……えへっ。

てっきり大好きな本とかの朗読が聞けるのかと思ったら、予想以上にい〜もん聴けちゃったぁ〜」

全部、おふくろさまの計画通りかっ。あのからみは時間稼ぎの小細工かっ。大魔女めっ。

「えりちゃん……。もう出たいので、居間で待っててくれるかな…」

「え〜。別に私はいいよぉ〜。早く出なよぉ〜。のぼせるよぉ〜」

……んっ。なんか、おふくろさまとノリが似てきている……。

「からかってるだろっえりっ。そっちがその気なら本気で出るぞっ。

このまま一糸纏わず出るぞっ」

「はいはいっ。分かりましたぁ〜。でものぼせないなら、まだゆっくりでもいいからね〜。

私はゆっくりしとくから〜」

「あっ……。いやっもう上がるよ。待ってて」

「うんっ。分かったぁ」

おふくろさまとボクのやり取りを見てて憶えたんだな、きっと。ボクの扱い方とあしらい方を……。差し詰め、おふくろさまの愛弟子と言ったところか。でも、不思議と嫌ではない……。ん〜。やっぱボクにはMっ気があるのかな〜。そう自分会議をしながらドアを開け、バスタオルに手を伸ばすとバスタオルを手渡された。

「サンキュッ。…………んっ？　はうあっ」

手渡された？　手渡されたっ！！　？？？　なにっなにっ？　どうなってんの？　あ

まりの出来事に一瞬で固まった体は、金縛りのように自分の意思では動かせなかった……。そんな状況の中、一点をじ～～っと見つめながらえりちゃんがのたまった。

「えへっ。か～わいっ」

えりちゃん？　何でしゃがんでそこにいらっしゃるんだい？　今は居間にいるんじゃなかったのかいっ？　おっと、くだらないダジャレが言葉になってなくて良かった……な訳がないっ。一糸纏わず仁王立ちなんですけど。しかも、我がご子息は臨戦態勢に至らずですからそりゃ～かわいいでしょうよっ。何これ……。何のバツゲームっすか神様……。どうリアクションをとればいいんすかっ？　亀さまっ……はボクの方か……。神様……神様のいぢわるっ。

ま～えりちゃんも、確かに言ってましたよね～。

『でものぼせないなら、まだゆっくりでもいいからね～。私はゆっくりしとくから～』

『私はゆっくりしとくから～』

『しとくから～』

うんうんっ、心地よいリフレインだ。『居間で』って言ってないもんね～。『ゆっくりしとく』ってちゃんと言ってるもんね～。有言実行だよね～。

ボクはボクで『あっ……いやっもう上がるよ。待ってて』って確かに言ったね～。『待ってて』ってしっかり言ったね〜。『居間で』って言ってないよね〜。言われた通り待っててくれたんだもんね〜。褒められても、怒られる筋合いはないよね〜。

……って言うか、絶対に確信犯だっ。どんだけ短時間で、理解から行動までもっていくんだ。いろんな意味でふらふらしてきた……。今現在、自分会議中ですから、今もまだ出しっぱなしのようです……。すっぽんぽんですっ。既に、現実逃避行です。そんなボクの様子から察したのか、空気を読んでくれたようで、解放の瞬間が訪れた。

「この責任はとってあげるね」

……ありがとうございます。て言うか、その台詞は男が言う台詞でしょ〜よっ。にっこにこのえり殿が頭上に数字を従えたまま退場つかまつるのを羨望《せんぼう》の眼差しで見送った。あんな優越感味わってみたい……。薄紅色の数字が減ったのが見えたがそんなことが『そんなこと』で片付くくらい、どっと疲れた。風呂から上がって疲労感を感じたのは初めてだが、顔が緩んでいる。冷静になってくればくるほど恥ずかしさの津波が怒濤のごとく押し寄せてくる中、その波を楽しむ、ぎこちない金槌サーファーな自分に気づいた。嬉しいのかボクは。いやっそんなはずは、でもっ、この気持ち……。

まぁい〜やと開き直って、髪を乾かし、いつ巻いたのか腰巻タオルからパンツに穿き替えて、Tシャツを着ると、近場にお出かけの時に着るちょっと洒落たおきにのスウェット上下が置いてあるのが目に付いた。そう言えば。下着だけ持ってきてたんだっけ……。おふくろさまか、この時ばかりはさすがに素直に感謝した。まっ、着る物以前に、生まれたままの姿を見られましたけど。でも、要所要所はちゃんと母親になる。だから頭が上がらないのかと反省と感心と感謝とちょっとしたグーな気持ちで風呂場を後にした。

「上がったよぉ～。おふくろさま～、さんきゅっ」

「ちょ～ど良かったぁ。これ持って行っててちょ～だいなぁ～」

いつもの調子で取り皿を手渡された。えりもぱたぱたと手伝ってくれている。そこには、デートの時とは違う見慣れたえりの姿があった。凄く感じのいい光景が目の前で繰り広げられている。胸の奥が温かくなるのを感じた。

「たかゆき～。それ持っててってくれればいいから。後は座ってて～」

えりが大人に見えて、嬉しいやら寂しいやら……。さっきの一大事は何だったんだってくらい普通にしている。必死に平静を装っているのか、本当に大したことではないと感じているのか全く分からない。やはり小悪魔だ。魔女と小悪魔の夕飯の支度……今夜は何を食べさせられるんだろう……。

「……おうっ。さんきゅっ」

皿を片手に冷蔵庫を開くやいなや、

「コーヒー牛乳、今テーブルに置いてきたよ～」

行動パターン丸読まれ。

「おうっ。気が利くじゃんっ。って……あ～、おふくろさまか」

「うんっ。ゆっくりしてて～」

「ほ～いっ」

テーブルに取り皿を置いて、お言葉に甘えて、コーヒー牛乳片手に居間からパタパタな二人を見ていると、ほんわか幸せな気分になった。コーヒー牛乳を飲み終わる頃にいつもの食べなれたおふくろさまの手料理が次々に運ばれてきた。

「えりが来てるのにいつもと同じじかっ」

「あらっ失礼ねぇ～。このすっぽんぽんぽんはっ」

「なっ」

えりがあれを言うはずはない。と言うことは……やはり魔女だっ。

「おかぁさんの真心ディナーだよぉ。ご馳走じゃな～い」

改めて並べられた手料理を見るに普段と何ら変わりない。やっぱりいつもと変わらないじゃんっと声に出すのは止めた。二対一じゃ二〇〇%勝ち目はない。周知の返り討ちにあうのは明白だ。勿論、タイマンでも勝てはしないが……。

「たかゆき～、分からないの～？　たかゆきはいつも、おかぁさんに持て成されてるんだよ～。

　気付かなかったの～」

その言葉にハッとした。一瞬、親鳥から餌をもらうひな鳥が頭を過り、顔から火柱が立ち昇った。

「たかゆきは、まだおこちゃまなのよぉ〜。

えりちゃんっ、たかゆきをこれからもよろしくねぇ〜」

「は〜い。おかぁさんっ」

「だれがおこちゃまじゃっ」

「あなたよっ」

「たかゆきっ」

「くそっ」

二人して即答だった。まったく女性って生き物は……。軽い自己嫌悪が、感心する想いに流されて心地よかった。久しぶりにこのシチュエーションでの食事。否が応でも話に花が咲いた。ほとんど、ボクの過去の失敗談だったが……。美味しく楽しい和やかな食事を終え、おふくろさまとえりが後片付けをするのを呆然と見ていたら、そこはさすがに怒られた。

「今の世の中、男女平等っ。たかゆきも自分の茶碗くらい片付けなさぁ〜い」

「へぇ〜いっ」

「ふふっ」

一通り片付けを済ませてえりと二人、ボクの部屋に上がってきた。部屋に入るなり、風呂上がりの薫りがふと漂った。ボクだけ意識してしまったことで、軽く緊張したせいか、えりにもそれが伝わった風だったが、そんな矢先、神の声が空気を変えるべく降臨した。

「たかゆきぃ～、えりちゃ～んっ。今すぐ開けてぇ～」

おふくろさまが、すぐさま紅茶とケーキを持ってきた。すさまじいタイミングだ。しかも今すぐぐって何だ？　その割には、な～んもからまずに普通に置いて部屋を出た。調子が若干狂うが、タイミングは絶妙だった。おふくろさまの勘は鋭い。というか、女の勘？　経験則？　母親？　やっぱ魔女なのか。何れにせよ頭が下がる。お互い幼馴染とはいえ高校生。しかも風呂上がりの食事後。そういう雰囲気に呑まれる可能性は高いわけで……。残念なような助かったような。お陰で微妙な雰囲気は一変して、いつもの二人に戻れた。

「おいしそ～。食べよっ」

「えっ？　まだ食えるの？」

「女の子には別バラという素敵な機能があるのだっ。えへへっ」

嬉しそうに、イチゴのショートケーキをほおばったえりが無性にかわいく見えた。そこにはいつもの幼馴染のえりがいた。そこでふと気付いた。ケーキなんて普段出たことがない。いつ買ってきてたんだ、おふくろさま。そんな疑問も、えりの笑顔で流れた。

「おいしっ」

「ほんとに別バラなんてのがあんのな？」

「うんっ。いいでしょ～」

「ぜんっぜんっ。なんならオレのもやるよ」

「ほんとっ？」

「うん」

「なぁ～んてっ。そんなに入りませんっ」

「遠慮いらね～ぞっ」

「ほんとだよっ。この一個が至福なのだぁ～」

「そんなもんかねぇ～」

「そんなものですっ」

「ふっ」

「えへっ」

「でもさぁ、やっぱえりにも見えなかったなっ」

「そだね。

　昨日たかゆきが話してくれた『見えるようになるきっかけ』は私にもあったんだけどな～」

「え？　えりやっぱまぢで失恋したの？」

「うん」

「まぢっ？　相手……誰？」

「えへっ。気になる？」

「当たり前じゃんっ」

　幼馴染なんだから……と、今までなら何の躊躇もなく続けられた言葉をボクは飲み込んだ。そうじゃないことに、わずか今日一日で気付かされたからだ。

「気にしてくれるんだぁ」

「正直、今は昨日までとは違う意味で凄く気になる」

「えっ?」

「相手、オレの知ってるヤツ?」

「……ごめん、たかゆき。今は言いたくない……」

そう言うとえりはフォークを置いた。なんとも微妙な空気が漂い始めた。

「そっか。ごめんごめんっ。話が逸れたなっ。本題に戻そうっ」

「……うん」

いつもなら、こんなに素直に謝れないのだが、今日は、考えるより先に口に出た。お陰で、重苦しい沈黙に包まれずに済んだ。

「見えるようになったきっかけから考えると、やっぱり、精神的なショックみたいなものなのかな……」

「今のところ、それが有力だよね。メンタル的な刺激が何かしら影響してるのかもしれないね。

でも私には見えなかったから、ほんとのとこ、どうなんだろっ」

「人によって違うのか、それとも、そもそも、オレにしか見えないのか。オレ、小さい頃から色が付いて見えるって言ってたじゃん」

「うん。そうだったね」

「そういう体質なのかなぁ」

「人に灯る色と現れる数字の色は、同じ色なんだよね。

色はそのままで、数字という具体的なカタチが現れるようになった。

なんか進化してるっぽいね。まだ、変わっていくのかなぁ」

「全く想像つかないなぁ」

「そうだよねぇ」

「色付いてた時も、最近見える数字の色も、感じるものも同じなんだよなぁ。

そう考えると、やっぱり意図してることは同じで、
単に情報が増えたことになるよなぁ。でも何で今なんだ……」

「何か意味があるのかなぁ。もしかしたら、あまりにもたかゆきが気付いてくれないから
ヒントを出してくれてるんじゃない？　ふふっ」

「おいおいっ」

「ふふっ。でも、今回、今まで色だけだったのが数字も見えるようになったのは、ただ単に、きっかけのせいなのか、それとも、何かの意志に因るものなのか。

これからの展開次第で分かるかもね」

「かもな～。今は、情報が少な過ぎるもんなぁ」

「たかゆき的には、その失恋って相当なことだったのぉ？　今までで一番って位の」

えりの一言一句を自分に都合のいいニュアンスに置き換えて聞く自分に改めてえりを意識していると感じた。

「いや……。自分から行動して失敗したとかじゃないから、そこまではないかな。まぁ、凹んだというよりは後悔かな……今朝までは」

「今朝まで？」

「うん」

「………」

ボクが言いたいことを分かってくれたのかニコニコしてそれ以上突っ込んでこなかった。

「今日のことを踏まえても、常に浮いているわけじゃなくて、何かの拍子で出現してるはずなんだよなぁ」

「うん。そんな感じだね。しかもそれは、全ての人に起きている事象だよね、きっと。ただ、それを見ることができる人とできない人がいるだけ。とは言っても、今は見えてるのは私達が知る限り、たかゆきだけだけどね」

「だね。実際今日も色々見えたけど、えりには見えなかったもんな。他の人にもやっぱり見えてなさそうだったし……」

「うん。それに、やっぱりたかゆきには出てこなかったんでしょ。数字も、つるぷりんちゃんも……」

「うん……」

「自分のは出てこないのか、見えないだけなのか……。謎だらけだね……」

「だな。まだ、オレ自身に出てくれれば比べようもあるというか、推測しやすいんだけどな～」

「そだね～。で、数字も色違いで裏表一体だったっけ」

「うん。色の違う二種類の数字。

表裏一体でそれぞれ何かしらリンクしてる感じがしたんだけどな……」

「リンクかぁ……。確かに表裏という形だけじゃなくて関係性が表裏を意味してそうだよねぇ」

「うん。あの数字から感じるものも全く正反対な印象を受けたしね。

薄紅色の数字は優しい温かい感じがしたし、薄紫色の数字は少しだけ重い感じがしたんだよな～」

「そうなんだ～」

「うん。直感だけどね」

「直感って意外と当たるからね～」

「悪いことほど、よく当たる……」

「そんなこと言わないでっ」

「へいへいっ」

「回ってることにも意味があるのかな？　止まったら大変なことでも起こるとか……」

「どうだろう。動いてる以上は、何かしらの意味はあるとは思うんだけど。

今はさっぱりだねっ……」

「うん」

「そんでさっ。これは関係ないかもだけど、なんとなく懐かしい感じがしたんだ」

「懐かしい？」

「うん」

「どうしてだろうね」

「分かんない……」

「だよね……」

「でも、パニックにはならなかったんだ」

「いつものように冷静に客観的に、そんな感じ？」

「うん」

「たかゆきはさぁ、びっくりするほど冷静で客観的になるもんね」

「ははっ、おっしゃる通りで」

「ある意味、心配もしてるんだよぉ～」

「なんで？」

「癖みたいなものだからしょうがない部分もあるだろうけど、

たまに、たかゆきは感情を無意識に抑え込んでるんじゃないかって……」

「そう見えてたんだ……」

「うん。たまにね。

最初の頃は感情表現が苦手なんだろうな～って思ってたけど、何だかそれだけじゃなさそう……」

「ただの現実逃避だよっ」

「それだけじゃないよきっと。あっ……ごめんねっ。気にしちゃった？」

「ううん。よく見てるな～と思って」

「そりゃ～ねっ」

「えっ？」

「あっ……」

少しだけ赤らんだ顔で目を逸らすえりにボクの方が余計、動揺した。

「と……兎に角、気付いたことは全部書き出してみよう。思い出せること全てさ」

「もすもす？　さっきから私が書いてるの見えてないのかにゃっ？」

明らかな照れ隠しすら、わざとらしくないとこが余計かわいい。マイ手帳を広げて、今までの経緯だろうか、たくさん綺麗な文字が並んでいた……が、ボクには前かがみで書くえりの胸元の方が気になって目が離せずにいた。落ち着け、落ち着け……。と呪文を唱えまくった。何で今までこんな素敵な情景に気付かなかったんだと自分の注意力のなさを大反省したりもした。

「あっ……。まぢで気付かなかった。さっすが～頼りになるっ」

いろんな意味で本音だ。

「もぉ～。調子いいんだからぁ～」

今の二人の状況は、完全にボクが想像するカップルの会話とリアクションだ。自然と顔がにんまりする。普通に目を見てするごく自然な会話と、ふとした時に目が合い、照れてうつむいてしまう感覚。完全にお互いを意識している反応だ……と信じたい。そして視線が自然と胸元に。これぞ普通の高校生なんだと正当化し開き直った。

「じゃ～数字の増減はどう思う？」

ボクは恥ずかしいやら、どうしたらいいのやらで、いかにもな口調で話を振ってこの照れくさい空気を濁した。

「数字の増減の意味……。今までので共通点って何か思い当たることある？」

「共通点、共通点……ないな～。ただ、いくつかは『何か』が起こってたね。

お婆ちゃんの時は『親切』、今日は『事故』とか『階段からの落下』とか……。

あれアクシデントといえばアクシデントだもんな……」

「そうだよね……

『親切な出来事』、『事故』、『階段からの落下』。

『親切な出来事』の時は確かぁ、お婆ちゃんは、薄紅色の数字が減ったんだよねぇ。

その時、女の子は、薄紅色の数字が増えたけど、その時は、どちらも薄紫色の数字に変化はなかったんでしょ……」

「うん」

「なんだかややこしいね」

「確かに……」

「ピンクが減ったり増えたり、きっと、紫も減ったり増えたりするんだよね」

「たぶんね」

「絶対にきっかけがあるよね」

「あるはず」

「あう～」

「ははっ」

「どう？　今浮いてない？　見てみてっ」

「どうしたの急に？　浮いてないよ」

「思いっきり……困ってみたの」

「困って？　……ははっ。相変わらず天然だな～」

「言ったなぁ～」

「ははっ。褒めてるんだよっ」

「えぇ～。なんか複雑～」

「だってオレ、天然大好きだし……。あっ」

「えっ」

口が滑った。お陰でまた真っ赤な沈黙に包まれた。

「いやっ、そういう意味じゃ……」

「えっ?」

「いやっ……だから……その……」

「えへへっ、ありがとっ。今日のとこは素直に喜んでおいてあげよぉ」

いろんな想いが迷走し困惑していると、それに気付いてか見逃してくれた。恥ずかしいやら心地いいやら、朝から全く成長してないのが残念でならない。

「で、他に何かある?」

「う〜ん……」

「……………」

ほんの二〜三分の沈黙だったが、えらく長く感じた。

「あ〜っ。全っ然わかんないっ」

先にギブアップしたのは意外にもえりの方だった。

「だろ〜。オレが昨日考えて寝れなかったのが分かるっしょ」

「うん。分かるっ分かるっ。どう考えても想像の域を出ないもんね〜」

「うん。でもあれ絶対に生き物だった……」

「どこ行ったんだろうね。私も見てみたいなぁ……」

「オレだって見せてあげたいよ。透明感があって柔らかそうで……。

ほんと、えりが名付けたつるぷりんちゃんってネーミングがぴったりなんだよなぁ。

実は、オレも密かにポムポムって勝手に名付けてたんだけどね」

「ポムポム？　私のつるぷりんちゃんより名前っぽくていいんじゃない。

でも、その名前の由来は？」

「あぁ～、単純だよ。生まれ出てくる時ポムッて音が聞こえた気がして、それでポムポム」

「かわいくていいじゃん。今度からはポムポムって呼ぼっ、ねっ」

「うんっ」

「でも、よくよく考えると、そこら中ポムポムだらけな気がしない？

だって、今日見えただけでも、二～三人は見かけたんだもんね……。

そこらへんの物陰とかから覗いてたりして」

その言葉に、ササッと辺りを見回してみた。

「流石に、いないかっ」

「私も一瞬探しちゃったぁ。見えないのにっ」

「ははっ。色も、容姿も、覚えている限り、みんなバラバラだった。

因みに、えりの最初のつるぷりんちゃんはショッキングピンクだったよ」

「何で、私のはつるぷりんちゃんのままなの？　ある意味間違いじゃないけど」

「ははっ。つるぷりんちゃんの方が印象が強くて……」

「ほんとぉ？」

「ほんとだって、ははっ」

「じゃ～そう言うことにしといてあげよう。

それにしても、ショッキングピンクなんてド派手だねぇ」

「うん。目にガツンッてきたもん。小さいのにっ」

「いつか見れるといいなぁ」

「そうだね」

「今日、分かったことだけど、人が色付く現象の代わりに、数字が現れるようになった。

その数字の色は、前の色付く現象の時と同じ色で、それから受ける感覚も同じ。

今までのたかゆきの経験上の憶測では薄紅色は良いイメージで薄紫色は負のイメージ。

何かの拍子に現れ、表裏一体となって回ってるその数字が増減する。

同時にポムポムが出てくることがある。

そのポムポムの色も、容姿も今のところ、統一性はない。

数字とポムポムの出現条件は分からずじまい。

増減する数字にポムポム……。なんじゃこりゃって感じだね。ふふっ」

ここぞとばかりに、ポムポムを連呼してくれたお陰で、つるぷりんちゃんがポムポムに脳内変換できた。

「でも、分かんないことだらけだけど、
　相談できる相手がいると、やっぱり気が楽になるし、何より楽しい」

「そだねっ。確かに楽しい。でも、それは、たかゆきとだから……」

「だよなっ……えっ？」

　思いきり油断してた為、またしても赤面一直線だった。今日は、顔面の血管がきっと
どっか切れてる。そのくらい、顔面への血流が激しい一日だ。

「かわいいっ、たかゆきっ」

「かっ……からかうなよ……。えり、おふくろさまに似てきたぞっ」

「きゃ～嬉しいぃ～～～」

「は？　壊れた？　大丈夫？　どこに嬉しさを感じるんだ……」

「おかぁさん、美人だし面白いじゃないっ。普通に嬉しいよっ」

「美人？　まぁ～何十年か前ならその台詞許せるけどさ～

　今はもういろんな意味で魔女だよ、魔女っ」

「ひっど～いっ。何言ってんのぉ～。綺麗だよおかぁさん、色気もあるし。

　あんな大人な女性になりたいなぁ～」

「うおっ。なんとなく複雑だ……。けど、えりならなれるんじゃないかなっ」

「えぇ～。超嬉しいぃ～。楽しみにしててねっ。た～か～ゆ～きっ」

ボクには、もう赤面を通り越して天狗級の殺し文句に相当する。なんとも陳腐で意味不明な表現だ。って言うか、えりってこんなだったっけか？　ボクが気付けなかっただけだろうか……。美人だしかわいい、性格も良いし、スタイルだって高校生とは思えない。……なんかこの表現の仕方、観察力や洞察力に乏しいおっさんみたいだ。今までの、この恵まれたえりとの環境をどれだけ無駄に過ごしてたんだと自己嫌悪にすら堕ち入りそうだ。まったくもってもったいないっ。ま～でも、今回の件を機にかなり近づけたし結果オーライか。と、ここで疑問が出てきた。えりって今まで彼氏がいた記憶がない。本当にいなかったのか、ボクが知らないだけなのか……思いっきり気になるが、今度タイミングを見て聞いてみよう。

「もしもぉ～しっ。聞こえてますかぁ～。帰っておいでぇ～」

「あっ……。ごめん、なんだっけ」

完全にお花畑にトリップしていた。

「もうっ。耳からお花が咲いてるぞぉ」

「げっ。おふくろさまと同じこと言ってる」

「だって見えるもんっ。お花ぁ……」

「………」

「おかえりっ。精一杯頑張って帰ってきたねぇ～。お花畑からぁ」

「ただいま戻らせていただきましたっ」

「改めてぇ～。おかえりなさぁ～いっ」

えりが笑ってお出迎え。その笑顔は反則だ。どストライクだ……。それにしてもかわいい。いかんいかん、またお花畑に向かうとこだった……。

「でっ……。何だったっけ……」

「まったく～。教えてあ～げないっ」

「えぇ～。ごめんってばぁ～」

「えへへ～。またこ～んどっ」

「ちぇ～」

「ふふっ」

「でも、こんな非日常的で、非科学的なことに遭遇してるのに、大騒ぎする気分にはなれないんだよなぁ。

何でだろ。何か微かに懐かしさというか、安心感というか……」

「そうなんだ……」

「うん……。もしかして、過去に何か関係があるのかな。

前世とかいうレベルで。偶然じゃないような、そんな気がする」

「必然って感じるの？」

「ま～、そんな格好いいもんじゃないけど。何か繋がりがあるような……」

「そっか～」

「うん」

コンコンッ。

「なに？」

「たかゆき～、そろそろえりちゃんを送っていきなさいな～。もう十時過ぎよぉ～」

「えっ？」

見ると時計は十時十分。

「あっ。えりごめんっ。気付かなかった」

「大丈夫だよ、たかゆきっ。ここにいるの知ってるから心配してないよ」

「そっか。でも、もう今日は送ってくよ」

「いいよ～。すぐそこだしっ、大丈夫っ」

「いやいや、一人で帰らせようもんなら、おふくろさまにオレが締め出される」

「ふふっ。じゃ～お願いしよっかなっ」

「おうっ。是非そうしてくれっ」

「ふふっ」

「また、話ししような……」

「うんっ。しよっ」

「おうっ」

後ろ髪を引かれながら、えりと階段を下りた。

「おかぁさんっ、遅くまですいませんでしたぁ。

お食事とデザート美味しかったですっ。ありがとうございましたっ」

「またいつでもいらっしゃいなぁ～」

「は～いっ」

「じゃ～、送ってくるわっ」

「えりちゃんに何かあったらあっしが承知しないよぉ～。しっかりお勤め果たしといでぇ～」

「ふふっ」

えりから社交辞令じゃない笑みが零れた。

「分かりましたっ。身命を賭して、任務を遂行してまいりますっ」

「よぉ～しっ、よく言ったぁ～。それでこそ私の息子であすっ。行ってらっしゃいなぁ～」

「はいよっ。ってごあすって……」

「ふふっ。か～わいっ」

そう言いながら、小さくえりが笑った。玄関を出ると、いつもより明るい夜空に二人同時に空を見上げた。

「うわぁ～、おっきぃ～～」

「凄いね……。スーパームーンだっけ、今日……」

「スーパームーン？」

「うん。簡単に言えば、地球と月が一番近づいた時の満月か新月のことだよ」

「スーパームーンかぁ、素敵だね。そんなこと知ってるたかゆきがっ」

「えっ」

昼間とまではいかないまでもこの明るさに少々不自然さを感じる中、えりのフェードアウトした言葉がボクの頭の中でこだました。

「それにしてもっ……、たかゆき優しいんだぁ～」

意表を突かれたせいで、えりが何言ってるのか、訳が分からなかった。

「えっ？　普通送るでしょ」

「ち～が～う～のっ。おかぁさんに優しいなぁってことっ」

「おふくろさまに？　どこが？」

「い～のい～のっ。たかゆきはそのままでいてねっ」

えりが笑った瞬間、目もくらむほどの閃光がボクらを包み込んだ。不快な轟音《ごうおん》と共に全身に衝撃が走った。横を見ると、今までボクの隣にいたえりがボクの二メートルほど後ろに横たわっていた。

「えりッ」

慌ててえりに駆け寄り、声を掛けた。意識はないが浅く呼吸はしている。外傷は見当たらない。こういう場合、動かさない方がいいと聞いたことがあった為、肩に手だけ添えて声を掛け続けた。次の瞬間。ボクの目の前に例の数字が現れた。明らかにえりの数字だ。今までと何ら変わったところもなく、慌ただしくもなく、重苦しくもなく、今までと同じようにゆっくりと回転していた。しかし、次の瞬間、目を疑う変化が起きた。

「ゼロ……、ゼロって……、ゼロって……なんだよっ……」

両方の数字が、凄まじい勢いでゼロへと終着した。そんな中、おふくろさまが血相変えてこっちに走ってくるのが見えた。周りにも数人、通行人の姿が見て取れた。

「えりちゃんっ、たかゆきっ」

「おふくろさまっ。えりがっ」

えりとボクの名前を叫びながら、ボクの向かい側に腰を下ろし、えりの無事を確認すると、再びボクの名を呼んだ。

「たかゆきっ、たかゆきっ」

「ボクは大丈夫っ。救急車を呼んでっ」

「たかゆきっ、たかゆきっ」

「……えっ？」

おふくろさまの視線は、目の前にいるボクではなく、ボクの二メートルほど後ろに倒れているボクへと向いていた。

「えっ？　なっ……何……」

考える間もなく、一瞬で頭の中が白くなり、体から意識を吸い上げられる感覚の中、足元に大きな闇が広がっていた……。

「どうなってる……えり……おふくろさま……」

吸い込まれるように堕ちる漆黒の中、ボクは様々な過去を遡るように垣間みた。これが走馬灯……、そう冷静に客観的に傍観したまま、さらに暗く深い淵へと堕ちていく感覚に、ゆっくりと意識が遠のいた。

第三章　『魂魄界』

「うをいっ。うを～いっ。大丈夫でおじゃるかっ。大丈夫でおじゃるのかっ」

ツンッ……ツンッツンッ……ツンッツンッ……グシッ
「いでっ、いってぇ～」

「むをっ。気付いたでおじゃるかっ。わざとではおじゃらんぞ～。

決してわざとではおじゃらんぞ～。おどれが急に動くからでおじゃるぞ～」

　遥か遠くから聞こえてくるような微かな声に、次第に意識が明るみを帯びてくる中、おでこを軽く突かれてるような感触に顔を背けた次の瞬間、ピンポイントで瞼《まぶた》ごしに左の眼球をド突かれたかのような痛烈な痛みを覚え、言い訳と共に強制的に意識を呼び起こされた。瞼に残る強烈な圧痛を拭い去りながら起き上がるとこちらを覗き込んでいた『何か』とドアップのご対面となった。

「いっ」

「！！！っ」

超至近距離で目が合ったボク達は互いに呼吸も時間も凍り付いた。ボク自身、まだうるうる涙目状態だったが目の前に未確認生物がいるのは分かった。ギョッとするボクのドアップを見たであろうその『何か』が、ボク以上にギョッとしたのが朧《おぼろ》げに見えた。

「うわっ」

「！！！っ」

ほんの一瞬の間の後、ボクの顔と声にさらにびっくりしたのか、その『何か』は、声もなく、顎が外れたような形相のまま固まっていた。あまりにもコテコテな、絵に描いたような素敵なリアクションだ。互いの顔で驚愕の二重面奏を奏でるも、意識を取り戻したそれが畳み掛けるように話しかけてきた。

「うらぁ～。いきなりドアップはびびるでおじゃろ～がっ。かなりびびったでおじゃろ～がっ」

顎は外れてなかったようだ。

「……ん？　ポムポム？　……」

今までに経験したことがないほどの涙目が、少々治まってくる中、一瞬、ポムポムとこの『何か』がシンクロして見えた。

「……パンダ？　いや猫？」

「うおいっ。うお～いっ」

強制的に意識を引きずり出されたのも束の間、全身に纏わり付く強烈な疲労感に加え、幻聴と幻覚に弄《もてあそ》ばれているかのような意識混濁《いしきこんだく》の中、ボクは白目を従え再び深く堕ちた。

「ん…。んっ……」

「やっと目覚めたか、わっぱ」

自然と意識が戻る中、薄っすらと開いた視野の中からパンダなシルエットの猫っぽい生物が声を掛けてきた。

「ん？　……　ん？　……うわっ」

「まったく、起きるなり騒がしいやチュじゃのぉ」

さっきのやりとりが夢ではなかったのか、実はまだ夢の続きなのか、自分の置かれた状況を把握できないまま、目の前の不確かな現実と向き合った。

その話しかけてきた生物、大きな目に吸い込まれそうな青紫色の瞳を従え、ピンっと立った耳が印象的で、透明感と潤い感抜群の真っ白でぽやんとした体型をしており、何やら模様のついた水色の陣羽織のようなものを羽織っている。パッと見はパンダっぽい猫だ、二足歩行の。髪の毛というより、体毛で髷《まげ》を真似ているようだが、限りなくポニーテールに近い。新撰組を意識しているのだろうか。そこに猫の要素が加わることで昔流行ったナメ猫とダブった。結果、勇ましさと可愛さを相殺するという残念な結果になっている。

いやいやいやいやっ、今はそれどころではないっ。また現実逃避してたっ。ここは一体……。ポムポムならほんの少々免疫ができているが想像の域を超えることもできず既に妄想になりかけている。それに、知る限り、しゃべる猫はあくまで架空の存在だ。それが今、目の前に存在している。しかも時代劇かぶれして。これが真の現実じゃないことくらい、容易に想像できるが、想像できることと、受け入れられることは別問題だ。そうこう自分会議をしている中、微かに声が聞こえてきた。

「うをぉいっ。うをぉ〜いっ。無視かっ。それが世に言う、無視というものでおじゃるかっ」

自分会議に強制的に割って入る声。そういえば言葉が分かる。

「ポムポムって何かぁ〜。しかも猫でも、ましてやパンダでもおじゃらんしっ。って言うか、パンダってなんかっ」

どうやら猫でもパンダでもないらしい。しかし、百歩譲ってパンダではないとしても、これは誰が見ても猫だ。新撰組の格好をしたナメ猫だ。そう考えながら、そのサムライ状の猫的なポムポムを見つめた。

「むをっ、目を開けたまま気絶でおじゃるかっ。気絶でおじゃるのかっ」

何やらご丁寧に日本語だ。しかも、つっこみどころ満載だ。ここで、おふくろさまの遺伝子が首をもたげ、深く考える間もなく、口が勝手に動いた。

「んにゃ〜っ」

「！！！っ」

また固まった。どうやら、驚くと固まるようだ。

「ごめん、ごめんっ。そんなに驚くとは思わなくて」

「人間様がにゃ～いうたぁ～。人間様がにゃ～というたぁ～」

「人間様？」

「もしかして、おどれは化け猫人間様かっ。拙者にとりチュくおチュもりかっ」

「化け猫人間様？」

恐ろしく動転しているようだ。威風堂々の象徴的なサムライという理想を模写してるわりに、精神がついてこれてないのが残念だ。しかも、人間様ってことは、こちらの方が立場が上なのか？　どういう立ち位置で相手をすればいいんだ？

「オトロシカァ～。まっことオトロシカァ～」

「ごめんて」

おっさん顔で身震いするポムポムを見て、あまりのギャップに思わず笑いを堪えきれなかった。今は『様』どころではない。おふくろさま遺伝子がそう告げている。

「おどれは拙者をどうするおチュもりじゃっ。どうするおチュもりなのじゃっ」

なんで要所要所復唱するんだ。発動条件が分からないこともあり少々うざくなってきた。

「どうって……。どうもしないよっ。それに、そもそも化け猫でもないしっ」

「拙者を油断させようとしてるでおじゃるなっ？

しかも、うざいとはなんじょ。小童《こわっぱ》めがっ」

「えっ。うざいなんて言ってないしっ。

しかも油断させようなんてしてないって、ポムポム殿」

「さっきから、ポムポム、ポムポムて、ポムポムってナンかっ」

「おぬしでござるよ。髷を結ったポムポム殿」

「拙者はポムポムという者ではないでおじゃるっ。

って言うか、だからポムポムってナンかっ」

「何って、おぬしとしか言いようが……」

「何とも失敬な化け猫人間様でおじゃるなっ」

ノリつっこみもどきも何気に面白い。夢のような非現実感から現実逃避してるせいか何でも面白く感じてきた。

「って言うか、化け猫がそんなに怖いの?」

「あやチュらはとりチュいた後、喰うのでおじゃるっ。おどれは拙者にとりチュいて、喰うおチュもりであろ〜がっ。喰うおチュもりなのであろ〜がっ」

普通にスルーしそうになったが、取り憑いてどうやって食べるんだ? さらに、この舌ったらずは反則だ。何だか言いにくそうな舌ったらず加減が、気の毒さ込みでかなりツボだ。

「だからっ、化け猫じゃないってばっ。それに喰ったりもせんしっ」

「ん? 本当に化け猫ではないでおじゃるかっ。カメに誓うでおじゃるかっ」

「えっ、何? 亀? 神でしょ」

「このくされ外道がっ。化け猫人間様じゃないでおじゃるかっ。

びっくりさせおってからにしてからにしてっ」

おっ立ち直った。しかも、からにしてからにしてって……。絶対わざとだ。畳みかけているに違いない。……もしかして、全て計算済みで、ボクをリラックスさせようとしてくれているのだろうか？　それにしては、素の必死さが全開だったが。

「助けた人間様に危うく喰われるところでおじゃった」

「そんなに怖いんなら、ボクのこと助けなければ良かったじゃん」

「そうもいかんでおじゃろ～がっ。拙者もモノノフのはしくれ。目の前の行き倒れを前に、見て見ぬ振りはできんでおじゃろ～がっ」

「化け猫でもにゃ～？」

「！！っ」

「あっ」

どんだけ純粋で、単純なんだ。しかも、そんなに怖いのか……化け猫。面白さも去ることながら、だんだん気の毒になってきた。

「ごめんっ。からかっただけだよ。ホント、ただの人間だからっ」

「モノノフをからかうとは不届き千万っ」

相変わらず音速並みの立ち直りの早さだ。て言うかっ、またもののふって言った。

「大きなお世話かもしれないけど、サムライの方が箔が付くよ」

「げんみチュに言えばサムライでおじゃるが、モノノフの響きが好きでおじゃるっ。

何気に貫禄も感じられるしのっ」

「別にいいけど。でも、ござるじゃなくて、おじゃるて」

「何か問題でもあるでおじゃるか？」

「いえ、特に……」

なんちゃって麻呂かっ。なりきり公家かっ。おじゃるの時点でグッバイサムライだ。面白すぎて昇天間近だっ。笑いの波に呑まれたボクと、恐怖と怒りの波が収まったようなポムポムとの間に、冷静さという妙な間が差し込んだ。ボクは自分の現状を忘れ純粋に楽しめている。いや、このポムポムに強制的に楽しまされているのか？　それとも、おふくろさま遺伝子の成せる業か、はたまた、ただ単に現実逃避してるだけなのか。いずれにせよ楽しめている。

「道端に人間様が転がっておるのに（しかも裸で）見て見ぬ振りはできぬでおじゃるっ。まったく、人間様がこんな所で何してけチュかっとんのじゃっ（しかも素っ裸で）フヒッ」

改めて、冷静に話し始めたポムポム。今、ぼそっと小声で裸でって。しかも二回。

「道端に転がって？　しかも何してって……そうだ、何してたんだボク？

それに、どこだここ」

ここで、今の自分に意識を引き戻された。

「何処って。今頃、正気になったでおじゃるかっ。ここは魂魄界《こんぱくかい》でおじゃる。

もちっと細かく言えば、魂魄界の第三管理棟にある拙者のお屋敷におじゃるっ。そのお屋敷の、みっチュしかないお部屋のうちのひとチュにいるでおじゃるっ」

「複雑なのか、単純なのか、微妙だなぁ」

「それにしても、人間様のおどれが、どうやってこの魂魄界に来たでおじゃるっ？」

「こんぱくかい？　何それ。んっ？　こんぱく？　こんぱくって、魂の魂魄？　ど〜ゆうこと？　もしかして、ボク死んだ？　ボク今、幽霊ってこと？」

「んな訳なかろ〜が〜。落ちチュかんかっ。このくされ外道がっ」

「おどれとか、くされ外道とか。口悪いなぁ〜。しかもその日本語、宇宙一でたらめだし」

「日本語ではおじゃらんっ。魂で話しているでおじゃるっ。どこのどちら様であろうが、人間様であろうがなかろ〜がっ。無条件にチュうじるでおじゃるっ。で、くされ外道ってなんか？」

「いやっ、自分で言ってたしっ」

相手が化け猫じゃないと分かると、自信満々、威風堂々に豹変する。今気付いたが、得意げに話す時は髷がちょいちょい揺れてる。うわぁ気付かなきゃ良かった。また余計なツボが増えた。それにしても、魂で会話してるって、今いちピンッとこない。口が普通に会話してるだけに……。

「魂で……」

「実際は、今もお互いに自分の世界の言葉で話しているでおじゃる」

「やっぱそうなんだ」

なんとも都合の良い話だ。それにしても、このポムポム、基本、口調は明らかに高圧的で上から目線。ところにより卑屈目線。所々にかわいい舌ッ足らずが憎めない。ボクらは一体どういう位置関係にいるんだ？　しかも、独学によるオリジナルだろうか？　このでたらめな日本語は。ん？　待てよ……。お互いに自分の世界の言葉で話してるということは、この変な日本語はボクが脳内変換しているのか？　おっと、また自分会議に没頭するとこだった。と言うより、何だか面倒臭くなってきた。

「それにしても、どうして……。確か、えりを送る途中でいきなり光に包まれて、気付いたらえりが倒れてて。えりを抱きあげようとして、それから、どうしたんだっけ……」

「えり？　よく分からぬでおじゃるが、
おどれは管理棟にチュうじる道端に転がっておったでおじゃるっ。（素っ裸でのっ）フヒッ」

「えっ？　裸だったの？」

悪寒を感じてシーツをめくると、生まれたままの姿の見慣れた肢体が目に入った。

「うわっ」

「それだけではないっ。心して聞くが良い。おもいっきり仰向けで大の字だったでおじゃるっ」

「なっ」

なんだかどっと疲れた。しかも、先ほどと立場が逆転してる気がする。

「しょうがないから、仰向けのまま引きずって、通りすがりの者どもの手チュだいを片っ端から断りまくって、ゆっくりゆっくり時間を掛けて、拙者のお屋敷まで運んだでおじゃるよっ。感謝するでおじゃるっ。ふひっ」

「ひきずってって。しかも、わざとでしょ、時間かけたの」

そう言われてみると、後頭部と右の肩甲骨辺りが何気に痛いような……いやっ、確実に痛い。

「もしかして足持った？」

「頭持って引きずるバカがどこにおるかっ」

「いやいやいやいやいやっ。普通、後ろからわきの下をこう……。」

って言うか、もういいや。何はともあれ、ありがとう」

もし、うつ伏せに倒れてたら……。想像するのも恐ろしい。

「ん？　急に素直になったでおじゃるな」

いろんな意味でもっと疲れそうだったから一息できそうな言葉を選んだに過ぎない。魂魄界に、管理棟、道端に素っ裸のボク。既に、訳が分からない。

「ボクがここにいる理由はポムポムにも分からないんだ」

「うむっ。……だからっ、ポムポムってナンかっ」

「いや、だからキミさっ。ポムポムじゃなければなんなのさ？」

「勝手に変な名をチュけるでないっ。まぁ、ポムポムも嫌いではおじゃらんが。拙者は愉快で温厚なイケてるノア族、名をパンダミオというでおじゃるっ」

「なんだ、やっぱパンダなんじゃんっ。しかもイケてるって死語だよ死語」

「うをいっ！　変なとこで勝手に切るでないっ、小童。パンダミオでおじゃるっ。パッンッダッミッオッ！」

「ノア族……。今更だけど、ちょっとまぬけな質問していい？」

「おいっ、小童、人の話聞いておるか？それとも無視かっ。パンダミオじょっ。そこをスルーするでないっ」

「分かってるよパンダミオ」

「今度は呼び捨てかっ、この小童がっ。拙者はおどれより遥かに遥か〜に、長生きしておじゃるぞっ」

一瞬、ハッとした。見た目だけで上から目線になっている自分に気が付いた。その薄っぺらで浅はかな判断能力に、反省すると同時に、恥ずかしさが込み上げてきたが、今いち受け入れられない自分もいた。

「じゃ〜、気をつけます」

「じゃ〜は余計でおじゃろ〜がっ」

「すいませんっ。でも、小童、小童って。ボクにもちゃんと名前があるんですけどっ」

「そ、そうかっ。これはあいすまんっ。して、名をなんと申す？」

高圧的な口調、ところにより曖昧な丁寧語。天気予報かっ。しかも、何気に素直だ。

「ボクは……あれ……名前……」

「ん？　どうしたでおじゃる？」

「名前が思い出せない」

「頭でも打ったでおじゃるか？」

「分からない。なんで……」

「きっと一時的なものでおじゃろう」

「名前……」

「まぁ、焦ることはないでおじゃるよ」

「…………」

自分の名前を思い出せないのが、こんなにも不安だとは思ってもみなかった。

「うぉ〜いっ。瞳孔が開いておじゃるぞ〜。大丈夫でおじゃるかぁ〜。大丈夫でおじゃるのかぁ〜」

「…………」

聞こえてはいるが、聞こえてるだけだった。

「む〜。そんなに気になるのでおじゃれば、名を進ぜよう。ん〜あ〜ん〜。よしっ、では。金色たまごろう殿と名付けよう。略してっ」

「却下っ。しかも略された呼び名は、大体想像付くっ」

「冗談じょ、ふひっ。そんなに喰い気味に言わんでも。

そういう記憶はあるんでおじゃるな～。それだけの元気があれば良いでおじゃる。

そうよのぉ、人間様故……。拙者の好きなカムイ殿とかどうじょ？」

「カムイ……、何かおこがましく感じちゃうな～」

てっきり時代劇シリーズでくると思っていたが、あっさりとその予想は裏切られた。

「そうでおじゃるか？　意味はともかくとして、響きがよいでおじゃろう？」

「いや、全然嫌じゃないんだけど、ただ、名前負け感が半端ないというか」

「ここでは意味より、響き重視で良いではおじゃらんか」

「はぁ。じゃあ、それで……」

「よしっ。決まりじょ」

改めて名前を思い出そうとしたが、頭の中には、手がかりらしきものが、全く見当たらない。気晴らしに他の記憶を辿ろうとした次の瞬間。ギョッとした。顔がない。記憶の中にいるおふくろさまやえりは勿論、知り合いの顔が誰一人思い出せない……。容姿や髪型、声は思い出せるが、顔だけが凹凸のないのっぺらぼうそのものだった。

「だめだ……、思い出せない」

「カムイ殿、あまり考えると体に毒でおじゃるよ。いずれ、必ず思い出すでおじゃる故、今は考えるのを止めて、ゆったりと構えるでおじゃるよ」

一瞬、パニックになりかけたが、パンダミオさんが気を散らしてくれた。ボクは、それを維持できるよう、努力することにした。

「ね～パンダ……ミオさん」

「微妙に切るのは止めるでおじゃるっ。カムイ殿、今のわざとでおじゃろ～がっ。しかも、カムイ殿も何気に立ち直りが早いでおじゃるなぁ～」

「あっ、分かりました？　ふっ、すいません。立ち直りじゃなくて現実逃避です。得意なんで。それより、ちょっと聞いてもいいですか？」

「カムイ殿も何気に素直でおじゃるなぁ。

質問は構わんが、拙者も立場上、言えることと言えぬことがある故、全部を語ることはできぬかもしれぬが、一応言ってみるでおじゃるっ」

「簡単に言うと……、ここは、魂魄界ってとこで、アナタはパンダミオという名のノア族という種族。

ボクの存在はここでは異質……、そういうことですよね」

「……んっ？　終わりでおじゃるかっ？　ほんとに簡単でおじゃるなっ。フヒッ」

「だって、何をどう考えればいいのか……。まだ、頭の中の整理もつかないですし。それより、その笑い方面白いですね。って言うか、笑ったんですよね？」

「やはり面白いでおじゃるか？　たまにチュっこまれるでおじゃるよっ」

「独特ですもんね」

「それ褒め言葉ではおじゃらんなっ」

「まぁ。でも、馬鹿にはしてないですよ」

「そうでおじゃるかっ？　それより今のとこカムイ殿の見解はおこちゃま満点におじゃるっ」

「おこちゃま満点？」

「感じたまま聞いたままを、復唱しただけと言うか、経験や知識から答えを導き出さずに、まんま答えただけ。という意味でおじゃるっ。フヒッ」

「容赦ないなぁ。しょうがないですよぉ〜。こんな現実離れした状況なんですから……。理解できるまで時間がかかるんですっ」

「しょうがないでおじゃるが、もちっと何かあっても……、フヒッ」

「さっきからその笑い方、癇に障るなぁ〜。フヒッてそれ」

「しょうがなかろ〜。癖でおじゃる故」

「絶対、馬鹿にしてる時の笑い方だっ」

「そっそっそんなことはおじゃらんっ」

「わっ、分かりやすいなぁ」

気持ちが少しだけ落ち着いてきた中、部屋を見渡すと、学校の教室位の広さがあり、所々に見慣れないものが多々あるせいか自分の存在にかなりの違和感を覚えた。

「カムイ殿には、目新しいものばかりでおじゃろう？」

「うん。なんだか少しワクワクしてきたかも」

「うん？」

「運？」

「うんじゃと？　カムイ殿は目上に返事する時、うんと言うでおじゃるのか？」

「あっ、そっち。はいっか」

「よろしいでおじゃる。それにしてもワクワクとは、冷静でおじゃるなぁ〜。相当の大物か、ぱーちくりんかのどちらかでおじゃるなぁ〜、フヒッ」

「ぱーちくりんて。しかもまたフヒッて」

ぱーの後にちくりんが付いてるせいでマイルド仕様になってはいるが、誹謗中傷の類に違いない。

「それより、何か口にするでおじゃるかっ？」

「え？　この世界にボクが口にできるものがあるんですか？」

「ふチュうにあるでおじゃるよっ」

「じゃ〜飲み物が欲しいです」

「飲み物でおじゃるか……。ではまチュでおじゃるっ」

「うんっ」

「うん？」

「あっ、はいっ」

「よろしいでおじゃるっ」

うわぁ〜面倒臭っ、と思わず口に出そうになった。

「聞こえたでおじゃるよっ」

「えっ」

思わず口に出てたのか？　気をつけよう。それにしても、言葉遣いには厳しい。自分のことは遥か超高層ビルの上だが。

ほどなくして、パンさんが水らしきものを持ってきてくれた。何かの角《ツノ》のようなものに入れて……。以前、テレビの特番で、裸族の男性がこんなのを大切な部分に被せてるのを観た記憶が過ぎった。

「あ、ありがとぉございます、パンさん」

「ウムッ」

おっ、パンさんの呼び名はＯＫのようだ。

「いただきます」

「ご遠慮なされよっ」

「はいっ。……えっ？」

どっちじゃっ。

「ご遠慮なさるな、ですよね、たぶん……」

「そう言ったでおじゃろ～がっ」

あれ？　聞き間違えたか？　まぁいいか。

「なっ、なんで切れ気味なんですかっ」

「切れてはおじゃらんしっ」

だから気味って言ってるじゃん。と言うのは止めた。

「じゃ～、いただきます」

「うむっ」

幸いにして想像してたような臭いはない。手渡された容器の記憶をかき消して、見る限りごく普通の水に口をつけた。とは言え、本当に飲めるかどうか怪しかった為、ほんの少しだけ口に含んだ。

「水ですか？　これ」

「そうでおじゃるよ。ここにも水くらいはあるでおじゃる。

ここの水は人間様も飲める故、そのような心配いらぬでおじゃるよ」

そのようなという言葉が若干気になったが、先ほどの一口の水の続きを体が異様に欲していた為、そこを聞く余裕はなかった。

「ありがとうございます」

「うむ」

「んぐっんぐっんぐっんぐっ……。ぷはぁ～美味っしい～」

「そうでおじゃるかっ。良かったでおじゃる」

その水は、今までのどんな水よりも比べようもなく美味しかった。この状況がそう思わせているのか、それとも、この世界の水は特別なのか……。細胞一つ一つに行き渡り、浸透しているのが体感として伝わってきた。

「パンさんありがとうございます。凄く美味しかったです」

「うむっ。水は拙者達もたま～には飲むでおじゃるからのっ。まぁ～美味しかったなら良かったでおじゃるっ」

「えっ？　たまにしか飲まないの？」

「カムイ殿、気を抜くと、ところどころ言葉遣いが友達になるでおじゃるなっ」

「あっ……すいません」

「言葉遣いはたいせチュ故、気をチュけるでおじゃるよ。で、たまにしか飲まないのがそんなに不思議でおじゃるか？」

「体中潤ってるから、てっきり毎日の必需品かと……」

「ノア族は保水できるでおじゃる故」

「保水？　だからそんなに潤ってるんですね。便利だなぁ」

「便利？　便利と言うより体質故、深く考えたことはないでおじゃるよ」

聞きたいことがありすぎるが頭の整理が追いつかない為、今はスルーすることにした。

「これからどうしよう……」

「人間様がこちらの世界に来るなど、拙者の記憶では二回目でおじゃる……」

「二回目？　じゃあ、一回目の人は？」

「無事、帰ったでおじゃるよっ」

「そっかぁ。どんな人だったんですか？」

「それは言えぬのでおじゃる」

「えっ？　なんで」

「いろいろあっての……」

「そうなんですか」

「それはそうと、カムイ殿。こちらに来る前に何か変わったことはなかったでおじゃるか？」

「変わったこと……。あっそう言えば、ポムポムを見ました」

「またポムポムでおじゃるか」

「いやっ、パンさんのことじゃなくて。人間界で見たんです。パンさん達ノア族をぎゅ～っと、小さくしてもっとつるぷりんにしたようなシンプルな生き物というか……」

「あぁ～、あれを見たでおじゃるか。確かにそれはノア族でおじゃるよ。チュるぷりんとは……なんともかわいい響きでおじゃるなぁ」

「うん。あっ、はいっ。やっぱりノア族なんですね」

「どこで見たでおじゃる？」

「どことというより、ある日、急に人の頭の上に数字が見えるようになって、その数字が消える時にその人の胸の辺りから出てきたんです。

んでっ、その出てき方がポムって感じだったんでポムポム」

「ポムポムの由来はそれだけでおじゃるか。なんとも、フヒッ」

「またっ」

「すまん、すまんっ……、フヒッ」

「もうっ」

「すまん、すまん。そうでおじゃったか。カムイ殿はかいりチュの刻印も見たでおじゃるか」

「かいりちゅ？　……戒律の……刻印？」

「そうでおじゃる。かいりチュの刻印でおじゃる」

「戒律の刻印って何ですか？」

「話せば長いでおじゃるが、簡単に言うと『運』のバロメーターにおじゃる。

己の根底にあるかいりチュに従い、数値として表示されるでおじゃる。

幸運の刻印アテナと不運の刻印パラスが……、その顔、既に分かっておじゃらんなっ」

「うん、全く」

「うん？」

「えっ？　運？　運が何です？」

「そうではおじゃらんっ。返事はうんではおじゃらんやろがぁ〜」

「あ〜、だった。ごめんなさい。はいっ……ですね」

「全く、最近の人間様の小童は、言葉のチュかいかたを知らんのでおじゃるかっ」

「だって、パンさんが運の話をするから、つい……。すいません」

口ではそう言いつつも、内心そっちの言葉遣いの方がよほど変だと思った。

「変かどうかではおじゃらんっ。言葉は言霊《ことだま》と言って、力をもチュでおじゃる。チュかう時は気をチュけよと申しておるでおじゃるよ。言霊は自分にも相手にも影響を及ぼすでおじゃる故、軽んずるではないでおじゃるよっ。まぁ以後、気をチュけるでおじゃるっ」

変かどうか？　また口走ったのか……。

「言霊……、分かりました。気を付けます」

「うむっ。自分の為じょ。気をチュけるでおじゃるよ」

「はいっ」

「さっきの話のチュづきでおじゃるが、拙者達ノア族は、成長の過程で人間界を経験する機会が与えられるでおじゃる。

カムイ殿が見たのが正に経験する機会そのものでおじゃるよ。

人間様と違って拙者達は、人間界があることを知っておる故、そういうことが可能なのでおじゃるが、魂魄界の存在を知らぬ人間様がこちらに来るなどと言うことはあるはずないのでおじゃる。

それが、遥か昔に一度だけ、人間様が迷い込んだことがあったでおじゃる。

そして今回で二度目。流石に二度もあるとひチュぜんせいを感じるでおじゃるな。

その人間様の存在を感じて、探しに出ようとした矢先に、たまたま、拙者の庭にカムイ殿が転がっておったでおじゃるよ」

「そう……なんだ」

「何にせよこちらの環境も人間様の環境とほぼ同じ故、カムイ殿の体調が悪くなることはなかろ～」

「そうですか」

ボクがいた世界と同じ環境……。その言葉がわずかにホームシックを呼び起こした。

「まずはカムイ殿の帰る方法を聞いてこねばならぬでおじゃるな～」

「方法を聞く？」

「そうでおじゃる。今から拙者がマモ～ルンに聞いてくる故、暫くゆるりとしておじゃれ」

「マモ～ルン？」

「んっ。木霊神と言っての、樹の精霊神でおじゃるよ。

大抵のことは、拙者より詳しいでおじゃる故」

「樹の精霊神？」

「そうでおじゃる」

「精霊とかいるんですか」

「ふチュうにいるでおじゃるよっ」

「ボクも逢ってみたいな」

「それは難しいでおじゃるなぁ。訳は言えぬがのっ」

「そうですか、なら、しょうがないですね」

「大人しくここで待っているでおじゃるよっ」

「分かりました」

　少しだけほっとしたら、急にえりのシルエットが浮かんだ。あの瞬間、えりは倒れていた。どうしてるだろうか。無事だといいんだけど……。そう考えた瞬間、ふと、おふくろさまのことも頭を過った。きっと、心配してる。一刻も早く帰らないと。それにしても、顔を思い出せないというのは、精神的にかなりくる。これも気にしないようにしないといけない。そう思うと、相当の精神力を要する気がして、気が重くなった。

「では、行ってくるでおじゃる。ゆっくりしておじゃれっ」

「ありがとうございます。よろしくお願いします」

「よく、周りを見てみるでおじゃるよっ。少しは気が晴れるやもしれぬ故」

「そうしてみます」

「うむっ」

何気に言葉遣いに気を遣う。おふくろさまも、言葉遣いには厳しかったこともあり、今まで、他人に注意されたこともなかったし、さほど意識したこともなかったが、意外とちゃんとできていないことに気付かされた。早く使い慣れないと、ストレス貯金が貯まる一方だ。

パンさんはボクを残して一人部屋を出た。よくよく考えるとパンさんはお人好しだ。もし、ボクが泥棒だったらとか、モノを壊したりとか、そういう可能性を考えなかったんだろうか。ま～ボクにはありがたいことだが。今はパンさんが頼みの綱だ。大人しく待つことにしよう。と考えたが、パンさんの助言でいろんなとこが目に付いて気になってしょうがない。屋敷内を徘徊するのはさすがに気が引ける為、この部屋を観察することにした。好奇心と言いたいところだが、実際はこの状況にじっとしてられないだけだった。それを見透かしてのパンさんからの助言だったようだ。

「お言葉に甘えて……」

被せてもらってたシーツを服代わりにと、想像の中の古代ギリシャ人風に着こなすつもりが、石器時代の原始人と言った感じの残念な仕上がりとなった。

改めて部屋全体をゆっくりと見渡すと、何故今まで気付かなかったのか不思議な光景が目に飛び込んできた。部屋の要所要所が大自然の様相を呈していて、生活空間と自然のハイブリッドといった感じだ。一部の壁は絶壁のようになっており、樹木も生えている。目線の少し上位には雲も浮いている。足元には大地や草原が広がり、川が蛇行している。まるで、精巧なジオラマだ。驚いたのは、それら個々に息吹を感じるということだ。雲は流れ、木々は風に靡《なび》き、川も流れ、天井は空そのものだ。まるで、自分が巨人にでもなったかのような錯覚を覚えるが、居心地は悪くなかった。じっと目を凝らして辺りを見ていたが、流石に生き物らしきものは見当たらなかった。生活する上での動線は、それら自然をそれとなく避けて配置されている。暫くその光景に見惚れていたが、風のような音でふと我に返った。ふと視線を向けると普通に温かみのある窓が目に入った。そういえば、所々人間界と同じだが、これも、言葉と同じでボクの脳内で勝手に人間界仕様に変換されているのだろうか。考えても答えなど出ないことは分かっていた為、考えるのを止め、窓から外を覗いてみると窓の外には、人間界にも普通にありそうな風景が広がっていた。その光景の懐かしさと、この現実離れしているのかしていないのかの微妙な空気感のせいだろうか……出歩きたくてしょうがなかった。後ろ髪をひかれつつもこの部屋を出るため、先ほどパンさんが出た木製の扉をゆっくりと押し開くと、ス～ッと扉が感触と共に消え、木漏れ日が揺らめく遊歩道へと合流した。

「えっ」

　扉が消えるという不可思議現象も一瞬躊躇するが、それにもいい加減慣れてきた。遊歩道へと踏み入り、振り向くと、ちゃんと扉があり閉まっていた。改めて振り向くと、目の前にも似たような扉があり、左奥にも同じような扉が見えた。右を見ると、見た目は似ているが他の二つの扉とは違い観音開き風の扉が目に入った。雰囲気からしてその扉のような気がして、その扉へと向かい、押し開いてみた。この扉は消えることなく、普通に押し開けた。

「うわぁ」

予想外に、目の前に大きなエントランス状の温かみに満ちた空間が出迎えたが、やはり先ほどの部屋と同じく、小さい大自然が広がった。天井は空そのもので、心地よく柔らかい光が降り注いでいる。十メートルほど先に、恐らく玄関のような扉があるが、そこに行くまで自然の中を散策するかのように何本かの動線が見て取れた。エントランスの中央に差し掛かったとき、ふと気になり振り返ると、そこには今出てきた扉を挟むように、外国の映画に出てきそうな左右から弧を描くように伸びる二階への階段が目に飛び込んできた。なんとも存在感抜群で、バッファローを彷彿とさせる造りになっている。力強さの中に繊細な手造りの技巧が感じられた。玄関らしき扉までたどり着き、左側の扉をゆっくりと押し開くと、その扉は重厚な音を響かせながらも、軽快に開いた。

その瞬間、外の空気が薄っすらと流れ込んできて、明らかに五感とは違う感覚が何かを感じ取った気がした。これにさらに好奇心を掻き立てられ一呼吸置いて屋敷から出ると、あまりにも広大な世界に思わず圧倒された。

「…………」

声も出なかった。息を呑むとはよく言ったものだ。景色自体は、恐らく人間界を探せばどこかしらにありそうな広大な自然といった感じだ。ただ、空だけは明らかに違った。そのとてつもない高さの空に目を奪われた。異常なまでの奥行きと立体感を兼ね備えた空。勿論、人工ではなく自然だ、たぶん。人間界の空も高いのは高いが、常識内で高さの限界をなんとなく知っているうえに、無意識に高さに際限をつけている為か、こちらの空との違いをまざまざと見せ付けられてる気がした。

「うわぁ～」

見上げると、青、蒼、藍。それが幾層にも重なっている。どこまでも透明感と深みを帯びた微妙に色合いの異なる瑠璃色が幾重にも折り重なって広がる蒼の世界。綺麗な蒼のグラデーションが深く高く広く、ボクの頭上に無尽蔵に聳《そび》え立っている。まるで空の超高層ビルだ。何とも残念な表現力だ。

空を見上げると、立ちくらみしてしまうほどとてつもなく広い空間だと認識させられた。その時、ふと気付いた。太陽らしきものがないのにも拘わらず明るい。辺りを見渡したがやはり光源らしきものすらどこにも見当たらない。

「何で明るいんだ……」

自分でも笑えるくらいキョロキョロと周りを見回したが酔っただけだった。ブラックアウトした視神経が回復するのを待っていると生活音は勿論、雑音が全くないことにも気付いた。静寂ではない。音はする。ただし、人工的な音ではない。全て自然の音だ。そのまま目を瞑っていると肩の力がス～ッと抜け、体という器が消えた気がした。

全てに意味があることすら無意味に思える

そんな感覚に包まれるような温かい気持ちになった。目を開けると、異世界にいながら違和感のない感覚に、安堵と好奇心が入り乱れた。ふと我に返り、玄関前の十段ほどある階段を途中まで下りた時悪寒が走った。まさか、ここもひきずられたのか……。そんな悪夢のような想像をかき消した瞬間、急に一面が紫色に翳った。

「ん？」

ちょっとした威圧感と圧倒的な気配に頭上を見上げると、想像の域を脱しきれない不可思議な光景が広がっていた。

「うわぁ……金魚？」

どう見ても金魚だ。ただ、人間界のそれと違うところといえば、宙を泳いでいるということと、その大きさ、そしてここ魂魄界らしく、体が透けていてあまりにも美しいことくらいで、ボクの知識と想像力を総動員しても金魚という結論にしか至らない。大きかろうが、宙に浮いていようが、さして気にならないくらい脳が麻痺している。慣れなのか現実逃避なのかすら気にならない。現実味のあるこの非現実的な世界に、やはり未だ馴染めていないからだろうか。

そんな心理状態で見る金魚は、背びれ、胸びれ、尾びれそれぞれがあまりに長くまるで柔らかいローブを軽く纏った美しい貴婦人といった感じで、あまりにも美しかった。それがまさに、音もなく、大気の淀みも起こさず、頭上を通り過ぎている。これだけの存在感と風体にも拘わらず違和感のある音がしない。優雅に威風堂々と泳いでおり、ひれを靡かせる度に花びららしきものがキラキラと舞い散っている。

体長はゆうに十メートル以上はあろうか、ただ、尾ひれはその倍以上はある。身体全体が綺麗な流曲線で模られ柔らかそうにうねっている。体の色は赤紫や青紫を帯びた水晶のように、深い透明感が迸っている。この両立し得なさそうなものが自然とそこにあると理解するのに少々左脳だけでは荷が重かったので右脳と二人して頑張った。結果、頑張ったからといって、必ずしも良い結果に結びつくとは限らないということを学んだ。

それぞれのヒレは体から尾先に向け、紫から真紅へと色変わりしている。肢体はなんともしなやかに流れるようにゆっくりと躍動していて、圧倒的な神々しさを放っていた。今までの心地よい蒼の世界が、一瞬で蒼い紫へ染まった後、ゆっくりと深い紫から赤い紫へと変化していった。

「凄っご……ん？」

流れ動くその光り輝く魚影に見とれていると微妙に体型が変化することに気付いた。目を凝らすと、その金魚は一匹ではないことが分かった。貫禄ある金魚を筆頭に無数の金魚達が群を成して一匹の大きな金魚の魚影を模っている。大きさも体の色もまばらで、個体自体に統一感はないが、本能なのか、統率力があるのか、しっかりと一匹の立体的な金魚に見える。その群れは宙を舞いながら、すらすらと頭上を泳ぐかのように流れている。揺れ動く肢体に絶え間なく光の乱舞が巻き起こり、さらに、上に下にと複雑に重なることで無限を思わせるほどの乱反射が起きている。辺りの景色が規則性を帯びない万華鏡のように華やぎ、ボクはトキメクという感覚に胸の奥が躍った。あまりにも壮大過ぎて感動という意識を鷲摑みにされたまま花魁道中《おいらんどうちゅう》を思わせるその集合体に釘付けになっていた。

その神々しい群れから、ゆっくりと右に左に揺れながら何気にこちらに向かって滑り泳いでくる小さな金魚がいる。頼りなくも一生懸命なその小金魚は、ゆらゆらふらふらとボクの目の前まで降りてきた。その小金魚に目を向けると、首を傾げるかのように身体ごと傾げてこちらを見ている。右にころころ、左にころころ……。自分の身体の倍近くある尾ひれは垂れることなくゆったりと棚引いており、やはり花びらのようなものが舞い散っている。絶え間なく煌めくその小金魚は、あまりにも美しく微笑ましかった。

「ん？　……どしたの？」

「…………」

ほんの少しだけ期待したが、返事はやはり返ってこなかった。十秒ほどくりくりくりと傾げていたが、不意に動きを止め、口を数回パクパクした後、ニコッと微笑んでボクの鼻に頬ずりをした。少しのむずがゆさと温もりが心に宿って身体中にじんわりと広がった。

「……ありがと」

訳が分からなかったが、無性にお礼を言いたくなった。ボクが礼を言うとまた、くりっと傾げてニコッと笑ったような表情を浮かべた後、群れへと翻《ひるがえ》していった。

「あの子、小さかったけど、子供かなぁ。なんか今、よしよしってされたような……」

　ボクが迷子にでも見えたんだろうか……。まぁ、今現在、立派な迷子だが。その小金魚は、迷うことなくふよふよと群れに合流した。よくよく見ると、その群れの半分以上は恐らく、今しがたの小金魚くらいの大きさだ。法則性もなく思い思いの位置で一生懸命に、それでいて優雅に泳いでいる。何とも微笑ましくも圧巻な光景だ。そのまま、空飛ぶ金魚の集合体である大型金魚は他には目もくれずまっしぐらに、しかしゆったりと奥の森の方へと流れ泳いでいった。

「空飛ぶ金魚……何でもありと言うか、ベタと言うか……」

　独り言にも慣れてきて、箔さえ付いてきた。と言うよりは、誰にも聞かれていないだろうという根拠のない安心から生まれた油断と現実逃避の成せる業だ。色々考えながらも、その金魚達の金魚が森の奥深くに消えるまで目が離せなかった。見えなくなるまで見送ったあと、ふと、足元に目を向けると、一見普通に茶褐色の地面だったが、しゃがんでよく見てみると、透明感のせいかガラスの絨毯《じゅうたん》みたいで、改めて踏みしめてみると霜柱を踏んだ時のような固柔らかい音がした。癖になりそうなその感覚に戯《たわむ》れていると、今度は透き通るような緑が目の前に広がった。こちらもガラスの様な輝きを放っているが、優しい風にしなやかに棚引いている。この草原、人間界で言う手入れをされた芝のような人工的な精巧さはなく、思い思いのまま、気の向くままに、意志を持って群れているといった感じだ。何とも心地よくも不思議な光景に、散策したくなった。立ち上がり、今まで立っていた茶褐色の地面から、緑の草原に一歩踏み出した次の瞬間、思わず目を疑った。

「うわっ。この草……避ける」

ボクが踏みしめる場所を想定してか、ちょうど足の大きさより一回りか二回り大きくスペースを作ってくれる。というか、草が逃げてるのか？　この人間界ではあり得ない現象にも、なんとなく免疫ができてきたようで、驚きはするが驚愕《きょうがく》するほどではなかった。

「そっか、生きてるんだね。逃げたんだとしたら、ごめんよ」

そのままゆっくり大きく後ろに一歩下がって草原達から出た。すると、その子らは何事もなかったかのように、また元の場所に還って草原へと戻った。

「ボクらの世界の草花も、本当はキミらみたいに避けたいんだろうな……。

避けてくれて、ありがとうね」

なんだか、微笑ましいその動きに切なさがこみ上げてきた。命があるのは人間だけじゃないと改めて痛感した。そんな中、風を感じて奥に視線を投げると森らしきものが見えた。かなりの距離があるであろうその森には、距離を感じさせない圧倒的な存在感があった。

「相当、大きいな、あれ……」

さっきから、似たようなことばかり感じてる気がする。行ってはみたいが、今あそこに行くのは止めておこう。直感的にそう感じた。するとその刹那、一瞬にしてボクを含めた全ての時間が止まった。

静寂が音をかき消すかのような高周波の鈴の音のような空震が走り、

それと同時に、後ろの方から温かくも優しい視線と気配を感じた。

その気を許せるほどの親近感と懐かしさすら感じる気配にゆっくりと振り返ると、

そこには、パンさんではない別のノア族が立っていた。

その姿を認識した瞬間、静寂に波紋が生まれ、辺り一面に広がった。

パンさんよりも明らかに若い雰囲気を纏い、やはり猫っぽいが、サムライかぶれはしていない。聡明そうな切れ長の目に琥珀色の瞳、全身は透明感のある緋色に近い紫。落ち着きのある紫紺のベストを羽織っており、首元には銀色のスカーフが巻かれている。容姿端麗を絵に描いたような出で立ちのその青年はボクに優しく微笑みかけてきた。

「キミは……人間様だよね？」

想像通りの聡明な声に落ち着いた口調。一瞬にして全神経を奪われた。青年は青年だが、中性的な雰囲気を漂わせている。そういう意味でも、一目惚れにも似た好感が芽生えた。警戒心というものが微塵も感じられなかった。

「……うん」

全身に微弱の電気が流れたかのような恍惚のような感覚に、返事をするのが精一杯だった。それにしても、やっぱり『様』なんだ……と、いつもの癖で、思考が逃避した。何とも単純で、逃げ足の速い思考回路だ。自分でも苦笑してしまう。

「驚かせてしまったかな」

「あっ、いや、そこまでは」

「なら良かった。ボクはアルフ」

彼の方から興味深げに、しかし、落ち着き払った口調で話しかけてきた。

「アルフ……、いい響きだね」

「ありがとう」

「ボクは名前を覚えてなくて、パンさんが取りあえずカムイってつけてくれたんだ」

「パンさん?」

「あっ、パンダミオさんって人」

「あぁ～」

「知ってるの？」

「この階層で、彼を知らない者はいないよ」

「へぇ～。そんなに有名なんだ、パンさん」

「有名と言うよりは常識かな」

「常識？」

「あぁ」

「なんだかよく分かんないけど凄い人なんだ、パンさんて」

「この階層の統治管理者だからね」

「階層？　統治管理？」

実は、何だか難しいところなのだろうか、ここは。しかも、この青年の言葉で先ほどまでのパンさんに対する猜疑心《さいぎしん》がまた小さくなった。パンさんの言葉よりこの青年の言葉を受け止めたということは、やはりボクは自分と言う小さな物差しでしか物事を判断できていないようだ。再認識させられたせいか、軽い自己嫌悪に包まれた。

「キミはノア族だよね」

「あぁ、よく知っているね」

そう言ってその青年は静かに微笑んだ。

「さっきパンさん……、パンダミオさんに聞いたから」

「なるほど」

心地の良い親近感と安心感が、改めてボクを温かく包んだ。まるで引き寄せられるかのように偶然を装われた必然であろう出会いを果たした気がした。

「それで、何をしてるんだい？　こんなところで」

「ボクにもよく分からなくて……。パンさん、いやっパンダミオさんが、ボクを見つけて、屋敷に連れてきてくれたらしくて……」

「ふっ。そうなんだ」

その青年は、何故だか軽く微笑んだ。

「パンダミオさんの呼び名、ボクにはパンさんでいいよ」

ボクの訂正が可笑しかったようだ。

「分かった。そうさせてもらうよ」

この青年の落ち着き払ったオーラが容赦ない安堵をボクに抱かせた。

「それにしても、その格好。ボクが知ってる人間様の格好とは、ちょっと違うような……」

「あっ。実は、ボクはこの世界に裸で倒れていたらしくて、パンさんのとこからちょっと
……ねっ、ははっ」

「そうなんだ」

「やっぱり可笑しいかな？」

「そんなことはないよ。ちょっと珍しくて」

「たぶん、人間界でも珍しいかも。この格好」

「そうなんだ。ふっ」

「うん。ははっ」

軽くお互いに笑みがこぼれた。

「ところで何を見ていたんだい？」

「あっ、何というか、ここの全てが、凄いなって」

「そうかい？」

「うん。ボクがいる世界とは明らかに違うから。なんていうか……、ここだと長生きできそう。いろんな意味で」

「そうなんだ。キミの世界はどんななんだい？」

「ボクの……」

そう言いかけたところでパンさんが帰ってきた。

「おぉ～、アルフではおじゃらんかっ。丁度良かったでおじゃる。どうであった、ヒャッコイは？」

「なんとか治まりました。ボクは何もできませんでしたけど。

その報告がてらだったのですが、途中、違和感を覚えて……」

「違和感でおじゃるか？」

「ええ。でも、分かりました。彼が要因のようですね」

「えっ。ボク？」

「あぁ。悪い意味ではないから、気を悪くしないでおくれ」

「う、うん」

ボクがこの世界に紛れ込んだことで不調和でも起きたのだろうか。気を悪くすることはなかったが、なんだか複雑な気分になった。

「カムイ殿のことでちょうど誰かに相談しようと思っておったところじょ。カムイ殿、こやチュもご一緒させて良いでおじゃるか？」

「ボクはいいですよ。むしろ、心強いかな」

「では、二人とも中に入るでおじゃるよ」

そう言うと、玄関を開け先に中へと入っていった。アルフと返事がかぶって目が合った瞬間、アルフがボクに先を歩くよう促し、彼はボクの半歩左後ろを歩いて付いてきた。

「えっ？」

「どうしたんだい？」

「いや、パンさんの屋敷って、こんな外観だったんだ。凄いね……」

「あぁ。パンダミオさんは拘りが凄いから、掛けた時間も桁違いだし、その分想いも深いしね。

ノア族は基本、みんな、住むとこは自分でこさえるんだ。だから個性的なものが多いよ」

「そうなんだ。じゃあこれ、パンさんが？」

「あぁ」

「うわぁ～。凄っご……」

「ふっ」

出てきた時は気付かなかったが、改めて見るとパンさんの屋敷はパッと見、木が織り成す城だ。しかも純和風で、完成度はぴか一だ。パンさんからは想像もできない荘厳さを感じた。

「人間界の中でも日本ってとこがお気に入りらしいよ」

「へぇ～。ちょっと嬉しいかも」

「どうしてだい？」

「ボクが住んでるとこ、日本なんだ」

「そうなんだ。奇遇だね」

「うん」

見る限り機械的な加工がされた形跡はない。本当の手造りといった感じだ。かなりの時間を掛けて凝ったであろう感が随所に出ている。細部まで細かい装飾が施された木の扉は、観音開きという造りになっている。しかも、大切に手入れされてきたことと相当な年月が経っているのが分かるくらい、何とも形容しがたい重く深い輝きを放っている。さっきは気付かなかったが、しっとりつるすべな手触りだ。

中に入ると、先ほどのエントランスが出迎えた。外観を認識した後だと、ちょっと違和感を覚えるがそれは、あくまで人間界にある城の概念をボクが捨て切れてないからに外ならない。しかし、広いのにかなり落ち着く空間になっている。目の前には、先ほど出てきた扉がある。左右の階段もよく見ると若干色合いが違う。素材の木の違いだろう、これもこだわりの一つなのだろうか。結局、今回も二階には上がらず、目の前の扉の方へと導かれた。ん？　三部屋しかないということだったが、エントランスは別にして、あの扉の向こうには三部屋あった。では、二階は？　部屋数に矛盾を感じたが、事情があるのかもと聞くのはやめた。パンさんに促されて先ほどとは逆の右の部屋へと通された。

「えっ？　あれ？　デジャブ……」

「誰がデブじょ？」

「いや。デジャブですよ。って言うか、そこ聞き間違います？」

「間違う訳なかろ〜がっ、フヒッ」

「ふっ」

「またっ」

パンさんとほぼ同じタイミングで、アルフも笑ったが、それは鼻に付かなかった。

「人間様はチュっこまれるのが大好きなんでおじゃろうがっ」

「え〜っ。時と場合によるよ。よ、ような、よらないような……」

「ふっ」

アルフにはバレバレのようだ。ちょっと恥ずかしくなった。

「それで誤魔化したチュもりでおじゃるかっ」

「やっぱり分かります？」

結局、パンさんにもバレバレで、完全に赤面大魔王だ。

「まったく……。まだ時間がかかりそうでおじゃるなっ」

「すいません……」

「ふっ」

そんなやり取りをしながらも記憶を辿って部屋中を見渡してみたが、さっきいた部屋にあまりにも似てる。しかし、何かが違う。あまりにも気になった為、一応確認してみることにした。

「あの……、ここはさっきの部屋じゃないですよね？」

「違うでおじゃるよ。ここは来賓用で、先ほどの部屋は来客用でおじゃる」

「全く同じに見えるんですけど……」

「カムイ殿には同じに見えるでおじゃるか？」

「はい」

「そうでおじゃるか、それなら、これからが楽しみでおじゃるな」

「これからが？」

「そうでおじゃる。まぁ、気にすることはないでおじゃるよ」

そう言い残してパンさんは部屋を出た。来賓用と来客用、ノリでどこが違うんじゃと豪快に突っ込みたかったが、真に受けてバカにされそうな気がした為やめた。部屋もやはり同じ部屋ではなかった。ただ、どこが違うのかと言うことは分からずじまいだった。きっと、何かが、微妙に違うのだろうと、そう自己完結したタイミングで、何やら物体を引き連れパンさんが戻ってきた。

「好きなとこに座るでおじゃる」

「……えっ？」

ふわふわとパンさんの後をついてきたその物体、ジェル状のシャボン玉とでも表現すればいいのか……。柔らかそうな、儚そうなそれは、意志を持っているかの様にそれぞれの前に待機した。

「！！！っ」

一瞬、目を疑ったが、この物体、よく見るとしっぽのようなものがある。

「あの……この子、もしかして生き物ですか？」

「違うでおじゃるよ。拙者がこさえたでおじゃる」

「めっさしっぽ振って待機してるんですけど……」

「何か変でおじゃるか？」

「いやっ。こんなにしっぽ振られたら、座りにくいというか……。

生き物じゃないと思い込めるまで、時間がかかりそうです……」

「座られることに喜びを感じてるように思われるようにこさえ……んあっ。ややこしいでおじゃるなっ」

「ボクのせいですかっ」

「ふっ」

「兎に角、生き物ではおじゃらん故、遠慮なく座るでおじゃるよっ」

好きなとこに……。確かにこれは好きなとこに座れる。でも、ボクの想像力はこれを子犬として脳内変換して已まない。そんなボクのささやかな悩みを他所に二人とも慣れた手付きでひょいっとそれに飛び乗った。

「座りたいと思って、手を掛ければいいんだよ」

アルフが教えてくれた。違うんだ、親切なアルフ君。乗り方が分からないんじゃないんだ……。いやっ。確かにさっきは分からなかったが、今はそこじゃないんだっ。

「ふっ。分かってるよ」

「ははっ。……？」

……まただ。

「本当に生き物ではないよ」

「わ、分かった」

二人がそこまで言うのならと、開き直って座ることにした。意を決して……という大袈裟な心の準備を必要とすることなく、意外に簡単に飛び乗るように座れた。あくまで、行為としては。しかし、むずがゆさとちょっとした罪悪感にも似た感情が、この今も振られているしっぽに揺さぶられる。

「そのうち、慣れるよ」

「カムイ殿は優しいでおじゃるなぁ〜」

「そんなことは……」

「それはそうと、どちらに行かれてたんですか、パンダミオさん？」

そう、アルフが切り出した。

「お〜、そうでおじゃった。

実は、大神樹／オイシゲ〜ルの木霊神／マモ〜ルンに逢ってきたでおじゃるよ」

「拒まずの森／ジュカイ〜ンのですか？」

「そうでおじゃる」

「拒まずの森？」

思い切り解説してくれている……。なんとも親切だ。

「そう。キミがさっき見てた、あの森だよ」

「あ〜、あのでっかい森かぁ」

「カムイ殿が今後どうすれば良いのか、聞いてきたでおじゃるよ」

「それで、分かったんですか？」

アルフが先に口を開いた。出逢ったばかりのアルフが、親身になってくれてる感じが嬉しかった。ボクはそれを傍目に、心地よく聞き入っていた。

「カムイ殿がの、カムイ殿の中のたいせチュな何かをこの魂魄界の何処かに落としてしまったらしいのでおじゃる。

それをみチュけるためにジャッジメンタリアに向かうよう言われたでおじゃるよ」

「ジャッジメンタリアですか……。あそこに、何が……」

アルフも知ってそうな口ぶりだった。パンさんとアルフの会話に、傍観者状態だったボクは、いきなり当事者へと引き戻された。

「どういうことですか？」

「何なのかは拙者にも分からぬでおじゃるが、カムイ殿にとってはたいせチュなものであるのは間違いないでおじゃる。

カムイ殿がこの世界に飛ばされてきた際、そのたいせチュな何かをこの魂魄界の何処かに落としてしまったらしいのでおじゃるよ。

それさえみチュかれば、すぐにでも帰れるらしいのでおじゃるが、それが何なのか何処にあるのか、全く見当がチュかないらしいのでおじゃる。

ただ、さいけチュの街／ジャッジメンタリアに行けば、何かが分かるらしいのでおじゃる。

カムイ殿が自分でみチュけださねばならぬでおじゃるよ。

残念ながら、拙者はこの地を離れられぬ故、チュいてゆけぬのでおじゃる……」

「裁決の街／ジャッジメンタリア……」

「まぁ〜、みチュかるべくしてみチュかるとのこと故、思いチュめずにゆっくりと探すと良いでおじゃるよ」

「ありがとうございます。でも、長居すると向こうが心配するんで、やっぱり急ぎます」

「そうでおじゃるな。なら、善は急げでおじゃるっ」

「ありがとうございます、パンさんっ。きっと見つけて還ります」

「うむっ」

「ボクが付いて行ったら、迷惑かい？」

「えっ？　ボク達初対面だよ？」

「あぁ、それがどうかしたかい？」

暫く静観していたアルフが、いきなり同行してくれると言い出し、少々びっくりした。人間界でなら、こういうシチュエーションでの申し出の場合、少なからず、マイナス面に身構えてしまうがアルフの表情を見る限り純粋な申し出だという風に感じ取れた。

「いや……」

「あっ、そうか、ボクが信用できないってことだね？」

思いっきりのいい直球で、笑顔のままボクの顔を覗き込んできた。

「いや、そういうことより、初対面のボクにどうしてそこまで……」

「カムイ殿、アルフは大丈夫でおじゃるよ。拙者が保証するでおじゃる」

「人間界でも、こういうことないこともないけど、あるとしても時間や行動に制約があるというか……。

今回は、時間も労力もかかりそうなのはボクでも容易に想像できるし、それなのに同行してくれるって、容易に喜べないというか……悪いというか……」

「本音を言っていいんだよ」

「さっきからキミと一緒にいて、良いイメージしかないからそう信じてるんだけど……。用心深くでごめん。でも、凄く心強いってのも本音なんだよね」

「ふっ。ボク達ノア族は、自分がそう感じればそう行動するんだ。完全に自己責任でね。今回、ボクがそうしたいと思ったから、そのままを伝えただけだよ。だからキミも感じたまま答えてくれていい、気を遣う必要はないよ」

「うん。頭では分かってるんだけどね。本音をそのまま言うのは勇気がいるというか、こんな状況でも嫌われたくないという八方美人な小心者の癖が抜けないというか。ははっ、ごめん……」

「そうなんだ。人間様はやっぱり、そういう気遣いをするんだね。聞いてはいたけど、ある意味凄いと思うよ。でも、苦しくないかい?」

「苦しいか。深く考えたことなかったけど、改めて言われると何だか考えさせられるね……」

「カムイ殿、この世界は大丈夫じょ。人間様には人間様の美学もあろうが、ここでは、そういう心配はひチュようおじゃらん。相手が不快に感じるとか考える前に、自分がどうしたいかをチュたえれば良いでおじゃるよ」

まだ、ノア族のことをあまり知らないことと、人間を知っているせいで、正直、信用できない気持ちも勿論ある。二人してボクを……、とも考えるし。でも今までの彼らを見る限り、信じたい気持ちもかなりある。なにより、知らない世界だ。藁《わら》にもすがりたい気持ちは絶大だ。短い自分会議で臆病で孤独な自分が出す答えはおのずと決まった。

「そういう心配というか不安を除けば、ボクに断る理由はないよ。むしろ心強い」

都合の良い本音が出た。今、ボクは自分の都合だけで返事をした。アルフはボクの為に行動を共にしてくれようとしているのに、ボクはどうだ。今、ボクは自分の都合だけで返事をした。人間がそうなのか、ボクがそうなのか、いずれにせよノア族との違いを痛感させられた一瞬だった。

「ボクが行きたいんだからね」

アルフがボクの表情を見てか言ってくれたお陰で、幾分気分が軽くなったが、自己嫌悪にも似た感情が消えることはなかった。

「カムイ殿?」

「あっ、何でもないです」

「よし決まったでおじゃる。ではカムイ殿、深呼吸するでおじゃる」

「深呼吸? なんで?」

「あ~、面倒臭いでおじゃるなっ。だまって深呼吸するでおじゃるっ」

「もぉ~、強引だな~」

「なんかっ! なんか言ったでおじゃるかっ?」

「い~えっ、何でもありませんっ。深呼吸ですね、ス~ハ~はいっしまし……」

「ドゥ〜ンッ！！！」

「うわっ」

深呼吸が終わるや否や、言葉も言い終わらないうちにパンさんがいきなりボクの胸に両手を突っ込んだ。しかも、口で擬音を……。ド〜ンッじゃなくてドゥ〜ンッ？　拘りなのか？　いやいやいやいやいやっ、それどころじゃない。胸に手を突っ込まれてるんですけど……。

「シッ！　大丈夫っ。落ちチュくでおじゃる」

大丈夫って……。このパニックってもいい状況で、シッ！　と言われて黙ってしまうのは、胸に手を突っ込まれてるという恐怖からだろうか。って言うか、シッ！　って人間界のそれと同じ意味だったんだろうか。何だかそっちの方が不安になってきた。

「………………」

パンさんに目をやると何やら小声で呟いてる。呪文？　聞き取れないほどの小さな声で唱え続けている。

「大丈夫だよ」

普通の動揺と変な冷静さが混在してる中、アルフが安らかな笑顔で静かに小さく囁いてくれたお陰で、動揺がスッと消えた。冷静になれば、別に痛くもこそばゆくも、ましてや突っ込まれてる感覚すらない。だが、確実にパンさんの両手がボクの胸に入ってる。突っ込まれてる感覚すらないのはパンさんの手が半透明だからなのか、それとも、パンさんのチカラの成せる業なのか。呪文の詠唱らしきものが終わった次の瞬間、例の聞き慣れた金属音が聞こえた。気が付くと今まで突き刺さってたパンさんの両手はそこにはなく、その代わりに見たことのあるツインのあの数字が現れていた。

「えっ？　戒律の刻印？」

「ふ〜っ。そうでおじゃるよっ。ジャッジメンタリアに行くにはこれがいるでおじゃるよ」

「そうなんだ。50と50」

「これがカムイ殿のここ魂魄界でのかいりチュの刻印でおじゃる」

「ここ専用？　どうりで数字が、でもなんで？　どんな意味が？」

「いくチュでも良いのでおじゃるが、きりがよかろう。気にすることはないでおじゃる。意味もそのうち分かる故」

「そのうち？」

「そうでおじゃる。楽しむでおじゃるよ」

「楽しむって？」

「ひみチュでおじゃるっ。フヒッ」

「確かに。考え方によっては楽しめるでしょうね、ふっ」

「何なの二人して。しかも、考え方によってはって」

「まぁ人間界で言う、チュう信簿みたいなものにおじゃれば」

「通信簿？　うわっ、なんか重っ」

「ふっ。そんなに構えなくても大丈夫だよ」

「そうでおじゃる。多かったからとか少なかったからとかで、どうこうなるではおじゃらぬ故、あくまで目安におじゃるよ」

「目安……」

　なんだか軽く釈然としなかったが、今は気にしないことにした。そうでないとメビウス会議に陥りそうだ。パンさんがその刻印を軽く押すと、その刻印は、ボクのおでこより少し上斜め前の視界にぎりぎり入るところでゆっくりと回り始めた。

「凄いけど、なんだかうっとうしいな」

「暫くは目障りでおじゃろ～が、直、慣れるでおじゃるよ。

　それにどのみち、それには触れられぬ故」

「直に……か」

「それと、かいりチュの刻印は拙者とカムイ殿にしか見えないでおじゃる。

　因みに、拙者達ノア族は見ないでも感じることが出来る故、数字を具現化するひチュようはないのでおじゃる」

「はぁ」

「ま～楽しむでおじゃるよ。カムイ殿」

「楽しむかぁ」

「気楽に、気楽にっ」

「う、うん」

「あと、カムイって名前で呼んでもいいかな」

「勿論っ。まぁ本名じゃないけどねっ。ボクもキミをアルフって呼んでもいい？」

「勿論っ、一緒に見つけに行こうっ」

「うんっ。よろしく、アルフっ」

「こちらこそ、よろしく、カムイ」

アルフとの会話は心地いい。気心が知れてるというか、人間界では、こんな友達はいなかったし、必要以上に作らなかった。本能で非常事態と認識して利用しようとしてるだけなんだろうか。だとしたら、ボクは嫌なやつだ。

「では、行ってきます。パンダミオさん」

「行ってきます。パンさん」

「気をチュけるでおじゃるよ。おぉ〜。大事なことを忘れるとこでおじゃった。

これを身にチュけておくでおじゃる」

「あぁ、そうか。このままじゃアレですね」

「アレ？　あれって何？」

「カムイ殿の出で立ちでおじゃるよっ。

この世界に人間様がいたら、何か問題が起きぬとも言えぬ故。

これを身にチュけておれば、この世界に溶け込めるでおじゃる」

そう言うと、パンさんが両手を宙にかざした。すると、どこからともなく一枚の透き通ったローブが舞い降りてきて、ボクにふぁさっと優しくまとわり包み込むように溶け込んで消えた。

「これで良いでおじゃるっ」

「えっ。何か変わった？」

咄嗟のことに、安易に答えを求めた。

「ふっ。自分の手を見てごらん」

アルフがまっすぐ、ボクの目を見て促してくれた。

「！！！っ……肉球」

にぎにぎする手が我が手ながらかわいい。肉球がぷっくらと薄紅色してなんともかわいい手だ。ん？　我が手？

「と、言うことは……」

窓に目を移すと、そこに映ってたのは、洒落たベストを着込み、黄金色に漆黒の模様が入ったロングジャケットを羽織った重厚な蒼紫を帯びた美しいノア族だった。

「うわっ。これボク？」

「見えたかい」

ちゃんと馴染めて…、と言うより、違和感は微塵もない。ノア族そのものだ。自画自賛じゃないが、これは美し過ぎて逆に目立つのではと心配になるくらい美しい目の前のノア族な自分にしばし見惚れた。この出で立ちのお陰で、人間の容姿に対する未練は全く感じられなかったとまではいかなかったが、少なくともこのことで、この先の不安より期待が膨れ上がった。

「あくまで見た目と、体の機能が順応してるだけで、良くも悪くも、おどれの人間様の感性や記憶はそのままでおじゃる故、時折、混乱が起きるやもしれぬ。

拙者にも、それがどういう感覚かは想像もできぬ故、大丈夫と太鼓判を押すことはできぬでおじゃるが、人間様の姿のままでいるよりはずっといいでおじゃろう」

「人間の姿のままじゃ、やっぱりまずいんですか？」

「まずくはおじゃらんが、何かと面倒くさいことになることもあるでおじゃるよ」

「十分まずいって聞こえますけど」

「…………」

「何でノーコメントなんですか？　余計気になるじゃないですか」

ガラス窓ごしにパンさんにつっこんだ。

「百聞は一見に如かずでおじゃるっ。成るようになるでおじゃるよ」

「なるようになる。のかなぁ？」

「成ると思うよ」

猜疑心いっぱいのボクにアルフがすっと声を掛けてきた。

「確かに、考えてもしょうがないか」

「あぁ」

それにしても、この刻印は目障りだが、慣れるしかないようだ。

「もう、どこに出歩いても大丈夫でおじゃるよ」

「うん。……あっ、はいっ。ありがとうパンさんっ。

でも、ちょっと綺麗過ぎやしないかな？　アルフ」

「心配かい？　ならほらっ、直接ボクやパンダミオさんを見てごらん」

そう言われて振り返り、改めて二人を意識的に見ると、ボクは唖然とした。今までの二人が今までと明らかに違って僕の目には映った。

「あれ？　何かした？　何でそんなに」

あまりにも美しい二人に、自分の容姿のことを忘れ、目が釘付けになった。

「拙者達ノア族は、そういう見え方をしてるでおじゃるよ。

人間様の感覚とは違うでおじゃろう？」

「うん。あっ、はい」

「因みに、周りも見てみるでおじゃるよ」

そう言われるがまま辺りを見渡すと、まるでさらなる別世界が広がっていた。

「うわっ。なんだ、これ」

「景色もしかり。そこに存在するもの全てが輝いて見えるでおじゃるよ。

純粋にココロの目で見ることができるからでおじゃるよ」

「凄い」

「これから、もっと素晴らしいものを目にすることになるでおじゃるよ。ちゃんとその心の目で感じてくるでおじゃる。頑張るでおじゃるよっ」

「はいっ」

「では、行ってきます。パンダミオさん」

アルフがボクの肩に手を添えて、優しく外の世界へと導いてくれた。

「行ってきます。パンさんっ」

何回目の行ってきますだと独りでつっこまずにはおれなかったが、これはおふくろさまの遺伝子だと思い出し、少し安心できた。

「ウムッ。心の目を忘れるでないでおじゃるよ。あと、二度目でおじゃるよっ」

「はいっ。えっ?」

「ふっ」

やっぱり口走ってるのか？　それともボクの考えが読めるのだろうか……。

「あの……」

「なんとなく分かるだけだよ」

どうやら、パンさんだけではないらしい。アルフにも、と言うより、ノア族にはそういう能力があるのか？　それとも、ボクの思考がだだ漏れなのか。いろんな意味で、身が引き締まる思いがした。

「…………」

「あれっ？　ここは読めないの？　それとも無視？」

「毎回、分かる訳ではおじゃらんよっ。相性の良し悪しもあるしのっ。

相性が良い場合、心がリンクした瞬間に直感的に感じるでおじゃるよっ。

拙者達に相手の心を読むなんてことはできぬでおじゃる。

そんなことができたら、口がひチュようなくなるでおじゃるしのっ」

「なるほど……なのか？」

「ふっ」

「ははっ」

納得できたようなできないような。笑って誤魔化してみたが、たぶん、誤魔化せてはいないだろう。

「それとカムイ殿、うざいという言葉を簡単にチュかうのはやめるでおじゃるっ。

おチュむがおこちゃまに見られるでおじゃるよっ」

「おこちゃま……ですか？」

「うむっ」

って言うか、言ったっけ？　覚えてない。無意識で言ってるのか？

「分かりましたっ。気をつけます」

「うむっ。おどれは、何気に素直でおじゃるなっ。さ〜、もう行くでおじゃるよっ」

「だった。いい加減行ってきますっ」

「二人とも、くれぐれも、気をチュけるでおじゃるよっ」

「分かりました」

「はいっ」

なんだか、親離れをするかのような感覚に、少しだけ寂しさを覚えたが、肩に添えられたアルフの手の温もりがボクに勇気をくれた。ドアを開けると、そこには先ほどと変わらない景色が広がっていたが、明らかに先ほどより明るく光り輝いて見えた。

「さぁ行こう、カムイ」

「うん。よろしくっ、アルフ」

こうして、パンさんに見送られ、ボクとアルフの二人旅が始まった。

第四章　『風の街』

「何だか、ワクワクするよ」

「そうかい？」

「うん。勿論、不安だらけだけど。いい意味で開き直ってるのかも」

「ふっ、なら良かった」

パンさんの屋敷の敷地を抜けてから拒まずの森までは一本道と言うことだった。途中、一ヶ所だけ分かれ道が出てくるとのことで、そこは必ず自分の意志で選ぶようにとの注意だけ受けた。まぁ、一本道とは言ったが、道以外は芝生みたいな草原な訳で、わざわざ道を歩かなくても全てが道みたいなものだ。しかも、この道は定規で引いたようにまっすぐに森まで続いている。いい意味でその面白みのない道より左右に広がる草原を自由気ままに行こうと、その草原に踏み入ろうと足を伸ばした瞬間、アルフが優しくボクの肩を引き寄せた。すると、一瞬の間を置いて、例の効果音と共に、アテナが49へと減算した。

「えっ？」

「飛ばされてしまうよ」

「飛ばされる？」

「あぁ。さっきはパンダミオさんの敷地だったから平気だったけど、ここはもう敷地外だから、ちゃんと道を歩かないとこの景色からは想像もできないようなとこを彷徨うことになるよ」

「えっ、そうなの？」

「試してみるかい？」

笑ってる……、目以外が。

「や、やめとこうかな」

「その方がいいかも。見方を変えればそれも楽しいんだけどね」

「な、なんだか、良いのか悪いのか訳分かんなくなるね」

「悪くはないけど、今は時間がね」

「確かに。余計な寄り道してる暇はないもんね」

「ちょっとした寄り道ならいいけど、ちょっとの寄り道では済まないと思うよ。経験上」

「ははっ」

少々、笑いが乾いた。

「あっ、あとね、アルフ。刻印の数字なんだけど、アテナが49に減ったんだ」

「そう」

アルフは驚いた様子もなく、軽く笑みを浮かべた。

「キミの戒律の刻印は今はまだ予告なんだ。それが後々、結果になるんだよ」

「予告なのこれ？　って言うか、後から役割が変わるの？

境目が分からないと、それが予告なのか結果なのか、分からないね」

「ふっ。今は、純粋に予告として分かるだけのものなんだ。

数字の意味するところはいずれ分かるよ。そして、その境目もね」

「そうなんだ」

予告だと、見た途端きっと落ち着かなくなる、ボクの性格上。しかも、いずれ結果になったとして、それにどんな意味があるんだろうか。

「キミは人間界でも見えていたんだよね。人間界ではただの結果に過ぎないのに、刻印の意味を知らない人間様に見えたところでどうしようもないはずなんだけどな……。

ボクらノア族は年に一回、浄化するから意味があるんだけど」

やっぱり、結果が見えたところでどうしようもないとアルフも言っている。なんだか戒律の刻印自体、ただのマイナス要因でしかないような気がしてきた。

「ん？　浄化？　浄化って？」

「あぁ。ボクらは定期的に刻印の浄化を行うんだ。自身のメンテナンスとしてね。

浄化と言うのは、その刻印に刻まれた記憶を省みて自身を進化させる儀式みたいなものだよ。

ジャッジメンタリアはそういう場所でもあるんだ。詳しいことは追々説明するよ」

「分かった」

「戒律の刻印自体、本人が気付いて理解しないと全く意味を持たない。

でも、まぁ普通に、誰にでも日常的に起きてることだから教えられなくてもいずれ分かるよ。

人間界と違ってここは分かりやすいから」

「そっか。まぁ、気長に頑張ってみるよ」

「ふっ、それがいい」

それにしても、アルフの声、話し方、なんでこうも落ち着くんだろう。説得力とかそんな強制的なものじゃない柔らかい感覚。相性の問題だけではないような、そんな気がしていた。そうこう自分会議をしながら歩いていたせいもあり会話はほとんどなかった。恐らく、考え事をしてそうなボクを見て、アルフが気を遣ってそっとしておいてくれたんだろう。そう言えば、最初の目測で、あの森まで五分と踏んでいたが明らかにかれこれ十五分は歩いている。

「アルフ、あの森までどのくらいかかるの？」

「キミ次第だよ」

「えっ？　ボク次第？」

「あぁ。望んでるかい？」

「望む？　何を？」

「早く着きたいって」

「望んではいないかな。直、着くでしょ的な」

「ふっ、それじゃ～いつまでたっても着かないよ」

「えっ、何で？」

「あの森は望まれないと近づいてくれないんだ」

「近づく？　森が？」

「あぁ、拒まずの森は動くんだよ。強く望まれれば望まれるほど、近寄ってきてくれる」

「おいおいおいっ、アルフ君。先に言っておくれでないかいっ。

ボクの反応見て楽しんでるでしょ？」

「ふっ、ごめんよ。人間様の行動や思考に興味があってね」

「まぁ、い～けどさぁ～」

「とは言っても、例の分かれ道を越えないと、どのみち近寄ってこないけどね。ふっ」

「なっ。絶対、楽しんでるっしょっ」

「ふっ、ごめんよっ」

そんな他愛もない会話をしつつ、さらに五分ほど歩いた辺りで、アルフがふと足を止めた。

「さぁ、着いたよ。ここが、分岐点だよ」

アルフのその言葉を聞いた途端、目の前に幾つかの分かれ道が現れた。

「えっ？　どっから出てきたのこれ？」

「この分岐点はいつもここにあるんだよ。

ただ、道を選ぶ本人が立たないと、ただの一本道なんだけどね。

選ぶべき者が立てば未来への道が現れるんだよ。

キミには、いくつの未来が見えているんだい？」

「一、二、三……十、十一。十一本あるよ」

「今のキミには、十一の未来があるんだね」

「えっ？　見えないの？」

「これはキミ自身の未来への分岐点だから、他者には見えないんだ。

ここだっていうことしか、分からないんだよ」

「そうなんだ」

「キミは今、十一ある未来からその一つを選ばなくてはいけない。さぁ〜運命の分かれ道だよ」

「急にそんなこと言われても、心の準備が。

それに、先の見える運命を選べるなんて、それ、運命なのかな」

「ふっ。そうだね。でも、運命を選ぶのに心構えをする時間なんてない場合がほとんどなんだ。

下手すれば、その岐路に気付かないことすらある。パンダミオさんの屋敷から、この拒まずの森を抜ける際、入る前にこうやって岐路を示してくれるんだ。

そこで選んだ未来へと橋渡しをしてくれる。でも、実際は、選ぼうと思って、選べる訳ではないんだ。意志じゃない、もっと深いところで決めるんだよ。

考える必要はない、感じればいい。目を閉じて、自分の心の声に従えば良いんだよ」

「心の声……」

「目を瞑って意識を集中してごらん。何かを感じるはずだよ」

ボクは何の疑いもなくアルフの助言に従った。すると、それぞれの道の先にそれぞれの自分が朧げにだが見えた。はっきりと見える訳でもなく、どういう状況かも分からないが、感覚的にその全てがリアルだと感じたことが、ボクの判断力を鈍らせた。

「集中しなきゃ」

力《りき》むボクの肩に置かれたアルフの手が、ボクの心を一瞬で解きほぐしてくれた。

「大丈夫だよ。考えるんじゃなくて、感じるんだ」

「感じる」

力みが消えた瞬間、ボクは一つの道を選んでいた。と言うよりは、ボクじゃないボクが、既に選んでいたかのような感覚だった。

「これ」

「選んだかい？」

「うん」

「じゃ〜行こうか、カムイ。キミの選んだ道だ」

「うんっ」

選ぶには選んだが、結局どの未来を選んだか全く分からなかった。先ほどまで枝分かれしていた十一の未来への道も、再び一本道へと戻っていた。改めて正面へと目を向けると、既に森との境界線に二人で立っていた。

「！！！っ」

「ふっ、びっくりしたかい？」

「ご覧の通り。かなり意表を突かれたよ」

「ふっ」

確かに、森が近寄ってくると言ってはいたが、ボクが想像していた感じと全く違った。

「ご苦労様」

アルフの声に、ふと我に返ったが、その途端、この森のあまりの存在感に気押された。遠くから見ていた時は、大きな森と想像してはいたものの、いざ目の前にすると、森と言うより完全に別世界への境界線に立ってるような感覚だ。

「これが、ジュカイ〜ン」

「あぁ」

無数の大樹が模る城壁が、行く手を阻んで警告しているかのようだ。よくよく見渡しても森への入り口らしきものが見当たらない。吸い寄せられるように、目の前の透明感のある大樹に触れると、中で流動する生命力のような感覚が伝わってくるのを感じた。

「生きてる」

「分かるかい？」

「うん」

その大樹の流動する生命力が手のひらを伝って流れ込んでくる。今、この大樹とボクは一体となっていると実感している。あまりにも清らかで荘厳な生命へと溶け込む感覚に、ボクと大樹の境界線が消えていくのを感じた。

「さぁ、ここがジュカイ～ンだよ、カムイ」

アルフの言葉に、優しく目の前の現実へと引き戻された。

「あれっ」

辺りを見回すと城壁のような大樹の羅列は消え失せ、無数の大樹が聳《そび》え乱立する壮大な森の中にアルフと二人立っていた。

「えっ」

「ふっ、キミが解錠したんだよ」

「ボクが？」

「あぁ」

改めて、目の前の森の奥へと視線を投げると、乱立する大樹の遥か先の方に、何やら一際エメラルドグリーンに輝く巨大な大樹が聳えているのが見えた。

「アルフっ、あれが、パンさんやキミが言っていたオイシゲ～ルかい？」

「あぁ、そうだよ」

「じゃあ、あそこにマモ～ルンという精霊がいるんだ……。

それなりの要件がなければ会えないんだったよね？」

「あぁ」

今回のアドバイスに対するお礼程度では、会える条件には満たないのだろうと自己完結した。それにしてもこの森の大樹、よく見ると全て同じ種類のようだ。どれも、樹齢が想像できないくらい太い幹。樹のてっぺんなんか見えやしない。相変わらず、透明感抜群だが、先ほど触れた際、ガラスのような冷たさや儚さは感じなかった。

「ん？」

「どうしたんだい？」

「この樹、こんな形してたっけ？」

「してないよ」

「だよねぇ……えっ？　してない？」

「あぁ」

そんなアルフの返事に、なんとなく背後に気配を感じ、振り向いた次の瞬間、周りにあった樹々が意志を持っているかのように一斉に枝振りを変えた。驚いたのも束の間、さらに樹々が様相を変え、景色が一変したことにより、一瞬で見知らぬ風景に取り囲まれた。

「生きてるとはいえ、ここまで露骨に動かれると怖いなぁ」

「大丈夫、噛みつきはしないよ」

「いやっ、そんな心配はしてないいんだけどね」

「ふっ」

「それにしても、魂魄界はビックリ箱だね」

「お互いにお互いの世界がそうなのかもしれないね」

「そうかもね」

「ボクも人間界に行ける日が楽しみだよ」

そう言うとアルフは遠くを見つめた。

「パンさんに会うのも一苦労だね」

「パンダミオさんも、あ～見えて鍵の番人という立場で結構忙しいこともあって、本来、誰でも気軽に逢えるという立場の人ではないよ」

「鍵の番人？」

「あぁ。各階層を管理する者は鍵の番人と呼ばれていてね、任された階層の不調和を監視・解消するのが役目なんだよ」

そう言えば、さっきのパンさんとの会話で、立場上って言ってたのを思い出した。

「パンさんって、そんな重要なポストにいるんだ。あの容姿からは想像もつかないよ」

アルフもあ~見えてって言ったってことは、魂魄界やノア族の中でも珍しいのだろう。

「ふっ。それに、この森が通してくれないと会うことすらできないしね」

「この森?」

「そう。ジュカイ~ンには、役目があってね、基本来る者は拒まないし、入るのも出るのも自由なんだけど、ある目的を持って訪れる者に限り選別をするんだ。

この森を訪れる目的は、理由は様々だけど、大きく二つ。

一つは、パンダミオさんに逢う為。

そしてもう一つは、マモ~ルンに逢う為。

でも、どちらにも、そう簡単には逢えなくて、大抵の場合、逢えずに、森を素通りさせられてしまうんだ」

「余程のことじゃないと会えないってこと?」

「あぁ。でも、パンダミオさんの場合は、立場が立場だから、
大抵当日は無理だけど予約ができるから、後日、会うことはできるよ」

「ここにも予約とかあるんだ」

「普通にあるよ。ただ、マモ~ルンの方は純粋に必要かどうかで選別されるから、会えない場合の方が多いんじゃないかな」

「そうなんだ……」

「今回ボクらはパンダミオさんのところから出るためにこの森を抜けるだけ。

マモ～ルンに逢う必要もないから普通の森として通り抜けることができるよ」

「もし、その二つ以外の目的というか、たまたま通りかかったとか、迷ってとか、そういう場合はどうなるの？」

「それが真意であれば、普通の森として通過できるだけだよ」

「そうなんだ。この森自体が異次元空間みたいなものなんだね」

「そんな感じだね」

「鍵の番人になるのって何か条件とかあるの？」

「あぁ。それなりの経験と知識が必要だよ。

因みに、パンダミオさんは、千年以上は生きてるからね」

「せっ、千年」

「ここ、魂魄界では、そう珍しくもないんだ。

実際、一万年以上生きてる方もいるらしいしね」

「はは。凄過ぎて驚けないや」

「ふっ」

「ノア族って凄いね」

「ふっ。ボクらからしたら、キミら人間様の方が凄いと思うよ」

「人間が？」

「あぁ」

「そっかな～。寿命なんて百年あるかないかだし、他にも色々問題ありありだよ人間界は……」

「悲しい種族ではあるみたいだね。でも、ここにはない物が沢山あるって聞くよ」

「まあ、確かにあるけど、ここを見てると、こっちこそ人間界にはないものが沢山あるよ。と言うより、ボクら人間が失くしてしまったものって言った方がいいのかな。

確かに、文明の発展で物が豊富になったし、便利になってることも確実にあるけど、それに比例して、心が豊かになってるかと言えば、残念だけどそうは感じない。

色んな格差や差別も未だにあるし。共存共栄という大義名分も理想半ばって感じだし。それに、人間の中には欲というものが巣食っているせいで、色んな不条理や、不調和が決して無くなりはしないのも事実。おまけに人間は皆、自身の中に天使と悪魔という二面性を持ってて、常にその二つの間で揺れ動いているんだ。常にね……。

時に天使に、時には悪魔に、そうやって一人の人間がどちらにも成り得るんだよ。だから難しいんだ。色んなことが……あくまで、ボク個人としての感想だけどね」

アルフの言った、悲しい種族という言葉が頭から離れなかった。ボクも、別に人間を特別悪く言うつもりはなかったが、アルフの口から聞くより、自分で言ってしまった方が気が楽だと思ったからだろうか、自然と口に出たが、それ以上は言いたくなかった。ただ、人間に対する不服や不満が、意外と容易に思いついたことと、全然言い足りてないと感じたことに、人間として、かなりがっかりした。

「そうなんだね」

気落ちしていたボクと、表情が少しだけ曇ったアルフ。互いに、会話を切り出せない微妙な雰囲気だったが、この森の景色のお陰で、その沈黙はさほど、苦ではなかった。

ここジュカイ～ンは、その透明感から儚さと繊細さを兼ね備えながらも、力強い生命力に満ち溢れている。降り注ぐ木漏れ日は、囁くようなそよ風にしなやかに応える葉や枝が重なり合うことで、色や形に深みを増し、ひと時も同じ景色を模らない。目にするもの、肌で感じるもの全てに心ごと奪われる。そんな心地よい景色が遠くに近くに見えていた。

そんな森の中を歩くことおよそ三十分、気付かぬ間に大樹の乱立がまばらに散り広がり、この森が終わりを告げようとしていた。

「ん？　もしかして、ここら辺が出口？」

「そうだよ。短く感じたかい？」

「うん。入った瞬間のあの感じに、覚悟を決めたくらいだったからね」

「出る時はこんなものだよ。境界線も入る時だけなんだ。ちゃんと役割を弁《わきま》えているからね」

「そうなんだ」

この森が生きているという概念と、森自体の持つ役割そのものがここ魂魄界では明確だ。人間界の森も生きてはいるし役割もある。ただ、その役割とは人間が見出した都合のいい表現で、そこには森そのものの自立した意志はここ魂魄界ほどには感じられない。

「因みに、ジュカイ〜ン、オイシゲ〜ル、マモ〜ルン、これらは一つなんだよ」

「一つ？」

「あぁ」

「ごめん、意味分かんない」

「ふっ、簡単に言うとね、マモ〜ルンは森そのものなんだ。

オイシゲ〜ルはマモ〜ルンが宿る目に見える精霊体本体の一部。

ジュカイ〜ンはオイシゲ〜ルの全貌なんだ。つまり一本の神樹なんだよ、この森自体が」

「じゃあ、ここは森じゃなくて樹木なの？　一本の？」

「そ、そう言ったつもりだったんだけど」

「ははっ。今自分でもアホな質問したと分かったよ。でも、樹は各々生えてたよ？」

「地中で繋がっているんだ」

「相変わらず、スケールが桁違いだね」

そうは言ったものの、なんとなく想定内な答えに逆にリアクションが難しかった。いよいよ森を抜けると、今度は目の前が急に開け、薄い霧の中、いきなり底の見えない峡谷が現れた。

「うわぁ〜。もしかして、ここ渡るの？」

「あぁ、そうだよ」

底が見えない時点で峡谷かどうかは定かではないが、たぶん峡谷だ。一応、手作り感抜群の透明で小洒落た柵があり、その柵の上から恐る恐る下を覗くと、眼下およそ十メートル位の所に、幻想的な雲海がゆったりと広がっている。そこから飛び立つ大小いくつもの虹が、立ち昇っては飛び立ち、立ち昇っては飛び立ちを繰り返している。美しいを通り越して気おされる光景だ。その峡谷には七本の吊橋が架かっており、見た目、どれも違う形をして個性的だ。ただ、どの橋もちょうど一人分の幅で離合は無理だ。しかも浅く霧に包まれているため、対岸の様子がはっきりとは窺えない。軽い恐怖と不安に弄ばれながらも、進むには覚悟を決めざるを得なかった。次の瞬間、聞きなれた金属音が聞こえ、パラスが49に減った。

「あっ、減った」

「また、来たかい？」

「うん。今度はパラスが減ったよ」

「どういう状況で増減して結果どうだったかを注意深く観察しておけば、その刻印の意味が分かってくるよ」

「えっ？　意味？　幸運と不運が前もって分かるってことでしょ？」

「そう。そしてそれには意味があるのさ。大切な意味がね」

「大切な意味。パラスは不運のバロメーターだったよな。それが減った。

不運が消滅する、もしくは不運を消費する。今は予告な訳だから、不運な出来事を回避できるのか不運な出来事が起こるのかのどちらかだ」

「すぐに分かるよ」

「こ、怖いな〜」

「大丈夫だよ。気にしてたらきりがないよ」

「そう気持ちの切り替えが出来たら苦労しないんだけどね。ははっ」

「そのうち慣れるさ。気楽に行こう」

「分かった。大丈夫と思い込んでみるよ。で、アルフ、どの橋だい？」

「左から二番目だよ。お先にどうぞ。あっ、両方のツタをしっかり握ってね」

「分かった」

辺り一面絶景なだけに見る分には申し分ないが渡るとなると話は別だ。普通に足がすくむ。動悸と吐き気もしてきた。ボクらが渡るべき橋は、側面は弦を編み込んだようになっており、ちょっとレトロっぽくて洒落ている。探せば人間界にもありそうな吊橋だ。ただ、違うとこと言えば木板の足場が続いているのだが、お約束通り、透明感があるということだ。気持ち、木目を意識しているせいか茶色っぽいが、果てしない底が微かに見える。渡るのを拒否するには十分な理由だ。

「アルフ、一応、ダメもとで聞くけど、吊り橋以外の道はないんだよね、やっぱり」

「残念だけど、ないんだ。もしかして、苦手なのかい？」

「こういうのは、ちょっとね」

「そうなんだ」

「でも、ないならしょうがないね」

「一番激しい吊り橋だけど、絶対に大丈夫だよ」

「やっぱりか～」

「やっぱり？」

「うん。ボクは何かと運が悪いんだ。他の人より確実にね」

「そうなのかい？」

「うん。自分の運のなさに心が捻くれそうだよ」

「そうか、だから人間界で戒律の刻印が見えるようになったのかもしれないね」

「どういうこと？」

「いずれ、分かる時がくるよ。楽しみにしとくといいよ」

「そうなんだ……」

　大丈夫と言われたものの、なかなか決心できずにいた。十分ほど、現実逃避していたが、名案が浮かぶはずもなく、渡らないことにはどうしようもないという、諦めにも似た軽い決心に至った。アルフも何も言わず、じっと見守ってくれている風だった。

「よし、じゃ～行こうか」

「何なら、ボクが先に行こうか？」

「大丈夫、頑張るよ」

「分かった。両方のツタをしっかり握るんだよ」

「うん」

いざ、橋を目の前にすると、絶対に前を歩いた方がいいと思った。目の前で恐怖の予行演習を見ようものなら、確実に足が竦んで動けなくなる。ここは先に行かせてもらうことにした。

両方のツタをしっかり握って最初の一歩を踏みだした次の瞬間……落ちた。

「じゃ～お先にゃあぁぁ～っ」

一瞬、見た目通り猫になった。と、同時に恐ろしく後悔した。

「手を離さないでっ。最初だけだからっ」

一瞬でアルフの声がフェードアウトした。最初だけってそういう大切なことは、最初を迎える前に教えててくれないかな、アルフ君……。

「うぅ～～わっ」

急に下降から上昇に切り替わったことに心身共に付いていけないままアルフと同じ目線に戻ってきた。勿論、想像通り、人間界と同じ動きをする。そのまま浮いたり沈んだりを繰り返し、ようやく軽い揺れまで治まってきたが恐ろしくて次の一歩を踏み出せないでいた。と同時に、あの揺れに振り落とされなかった自分に感心した。

「カムイっ。大丈夫かい？」

大丈夫ではございませんよ、アルフ君……。今回ばかりは、にわかに信じがたいアルフの言葉に、まだ勇気が湧かないでいると、真後ろでアルフの声がした。

「ほら、あそこ」

「うわっ、びびった」

アルフもいつのまにか踏み出してボクのすぐ後ろまで来ていた。とは言っても、まだ二～三歩しか進んでいないが……。アルフの指し示した視線の先を見ると右側二つ向こうの橋を渡っている二人組と目が合った。恐らくボクの声にビックリして振り向いたのだろう。ボクらより進んでいるところをみると先に踏み込んでいたようだ。よく見ると、吊橋じゃない。白と黒の法則性のある道、ピアノの鍵盤のような橋だ。側面がない。言わば、足場しかない。見てるだけでゾッとする。思わずツタを握る手に力が入ったが、当の二人は、綱渡りのように両手でバランスを取りながら揚々と歩いている。

「やぁ、大丈夫かい？」

前を歩いてる小さい方の黄色いノア族が声を掛けてきてくれた。『やぁ、無理っぽいです』と返事しようと思ったが、アルフが先に返事をした。

「ありがとう。大丈夫だよっ」

ボクは全然、大丈夫ではございませんが……。

「最初はみんなそうさっ」

その黄色いノア族が、ボクの方を見て親指を立ててそう言った。

「ありがとうっ」

自然と声が出た。この時、不思議と声と一緒に少しだけ勇気が顔を出した。

「今日は一段と清々しいね〜。お互いよい旅をっ」

今度は後ろを歩いているノッポな橙色のノア族が声を掛けてくれた。

「ありがとう。キミらも、よい旅を」

ボクらは立ち止まったまま、彼らが対岸に向け歩き進めるのを暫く見ていた。彼らの影は前の方に薄れるのではなく明らかに右の方に逸れながら後ろ姿が霞んで消えた。この橋、平行に架かってるんじゃないんだと少し冷静になれている自分に気付いた。

「あっ、ごめんっ」

「大丈夫だよ」

「ありがとう」

「ボクは何もしてないよ」

何も言わず、そっと寄り添ってくれているアルフが、いつもの柔らかい笑顔で応えてくれた。

「行くよっアルフっ」

「あぁ、行こう」

改めて元気良く踏み出したものの、やっぱりこの吊橋、揺れ方が半端ない。

「酔うな〜これっ」

ついさっきまでのヤル気と勇気が嘘のように萎んだ。世の中にはこういうのを楽しめる人達がいる。絶叫系が恐怖と不快でしかないボクには羨ましい限りだ。酔う前に気を紛らわそうと話し掛けることにした。

「アルフにはこの橋がそれぞれどこに繋がってるか分かるの？」

「もちろん分かるよ」

「さっきの彼らはどこに向かった～～～～～～～っのかな？

あ～もうっ。油断できないなこの橋っ、股関節がアホになるっ」

「ふっ、大丈夫かい？　あの橋はヒャッコイの方だよ」

「ひゃっほい？」

「あぁ。氷壁と雪原の街／ヒャッコイ」

ボクが無意識に言い間違えたと思い、スルーしてくれたのか、それとも、普通にヒャッコイと聞こえたのか。ボケたつもりが、顔から火柱が立ち昇る結果となった。

「そう言えば、さっきパンさんのとこで言ってたね」

「あぁ、昨日までそこにいたんだよ」

「へぇ～、何し～～～～～～～～っ」

「ふっ、大丈夫かい？」

「あ～～っも ぉ～。油断も隙もない。自分の舌を味わうはめになる。

この踏み板、当たり外れとかある？」

「ふっ、ないよ。慣れるとコツが摑めるんだけどね」

「慣れるほど何回も渡る機会いらない」

「ふっ」

「でもヒャッコイって、かわいい雪国を想像しちゃうね。行きたいとは思わないけど」

「どうしてだい？」

「寒いの苦手なんだよね」

「ふっ、そうなんだ。確かにあそこは尋常じゃない気温だからね。

寒いというよりは、痛いかな。でも、着く頃には強制的に慣れてるけどね」

「そうなんだ。でもいいやっ、行かなくても」

「ふっ」

写真か何かでお目にかかるのは良いとして、訪れるのは心から遠慮したい場所だ。

「そういえば、ア～～～～～～～ルフは何歳なんだい？

あぁ～～～～もうっ。この揺れどうにかなんないかなっ」

「ふっ、もう少しの辛抱だよ。ボクはここに降り立って十年」

「十年？　十歳ってこと？」

「違うよ。ここに降り立つまで早くて五年から下手したら十五年以上かかる者もいてね、
ボクは七年いたから、人間界で言う十七歳位かな」

「ボクも十七歳だから、同い年位だね。

そうだ、アルフ。改めて、友達になってもらえるかな？」

「ボクらはもう友達だよ」

「ありがとう、嬉しいよ」

「ボクも嬉しいよ。しかも、人間様の友達なんて初めてだよ」

「ボクもノア族の友達なんて初めてだよっ。思いっきりお互い様だねっ」

そんな会話の途中まさに予想的中。悪い予感ほどよく当たる。もうやばい……。気が紛れると思ったが逆効果だった。こんな見たこともない絶景の中、不思議体験してても普通に擬似船酔い出来る自分の一部の平常心にイラッとする。イラッとするが、体はふらっとする。最悪……。

「………」

「大丈夫かい？　カムイ」

「いや、だいじょばない……」

それはそれは美しいこの景観にボクの人生最大の汚点を残すことにつなが……うえっぷっ。やばし……、いとやばしっ。

「対岸はもうそこだよ。頑張れそうかい？」

「うん……」

もう半分白目っす。走りたくても走れないこの揺れ。これ、なんの罰ゲームっすか神様。

「あと少しだよ、頑張って」

筒抜け情報からのエールも右から左だった。切り立つ虹に見守られながら、あっという間だったであろう長い長い陸間の空中船旅がやっとのことで終わりを告げた。

「あぁ〜最悪」

「そんなにかい？」

「うん。やっぱりこうなるんだよなぁ」

「なんだか、ボクの方が楽しみになってきたよ」

「えっ？」

「ふっ」

アルフの意味深な笑いを耳に、道の脇にある草原に大の字に寝転んで空を眺めた。正確には、草原ではなく綺麗に大の字の地面に寝ている状態だ。ただ、人間界の地面と違って痛くない。見た目はさほど変わらないのに、低反発でいちいち優しい。そのうち、気分の悪さが地面に吸い込まれたかのように消えた。

「たっかぁ〜。吸い込まれそうだ」

「そんなにかい？」

気付くと、アルフもボクと同じ大の字で隣に寝ていた。

「あぁ。アルフ達が人間界に来たらさぞかし窮屈な思いをすると思うよ」

「そうなのかい？」

「うん。さてと、ありがとっアルフ、もう大丈夫だよ」

「まだ休んでてもいいよ」

「いやっ、ほんと大丈夫。ありがとっ」

「そう、じゃ～行こうか」

「うんっ。でっ、こっからどれくらいかかるの？」

「三日で着くよ」

「そっか。……ん？　三日？」

「あぁ」

「き、聞かなきゃ良かった」

「何かまずかったかい？」

「てっきり吊橋を渡ったら『さぁ～ここだよっ』とか、『あそこに見えてるのが』ってオチだと思った」

「オチ？」

「あぁ、結果というか……」

「ふっ、街によって違うんだ。ジャッジメンタリアもだけど、順応に時間が掛かる街はこうやって時間をかけて体を慣らしていくんだよ」

「登山みたいなもんか。さっきのヒャッコイの強制的ってそういうことか。

でもまさか……。あるきっぱとかじゃないよね。休憩するよね。って言うかしようなっ」

「アルキッパ？」

「あっ、歩きっぱなしってこと」

「あぁ、さすがにそれはないよ」

「良かった。心底安心した」

「ふっ、ボクもあるきっぱは無理だよ」

ノア族がそうなのか、アルフがそうなのか。速攻でボクが使う単語を真似てくる。好奇心旺盛というか探究心が凄いというか、面白いを通り越して感心する。

「人間様の言葉は面白いから、真似たくなるんだ」

だった、筒抜けだった。

「でもね、最近じゃいろんな言葉が氾濫してて何が正しいのか分かんなくなることもあるよ。

ま～、時代で変わっていくのはしょうがないのかもね。ボクが言うのも何だけど、大抵は若い世代が言葉を生み出すんだ。進化なのか、退化なのか偶然なのか、必然なのか、良くも悪くも変わっていくよ。それにね、無理やり作ってる言葉もあったりして、同じ意味の言葉がいくつもある場合もあって覚えきれないし、意味が分からないことも多いし。って、おっさんかオレっ」

「ひとつのことを色んな言葉で表現できるのが凄いと思うよ」

「そっかな」

「そう思うけど」

「ただ、ボクが使ってる言葉も正確じゃなかったりするから参考にはしない方がいいかもよ」

「ボクはキミと同じでいいから、気にはしないよ。

ボクもキミも、実際はお互いに違う言葉で話してる。

通じてるから問題ないんだけど、時折分からない言葉が出てくるんだ。

互いの世界の独自の表現を脳内変換できない場合があるみたいだね。

キミはボクの言葉で気になることはないかい？」

「そういえば、今までのアルフの言葉でひっかかるとこはなかったな」

「そうかい」

「うん。これからは注意して聞いとくよ」

「あぁ、気になった時は遠慮なく聞いておくれ」

「分かった、アルフもねっ」

「あぁ」

「それにしても三日か……遠いね」

「そうかい。途中、風の街／ヒュ～ラリアンに泊まるけどね」

「まぁ～、しょうがないか。どのみち見つけないと帰れないわけだし」

「そうだね。必ず見つけよう」

「うん、ありがとう」

こういうほんの些細な会話で、今自分は大変なことになってるというか、巻き込まれてるというか……。表現し難い孤独感に襲われる。しかし、アルフの存在のお陰で、なんとか自分を維持できている。これは何かの運命の悪戯だろうか。ほんの数日前にポムポムが見えるようになって今はこうして一緒に旅をしてる。ボクじゃないといけない何かがあるんだろうか……。だとすれば、パンさんやアルフと逢えたのも必然なのか？　いくら考えても今は答えなど出るはずもなく、今日の自分会議はこれにて終了。

「……ムイ……カムイ……カムイ。大丈夫かい？　意識飛んでたよ。どうかしたのかい？」

「あっ、ごめん。自分会議してた」

「ジブンカイギ？」

「うん、想像と妄想に浸って勝手に議論し合うの、自分同士で」

「人間様は皆そんなことをするのかい？」

「いや、いなくはないだろうけど。ボクは重症な方かな」

「病気なのかい？」

「ん～、違うと思うけど」

「この魂魄界にも良いヨカド様がいるよ、行ってみるかい？」

「ありがとっ。気持ちだけ受け取っとくよっ。って言うか、ヨカドサマって、何？」

「あぁ、人間界で言うお医者様のことだよ」

「そうなんだ、でも大丈夫、ありがとっ。ヨカド様ねぇ、ははっ」

「どうかしたのかい？」

「ん～んっ、何でもないよっ」

どれだけ歩いたろうか、気が付くと、全く大気の流れを感じないことに気付いた。

「ねぇ、アルフ。この辺は風が全然ないね」

「もうすぐ、ヒュ～ラリアンだよ。ここは、無風地帯と言う大気の壁の中なんだ。ヒュ～ラリアンに影響が及ばないように、外の世界から隔離する目的を担っているんだ」

「隔離？」

「あぁ、外の世界の大気がヒュ～ラリアンに入り込まないように、大気の壁がヒュ～ラリアンをグルッと取り囲んでいるんだよ」

「そうなんだ」

さらに三分ほど歩くと、朗らかな雰囲気が漂い出した。近づくに連れ、自然と心が和む。穏やかな街並みを想像し、胸が高鳴った。

「さぁ着いたよ。ここが風の街／ヒュ～ラリアンだよ」

山間に建物が立ち並んでいる様子を想像していたが、実際は眼下にクレーター状に窪んだ広大な大地が広がり、煉瓦造りのような家々が規則正しく立ち並んでいた。足元から吹き上がってくる柔らかい風が、街への来訪を歓迎してくれているかのようだった。

「さぁ、降りるよ」

「降りる?」

「あぁ、手を」

そう言うと、差し出したボクの手を掴んで、眼下へとダイブした。

「!!!っ。うわぁ~~~っ」

びっくりしたのも束の間、二人とも先ほど足元から吹いていた上昇気流に包まれ、五分ほどの空中遊泳をしながら、ゆっくりゆっくりと何事もなく街中にある一番大きく見えた広場へと着地した。数人の住人がボクらを見ていたが、何も慌てる様子のないとこを見ると、この降り方で正解だったらしい。

「ほ、ほんと、なんでもありだね」

「びっくりしたかい?」

「寿命が縮んだよ」

「!!!っ」

「冗談だよ」

「良かった……。取り敢えず、宿をとったら街を散策してみるかい?」

「うんっ。するするっ」

改めて周りに目を向けると、数人のノア族が見て取れた。活気とまではいかないが、そこそこの賑やかさがある。宿へ向かう途中、様々なノア族とすれ違った。皆が皆、知り合いのように当たり前に挨拶を交わしていた。ボクらにも声を掛けてくれたし、返事は勿論、ボクらからも自然と声を掛けられた。ボクがまだ幼い頃の人間界は、こんな感じだったような気がする……。他にも、人間界と同じで井戸端会議のような風景もそこかしこで見られた。アルフに聞くと、出歩いている者は実際はほぼここの住人ではないらしい。立ち話や、ベンチらしきものに腰掛けて話し込む姿に、皆、この街の住人かと思えるくらい溶け込んで見えた。それだけに、ノア族の温厚で友好的な民族性が伝わってくる。この世界には戦争や紛争なんてないんだろうと、ふと、そんなことが頭を過った。程なく歩くと、立ち並ぶ民家群に入った。ところどころに宿らしきものが見える。レトロなものをはじめ、洒落た建物が多いなか、個性的なものもいくつかある。アルフは明らかに目的地がある足取りで、ボクの左少し前を歩いている。暫く歩くと、アルフの足が止まった。

「ここだよ、カムイ」

そこには、落ち着いた佇まいのレトロな二階建ての宿らしきものが立っていた。

「へぇ～。洒落てるね。ここ、知ってるとこ？」

「あぁ、この街に来たら必ずここに泊めてもらってるよ」

そう言うとボクに目配せをして一緒にその建物へと入った。

「おじゃったもんせ～」

「うわっ」

声のした方へ視線を向けるや否や、目の前の光景に声が出た。下半身が近寄ってきた

……と一瞬焦ったが、よく見ると腰が直角に曲がって上半身が真下を向いているだけだっ

た。だけだったが、地面しか見えていないであろうその姿のまま近づいてくるポムポムに、それはそれである意味怖かった。

「お久しぶりです。マーニャ爺」

「おぉ～、アルフじゃったかっ。元気そうじゃな」

「マーニャ爺もお元気そうで」

あの体勢から、顔だけを上げ、改めて話を振ってきた。所々直角なその老ポムポムは、どうみても人の良さそうな優しい老紳士で、見た目通りの柔らかく丁寧な物腰でボクらに接してくれた。透明感のある天鵞絨《ビロード》の体に、落ち着いた紺色の作務衣《さむえ》のようなものを身に纏い、ちょこんと小さいメガネを鼻の上に乗っけている。しかも、あからさまに聞き覚えのある、と言うより、聞き慣れたイントネーションの言葉遣い。異界で故郷に出逢ったような不思議な感覚に、懐かしさと言うより、少々郷愁を憶えた。

「そちらのお連れさんは初めてじゃな」

「ええ、そうです」

「あっ、はじめまして。カムイと言います。お世話になります」

「カムイ殿、良い名じゃ。

私はフルボッコ・ラスカマーニャ・アリキック・ネックロック・ネオボルト十三世と申します。ゆっくりしていってくだされ」

ながっ。思わず口をついて出そうになった。て言うか、フルボッコ？　おまけにアリキックにネックロック？　何気に好戦的な上に血縁とかないはずなのに十三世って……。つっこみどころ満載だ。

「はっ、はい。ありがとうございます」

「ふっ」

一応、失礼な反応かもしれないことを考えると平静を装うのがいいと思い、そう振舞ったが、アルフにはいつものように筒抜けたようだ。

「ここは居心地が良くてね。相性って言うのかな……」

「そうなんだ。でも、何となく分かるよ。ボクも凄く気に入ったよ」

「そうかい。なら良かった」

「アルフや、いつもの部屋が空いとるがどうするかね？」

「是非、そこで」

「なら、おいき。準備は済んでおるから」

「はい。行こうカムイ」

そう言うと、足取り軽く部屋へとボクを案内してくれた。割と広めの階段を上り、二階に上がると廊下の左側が腰の高さくらいから、廊下の天井の半分までがサンルーフ状態だった。しかも、手作り感があり機械的な冷たさは微塵もない。あまりの透明感に触れてみたがやはりちゃんと『何か』はあった。ガラスじゃない材質、でも透明感はその比じゃない。そのため、清々しい開放感と明るさが心地よかった。そう言えば、パンさんの屋敷の窓も今思えば、同じだった気がする。きっとここ魂魄界ではこれが普通なのだろう。いつか気が向いた時にでも聞いてみることにしよう。部屋は、右側に五つと突き当たりにひとつ。ボクらの部屋は、その一番奥の突き当たりの部屋だった。アルフがドアを開けると、ボクに先に入るように道を空けてくれた。部屋の入り口に立つと透き通るような森の香りが漂ってきた。

「パンさんとこの、あの森と同じような匂いだ。何だか無性に落ち着くね」

「あぁ、他の部屋も良いけど、ここは特別お気に入りなんだ」

部屋は、パンダミオさんの来客用の部屋より一回り小さいくらい。建物の外見や廊下からは想像もつかないロッジといった感じの洒落て落ち着いた部屋だ。左右に大きな窓、天井には約五十センチ四方の天窓もある。が、それ以外に家具らしきものが一切ない。ベッドやテーブル、椅子など、何もない。後から、尻尾振って連れられてくるのだろうか。

「広いし、感じが良いけど何もないんだね」

「あぁ、この部屋だけはちょっと特別でね。今は好きなとこで寛ぐといいよ」

「特別？」

「あぁ、後々分かるよ」

「分かった。あっ、そう言えばアルフっ。マーニャ爺の名前なんだけど、えらい長かったね」

「そうかい？」

「うん。人間界でも、いるにはいるんだけどね。

それでも、あそこまではなかなかないかな。ボクが知ってる限り。

アルフの呼んでた呼び名からは想像もできなかったから、尚更意表を突かれたというか。

もしかしてアルフ、キミの名前も長かったりするの？」

「そうか、ちゃんと自己紹介していなかったね」

そう言うと、改まってボクを正面に見据えて左手を後ろ手で腰に、右手を胸にあてがい軽く会釈した。そして、もう一度目を合わせて、ゆっくりと口を開いた。

「ボクは、フリーランクルー・ルルアーノ・アルフレット・ジーク・エルミオス・ソーマノート・LLL・マカダミアン・ドットコル。改めて宜しく、カムイ」

ドットコルしか頭に残らなかった。しかもドットコムじゃないことに微妙にむず痒かった。

「やっ、やっぱ長いんだ。こちらこそ、宜しく、これからはアルって呼んでもいいかな？」

「勿論いいよ。ところで、ボクの名前、可笑しかったかい？」

「全然っ。想像通り長かったからさ。まさかの想定内というか。

それより、名前って誰が付けてくれるの？」

「名前は、魂の息吹として生まれた時、それを包み込む風の帯に記されているんだ」

「風の帯に……、誰が付けてるんだろう」

「ボクもそこまでは。人間様は、主に親とか近しい人が名前を付けてくれるんだよね」

「うん。大抵はね」

「しかも、その名前には、何かしらの意味もあるって聞いたけど」

「ほぼね」

「何だか凄いね。命に名前を授けるなんて」

「そんな深く考えたことなかったなぁ。授けるかぁ。そう考えると何だか凄いね」

「あぁ、凄いと思うよ」

「でも、アル達の名前こそ、凄く意味ありげな気がするけどな」

「そうなのかな。今まで何の疑問も持たなかったよ」

「そうなんだ。でも、いつ頃フルネームで言えるようになったの？」

「ん～、物心ついた時には知ってたと言うか、言えたと言うか」

「じゃ～、意識的に覚える必要とかなかったの？」

「なかったよ。たぶん、魂の息吹の状態の時に、刷り込まれてるのかもね」

「そうなんだ」

ここでは、それが普通なのであればそれ以上聞きようがなかった。そういえば、チェックインの手続きとかないのも別に違和感を覚えなかった。なんとなくだが、この世界の仕組みというか風習というかが飲み込めてきたからなのか、それとも未だに他人事のように感じてるからなのか。今のとこ痛感しているのは、ここは温厚な世界だということだ。

あと、この世界では通貨というものがない。通貨の代わりに労働か物々交換をする。今回、宿に泊めてもらう代わりにすることとは、掃除だった。何をするにしても労働の内容に統一感はない。一応目安はあるが、交渉の余地ありのようだ。ボクらのこの掃除、滞在中ならいつしてもいいとのことらしいが、性格的に先に終わらせないと落ち着かないので、先にすることにした。アルと共にしたが、ボクは、学校は勿論、自分の家でもここまで一生懸命掃除したことないというくらいに頑張った。と自分では思う。と言っても時間にしたら一時間ちょいといったとこだ。それで宿泊できるんだから何とも良心的な世界だ。案の定と言うか、想定内と言うか、掃除のチェックなどは一切なく、信用と言う言葉すら不必要なくらいの潔さがある。掃除を済ませると、マーニャ爺に見送られ早速二人で街中へと繰り出した。よくよく見ると、風の街というだけあって風車みたいなものが全ての家についている。しかも、その形は全て個性的だ。

「ここの風は、この街以外の風と何か違うね。意志を感じるというか」

「分かるかい？　ここ魂魄界の風は、全てここで生まれるからね。生まれたての風だから感じやすいのかもしれないね」

「えっ？　魂魄界の風は全部ここで生まれるの？」

「そうだよ。この街の住人には、風を育てることができる者がいるんだ」

「風を育てる？」

「あぁ」

「どうやって？」

「街中を歩いていれば、そのうち見る機会があると思うよ」

「へぇ～、楽しみ」

「早速ほらっ、あれ見てごらん」

　そう言ってアルが指を指した。

「太極拳？　そういえば、途中何人か見かけたな」

「タイキョクケン？」

「あ～、人間界でいう武術の一つだけど、基本は精神や体を精錬するための……、って言うか、ごめん、実は詳しくないんだ」

「ふっ、謝ることないよ」

　自分の知識の幅にも深さにも泣けてくる。

「ほらっ、見てごらんもうすぐ風の種が生まれるよ」

「えっ？」

　先ほどから、太極拳らしき動きをしていた初老と言った感じのおじいさんの体に、薄っすらと気流が纏わり始めている。大気から気流を作り出してそれを凝縮してる。そんな感じだ。暫く、二人で見入っていると、いつのまにか体に纏っていた気流が消えており、おじいさんも動きを止めていた。よく見ると、手のひら上に小さな竜巻がくるくると自転しながら浮いている。お互いに喜んでいるように見えた。おじいさんは、そっと何かを話しかけながら、その子竜巻を大事そうに両の手で包んで、家の中へと連れて行った。

「あれが風の種だよ」

「あれが……、何だかわたあめみたいで可愛いね」

「ワタアメ？　何だか聞いたことあるような……」

「そうなの？　人間界にはあんな感じのお菓子っていう食べ物があるんだ」

「あ～、そうだ、お菓子だ。パルポルンが言ってたっけ」

「パルポルン？」

「あ～、ボクの友人だよ」

「そうなんだ。ごめん、話が逸れたね」

「別に構わないよ。それに、人間界の話は興味があるから」

「お互い様だね。で、風の種の後はどうなるの？」

「あぁ、あのわたあめみたいに育った風の種はね、今度は家の中で百日ほどかけて大切に育てられるんだよ。

　家の中で流れることを覚えたら、いよいよ本格的に外での流れ方を覚えさせるんだ。

　そして流れ方を操れるようになったら、旅立たせてあげるんだ。魂魄界の大空に」

「壮大なイメージを感じるけど、何だか、別れが辛そう」

「普通に名残惜しそうにしているらしいよ、ボクは見たことないけど」

「やっぱりそうなんだね。……ねぇ、風を育てるって、仕事なの？」

「仕事ではないよ。ここの住人の半数は、風の種を育てるのが好きで集まった人達なんだ。

勿論、それが目的ではなくても、ここには自由に住めるんだけどね」

「風を作り出すことによって何か報酬とかあるの？」

「ないよ。無償でしてるんだ」

無償でしてる云々より、報酬って知ってたんだ。と、そっちに気を取られた。

「無償でか。普通に生活ができればそれだけでいいってことなのかな？

もっといい場所に住みたいとか、もっと美味しいものを食べたいとか、他の人より、よりよい生活をしたいっていう欲求というか、欲望はないんだね」

「ないこともないんだろうけど、そこはあまり重視しないかな」

「何だか、耳が痛いな」

「耳？　大丈夫かい？」

そう言う、アルの大きな耳がピククンッと跳ねた。

「あっいや、そういう意味じゃなくて、恥ずかしいというか、聞くのが辛いと言うか……」

「へぇ〜、そう言う時、耳が痛いって言うんだ。人間様の表現って面白いね」

「そう？　あんまり、考えたことないなぁ」

「ふっ。人間界と魂魄界、似てるとこもあれば、そうじゃないとこもある。

ボクらの場合、お互いにいい刺激や知識になってるから、退屈しないね」

「確かにね。そう言えば、風の育て方とか教わるとことかあるの？」

「いや、ここに移り住んで教えを請うんだ。育ててる人にね」

「へぇ～、弟子入りするわけか」

「そんな感じ。見れば気付くだろうけど育てる人は皆、体型がふっくらしてるんだ。まずはその体型を目指しながら、知識を身に付けたり、実技をしたりして学ぶんだよ。実際育てられるようになるには、五年くらいかかると言われているんだ」

「結構かかるんだね……。って言うか体型とか関係あんの？」

「ボクも詳しくはないんだけど、一つの風を育て上げるまでに、自身の生体エネルギーの約五分の一を消費すると言われているんだ。

だから風を送り出した後は一年ほどかけて体型を元に戻してからまた風を育てるらしいよ」

「何気に壮絶だね。実際育てられる人は、今何人くらいいるんだろうね」

「ここヒュ～ラリアンの住人の十分の一位らしいから百五十人位いるのかな」

この街に千五百人ほど住んでいることにびっくりした。意外と広い街なのだろうか。

「百五十人くらいで魂魄界全ての風を育ててるの？　風、足りなく成らない？」

「それは大丈夫。風の寿命は長いから。平均で三百年位かな」

「さっ、三百年っ？　って言うか、風の寿命って何だか洒落てるね」

「ふっ」

「寿命か。そういう表現すれば人間界の風にも寿命があることになるな。でも、さすがに三百年はもたないかな」

そう話しながら歩いていると、先ほど聞いた飛び方を学んでいるふうな風の種に遭遇した。

「もしかして、あれ」

「あぁ、あれがそうだよ」

「あんなふうに練習して風になるんだ」

「あぁ」

「何だか、一生懸命だね」

「そうだね。ああやって自分自身が一人前になったと感じたら主人に挨拶して旅立つんだよ」

「他の場所では絶対に風は自然発生しないの?」

「あぁ、しないよ」

立ち止まって、その光景を見守りながら会話をしてる中、ふと気付いた。

「この、今吹いてる風は、彼らの誰かなのかな?」

「あ〜、この街の風は違うよ。ここの風は、ここの地形や条件が生み出す自然の風なんだ」

「作られる風と何か違うの?」

「自然発生した風は全然違うよ。

寿命も短いし、それにここで自然に生まれた風はこの街を出られなんだ。

この街を一通り駆けると溶けてしまうんだよ。生命エネルギーを得てない分弱いんだ」

「そうなんだ」

それを聞いて受ける風は愛おしくも温かかった。風をこんなに心地よく感じたことは今までなかった。ボクがここに存在してないかのように風がボクをすり抜ける。そのほんの一瞬に体中に風が浸透して揮発するかのような感覚。今までにない感覚だった。

「この世界の風は凄く心地良いね」

「ここの風は特別なんだよ。この独特の地形と恵まれた環境が風にいろんな作用を起こすんだ」

「確かにこの地形、氷壁混じりの滝の水壁に囲まれたクレーターの中にあるような街だもんね。

その割には寒くないし。って言うか、この滝の水自体何処から来て、どこ行くんだ？」

「ふっ。ボクも好きな場所の一つなんだ。でも、寒くないことはないんだよ。

この街に来るまでに慣れてるだけなんだ」

「そっか、言ってたね」

「あぁ」

「便利だね」

「あまり、そう感じたことはないけどね。そして、水はね、この階層パンダミオで生まれ

て、

ファライエへと落ちる。そこで揮発してアルベリオへと昇り完全に昇華するんだ」

「三階層を股にかけてか、壮大だね」

「あぁ。それはそうと、この傍に、階層を移動できる場所があるんだ、見に行くかい？」

「行くぃくっ」

明確な最終目的地に見当がつかない今、色んなものを目にしたいと思った。浅い森を十分ほど歩いただろうか、途中、何組かのポムポム達とすれ違ったが、必ず声を掛けてくれる。なんとも温かい種族だ、ノア族というのは。

「あっ、カムイ。見てごらん、オレオレだよ」

アルの指差す先に三頭の動物らしきものがいた。

「オレオレ？　なんか構えちゃう響きだね」

「構える？」

「人間界では色々あってね」

「人間界にもオレオレっているのかい？」

「うん。その名前をした鳥みたいな人間が」

「人間様？」

「見た目はね。でも、中身はどうだか」

「何だか複雑そうだね」

「ははっ。そうでもないよ。逆に、分かり易いくらいだよ」

「そうなんだ。因みに、あのオレオレは本来の姿ではないんだ。オレオレは本来、二つの頭部を持っているんだよ。

ただ、ほとんど見ることはできないけどね」

「頭が二つ？　どんなになってんの？　しかも、何で見れないの？」

「極度に緊張して集中力を上げる時にしか出さないらしくて、ボクも見たことないんだ」

「どんな顔してるんだろう？」

「ボクも、いつか見てみたいんだけどね」

そんな話をしながら暫く歩いていると、前を歩いていたアルがボクに道を空けた。

「ここだよ、カムイ」

「！！！っ」

断崖絶壁。その向こうに荘厳な氷と水の壁が立ちはだかっていた。しかも、驚いたことに、滝の始まりと終わりが見えないだけじゃなく幅の終わりも見えない。まさに滝の壁だ。遠め目に見ていて想像はしていたが想像を遥かに超えてまさに圧巻だった。

「凄っごぉ～」

いくつもの虹色のカーテンがオーロラのように幾重にも靡いている。

「この大瀑布《だいばくふ》の水がここの空気に混ざることで、風の種が生まれやすいと言われているんだ」

「それ凄く分かる」

「あっ、あそこ見てて」

アルに言われるがまま十メートルほど右奥の断崖を見ていた。すると、巨大な何かが地響きと共に滝をせり登ってきた。

「えっ？　鯉……」

これまた想像を絶する大きさだ。しかし、明らかに錦鯉だ。鯨並みな大きさのそれはボクの視野からはみ出る位のジャンプをした。

「うわっ。あれまずくない？　あんなの下りてきたら地震じゃ済まないでしょ」

「大丈夫、彼らはここには下りてはこないよ」

「……？」

「上の階層への水先案内人だから」

確かに、アルが言った通り、見ている限り、それきり下りてくることはなかった。

「それで？　誰を案内するの？」

「上の階を目指す者達だよ」

「上の階？」

「あぁ、他にも何箇所かあって、ここは、アルベリオに昇るとこの一つなんだ」

「アルベリオ。さっき言ってたね」

一体、鯉がどうやって運んでいったんだろうか。

「球体の部屋を咥えたまま昇っていくんだよ」

「あっ、えっ？　そうなんだ」

また、ダダ漏れしてたのか。

「それはそうと、カムイ、あと二歩前に出てごらん」

「えっ、あと二歩？」

「あぁ」

言われるがまま、二歩踏み出して滝つぼなるものを確認してみようと身を乗り出した瞬間、いきなり、無数の水分を帯びた小さい風しぶきが、ボクのつま先から頭のてっぺんまで駆け上がった。

「！！！っ」

体の水分が全て入れ替わったような感覚に襲われたと同時に今まで味わったことのない快感が柔らかく心地よい速さで体の中心をなぞった。鳥肌で身震いするボクを見てアルが少し得意げに微笑んだ。

「ふっ、どうだい？」

「なんだろ～、体の透明感が増した感じがするよ」

「ふっ、病み付きになりそうじゃないかい？」

「うん、なるね～。癖になりそうだ」

「初体験した者は総じて同じ感覚を得るよ。実際、ボクもそうだったしね」

そう言うと、アルも踏み出してボクに並んだ。風の第二波がボクらを飲み込んで駆け抜けた。

「凄い。さっきまでの自分じゃないみたいだ。遺伝子レベルでリセットされた感じ」

「他に何か特別な感覚はないかい？」

「特別？　あぁ、ないかな、今のところ」

本当に優しい。ちゃんとボクのノルマを忘れないでいてくれている。第三の波がボクらを捕らえる前に数歩下がって目の前の絶景を眺めた。その後、ボクらの後にも、何組かのノア族が儀式のように滝の洗礼を受けていた。アルベリオってとこへの昇華口ではあるが、それより、この絶景そのものを見に来たり、先ほどのように洗礼を受けに来たりする人の方が多いと、アルが教えてくれた。帰り道、滝に向かうノア族の人々と来た時同様、挨拶を交わしつつ宿へと辿り着いた。それにしても、暗くならない分、ず～っと時差ぼけだ。疲れないとはいえ、若干の心地よい疲労感と空腹感はしっかりとあった。せっかく風のお陰でリフレッシュできたのに汗をかくなんて。必要なこととは分かりつつも鬱陶《うっとう》しく感じる。

「ん？　ありっ？　かいてない、見た目は」

しかし、根っからのノア族ではないボクの本当の体が汗ばんでいるのが分かる。

汗をかいているのか、いないのか紛らわしい。どちらにせよ、シャワーは浴びたくなった。

「アルっ、ここ、シャワーってあるのかな……」

「シャワー？」

「あっ、そうか。えっと……。汗をかいたから体をきれいにしたいんだけど」

「あぁ、そういうことか」

「汗とか分かるんだ？」

「分かるよ。体のメンテナンスをしたいんだね？」

「メンテナンス。そんな大袈裟じゃないけどね。ははっ」

「ちょっと待って」

いきなりアルは自分の胸に右手を沈ませた。

「！！！っ」

固まるボクに優しく微笑んだアルは光を発してる胸から何かを取り出した。

「手を……出して」

「心臓とか乗っけないでよっ」

「ふっ」

アルに言われるまま、手を差し出すと、すっとカプセルをボクの手のひらに乗せた。

「カプセル」

「そのまま動かないで、カムイ」

「う、うん」

「出てきておくれ、アクアリン」

アルがそう言うとカプセルだと思っていたそれが、ボクの手の平からするりんっと滑り下りた。足元に視線を落とすと淡い桜色した小さなナニカがもにゅもにゅと動いていると思った次の瞬間、淡い光と柔らかい風を纏ってボクの体を撫でるように一回りした後、透明感抜群の人型へと変貌した。

「！！！っ」

不意の出来事に一瞬戸惑ったが、視認した瞬間、目が釘付けになった。そこには、漆黒のローブを纏った人型うさぎがスラリと佇んでいた。

黒とグレーでコーディネイトされている羽衣のようなローブから露出した肌は透明感のある薄紅色で、体の中を花びらのようなものが舞い散っている。優美で高貴な雰囲気が漂っているが、儚い美麗さを内に秘めているように見えた。

恐らく耳だろうが、顔の側面両側に三枚ずつ羽のように上へと伸び広がっており、それまで入れると身長が二メートルほどある。スッとシャープな輪郭に切れ長の目が印象的で、左右の瞳の色が違い、右目が琥珀色で左目が緋色。長い睫にスマートな鼻、そしてぷっくらと艶っぽい唇。妖艶で端正な顔立ちをしており、全身も要所要所、意識的に誇張しているようで、美貌と気高さを兼ね備えた完璧な容姿だ。

「ふふっ。ありがとう」

想像通りの声色と口調。容姿だけじゃなく雰囲気にも呑まれそうだ。自分に都合のいい理想が、まんまそこにある感じだ。で『ありがとう？』こちらも筒抜けなのかと冷静に考えた途端、顔から火柱が立ち昇った。

「ふっ。さぁ～カムイ、目を……」

ボクはアルに言われるがまま、目を見開いた。

「なるほど。そう来たか。ふっ」

「ふふっ。面白いのね、アナタ」

「へへっ。なんちってて」

いろんな意味での精一杯の照れ隠しのつもりだったが残念なことに何も隠せてないまま、単なる、自己満足の現実逃避に終わった。

「ふっ」

「ふふっ」

ボクが改めて目を瞑るとまぶた越しに明るくなるのを感じた。すると次の瞬間真っ暗になり光り輝いた彼女がボクの中へと滑り込んできた。

「！！！っ」

思わず固まった。あの大きい人型うさぎが、まんまボクの中に流れ込んできた。ボクは一瞬、体が弾け飛ぶんじゃないかという恐怖を感じたがすぐに、不思議とそれはないという安心感に包まれた。それと同時に、彼女がボクの体の隅々まで滑るように一巡りしたのを感じた。体の汚れが落ちたというより、生まれたてにリセットされたような感覚に、今までに感じたことのない心地よさと、それに比例する恥ずかしさに襲われた。その感情に戸惑っているボクに優しい微笑みを残しすり抜けた瞬間、アルに声を掛けられた。

「もういいよ。目を開けて、カムイ」

そこには、先ほどのウサギの妖精の姿はなかった。当たり前のようにそこにいると期待をしてた分、倍がっかりした。

「あれっ」

「彼女はアクアリン。ボクに同行してくれてる精霊アクア。大切なパートナーだよ。どうだい、すっきりしたかい？」

「あぁ、すっきりもびっくりもした」

「ふっ、それは良かった」

「でも、精霊って」

「あぁ〜精霊の森／ヒラリアってとこにアクアと呼ばれる精霊が住んでいるんだ。そこで、契りを交わせたらこうやって連れ添ってくれるんだよ」

「へぇ〜、凄い」

「そうかい？」

「うんっ」

「彼女らにも性格や感情があるから契りを交わした後でも、そこにちゃんとした想いがないと出てきてもくれなくなるよ。ふっ」

「へぇ～そうなんだ。因みに、アルフは彼女を怒らせたことはあるの？」

「ふっ。ないよ。彼女が大人だからね。

　近いうちに彼女を、ヒラリアに連れて帰るつもりだったんだけど、カムイがよければ行ってみるかい？」

「連れて帰る？」

「あぁ。三百日位毎に一回、連れて帰るんだ。彼女自身のケアも必要だしね」

「そうなんだ。行きたいっ。いつ行くの？」

「もうそろそろ三百日経つから、もういつでもいいよ」

「なら、明日行こうよっ」

「明日？　ふっ。分かった。じゃ～そうしよう」

「うん。行こう、行こうっ」

　急にテンションが上がった。

「そういえば、お腹空かないかい？」

「あぁ～、空いた空いた。何か食べようか」

「何か……か、確かにいくつか食べ物があるけど、基本ノア族は星のかけら／キラリアンを体内に取り入れればそれで十分なんだ。

　人間様にも同じ作用を起こすはずだよ。今、ボクの手持ちはそれしかなくて、試してみるかい？　もし、不安なら他の食べ物がないかマーニャ爺に聞いてくるけど」

「あっ、アル。アルが良ければ試してみたいな」

「もちろん良いよ。試してみるかい」

「うんっ」

　すると、左側の内ポケットから小さな小瓶を取り出した。

「それがそうかい？」

「あぁ」

「うわぁ。小瓶の中に宇宙がある」

「ふっ、何せ星のかけらと言われているくらいだからね」

「それにしても綺麗だね」

「あぁ」

　そう言うとアルはその小瓶の蓋に指をかけ、心地よい音を響かせ小瓶の蓋を開けた。

「カムイ、手のひらを」

　言われるがままにボクが両手で小鉢を模ると、そこにアルが小瓶を傾けた。すると流れ星が無数にボクの手のひらに流れ込んできて螺旋を描きながら小さい銀河系が生まれた。

「うわぁ～銀河系だ」

「カムイ、それを飲むんだよ」

「飲む？　誰が？」

「キ、キミがだよ」

「ど、どうやって？」

「そのままくぅ～っと」

「ビッグバンとか起きないよね？」

「初めての時は、ある意味そういう感覚があるかもね」

「び…びびらせないでよ」

「ふっ、大丈夫だよ。くぅ～っといってごらんっ」

「くぅ～っ……」

「……そ、そのいってごらんじゃないよ……」

「分かってるよっ。冗談だよ、冗談」

「……ははっ」

「では、改めてっ」

恐る恐る、言われた通りに口をつけ軽く吸い込んだ。すると、銀河系そのものが液体でも固体でもましてや気体でもない、形容し難い状態でボクの体の中に流れ込んできた。全てが流れ込んできた瞬間、体の隅々まで勢いよく何かが駆け巡り、全身がゆっくりと目覚める感覚が迸った。アルが言う様に、静かに、緩やかにビッグバン的な感覚に見舞われた。

「お腹……と言うより、体の細胞ひとつひとつが満たされる感じ。人間界では味わったことない感覚だよ」

「そうかい」

「うん。やっぱり人間界とは全然違うやっ」

「ここ魂魄界は人間界と根本というか本質は同じなんだよ。

人間界を覗いてきた歴史の中で、良いとこは真似てるし、過ちは反面教師にしてきた。

勿論、違う部分は色々あるけれど、大きく違うところが三つある。

一つは、やはり死と言うものに対する概念かな。

ボクらは人間界に転生することができるし、その先があることも理解している。

遅かれ早かれ、何れは人間界で言う死という瞬間を迎えるけれど、死を終着点と考える人間様と違い、ボクらにとって死とは通過点なんだ。

そしてもう一つ。それは、繁殖という概念がないこと。

繁殖行為に愛情表現の最たるものという人間様らしい理屈を見出したにも拘らず、行為に伴う快楽に溺れてしまう人間様の、弱い部分の歴史を見てきて、不必要と判断したからだと言われているんだ。

実際、行為自体の本意は知ってはいるけれど、それを行う身体機能もないから、そういう感情も湧かないし、その感覚が理解できないんだよ。

最後に、ボクらノア族には、身体的に成長はあっても進化という概念もないんだ。

人間界のように単細胞生物から進化して……、みたいなのはないんだ。

ここ魂魄界は誕生した起源が分からなくて、始祖というものが未だに分からないんだよ」

「人間界と魂魄界。似てても、やっぱり同じではないんだね」

「あぁ。因みに、ここ魂魄界にはちょうど百八つの生命体が共存してるんだ」

どの辺りがちょうどなんだ。

「百八つ。煩悩の数だね」

「そう。ただ、人間界と違うとこと言えば、きっちり百八の生命体がいると言うこと。

ただ、百八の生命体の内、半分の五十四の生命体に関しては名前しか分かっていないんだ。

そして、魂魄界には進化や変異というものがない分、途中で枝分かれもしてこなかった。

つまり最初から今現在まで完全に独立した百八の生命体なんだよ」

「なんか意味ありげだね」

「そうだね」

「百八つの生命体にも、絶対数が多い種族もいるんでしょ？」

「あぁ。中でも、多数を占めるのが三つ。

ひとつはボクらノア族。キミが見てきた通りの種族。今のキミ。ふっ。

フィールドはここ、パンダミオとアルベリオ、そしてファライエの三階層。

前にも言ったけど界期が上がると行けるフィールドが広がるんだ。

ちなみに、ボクはまだパンダミオまで。

次の更新でアルベリオに行くことができるようになるんだ」

「うん。言ってたね」

「そして次に、カムイも大好きな女性だけの種族、アクア」

「おいおい……。まぁ否定はしないけど」

「ふっ。冗談だよ。彼女らのことは族を付けないで呼んでるんだ。

何でかは分からないけど、ボクらにはない特殊な能力を持っているから、同族という括りにしない為とも言われているよ。

見た目は、カムイも見た通り人間様好み」

「徹底的だね」

「ふっ。それぞれ個性はあるけどベースはアクアリンのような感じだよ。

精霊の森／ヒラリアが生まれ故郷。明日、ボクらが行くとこ。

フィールドはパートナー次第。ボクらと違って自身に制限はないんだ」

「明日がすっごく楽しみだよっ」

「ふっ。そして三つ目が飛翼族。

彼らはアクアとは逆で男性しかいないんだよ。見た目は限りなく人間様に近い。

透明感のある色白の肌をしているんだ。あと、人間様と比べると手足がちょっと長いかな。

皆が黄金色の美しい髪と瞳をしていて神々しさがあるよ。

利き腕ではない方の腕が大きな翼になっていて、マントのように体を覆っているんだ。

大空が彼らのフィールドでおおまかな棲息域はあるけど、実際、決められてはいないから、割と自由なんだ。

身長はボクらの倍近くあるけど、威圧感は全くないよ。性格もボクらより温厚だしね」

「キミらより温厚？　全く想像できない」

「そうかい？」

「うん。まだ見たことないよね、ボク？」

「あぁ。ボクの知る限りまだ見てないはずだよ」

「見たいなぁ～。かっこよさそう」

「あぁ。確かにかっこいいよ彼らは」

「今の三つ以外に、ボクが今まで見てきた生命体が含まれているんだね」

「あぁ。因みに、今の三つ以外の種族は階層を行き来できない。

と言うより、その必要がないんだ。

生まれ出た階層が生涯の場所になる。一部の例外はあるけどね」

「そうなんだ。その階層ってさ、三つに分かれてるのには何か意味があんの？」

「これは創造主の深層心理なんだよ」

「創造主の深層心理？」

「そう」

「深いのか単純なのかわかんないね」

「ふっ。確かにね。でも、ボクは好きだな、ここ」

「ボクもだ」

「魂魄界の環境は、見てきた通り人間界とほぼ同じだけど、様相とスケールが違う。そして、ここ魂魄界、中でも、ここパンダミオが一番広くて、魂魄界全体の五〇％ほどを占めてると言われているんだ。

初めて降り立つ階層だから、温暖な気候と住みやすい環境になっているんだよ。

次がアルベリオ。ここは、魂魄界の中核を担う階層。簡単に言えば学ぶところだね。

ここで、人間界の全てを知ることができる。

だから、アルベリオを行き来できるノア族ならカムイとの会話にも違和感がないと思うよ。

最後にファライエ。ここの環境は過酷。ストイックに自身を高める者が生活しているよ」

「階級社会みたいだね。いろんな経験をして、ようやく人間界に転生できるんだね」

「魂魄界から人間界に行くのは簡単なんだ。行く場所と行き方が分かってるからね。

でも、人間界からその上の界、つまりエリシオンに行くのは相当難しいんだよ。

なぜなら、どこにあるのかも、どうやって行くのかさえも分からないうえに、目的として設定されてないからね。人間界では記憶からも消されちゃうしね。

エリシオンって名前さえも。そこが本当に難しい所以なんだけど。

ここでは、分かってるのに。それに、そこが本当に素晴らしい場所なのか、果たして本当にあるのかさえも謎なんだよ。だから、大抵というよりほとんどが、魂魄界と人間界の無限ループに陥るのさ、ボクらを含め当の本人も気付いてないままにね。

例外なくボクらもそうなる、たぶん。でも、可能性がない訳じゃない。

きっかけを見つければいいのさ。ボクらの中にある『それ』を呼び覚ますきっかけをね。

まぁ～そのきっかけというものすら、もしかしたら仕組まれたものなのかもしれないけどね」

「やっぱり、ボクはまだほとんど知らないんだね。ここのこと」

「無理もないさ。でも、考え方によっては楽しめるんじゃないのかな」

「確かにそうなんだけど、そう切り替えられない臆病な自分がいるんだよね」

「そうなんだね」

「何か余程のきっかけでもあれば変われるんだろうけど。

そんな都合のいいモノは簡単には転がってないしね。

まあ、こう考えてる時点で完全に他力本願、こんなんじゃ変われっこないね」

「そう悲観することないよ。成るようになるさ」

「ありがと」

「あとここ魂魄界は、人間界でもよく言われる共存共栄が根幹にあるんだ。

欲も人間様ほど強くはないし、競争心もかなり低い。

ただ、生きていく為の必要最低限の知識と感覚は皆が身に付けているよ」

「安心・安全って人間界でよく唱われるフレーズがあるんだけど、そう声にしないといけないこと自体、まだ、そうじゃないんだといつも思い知らされるよ。

ここにはそれが普通に存在してて、しかも疑う余地すらない位、平和だもんね」

「あぁ。危険とか言葉もあるけど使う頻度は少ないね」

「一生懸命説明してくれたのにごめん。まだ理解というか覚えられそうにないや」

「ふっ。いいさ。気になったらまた何時でも聞いておくれ」

「そうさせてもらうよ」

「ボクも色々聞かせてもらいたいしね」

「うん。遠慮はなしでっ」

「あぁ」

アルフの話で、改めてここは人間界ではないことを痛感した。共通点やら相違点やらと、間違い探しに似た感覚で楽しくもあるが不安もある。ここでの栄養分の摂取の仕方にしても。食欲なんてものがしっかり備わってる人間のボクには、若干の物足りなさも残るが体は十分に満足していた。人間で言う生理的現象の排泄も、ノア族にとってはメンテナンスの一種だ。汚いと判断するのは嗅覚と視覚が主な判断手段になっているわけで結果的に、汚い＝不要とは必ずしもならない。しかし、大抵はこれが成り立つ人間界。ここには、そういう一種の偏見がないからこんなにも世界も住人も美しく見えるのだろうか。それとも、今のとこ、汚いことや、モノを目にしていないだけなのだろうか。いずれにしても美化され過ぎてる気もするがそれが日常であり、常識なら受け入れるしかない。それにしても不思議だ。あれだけ人間界の歴史を見てきて、あらゆるものに感化されていないところが。

ま～見て伝える者に判断力というか見極めるチカラがあればこそなのだろう。統べる者に恵まれたということだろうか。できすぎた理想郷的過ぎる世界な気もするが目の前にある以上、事実として受け止めるしかない。こういうことをはじめ、色んな感覚にも慣れていくんだろう。楽しみと哀愁にも似た感情が浅く広がった。

「自分会議かい？」

「うん」

「ふっ、早いけどもう寝て、明日早めに出発しよう」

「うん。そうしよう」

「明日は、ヒラリアに泊まって翌日にはジャッジメンタリアへ向けて出発だよ。

幸いにもそんなに離れてないしね」

「裁決の街／ジャッジメンタリアに、精霊の森／ヒラリア……何だかワクワクするよ。って言うかヒラリアはアクアリンの故郷でしょ。せっかくだからゆっくりするといいよ。

ボクの方も、そんなに急いだところでどうこうって感じじゃなさそうだしね」

「ありがとう。ヒラリアはカムイの言う綺麗な種族の集落だからきっとカムイも気に入るよ。

ジャッジメンタリアも、魂魄界でも一二を争う凄く重要な街だから色々楽しめると思うよ」

「うん。色々楽しみ」

「じゃ～カムイ、寝ようか」

「うん。おやすみ」

「おやすみ、カムイ」

さっきのアルの話や明日のことを色々考えると自分会議が始まるのは確実。今日はもう、明日からの楽しみを胸に寝ることにしよう。それぞれの窓にカーテンを引いて日中の耳障りのない生活音の中、アルの寝息に誘われるようにボクも眠り堕ちていった。

第五章　『精霊の森』

「……」

「ふふっ。無理しなくていいよ」

温かい視線を感じたせいだろうか優しく呼び起こされたと錯覚する感覚で目が覚めた。

五時間ほど眠っただろうか目覚めは爽快だった。

「おはよう、カムイ」

遠くもなく、近くもなく、気負わない距離でボクを見ている。なんとも柔らかい笑顔と優しい声だ。

「お……おはよう、アル。早いね」

「満足できたかい？」

「ん？　何が？」

「ふっ。覚えてないかい？」

「全然」

「もう食べられないよって言ってたよ」

「ははっ。夢か」

「夢か……。聞いてはいたけど、人間様って不思議だね」

「そう？　ノア族は見ないの？　夢」

「あぁ、見ないよ」

「寝てる時ってどんな感じ？」

「無……かな」

「無か……なんとなく分かる。ボクら人間もそういう状態の時があるから」

「そうなんだ」

「ところで、アルはよく寝れた？」

「あぁ。ボクらノア族は寝溜めができるから」

「えっ、そうなの？　ボクら人間は毎日平均八時間睡眠が良いと一般的に言われてるんだよ。

寝溜めか、便利だなぁ～」

「八時間？　もったいないね」

「そうだね。でも、そのくらい睡眠とらないと体が悲鳴をあげちゃうからさ」

「！！！っ」

「おいおいっ、大丈夫？」

「悲鳴を上げるのかい？　体が」

「いやいやっ、喩えだよ。体のあちこちに不調が出てきちゃうって意味。若いうちは平気なんだけどね、年取ってからその反動がきちゃうんだ。病気って形でね」

「へぇ～」

「ははっ」

「どうしたんだい？」

「いや。アルもへぇ～って言うんだと思って、ははっ」

「ふ、普通に言うよ」

「そっか。さてっと……顔でも洗って……って。洗面所とかもないんだっけ」

「センメンジョ？」

「うん。水を使って顔洗ったり、歯を磨いたりするところ」

「あ～、ないよ。ノア族には水をそういう風に使う習慣がないからね。人間様は起きる度にそんなことをしてるのかい？」

「えっ、ノア族はしないの？」

「しないよ。どうして汚れてもないのにわざわざそんなことをするんだい？」

「えっ。起きたら口の中が気持ち悪くない？　目やにとか付いてたりとかさ」

「ボクらにはそういった常識はないなぁ」

「そうなんだぁ。なんか便利だね」

「人間様も大変なんだね」

「そう考えるとそうだね。でも、言われてみるとこの状態なら平気かも。不快感がないもんなぁ」

ノア族の体な今なら、アルの言ってることが理解できる。本当に寝る前と変わりがない。

「でも、まだ慣れないだろうから……はいっ。カムイ、手を」

そう言うと、アルがまた胸からカプセルを取り出した。

「アル、ありがとっ。でも、もう彼女は呼び出さなくてもいいよ。契約してないボクが、あれこれしてもらうのはちょっと気が引けるから」

アルはボクをまじまじと見つめ、一瞬の間を置いて、声が出た。

「……えっ？」

「……えっ？」

そのアルのリアクションに、ボクはオウム返しになった。

「やっぱり人間様って気を遣うのが美学なんだね。確か遠慮って言うんだよね、そういうの」

「えっ？　この程度は皆普通にするよ。美学とかじゃなくて当たり前というか……常識というか」

「へぇ～そうなんだ。なんだか面白いね。ここ魂魄界では、誰かが困ってたら普通に手を貸したり借りたりってのが当たり前で、遠慮するという文化がないんだ。面白いねお互いの文化の違いって。

今のところお互いの文化と常識に従って行動したり接したりしてるから、気付かずに相手を不愉快にしてる可能性もあるわけだ……」

アルの目が少し戸惑いにも似た感情を帯びた。

「確かに」

「今まで、そういうことなかったかい？　あったのなら教えてくれないかな」

「ううん、なかったよ。アルこそなかった？」

「ボクもなかったよ。

でも、今後それを気にして何もできなくなるのは残念だから、今まで通りでいこうか。

もし、そういう場面が来たら気付いた方が声を掛けたら良いよね？」

「そうだねっ、そうしよう。お互い自分らしくいこう」

「あぁ、そうしよう。これまで通りね」

恐らくというか必ずこの先もいろんなことが起こる。いろんな想定をするのもボクの癖だ。良くも悪くも。そうすることで、ストレスを軽減出来てると自分では思ってるが、もしかしたら、これ自体がストレスの元凶かもしれない。しかし、そうせずにはいられない以上、そうしていくという流れに身を任せるのが自然なのかもしれない。先のことは分からない。分からないなりに、自分らしく抗ってみるのが自分らしいということなのかもしれない。いきなりは無理だから、とりあえず意識的に気楽にいこう。そう答えが出たところで、いつも通り魂魄界に帰還した。

「自分会議は終わったかい？」

邪魔せずに大人しく見守ってくれていたアルが出迎えてくれた。

「あっ、ごっごめんっ」

「ふっ。謝ることないよ」

「これも癖かな」

「ふっ。本当に面白いよ人間様、というかカムイが……かな」

「褒め言葉として聞いておこうっ」

「ふっ。もちろんそのつもりで言っているよ」

「本当かなぁ～」

「本当さ」

ここ魂魄界に来て以来、本音を言ったり思った通り行動したりできることが増えてきたような気がする。今のこの異常な境遇のせいなのか、ノア族の成せる業なのか、そのどちらもなのか、何れにせよ今は心地がいい。少しずつ何かの歯車が嚙み合ってきている気がしていた。

「じゃ～アクアリンを呼び出すよ」

「うん。あっ、アル、ボクもアクアリンと話しても良いのかな？」

「勿論良いよ。普通に話しかけてごらん」

「アルは良いのかい？」

「ふっ、勿論。さぁカムイ、手を」

アルだからそうなのか、ノア族がそうなのか、ここでの鼻で笑うという行為からは、何の嫌悪も感じないどころか、フッと肩の力が抜ける。

「ありがとう」

昨日と同じように目を閉じて、その時を待った。

「アクアリン……今日はカムイがキミと話もしたいそうだよ」

アルがアクアリンにそう語りかけた後、閉じた目の向こうで温かく優しい光が広がった。

「カムイ……目を」

そう彼女が声を掛けてきた瞬間、明るさと共に、温かさが優しく流れ込んできた。

「うわぁ〜。何回見ても……綺麗……」

「ふっ」

「お世辞じゃないぞっ」

笑うアルに、小声で返した。

「ありがとうカムイ。嬉しいわ」

「あのぉ」

「なぁに、カムイ」

「キミはアルの、アルフのパートナーだよね」

「ええ、そうよ」

「契約者でもないボクにまでしてくれるのはアルの顔を立てているの？」

「ふっ」

アルが小さく笑った。

「違うわ、カムイ。私がそうしたいと思ったからよ」

「えっ」

ボクは告白されたかのような感覚を覚え顔が真っ赤になるのを感じた。なにしろ、告白されることに全く免疫ができてないんだからしょうがない。勿論、告白されてないのは重々承知だが照れるものは照れる。

「ふふっ。かわいいのね、あなた」

そう言うと、笑顔でボクの顔を覗き込んだ。

「うわっ」

久しぶりに心臓が口から出そうになった。

「ふっ。カムイこういうのは苦手みたいだね」

「普通、こんな美人がどアップになったら、ほとんどこんなリアクションだよ。でも、苦手なんじゃないよ。ただ、恥ずかしいだけ」

「人間様ってかわいいのね」

「まぁ〜、皆が皆じゃないけどね」

アルがさりげなく出してくれた助け舟に少しほっとした。

「アルフ。明日カムイを、ヒラリアに連れて行くのでしょう」

「あぁ、そのつもりだけど。何かあるのかい？」

「いいえ。ワタシもその方がいいと思うわ」

「どうして？」

「そうした方がいいからよ」

「そうした方が？」

「えぇ」

「カムイ、明日は何か良いことがあるかもしれないよ」

「えっ？　どうして？」

「アクアリンの助言は吉兆だから」

「そうなの？」

「素敵な何かが待っているわ、きっと……」

二人のこの言葉に勝手な信憑性を作り上げた。

「分かった。楽しみにしておくよっ」

「えぇ」

「楽しみだね、カムイ」

「うんっ。すっごく楽しみっ」

ヒラリア。アクアリンのような女性？　が生まれ育つ聖域。否が応にも高校生らしい妄想が膨らんだ。いろんな好奇心が湧き出て、たぶん顔はだらしなく綻んでいたに違いない。

「嬉しそうねっ、カムイ」

「うんっ。……あっ」

思わず本音が出た。

「ふっ」

「ふふっ」

「あっ、ありがとう。話ができて嬉しかったよっ」

「もういいのかい？」

「うん。またいつでも逢える……よね？」

「あぁ」

「私もまたお話できるのを楽しみにしているわ」

「ありがとう」

「ふふっ、こちらこそ」

そう言うと、アクアリンはボクの頬にキスをしてカプセルの中へと消えた。

「キス……された……」

ボクは超瞬間湯沸器状態だった。

「キスって何だい？」

「えっ……。今の……チュッて」

「あ～、あれをキスって言うんだ。彼女が機嫌が良い時はああやってリセットしてくれるんだ」

「リセット？」

「キミが望んだことだよ」

「あっそっか、そうだった」

「ふっ。それよりカムイ、お腹空かないかい？」

そう言って、アルがボクに小瓶を翳《かざ》した。

「あっ、そう言えば……。でも、そこまで空いてないかな。大丈夫、ありがとう」

「分かった。なら、いつでも言っておくれ」

そう言うと、取り出したキラリアンをそっとしまった。

「アルはいいのかい？」

「ボクらは寝る前に取り込むだけでいいんだ。寝てる間に体がしっかり吸収してくれるから。

それに、二日に一回位でいいんだよ」

「やっぱり優しいねキミは」

「ふっ。キミほどじゃないよ。じゃ～そろそろ行こうか」

「あぁ、行こう」

部屋を出て扉を閉める時、部屋に向かって、アルが小声でお礼を言ってるのが聞こえた。

「ボクも、ありがとう」

「ふっ」

相変わらずとでも言いたげなアルが優しく笑った。木漏れ日が差し込む窓辺の廊下を抜け、階段を下り玄関に通じるフロアへ辿りつくと、チェックアウトの先客がいた。接客が終わったマーニャ爺がこちらに気付くのを待って声をかけた。

「お世話になりました」

「お世話……、ふぉっふぉっふぉっ。ゆっくりできましたかな？」

少しだけ驚いた様子だったが、すぐに笑顔で答えてくれた。

「はいっ。最高に寛げました」

「それは良かった」

「マーニャ爺、ありがとう」

「いやいや、わしも楽しみなんじゃよ。お前さんたちや他の皆とこうやって逢えることがの」

「ボクもです。また来ます」

ボクは来れるという保証がなかったためアルと同じ台詞は言えなかった。

「アルフまたのっ……。カムイどのも、また機会があればいつでもおいでくだされ」

察してくれたのか、マーニャ爺が優しくそう言ってくれた。

「はいっ。ありがとうございます」

「ところで、今日は二人ともどちらへ行きなさるのかの？」

「ジャッジメンタリアに向かうんですが、途中ヒラリアにも寄るつもりです」

「ほぉ～それはそれは……。お気をつけて行きなされよ」

社交辞令ではない何気ない会話に不思議な安堵を覚えた。

「もしかして、お世話になりましたって言葉はいらなかったのかな……」

「ふっ。いいんじゃない。マーニャ爺も嬉しそうだったし……。

ボクもなんだか嬉しくなったよ、キミのそういうとこ……ボクは好きだよ」

こんなにしっかりはっきり意思表示ができるアルのことをボクも好きだし尊敬もできる。

もう逢えないかもしれないマーニャ爺とその宿を目に焼き付けて、ボクらはマーニャ爺に見送られながらヒラリアへと出発した。

「アル、ヒラリアまではどれくらいかかるの？」

「ヒラリアには歩いて三時間ほどで着くよ。

ただ、あそこに入ると強制的に一泊だけどいいかい？」

「全然いいよ」

「良かった」

人間界での徒歩三時間は聞いただけでゲッソリするが、ここでは苦痛ではなかった。なにせ、体は軽いし。疲れない。人間界とはえらい違いだ。ボクらが歩いているこの道、今まで多くの人々が通ったのだろう、しっかり整備された感じではなく獣道を少しばかり整理したような道が続く。この世界にもいるんだ、街と離れたとこに住む人。街外れなのに建物があちこちに見える。決して密集しているわけではないが嫌って離れているという感じでもないほどよい距離感で家が立ち並んでいる。もしかして、テリトリーみたいなのがあるのだろうか。いやっ、今までのノア族の人々の温厚さをみれば、それはなさそうだ。

「自分会議中かい？」

アルが少しばかり退屈そうに覗き込んだ。

「あっ、ごめん、ごめんっ。ビンゴッ」

「ビンゴ？」

「あ〜、当たりってこと」

「ふっ。次からは差し支えなければボクも混ぜてくれないかい？　その自分会議に」

アルが本気の眼差しでボクに笑いかけた。

「あっ、そうだねっ。なるべくそう心掛けるよ」

「ありがとう」

「こちらこそ」

ボクの話や考えを、本気で聞きたがってくれる人はおふくろさまとエリに次いで三人目だ。初男子だ。ボクは素直に嬉しかった。あちらでも、友達がいないわけじゃないが深い付き合いではないし何よりボクの自分会議に興味を持ったり、ましてや参加しようと試みてくれた友達はいなかった。だから余計、嬉しかった。この話はまだ照れくさくてアルには内緒にしとこう。次の自分会議には招かせてもらうよと心で思った矢先、不意にアルが言った。

「約束だよ」

「えっ。ボク言っちゃってた？」

「いや、なんとなくね。ふっ、ビンゴかい？」

「ははっ。ビンゴ、ビンゴッ」

アルフとの距離がだんだん近づいていくのを感じた。親友ってこんな感覚なんだろうか。決して自分の都合のいい相手じゃないことだけは自覚していたかった。小一時間ほど歩くと割かし大きな十字路が出てきた。勿論、信号なんてものはない。ただ、手作り感満載の矢印がくるくると回りながら浮いているのが見えた。

「ここを右に曲がれば、ヒラリアはすぐだよ。大丈夫かい？」

「ぜんっぜん大丈夫。楽しみの方が勝ってるから尚更平気」

「それは良かった」

「アルっ、あの回ってる矢印は何？」

「あぁ～あれかい。あれに向かってヒラリアって叫んでご覧」

この時点で、行く先を示してくれるというのが分かったが、折角のアルの好意にのっかることにした。

「ヒラリアっ」

「ミギッ」

「！！！っ」

「ふっ、びっくりしたかい」

「……かなり」

ヒラリアと叫んだ途端、耳元で聞こえたその声に心底びっくりした。アルの反応を見る限りやはりアルのおちゃめだったようだ。しかも、アルの思惑通りの結果となったようだ。

「ふっ。ごめんよ。あの印は導きの光陰といって、今みたいに聞くと速攻で答えてくれるんだ。

ただ、今カムイが経験した通り、いきなり耳元で教えてくれるから最初は皆びっくりするよ。

結構、あちこちの要所要所に浮いてるから、これからもよく見かけると思うよ」

「どうせなら重低音の男性の声じゃなくて、明るくて優しい女性の声の方がいいなぁ」

「ふっ」

そんな会話のまま右折して歩いていると、先の方が白く輝いているのが見えてきた。

「あれは何？　あの白く輝いてる場所」

「あそこがヒラリアへ向かう為の白の大地／シラス～ルだよ」

「あそこが目的地じゃないんだ」

「あぁ。仮の入り口みたいなとこ」

「そっか」

　近づけば近づくほど輝きは増すが眩しくはなかった。三本に分かれる道をアルに従い一番右の道を選んで進んでいくと白銀に輝く、透き通ったガラスの砂漠が姿を現した。光の粒子がさらさらと流れ動きながら、ゆっくりとゆっくりとカタチを変えている。まるで生き物のように、何かを生み出すように絶えず流動していた。

「行こう、カムイ」

「うんっ、行こうっ」

　この、何処から見ても延々と続きそうな砂漠に立ち入ることに何の躊躇もなかったのは、アルに対する全幅の信頼に外ならない。と言えればいいのだが、実際は不安半分だ。白い砂丘をいくつ越えただろう、一時間ほど歩いただろうか、いくつめかの小高い砂丘を登りきると、眼下にいきなりフラットな砂面が現れた。よく見ると、大きな白砂の渦潮のようだ。ゆったりと円を描きながら中心へと収束しているようだが、あくまで平面だ。舞い踊る光の粒子があまりにも美しく、それに寄り添うように、心地よい砂のこすれ流れる音が歌っているようだった。

「着いたよカムイ。ここだよ」

アルの言葉にフッと我に返った。改めて目の前に広がる光景に息を飲んだ。

「凄いね……」

目の前の回る地面を見て、一瞬だけ怯んだ。

「それじゃ～行こうか、カムイ」

「うん」

そういうとアルが円の中心へ向け足を踏み出した。

「えっ？」

てっきり、流れに乗るのかと思い込んでいたボクは、ちょっと意表を突かれた。

「大丈夫。流されないよ。まっすぐ中心へ向かえばいいんだ」

そう言うとアルは歩を進めた。アルを信用していても、体が感じ取る感覚はなかなか払拭できない。恐る恐る足を伸ばした瞬間、例の金属音が聞こえると同時に刻印が動いた。見るとパラスが48へと減算した。パラスを消費するとあまり良いことはないだけにちょっと身構えてしまう。覚悟を決めて一歩目を踏み出した。大きく円を描く光の流れにつま先が触れた瞬間、小さな波紋が生まれ広がった。確かに全く流れを感じない、体感としては。しかし、目と脳が追いつかない。一瞬大きな目眩と吐き気を感じてしゃがみ込んでしまった。これか……とパラスの減算が頭を過った。

「大丈夫かい？」

「うん」

「そっか、人間様にはこの感覚は厄介なのかな」

「どういうこと？」

「人間様は目で見た物を脳と体が予測するから、想定外のことには慣れるまでに時間がかかるんだろうね。

　ボクらノア族は心で感じるから見た目に惑わされにくいんだよ」

「あぁ～なるほど」

「じゃぁ～手を」

　アルが手を伸ばしてきた。

「ボクが手を引くから、目を瞑るか、上を見て足下を見ないようにするといいよ」

　心で感じる……人間界にも心眼ってあるが、あれってだれでも習得できるものではない。ノア族はそれが普通なのだとしたら、人間の方がいろんな意味で脆いのかもしれない。

「ふっ。それを続けとくといいよ」

　完全に自分会議を読まれている。

「はは。そうしようかな」

「ふっ」

　アルのこの笑い方がボクは好きだ。人間で言えば鼻で笑う的な感覚に近いが、意味合いはまったくの逆だ。優しい相づちといった感じに聞こえる。

「会議中、邪魔して悪いけど、着いたよカムイ」

視界が戻ると目の前に光の塊がゆっくりと回っている。明らかに中心だ。

「さぁ、ここに手を翳して」

繋いでいた手を一緒に差し出した。アルがもう片方の手も翳したのを見てボクも見よう見まねで両手を翳した。すると、ゆっくりと温かい光の粒が両の手から流れ込んできて二人の体を個々に覆っていった。

「温かい……」

「見えるかい？」

全身に光を感じた次の瞬間、近くでアルの声がした。いつのまにか瞑っていた目をゆっくり開くと幾つもの緑が幾重にも折り重なったエメラルド色の森の前に二人立っていた。

「うわぁ〜」

何回目の驚嘆だろう。この感覚はいつも最終的には幸福感を連れてきてくれる。荘厳な聖域に、神聖な息吹。神々しくもあり、優しさに満ち溢れてもいる、そんな相対する雰囲気を兼ね備えている。拒まずの森／ジュカイ〜ンとは明らかに違う存在感。見るとアルが目を閉じて何やらこの森に呟いている。話しかけちゃいけない気がしたボクはアルの口元に釘付けになった。

「…………………」

口パクか？　何も聞こえない。しかし何かは言っている。言い終わるのを待つことにしたが、アルフがいきなり口を開いた。

「経過報告をしたんだよ」

「！！！っ……び、びっくりした」

勝手にもう少しかかるだろうと高をくっていた為普通にびっくりした。

「ふっ。ごめんよ、驚かせたかい？」

「い、いや。ボクが勝手に驚いただけだから。で……報告？　この森に？」

「あぁ」

「中の誰かにじゃなくて、ここで？　誰もいないのに」

そう言ったと同時に、もしかしているのか？　という思いが頭を過り、辺りを見回した。

「！！！っ」

それは辺りどころではなく目の前にいた。しかも、おそらく最初からここにいる。認識した瞬間、急にその圧倒的な存在感に気圧された。ただ、畏怖や嫌悪を感じるプレッシャーはなかったが、徒者ではないオーラを纏っているのは分かった。

「見えたかい？」

「うん」

下半身は地中に埋まっているのだろうか上半身だけだ。上半身だけで三メートルほどある。透明な岩石から削り出されたようなフォルムが力強さと豪快さを引き立たせている。

ゴーレム？　サイクロプス？　紛れもなくゲームや漫画からの発想だ。この想像力、どうにかならないものか。自分のキャパが時折可哀想になる。

「彼はこの森の守護者なんだよ」

「守護者……名前は？」

「名前？　そういえば、聞いてなかったな」

アルもいぶかしげな表情を浮かべていたが、ボクもアルにしては珍しいと感じた。

「あの、あなたのお名前は」

どこかぎこちなくアルが尋ねると、その守護者は目を見開き口を開いた。

「ワレ　ナヲトワレルハ　二百ト十五ネンブリナリ
ワレハ『ウロボロス』コノモリデ　リンネサイセイヲ　ツカサドルモノ」

「ウロボロスか……。ウロボロス、毎回ありがとう。そして、ごめんよ。

いつも、当たり前のように行き来してたのに、肝心なことを忘れてたいよ。

それにカムイも、ありがとう」

いつものアルがそこにはいた。

「コレ　ワレノ　ヤクメ　アタリマエ」

「そうだね。それでも、ありがとう」

「オマエ　イイヤツ」

ウロボロスが無表情のまま微笑んだように感じた。

「ウロボロスか……名前もかっこいいね」

次の瞬間、いつもの刻印の音が響いてアテナが50に戻ったかと思った矢先にまた音がして49に減算した。

「アル……。今、アテナが50に戻ったと思ったらすぐに49に減ったよ」

「あぁ。なんとなく分かる」

「えっ？　そうなの？」

「あぁ」

理由を聞こうと思ったが、ゆっくり自分で考えてみることにした。

「カッコイイ……ナマエモ　カッコイイ……ワレ　オマエ　キニイッタ　オマエモ　コノモリ　イレル」

「えっ。もしかしてボク、普通に入れないところだった？」

「そんなことはないはずだけど」

アルが不思議そうに軽く頭をかしげた。

「オマエ　ニンゲンサマ　ニンゲンサマハ　コノモリ　ハイレナイ　ダケド　ワレ　オマエ　キニイッタ　ダカラ　イレル」

「そうなんだね。人間様は入れないんだ、知らなかった」

アルにも知らないことがあるんだとちょっと親近感が膨らんだ。

「ニンゲンサマハ　カンシャヲワスレテシマウイキモノ

オモウニ　ニンゲンサマ　アクアヲ　ソマツニスル

ダカラ　ニンゲンサマ　イレナイ　ワレ　キメタ」

「前にそういうことがあったのかい？」

「ナイッ」

「えーっ、ないのっ？」

アルが興味深げに聞き終わる前に、喰い気味に即答されていた。それはそれで面白かったが、思わずアルより先にツッ込んでしまった。

「フタリ　ハイル　ワレ　イレル」

そう言うと、ウロボロスは自身の胸に両手をゆっくりと沈ませた。そしてそのまま、ゆっくりと左右に観音開きするとウロボロスがまっぷたつに開いた。ウロボロスの先に拒まずの森より明るい緑の世界が広がっていた。ボクはアルと違い、恐る恐るウロボロスの胸の辺りに足を伸ばし、ゆっくりとその中へと踏み入った。

「フタリ　イレタ　ワレ　シメル」

ウロボロスがゆっくりと閉まって森に溶け込んで消えた。

「あれっ……ウロボロスは？」

「目の前のこの森が、彼そのものだよ」

「確かにボクらはウロボロスの体の中に入ったからね。そう言うことなんだ……」

「今日はカムイのお陰でボクは余計楽しいよ」

「それ……喜んでいいの？」

「もちろんっ」

アルがテンション高いとボクまでテンション上がる。

「カムイっ、あれ見てごらん」

アルの指差した方を見ると、花が……歩いてる？

「ん？」

ざっと見、十本の花の行進だ。

「あっ」

「見えたかい？」

草陰から見えたのは小さいアクア達だった。小アクア？　それとも子アクア？　どちらにしろ小悪魔みたいな響きだ。それにしても小さくてかわいい。個性的で透明感のあるパステルカラーを纏った人型うさぎ達の行進だ。向かってる先を見ると先頭に大人なアクアがいる。先生だろうか。とすると、小さいのはやはり子アクアの方だろうか、ということより、大人なアクアから既に目が離せない。紫水晶のような神秘的な肢体に派手な橙色のレースクイーンのよう衣装を身につけ、日傘のようなものを差している。どことなく威厳と風格があるが、近寄りがたさは感じなかった。それよりも、女性らしさを意識的に強調している風なスタイルが気になってしょうがない。

「どっちも気に入ったようだね」

「あっ……」

アルのその表情から、ボクの視線と思考がまたダダ漏れしているようだ。

「はい……」

「ふっ」

改めて子アクアに目をやると先ほどから見えていた花のようなモノは造り物だと分かった。どうやら先頭を歩く先生の日傘のようなものを真似ているようだ。先生の艶っぽい歩き方までまんま真似して歩いている。先生のあれはわざとだろうか……。ある意味、挑発だ。目の毒ならぬ、目の得だ。そんな光景にしばし見惚れた。子アクアも楽しそうに、しかも全力で真似ている感じから、双方の意気揚々さが伝わってきた。軽快に揃った足音に合わせるようにそよぐ風が草木にざわめきを促す。まるで心地よい音色を奏でているようで、なんとも癒される光景だ。

そういえば、ここ魂魄界で子供なノア族を見た記憶がない。ただ単に、ボクの注意力がなかったせいか、タイミング的に遭遇しなかっただけなのか、それともボクが気付かない位小さいのか……。そう考えると余計に子供という感覚を新鮮に感じた。

「イ……ムイ……カムイ」

遠くから聞こえるアルの声で、自分会議に幕が下りた。

「おかえりカムイっ」

「あっ、ただいまっ」

「ふっ、今回は何の会議だったんだい？」

「あぁ、あのちっちゃい子達はアクアの子供なのかな？　って……」

「あぁ。あの子達は、正真正銘アクアの子供だよ。あ～やって日々色んなことを学んでるんだ」

「学校みたいなもの？」

「あぁ、人間界でいうそれに当たるね。教育できる立場のアクアは十一人いて、その内の個性的な十人がそれぞれ十人ずつ受け持って、あぁやって教育するんだよ」

「へぇ～、この世界に来て初めて子供を見た気がしたから、何だか新鮮というか……」

「あぁ、そうか。ノア族の子供は見ることはできないからね。

　生まれてからある程度成長するまで、育成される場所で育てられるんだ。

　そこから出る頃には見栄えはみんなほぼ青年なんだ。それは、また今度、詳しく教えるよ」

「うん、楽しみにしとく。それにしてもアクアの子ってかわいいね。ちっちゃ～いっ」

「ふっ、あ～見えて意外としっかりもしてるんだよ」

「へぇ～、そうなんだ。教育がしっかりできてるんだね」

「アクアは特にね……」

「強制？」

「キョウセイ？」

「あっ……無理やりと言うか、義務と言うか」

「あぁ……半ば義務に近いかな。でも絶対ではないよ。

　ただ、アクアも外に出るには身だしなみと躾が必要だから外に出たいなら必須かな、一応」

「そっかぁ」

　とその時、視線を感じて振り向くと先生アクアと子アクアみんながこちらを見ていた。

「！！！っ」

　普通にびっくりした。

「アルフ、お久しぶりね。アクアリンのメンテナンスね？」

「あぁ、そうだよ。久しぶりだね、アルテイシア」

「元気そうで良かったわ」

「ありがとう。キミも変わりなさそうだね」

「ええ。ところで、今日は変わったお客様と一緒なのね」

「あぁ、こちらはカムイ。ボクの友人だよ」

「あっ、初めましてっ。カムイって言います」

「初めまして、カムイ。私はアルテイシア。色々と気に入ってもらえたようね」

　まるで、全てを見透かしてるかのような言葉にドキッとした。

「はい……、物凄く」

「ふふっ」

「邪魔してごめんよ。続けておくれ……」

「ふふっ、ありがとう。また、逢いましょうアルフ、カムイ」

そう言うと投げキッスにウインクという美人の代名詞が飛んできた。

「ふっ。あぁ、また」

「はい。……ぜひ……」

「ふふっ」

「ふっ」

完全に照れて舞い上がったボクに子アクア達が追い討ちをかけるように一斉にアルティシアの真似をしてよこした。

「うわっ。あっ……ありがとっ」

「ふふっ」

「ふっ」

皆に笑われた……。が、悪い気はしなかった。

「では……」

「あぁ」

「じゃ、じゃぁ」

「でわっ」

子アクア達が揃って頭を下げた。何とも礼儀正しい子アクア達だ。セクシー真神アルテイシアとセクシー予備軍の子アクア達に、心底付いていきたかった気持ちを根性で抑え込んで思い切り後ろ髪を引かれつつも見送った。

小径を十分ほど歩いただろうか、ほんのり甘酸っぱい香りが立ち込めてきた。辺りを見回すと、美味しそうな果物が生る一本の木が目に入った。見た目スモモみたいだ。ぷりっぷりにたわわに実ってる。なんとも美味しそうな色艶だ。

「話しかけてごらん」

凝視していたボクに気付いたのか、アルが声を掛けてきた。

「話しかける？」

「あぁ」

この時点で何かが起こるのは明白で、不快なことではないのも今までの経験上想像できたので、声を掛けてみることにした。

「……やぁ」

次の瞬間、一斉にそのスモモ達が振り向いた。

「やぁ～」

「！！！っ」

鈴生りな輪唱だ。実ひとつひとつが個別の生き物だ。

「声を掛けると、喜んで返事してくれるんだ」

「び、びびった……」

「ふっ」

「木が返事することは想定できたけど実が全部返事してくるなんて……。ははっ」

「彼女らはチュモモ」

「チュモモ？　なんだか強制的にかわいいね……」

すももっぽいチュモモ……。なんだろうこの安易なネーミングは……。彼女と表現するだけあって、女性？　メス？　どう表現すればいいのか、しかし、見た目はかなりかわいい。

「気に入られると付いてきちゃうから気を付けて」

「これが？」

「これじゃないよ」

「あっ、ごめん。この子達……だね」

「ふっ、あぁ」

「それにしても、かわいいねっ」

「きゃ〜〜〜」

チュモモ達が一斉に照れた。

「あっ」

「えっ、もしかして……」

「ビンゴ」

「えぇ～。今のでもう気に入られちゃったの？」

「あぁ」

「ハードル低いね」

「ハードル？」

「あっ、簡単というか……」

「あぁ、そうだよ。だから皆あまり声を掛けないよ。ふっ」

「えっ……」

これはアルの悪戯じゃなくボクへ体験させてくれたに違いない。最後、笑ったけどそうに違いない……、笑ったけど……。

「で、なんで付いてこられると大変なんだい？」

「直にわかるよ」

歩き始めると、想像通り、まんま木が歩いて付いてくる。ノッサノッサと……。当たり前だが、足元の草達は避けてくれている。歩いてる側のチュモモの木も他の木の枝に当たらないように避けながら付いてきている。互いに避け合っているせいか、チュモモの木の歩き方はある意味怖い……。差し詰め、飛び交う弾丸を避けて歩くゾンビだ……。そんな光景とは裏腹に実のチュモモ達は楽しげに歌いながら葉も実も一つも落ちることなく右に左に揺れている……。暫く歩いているとそれは起こった。

「あぁ～たちゅけてぇ～。ひっかかっちゃったぁ～」

いろんな意味でハッとした。なんとも嬉しそうに困っている。初体験のボクもまんざらでもなかった。

「ははっ、なるほど」

「かわいいだろ。この先暫くこんな感じに頼られちゃうよ」

「あれ、わざとだよね……。だってここの草木は避けるもんね」

「ビンゴ」

明らかに意図的にひっかかってる風の枝をアルと二人して解いた。

「ありがとぉ～」

チュモモ達はその後も、転んだり、ひっかかったりと想像通りのお茶目っぷりで助けを求めてきてたが、ようやく飽きてくれたのか、それとも制約でもあるのか立ち止まってくれた。

「ここが気に入ったようだね」

「気に入った？」

「あぁ。彼女らは移動するのが好きなんだけど、ああやって声を掛けてもらってく気に入る相手じゃないとついていけないんだよ」

「気に入る相手と言ってもハードルはかなり低いけどね」

「ふっ、そうだね。そしてお気に入りの場所が見つかると、こうやってまた定着するんだ」

「そうなんだ」

声をかけると、また気に入られるといけないと思い、手だけ振った。

「きゃ〜」

「あっ」

再び輪唱が聞こえた。言葉だけじゃなく、行動も含まれるようだ。

「ふっ」

「ほんっとハードル低いね。って言うか、ここが気に入ったんじゃないの？」

「ここより、キミの行動の方が気に入っちゃったんだろうね」

「ははっ……」

こうして、また暫く賑やかなハイキング状態となった。デジャブのような時間を楽しみながら、いよいよお別れの時がきた。

「気に入ったようだね」

「らしいね」

ボクらは彼女らが定着したのを見届けその場を離れた。気に入られないように細心の注意を払いながら。

暫く何事もなく歩いていると、今度は足元が何やら賑やかなのに気付いた。足元を見るも何もない。

「……？」

すると、アルが急に立ち止まって小声で声を掛けてきた。

「そのまま動かないで、そっと足元を見てごらん」

そっと見ると、足元をそそくさと這い回る卵……？　がいる。

「！！！っ」

「ふっ」

体長にして五センチほどだろうか。白い卵型だが、何か描いてある。ただ速過ぎて読めない。

「足だけ……はえちょる……。しかも何か書いてある？」

「……」

アルの意図的な沈黙と同時に、その卵が立ち止まった。ボクの前に……。

「ん？　蹴っても……いいよ？」

今度は読めた。

「ふっ」

アルが笑った次の瞬間、足元に二十個くらいの卵達が茂みからわさささ～っと出てきてボクの足をけしけしけしけしっと蹴ってきた。全く痛くはない。が、踏みつぶしそうで動けない。

「ボクが蹴ってもいいんじゃないんだ。ボクはされる側なんだね」

「ふっ、そう。そんな感じで暫く動けなくなっちゃうんだ」

また笑った。やっぱ確信犯か……。最近アルのお茶目な性格が微かに見え隠れする。仲良くなれた証拠だろうか。今回も彼らか彼女らかは分からないが、どちらにしろ飽きるまで待つことにした。蹴っては蹴り疲れて体全体で息をしながら休憩、そしてまた蹴る……また休憩する。次第に休憩の方が長くなってきた。

「明らかに疲れてきてるよね」

「ふっ」

微笑ましい光景が一分ほど続いたが、そろそろ飽きたのか、疲れたのか、何かのリミットなのか一斉に走り出し、各々思いおもいに隠れたようだが先っちょが見えてる。

「頭隠して……って言うか。頭が隠れてないな……」

「基本一回だけだよ」

「一回？」

「あぁ」

「基本ってことは……」

「あぁ。呼べば喜んで出てくるよ」

「かまってちゃんなのかな」

「あぁ」

「名前は？」

「マタンゴ」

アルが小声で言った。

「えっ？　何？　マタンゴっ？」

ネーミング云々を気にする前に聞き取りの復唱の声が大きくなってしまった。

「あっ」

「ふっ」

いつの間にか、既に一人がそそくさと這い回ってる。気付いてもらうのありきで……。

しかも今度は何気に嬉しそうだ。

「今度はなんだか嬉しそうだね」

「アンコールだからね」

「ははっ」

「でっ。止まってくれないかな。読めないよっ」

その言葉にピタッと立ち止まるとクルリと回って文字がある方をこちらに向けた。一応裏表があるようだが、文字が書いてある方がどちらかは分からない。

「かん……。いやいやいや。それはさすがに辞めとくよっ」

「ふっ」

噛んでも良いよっと書いてあったが、流石に得体が知れないだけに噛まれるのは怖い。

すると心なしか寂しそうに茂みへとトボトボと帰って行った。その後ろ姿に若干気が咎めたが、間髪入れず、別の一人が今度は意図的に真っ直ぐボクに向かって走り寄り、ボクの前に止まった。もしかして、ボクが読むまで、こうして入れ替わり立ち替わりするのだろうか。そう考えていると、今度は大丈夫そうなものだった為、読んであげた。

「すりすりしていいよ」

また一斉にわさわさと出てきて、ボクとアルの足にすりすりしている。同行者も連帯責任なんだと今気付いた。ちゃんと距離感がわかってるようで上手にすりすりしている。しかも何気に誠心誠意、一生懸命だ。暫く二人でこの微笑ましい光景を傍観していた。よく見てみると、みんなの大きさはほぼ均一で色も統一されて真っ白、足が生えてて可愛いがに股だ。この子達は、彼らだろうか、彼女らだろうか。何気に気になる。そんな自分会議をしているとまた一分ほどでさら～とはけた。後ろ姿が何とも満足げだ。アルはどちらかというとボクに満足げなようだった。皆が一様に隠れたのを二人で見届けその場をゆっくりと後にした。

暫く歩いていると、辺りが薄く紅色がかってきたように感じて木々の合間から見える空を見上げると空も紅色がかっていた。

「夕方？」

「ユウガタ？」

「あ～人間界には太陽ってのがあってね、大雑把に言うとそれが昇ってる間は朝、昼、夕方、それが沈むと夜って言うんだ。夕方ってのがその太陽が沈む頃でさ、人間界じゃ夕焼けって言って朱色に一帯が染まることがあるんだ。

逢魔が時とか、マジックアワーとか言われたりもして幻想的な瞬間なんだよ」

「あぁ。夕焼けって聞いたことあるよ。綺麗らしいね」

「うん。綺麗だよ。だからここもそんな感じかなと思ってさ」

「なるほど。ここのは、ちょっとそれとは違うよ。直、分かるから行こう」

「そうなんだ……分かった」

そう言って五分も歩かないうちに、いきなり視界が拓けたと思った瞬間、目も眩むほどの桜色に輝く大きな湖が現れた。

「うわぁ～これかぁ」

「あぁ」

「凄いね」

「あぁ。何回来ても見飽きることはないよ」

「だろうね」

「この湖はサクライア。神聖な場所だから、この湖にはアクア以外は入れないんだ」

「だからか」

「ん？」

「いや、景色が薄紅色に変わるちょっと前くらいから少し威圧感みたいなのが……」

「あぁ～。ちょっとした警告だよ」

湖に近づくにつれ、威圧感を感じたとまではいかないが本能的に足取りが重くなったのは、そのためだったようだ。

「あれっ。あんな大きな樹、最初からあったっけ？

何で気付かなかったんだろう。って言うか水でできてるのあの樹？

桜色の水のなかにあるのに瑠璃色をしている。どうなってんの？　あれ」

「あれは水源樹／ウルオス。魂魄界の水は全てあの樹から生まれるんだ」

湖の真ん中に聳えるそれは、向こう半分のほとんどが見えなくなるほどの高く広い流れる水で象られた樹だ。桜色の水から瑠璃色の大樹へと美しいグラデーションで流転している。

「ウルオス……」

「あぁ。水を生み出し循環させる水の精霊神だよ。

たぶん、水を必要としてるアクアが近づいてるんだと思う。

基本、アクアに呼応するように姿を現すから」

「精霊じゃなくて精霊神？　水の神様ってこと？

色々いてなんだか訳分かんなくなってきた」

「ふっ。そんなところだよ」

「って言うか、生きてるんだあの樹」

「あぁ。ウルオスは水そのものではないから、ちゃんと生きているよ」

「……分かったような……分からないような」

「ふっ。あっ、見てごらん。対岸にアクアがいるよ。彼女が連れてるあれはマタンカ。自由に空を飛べるんだ。人間界の鳥というものに似てるかな」

「ボクらで言う鷹匠みたいな出で立ちだね。狩りでもするの？」

「タカジョウ？　カリ？」

「あっ、そうか……。そういう概念じゃないんだっけ。鷹匠っていうのは鷹とか鷲という鳥を飼いならして、主に食料になる他の動物を捕まえてこさせる人のことだよ」

「やっぱり他の生き物を食べるんだ……。ボクらには想像できないよ」

「ボクらの世界は弱肉強食という大義名分があってね、現場を見ないだけで、それは常にどこかで行われているんだ。

何かと複雑な思いになるよ。暗黙の了解みたいな世界だから。でも今の世の中では、まだ必要なことなんだ」

「そうなんだ……」

また少しだけ、アルの表情が曇った。

「ん？　あれ、会話してるの？」

「ん？　あぁ。勿論話せるよ。人間界の鳥は話せないのかい？」

「うん。ほとんどが話せないよ。真似ることができるのはよくいるけどね。話せるのか……。じゃ～食べられないかな」

「話せると食べられないのかい？」

「意思の疎通が難しいから平気なんじゃないかな。だからああやって意思の疎通ができるとお互い普通に敬えるから食べられないと思うよ」

「ウヤマウ？」

「あ～お互いに尊敬というか対等に見れるというか……。ま～こういう考え方が人間くさいのかな。上とか下とか」

「よく分からないけど、難しいんだね、人間様の世界は」

「格差と差別が酷いんだよ。人間には様々な欲求があって、ある程度はそれに従順だからね」

「そうなんだ……」

「見習いたいよ、ここを」

「ふっ。あっそうそう。ここの水には触れてはいけないよっ」

「どうして？」

「ボクも詳しくは知らないけど、そう言われてるんだ」

「そうなんだ。分かった」

次の瞬間、刻印の音と共にアテナが45へと一気に五つも減算した。

「うわっ、なにっ」

アテナが減ったということは……、と考えていると右の茂みから一人のアクアがゆっくりと湖に近づこうとしていた。ボクもアルもそのアクアの美しさに目が釘付けになっていたが怪我をしているのか、病気なのか、足取りがおぼつかないままフラフラと湖に近づいていたが力尽きて倒れ込んだ。

「あっ」

二人で全力で駆け寄ってみるとピクリとも動かない。

「ねぇっ、大丈夫っ？」

声に反応しない。気を失っているようだ。

「カムイ、彼女を見ててくれるかい？　ボクはこの先の施設に行って助けを呼んでくる」

「あぁ頼むよアル。ここはボクが見とくよ」

「分かった。じゃ～頼むよ。あっ、くれぐれもこの湖の水に触れないようにね」

「分かった。アルも気をつけてっ」

「あぁ。じゃ～行ってくる」

そう言うとアルは今来た小径には戻らず向かうべき方向の藪《やぶ》に飛び込んでまっすぐ走って行った。

「やっぱ、ここもか」

至急を知ってか樹も草も機敏に避けてくれていた。

「う……ん……んんっ。み……ず……」

微かなうめき声に視線を落とすとそのアクアがか細い声でそうつぶやいたのが聞こえ

た。アルとの約束がほんの一瞬頭を過ったが、その時には既にその湖の桜色の水を両手ですくってそのアクアの口元へと運んでいた。すると彼女は口からではなく耳……、いや耳じゃない。触覚？　ほぼウサギの耳の形をした触覚らしきものでその水を吸収した。すると見る見る彼女にピンク味が増してきて輝き始めた。

「うわぁ～綺麗だ……。この水のせい？

あれ？　そういえば……さっきまで、ただのピンクじゃなかったっけ？」

光に目が慣れてくると彼女の肢体が浮き彫りになってきた。ピンクはピンクだが、豹柄だ。ウサギっぽいなりに、ピンクの豹柄。

「ん？」

よく見ると柄はその一つ一つが何気にハートの形をしている。

「へぇ～、お洒落だな～」

凝視していたが、急にハッとして目を逸らした。成人女性の裸体をまじまじと見ている感覚が襲ってきて顔が充血するのを感じた。少しきょどってしまったが、何かを掛けようと辺りを見渡すと急に影が差し、丁度いい大きさの葉が二枚、上から舞い降りてきた。

「えっ？」

見上げると、大きな木がボクの行動を察してか、自分の一部をボクの為に落としてくれたようだった。

「ありがとう」

自然と言葉が出た。と同時に、木に話し掛けている自分になんの違和感も覚えていないことに気付いた。意識すると少々照れ臭かったが、それ以上、気にはならなかった。

早速、まだ朦朧としてる彼女にその葉をかぶせた。美しく透き通ったその葉を……。想像通り完全に透けてるが何もないよりはましだ。きっと光の屈折が……、という屁理屈はいいとして気持ちの問題だと自分に言い聞かせたその時、刻印の音がした。アテナがなんと48へと一気に3も格上げされた。

「えっ？」

「ふふっ」

自分会議に手を掛けた瞬間、彼女が小さく笑った。

「あっ、み、見てないよ。いやっ……ちがっ……あのっ……だっ、大丈夫かい？」

思いっきり、お手本のようにきょどった。

「ふふっ、分かってるですのぉ。大丈夫、ありがとうですのぉ」

そう言うと、ふっと上半身を起こした。やはり耳？　触覚？　のせいか、やたらと大きく感じる。威圧感はないが存在感は抜群だ。

「私はラフレシア。助けてくれてありがとうですのぉ」

「あっ、もう一人いるんだけど、助けを呼びに行ってて。あっ、ボクはカムイ……ここでは」

「ここでは？」

「あっ、何でもないよ、ごめん。あとそのもう一人はアルフって言うんだ……」

「カムイにアルフ。素敵なお名前ですのぉ」

「キミの名前も素敵だよ。ラフレシア、確か花の名前だよね？」

「そうですのぉ？　初めて聞いたですのぉ。花の名前……嬉しいですのぉ」

「あ～、この世界にはないのかなラフレシアって花は……」

「この世界？」

「あっ、いやっ。何でもないよ」

「……誰か。……近づいてくるですのぉ……」

藪に目を向けると、姿は見えないが確かに音と気配が近づいてくる。走って近づいてくるいくつかの足音の中の一つがアルのものだと確信していたためか恐怖感はなかった。

「カムイっ」

声が聞こえ、その後すぐに、息せき切ったアルが飛び出てきた。そう言えば、アルが慌ててるとこ初めて見た。その後に続いて二人のアクアが姿を現した。黄緑のアクアと水色のアクアだ。この二人も、大きくそして美しい。

「彼女……大丈夫なのかい？」

アルが言い終わらないうちに二人のアクアはラフレシアに寄り添っていた。

「アル、彼女はラフレシア。詳しくは後で」

「あぁ、分かった。でも無事で良かったよ」

　ほどなくして三人同時に立ち上がった。そのラフレシアの立ち姿に、もう何も心配がいらないことを悟った。と同時にその三人の艶っぽさに釘付けになった。アクアはこうもみんな艶っぽいのだろうか。言葉では表現しきれないかもし出されるオーラというか艶気。中でもラフレシアには特別なものを感じた。

「カムイ、アルフ。二人ともありがとうですのぉ」

「あぁ」

「そんな、ボクはアルと違って。大したことしてないよ」

「そんなことないだろ、カムイ」

　余韻に浸る間もなく黄緑のアクアが口を開いた。

「さぁ、行きましょう」

「行く？」

「あぁ。彼女らの暮らす場所、アクアリース。アクアリンのメンテをするとこだよ」

「あっ、そっか。それが目的だったもんね」

　ボクらは五人で美しい薄紅の湖サクライアを後にした。それにしてもここはなんて美しいんだ。パステルカラーな景色が広がっている。黄緑色のアクアを見失ってしまうくらい幾重にも重なる黄緑な森を五分ほど歩くと恐らくそれであろう建物が木々の間に見え隠れしてきた。道は違えどこの距離をアルは走って彼女らを呼んできてくれたんだと思うと、その気持ちと行動に心からアルという友達の存在に感謝せずにはいられなかった。

「ありがとう、アル……」

前を歩くアルに聞こえぬよう、声に出さずに口元だけで伝えた。

「さぁ、もうそこだよ」

アルに促されて視線を移すと、先ほどまで見え隠れしていた白い建物がようやくその全貌を現した。

真っ白い壁を纏った大きな教会のような建物。すぐさま目に飛び込んだのが、とんがり頭の五本の塔だった。中央の塔を最長に左右に二本ずつ。左右どちらも端の塔が中央の塔の次に高い。五本の塔にはそれぞれ幾つかの窓があり、そのうちの中央の塔の真ん中の窓だけにステンドグラスがはめられていて、天辺には神々しい金色の羽根のついた鐘が羽ばたいている。本体の建物自体は三階建てで、その五本の塔と融合しており、五本の各塔の中央付近をアーチ上の渡り廊下のようなものが繋いでいる。ぱっと見、ティアラだ……。

その入り口付近に一人の白銀のアクアが佇んでいるのを見て、ボクらの前を歩いていた三人のアクアがいきなり立ち止まり片ひざをついて頭を垂れた。佇んでいたアクアは三人に近づき同じように腰を下ろし声を掛けた。

「ご苦労様、二人とも……。ラフレシアも大丈夫ですか？」

三人を優しく気遣い、そのまま二言三言交わすと、建物の中へと促した。一緒に来た三人のアクアはお辞儀をした後、ボクらにかわいく小さく手を振って建物へと入っていった。三人を見送った先ほどの白銀のアクアは今度はこちらに向き直って我が子を迎えるように愛に満ちた表情で優しくボクらに微笑みかけてきた。

「アルフ、お帰りなさい。早々お世話をかけましたね。ありがとう。心から感謝します」

「ただいま戻りました、マザー。こちらこそお役に立てて光栄です。

それに、彼女を介抱してくれたのはカムイです。

こちらが、カムイ。ボクの友人です。カムイ、こちらはマザー、ここの守護者だよ」

「あなたがカムイ。ようこそ、アクアリースへ。あなたにも大変お世話をかけましたね。

ありがとう。心から感謝します」

直ぐにボクにも視線を投げかけてくれた。

「はじめまして、カムイと言います」

「あなた……」

会釈したボクをマザーはまじまじと見つめながら、何か言いかけて、言葉を飲み込んだが直ぐに気を取り直したかのように続けた。アルもそこに触れることはなかった。

「よくいらっしゃったわね。ようこそ、歓迎します」

「あっ、あの……。ボクはさっきサクライアの水に触れてしまいました。

アルからは触れないように念押しされていたんですが……すいません」

「そうなのかいカムイ？　体に異変はないかい？」

「うん。なんともない」

恐る恐る視線をマザーに向けると先ほどの笑顔のまま口を開いた。

「あの水に触って何ともなかったのなら何も心配はいりません。

ここにもアナタにも、何の波紋も見受けられませんから心配なさらなくて結構よ。

さぁどうぞ、お入りなさいな」

マザーが建物内へとゆっくりとした口調で招き入れてくれた。

「行こう、カムイ」

「あっ、あぁ」

マザーに続いてアル、ボクの順で十五段ほどある階段を上って真っ白いその建物へと足を踏み入れた。建物に入ると目の前にまっすぐ伸びる廊下が現れた。左右にそれぞれ三つずつ扉があり堅苦しくない規律感と静寂ではない静けさに包まれていた。横五人ほど並んで歩けるくらいの幅があり、外観と同じ真っ白で清潔感が漂っていて人影はなかった。天井まで七~八メートル位あり廊下全てが吹き抜けの天窓になっているため真っ白い廊下に木漏れ日が影模様を落としている。風に揺れる木々が絶えず模様替えをしてるかのようだ。音も無く動く影模様に、見たことの無い無声映画を連想した。十メートルほど先にある突き当たりの扉は観音開きの扉になっており、そのひと際目を引く扉にパンさんの屋敷の装飾された扉を思い出した。ボクらは左の一番手前の部屋へと通された。マザーの部屋らしく、パンさんの部屋と同じくらいの広さで、なにやら魚のようなものが泳いでいる。

よくよく見ると、パンさんの屋敷の外で見かけた金魚に似ているが、あの子らよりさらに小さい。

「あっ、この子らは……」

「この子達をご存知なのですか？」

「似てると言うか、パンさんの……あっ、パンダミオさんの屋敷の外で見掛けたんですけど、沢山の子らが一つの大きな金魚になって空を優雅に泳いでいました。

この子らはその子らより、一回り小さいですけど」

「そう。この子らはマーブル。魂魄界を巡回しながらアクア達を見守ってくれているのですよ」

そう言うと、マザーが机の上にあったゆりの花のようなオブジェを軽く振った。すると、なんとも心地よい鈴の音が響き渡り、どこからともなく例の椅子らしき物体が二つフワフワと現れ、ボクとアルの目の前で待機した。こちらのにはしっぽが生えていなかったためホッとした。

「どうぞ、お掛けになって。お疲れでしょう」

その言葉に甘えて、ボクらはパンさんのときと同じ要領でそれに飛び乗った。

「マザー、早速ですがアクアリンを」

「えぇ」

アルがアクアリンを呼び出した。何回見ても見飽きることのないその姿にボクは釘付けになっていた。

「マザーっ。お久しぶりですっ」

大人の妖艶なオーラを発していたあのアクアリンがまるで母親に甘えるかのように無邪気にマザーへと駆け寄って抱きついた。

「お帰りなさい、アクアリン。幸せのようね。安心したわ」

「ええ、とっても」

「アルフ、いつもこの子を大切にしてくれてありがとう」

「こちらこそ、マザーにもアクアリンにも心から感謝しています」

そう言ってアクアリンに優しい視線を向けた。アクアリンもいつもの凛としつつも優しい表情でアルを見つめていた。愛情にも似た深い信頼という絆への若干のジェラシーを感じたが心から二人の関係と幸せが続くことを願った。

「ではアクアリン、お行きなさい」

「はいっ、マザー。じゃ〜行ってくるわねアルフ、カムイ。また明日ね」

そう言うと足取り軽く部屋を出た。

「メンテ?」

「私達アクアは基本三百日に一回、心身ともにメンテナンスを行うのです。

主を得たアクアはその時、主との現時点での相性がどうなのかも確認できるの。

いわば、二人の意思確認も兼ねた相性診断のようなもので、更新するかどうかの意思表示も確認させてもらうのよ。

とは言っても今まで一度も解消された方はいらっしゃらないのですけど」

小声でアルに聞いたが、アルが頷くより先にマザーが教えてくれた。

「お互いが幸せじゃないとね」

「あぁ、これは主従関係じゃないから」

独り言のつもりだったが、アルが応えた。

「そう、お互いの為」

マザーが愛に満ち溢れた笑顔で微笑みかけてくれた。

「さぁ、今日は疲れたでしょう。お部屋でゆっくり寛いでくださいね」

そう言うと、先ほどのゆりの花のようなオブジェを軽く振った。先ほどとは音色が違って聞こえたような気がした。すると、三秒もしないうちにドアをノックする音が聞こえた。

「どうぞ、お入りなさい」

マザーが優しく促すと、先ほどの黄緑のアクアが部屋へと入ってきた。

「お二人をそれぞれお部屋にご案内して差し上げて」

「あっ、マザー、ボクらは同じ部屋で。かまわないかい？　カムイ」

初めて独りになる不安が頭を過ったが、アルがそれを見透かしているかのように、ボクへと振ってくれた。相変わらずの洞察力だ。これに何度救われたことか。

「うん。ボクはその方がいいかな」

「ごめんなさい、気が利かなくて。では、折角だから天空の間へお通しして」

苦笑いするボクに気付き、マザーがボクらから黄緑のアクアに視線を移し、そう伝えた。

「分かりました、マザー」

「お二人とも、ごゆっくりね」

「ありがとうございます、マザー」

「ありがとうございます」

マザーに小さい頃感じたおふくろさまの温もりにも似た温かさを感じた。マザーというのが名前なのか呼び名なのか、何れにしてもぴったりだと思った。案内されたのは右の一番奥の部屋だった。ドアの前に来ると、案内してくれていたアクアがスッと振り向いた。

「二人とも今日はありがとう。私はアルテミス。私からもお礼を言うわ」

「誰でもあ～するよ」

「そうね。それでも、ありがとう」

「どう……いたしまして」

照れるボクを見てアルが小さく笑ったのが見えた。

「ここよ。ゆっくりね」

そう言うと、ドアをそっと開けてくれた。

「ありがとうアルテミス」

アルの言葉より、ボクは部屋に目を奪われた。そこには不思議な空間が広がっていた。

「凄い……。足元に空がある……」

このボクの反応を見て二人が笑ったのが分かったが、ボクはその光景から目を離せずにいた。

「お二人さん、おやすみなさい。また明日ね」

「ありがとうアルテミス。また明日」

それを聞き遂げたアルテミスがドアを閉めた。

「あっ、アルテミス、ありがとう」

ボクのそれはもう届いてはいなかった。扉から漏れていた廊下の光が完全に消えたことで完全に空中浮遊している錯覚に平衡感覚を失った。

「うわっ」

「大丈夫かい？」

「ん～。凄いけど、感覚と思考がリンクできないよ、まだ」

「大丈夫、ここはちゃんと部屋だから。

下は床だし周りは壁、上は天井だと認識した上で浮遊感を楽しめばいいよ。

一回、目を瞑って部屋を意識してごらん」

「分かった」

アルの言う通り、目を瞑って四角い部屋をイメージした。足元が床、頭上が天井、周りは壁。呪文のように何回も繰り返し唱えながらゆっくりと目を開いた。

「どうだい？　手を繋ごうか？」

「大丈夫……。なんとなくコツがつかめてきた」

「良かった。歩けそうかい？」

「うん」

とは言え、そんなすぐに体が慣れてくれはしない。踏みしめる一歩一歩に、勇気と覚悟を要した。

「凄いね……。大気圏ってこんな感じなのかな……」

「タイキケン？」

「うん。簡単に言うと、地球と宇宙の狭間のこと」

「地球ってキミ達が住んでる惑星だね。宇宙はそれを包み込んでる未だ未知の世界」

「よく知ってるね」

「あぁ。昔、マーニャ爺に聞いたことがあるんだ。

タイキケンってのは聞いたことなかったけど……。

マーニャ爺は宇宙とか星座とか、いろいろ詳しいから話を聞くのがとても楽しいんだ」

「へぇ～、ボクも聞いてみたいな」

「今度一緒に聞こう。ワクワクするよ」

「うん。聞きたい」

心からそう思った。

「あっ。流れ星」

「カムイっ、こっちにも流れたよ」

「カムイっ、見てごらん。　オーロラだよ」

その言葉にアルを見ると、うつ伏せになって両手の平をあごの下に重ねて遥か奥で靡く
オーロラを目を輝かせながら見ていた。

「オーロラが眼下にあるなんて……」

「……」

アルは何も反応せずにただ見入っていた。二人で無言のまま見入っていたが、暫くし
て、アルが切り出した。

「今日は色々あって疲れたろ。もう寝ようか」

「そうしようか」

ボクもアルと同じ体勢でいたため手が痺れていたがアルはそうでもなさげだった。

「そうだ。今日は一緒に床に大の字で寝るってのはどうだい？」

おもむろなアルの言葉に手の痺れが消えた。

「あっ、それいいね～」

そう言ってお互いに隣同士で仰向けに直って大の字に寝転んだ。広げた手が床に着いた
瞬間に痺れが消えたのが勘違いだったと分かった。空と宇宙の狭間を漂ってる気分……。

体中の力が抜け、この上なくリラックスできた。

「これ……癖になるね」

「本当だね……」

オーロラのベッドに天の川の布団、これ以上贅沢なベッドはない。いつまで見てても飽きる気がしなかった。気付くとアルは寝息を立てていた。それに安心したのかボクもゆっくりとその天空へと溶け込むように深く眠りについた。遠くからフェードインしてくる、聞き覚えのある音。ノックだ。アルが起き上がりドアを開けるとそこにはアルテミスがいた。

「おはよう。楽しめた？」

「あぁ、素晴らしい体験ができたよ。ありがとう」

「それは良かった。カムイは大丈夫？　起きれる？」

「おはようアルテミス。大丈夫、起きれるよ」

「支度が済んだらマザーの部屋に行ってちょうだいね」

「分かった」

周りを見渡すと上品な丸太小屋のような部屋だった。よく見ると半透明だ。これが夜になると透けるんだろうか。結局、仕掛けは分からずじまいで聞くのも野暮だと思い聞かないことにした。『夢のような不思議な部屋』それでいいと思った。マザーの部屋をノックすると、相変わらずの優しい声の返事が聞こえた。

「どうぞ。お入りなさいな」

その声色に安堵を覚えつつ部屋へと入った。

「眠れたかしら？」

「溶けました」

思わず口を突いて出たボクの言葉にアルもマザーもクスクスと笑った。しばらくすると、アルテミスがマザーの元へと尋ねてきてボクを見て何かを話している。耳打ちしてる訳ではないが、ボクには聞き取れなかった。するとマザーが嬉しそうな声を上げた。

「そう。それが叶えばそれは喜ばしいことね」

そう言いながら、ボクの方に向き直った。改まったマザーの雰囲気をボクもアルフも失礼のないように座りなおした。

「実は、あなた方が助けてくれたラフレシアが、カムイ、あなたと契約を結びたいと申し出てるようなのです。

よろしければ検討していただけるかしら」

ある程度のことには免疫が付いてきてはいたが、これぱかりは完全に想定外だった。

「えっ」

「カムイ、凄いことだよこれはっ」

ボクがありきたりな反応をするのと同時に、アルが今までにないテンションでボクの手を握ってきた。

「凄いの？」

「普通はアクアにお願いするカタチなのに、アクアからの申し出なんて聞いたことないよ。マザー滅多にないですよね、こんなこと」

「三人目かしら、私達アクアから指名するなんて……。ふふっ」

何も分からないボクに、先ほどのテンションのままアルがマザーに話を振ると、ちょっと嬉しそうに、マザーが微笑みながらそう教えてくれた。

「どうかしら、カムイ……。前向きに考えてもらえないかしら」

そういうマザーからのお願いに高揚したが、同時に冷静な自分も降りてきた。

「でも、ボクは……」

そう言い掛けると全てを見透かすような美しい瞳と優しい口調でボクを飲み込んだ。

「分かっているわ。あなたは人間様。しかも、直、人間界へと戻る運命。それも分かってて言っているのよ。それに、彼女もそれを承知したうえでの申し出よ」

「……」

「カムイ……、自分の心に従えばいいんだよ。素直に……、正直にね」

いつものアルがボクに静かに促した。

「いいんですか……、ボクなんか……」

卑屈に言った訳じゃなく、色んな感情が迷走して出た言葉だった。

「あなたがいいそうよ。直接聞いてみてくださるかしら？」

「あっ……はい」

とは言ったものの、どういう顔をすればいいのか分からず体が硬直した。黄緑のアクアが嬉しそうに呼びに行くのを見届けた途端、動悸と軽い吐き気が襲ってきた。久しぶりの感覚だ。完璧に緊張してる……。そんな時いつも助け舟が出る。ポンポンッとボクの背中を神が叩く。こんな時アルはボクにとっての神になる。絶対的な存在感……、絶大の信頼がそこにはある。まさに、落ち着くその瞬間、コンコンッとノックする音が静まり返った部屋に鳴り響いた。

「どうぞ、お入りなさい」

マザーが促すとゆっくりと扉が開いた。そこには、ラフレシアを先頭に廊下いっぱいに色とりどりのアクアが集まっていた。

「扉も皆もそのままでいいわよ、ラフレシアはお入りなさい」

廊下いっぱいのアクアの視線の中、その興味本位の眼差しとは明らかに異質なまっすぐな眼差しを向けていたラフレシアが目に留まったその瞬間、ボクは既に彼女の笑顔の射程距離圏内にいることを思い知らされた。全身全霊の笑顔がボクだけに向けられている、完全に彼女の目にはボクしか映っていないと感じた。すると、その正視したままラフレシアが口を開いた。

「昨日は助けてくれて、気に掛けてくれてありがとぉですのぉ」

明らかに照れているのが分かったが、勿論、それ以上にボクの方が照れていた。

「もう……大丈夫なの？」

「はいですのぉ」

初デートのような緊張感とぎこちなさが新鮮だった。心臓がバクバク波打っている。そんな中、意を決したかのように彼女が改めてボクの目を見つめた。

「あのっ、私を連れて行って欲しいですのぉっ」

その言葉に急にシンッとその場の空気が止まった。そして続けざまに、小声でかわいく『祈り』のように呟いた。

「断らないでっ、カムイっ」

つんつんっと肩を軽く突かれてハッと我に返るとアルが視線で促した。彼女がボクの返事を待っている。耳がぴくぴくっとかわいく跳ねているのは緊張のせいだろうか。

「あっ、ごめんっ……。本当にいいの？　ボクなんかで……」

「あなたがいいですのぉ」

「でも、長くは一緒にいれないよ、たぶん……」

「それでも……あなたがいいですのぉ」

なんともほのかな性格だ。まるで陽だまりのようだ。さっきまでの照れは消え真剣な眼差しが彼女の心の内を表していた。

「じゃ～改めて……。ボクの方からお願いします。付いてきてくれるかいラフレシア」

「はいっ、ですのぉっ」

「きゃ～～～っ」

この瞬間、このやりとりを周りで息を殺して静観していたアクア達から黄色い歓声があがった。そこにいた皆が歓喜の笑顔でボクらを祝福してくれた。この時、ボク自身さっきまでの緊張感が全く消え失せていることに気付いた。スイッチが入ったようだ。お陰で、穏やかな心と自信に満ちた責任感が心地良かった。ラフレシアははしゃぐことなく満面の笑みでボクを見つめてくれている。それに反して周りにいたアクア達は皆笑顔で騒動している。その輪の中には、アルもマザーも混ざっていた。祝福されている中ボクも普通に思いきり嬉しかった。

「良かったね、カムイっ、ラフレシアっ。ボクも嬉しいよっ」

自分のことのように喜んでくれているアル。

「あの刻印の意味も分かっただろっ」

アルがボクにウインクした。

「あっ、そっか。アテナが変動したんだっけ……」

そう考えていると、ちょこんっと横に佇みボクの手をきゅっと握るラフレシアに感情が芽生えた。

「これからよろしくねっ、ラフレシア」

「はいっ、ですのぉ」

自然と口を突いて出たボクに、心地よいテンポで返してくれた。

「良かったわねラフレシア。しっかりね」

「はいですのぉ、マザー」

マザーもラフレシアも多くは語らなかったが親子を思わせる絆で繋がっているように感じた。そんな中、喜びやまぬアクア達の間を縫って一段と輝きが増したアクアリンが戻ってきた。アクアリンはそのままラフレシアにまっすぐ近づくと、

「良かったわね、ラフレシア。彼、いい主よ。私が保証するわ」

その言葉に、ラフレシアも嬉しそうに頷いた。

「アルフ、ただいま。今日はいろんな意味で特別な日ね」

「あぁ。最高な日だね」

アクアリンも主の元に無事、帰還だ。二人、まるで夫婦のようなオーラに包まれている。若いがかなりお似合いの年季の入った夫婦に見えた。二人に見とれていると、気付いたのかアクアリンがボクの顔を覗き込んで軽くウインクをした。

「カムイっ。ラフレシアをよろしくね」

「うん。大切にするよ」

そう言って、ラフレシアの手を引き寄せた時、アテナが減算した。ラフレシアはそれに便乗するように軽く腕を組んできた。経験のないボクはその感触に赤面しきりだった。その様子が可笑しかったのか祝福の笑顔で包まれていたアクア達から一気に違う笑いが巻き起こった。ゆっくりと幸せな時間が流れる。これが本当の幸せなんだろうと実感した瞬間

だった。お祝いムードが冷めやらぬ中、アルが振ってきた。

「行こうか、カムイ」

「えっ、折角だからゆっくりしていいよ。アクアリンも友達とゆっくりしたいだろ」

「アクアは皆、感覚を共有することができるんだよ、どこにいても。

それに、ボクらも来ようと思えばいつでもこれるから。

今はカムイ、キミが最優先だ。アクアリンも賛成してくれているよ」

また、ボクの為……。ノア族の習性というより完全にアルのそれだと感じた。

「アル、ありがとう。でも、あまり自分を犠牲にしないでね」

「大丈夫だよ。カムイは気にし過ぎなのさ。

前にも言った通り、ボクらは自分の想いに従って行動する。したいからしてるだけだよ。

誰の為とかではなくて自分の為なんだよ。だから気にする必要はないんだよ、カムイ」

アルの真剣で優しい顔の後ろにアクアリンが覗いてまたウインクして見せた。

「ありがとうアル、アクアリン。いいのかいラフレシア？　もう出発しても」

「カムイと一緒なら、何時でも何処でもいいですのぉっ」

「あっ、ありがとう」

「じゃ〜出発しよう」

アルの言葉に、四人で顔を見合わせた。

「マザー、お世話になりました」

「こちらこそ。早くあなたの願いが叶うといいわね」

そう言うマザーの言葉が何を意味してるのか、少しだけひっかかった。

「ありがとうございます」

「マザー行ってきます」

「楽しみなさいラフレシア。あなたらしくね……」

「はいですのぉ、マザー」

意外と、大袈裟な別れの挨拶とかがなかったのが少々拍子抜けした。一応、人間界で言えば卒業とか旅立ちの節目の日だろうに、こんなにもあっさりでいいんだろうかと感じた。

「これでいいのですよ。アルフの言った通り、いつでも通じているのです。あなたともよ、カムイ。だから安心してお行きなさい」

流石に心を読まれるのにも慣れてきた。

「分かりました。ありがとうございますマザー。行ってきます」

月並みな挨拶を交わし部屋を出て先ほどの大きな廊下を出口の方へと進んだ。途中、気配を感じて振り返ると一番奥の左のドアがパタリと閉まった。

「今日はもう一人おいでなのよ……」

マザーが教えてくれた。少々気になりつつも出口へと向かい、外に出てマザーの方に向き直ると、マザーがボクらに金色の粉を振りかけた。

「では、アナタ達の旅にご加護がありますように」

その金色の粉は、はらはらと流れながらボクら四人の体に溶け込んだ。

「さぁ、行ってらっしゃい、我が子達。気をつけるのよ」

マザーが少しだけ名残惜しそうにボクらに微笑んだ。付いてきていた他のアクア達も名残惜しそうに胸元でかわいく手を振った。

「みんな、気を付けてね」

「ええ、ありがとう。あなた達も達者で」

「じゃ～またですのぉっ」

皆に両手を振って応えるラフレシアに対して、片手で応えるアクアリン。出で立ちも仕草も対照的な二人に見えるが感じる温かさは同じだった。ボクらもアクア達もお互いが見えなくなるまで手を振り続けた。

「それにしてもアル、アクアのメンテナンスって早いんだね」

「あ～、培養カプセルに半日ほど入るだけだからね。

あぁ～、カムイに見学させてあげればよかったね」

「できたの？　したかったな～次は是非、見せてもらおう」

「そうするといいよ。ちょっと艶っぽいよ、ふっ」

「艶っぽい？」

恐ろしいほどの勢いで妄想列車が駆け巡った。

「あっ、でも、自分のパートナーじゃないと見れないんだった」

妄想列車暴走中のボクに、アルが小声で耳打ちして付け足した。アルのお茶目な一面が覗いたことで、暴走が幾分治まった。

「聞こえたわよ、アルフ。ふふっ」

「ごめんよ、カムイがどうしてもって言うから、ふっ」

「！！！っ」

思いっきり固まった。人間のボクでも、この容姿だと固まるのだろうか。と言うより、アルが冗談を言ったことに心底驚いた。先ほどのお茶目さと相まって、仲良くなってきた証だろうと勝手に解釈して嬉しくなった。

「カムイぃ、見たいんですのぉ～、私のメンテナンスぅ」

「あっ、いやっ、そのっ……あっ、アル～」

「ごめん、ごめん。冗談だよ」

一瞬で赤面したのが自分でも分かった。そのボクの挙動を見た三人がどっと笑った。

「か、からかうなよぉ～」

「ラフレシア、あなた本当に見る目があるわよ」

そう言って、アクアリンがラフレシアにウインクした。四人で黄緑の森を歩くこと三十分辺りで、アクアリンとラフレシアが同時に立ち止まり、二人同時にボクらより半歩前に出て呪文のようなものを唱え始めた。すると、今の今まで気付かなかったがウロボロスが目の前に立ちはだかっていた。

「あれっ、いつのまに」

「今、二人が呼び出したんだよ。この森を出るにはマザーに拒否されるか、アクアの呪文がないとこの森を出ることはできないんだよ」

「へぇ～そうなんだ」

「オオ　オマエ　イイヤツ　オレ　オボエテル」

　ウロボロスがボクに話し掛けてきた。

「やぁウロボロスまた逢えたね。嬉しいよ」

「オマエ　ホント　イイヤツ　オレ　オマエ　ダイスキ」

「えらく気に入られたね、カムイ。ふっ」

「ウロちゃんが気に入るなんて珍しいわね」

「ウロちゃんっだめなのぉっ、カムイは私の主なんですのぉっ」

　思わずにやける自分に気付いて真顔を装った。

「カムイ　イイナマエ　カムイ　ラフレシア　タイセツニスル」

「うん。大切にするよ。約束する」

「ラフレシア　ウレシイ　オレモ　ウレシイ」

「私も嬉しいですのぉ。ありがとぉですのぉ、カムイ。ウロちゃんもありがとぉですのぉ」

「オマエタチ　コノモリデル　オレ　オクリダス」

「いつも通り頼むよ、ウロボロス」

「ガッテンショウチ　ソノマエニ　アクア　アルジニ　カクレル」

アクアリンはアルに、ラフレシアはボクに、それぞれカプセル状になり各々の主の元へと還った。その感覚に、まだ慣れないせいか、少しだけむず痒かった。

「準備いいよ、ウロボロス。たのむよっ」

「ショ～～～～チ～～～～～」

アルが言うと同時に、ウロボロスは両手で、自分の胸を左右に開いた。

「ありがとう、ウロボロス。また来るよ」

「ありがとね～、ウロちゃんっ。またねっ」

アルが言うと、胸元からアクアリンの声も響いた。

「ありがとうウロボロス。また逢えるといいね……」

「ウロちゃんありがとぉですのぉ。またですのぉ」

ボクが言うと、ラフレシアも応えた。皆、思い思いの言葉で感謝を伝えながらウロボロスを通り抜けた。

「カナラズ　マタ　クル　オレ　マッテル」

ウロボロスの声が遠くに聞こえ振り返るとそこにはあの光の柱が聳えていた。ボクらは大切なパートナー『アクア』を胸にヒラリアを後にした。

第六章　『センゴク』

「ラフレシアっ」

「嬉しそうだね、カムイ。そんなに気になるなら呼び出してみるといいよ。それに、ボクらの会話は聞こえてるから、きっと喜んでるよっ。ふっ」

「げっ、まぢ……」

顔から火柱が立ち昇った。

「ふっ」

「今は……止めとこうかな。さっきの今だし」

「そうかい？」

「うん」

ボクらは、シラスールから元来た道に戻り再びジャッジメンタリアを目指した。途中、アルとあれこれ会話しながら歩く中、多くのノア族とすれ違った。アルと同行しているせいか、すれ違ってきたノア族とは、挨拶やら、会話を自然とできるようになっていた。本当に、温厚で感じの良い種族だ。時折、人間と比べ軽い一喜一憂を繰り返していた。感覚的に一時間ほど歩いただろうか、気付いたら、いつの間にか武家屋敷が立ち並ぶ街中を歩いていた。

「ありっ？　何で気付かなかったんだろう」

「どうしたんだい？」

「いや、いつの間にこんな武家屋敷が立ち並ぶ街に入ったのかと思って」

「あ〜、キミが自分会議をしていた時だよ」

「自分会議？」

「あぁ。無意識に挨拶しながら器用に歩いていたよ、ふっ」

「えぇ〜、もう夢遊病クラスだね」

「ムユウビョウ？」

「あ〜、人間界では、寝たまま歩き回るそんな病気があるんだ。

まぁ、言うほど詳しくはないけどね」

「へぇ〜、便利な機能だね」

「いや、そうじゃないんだ。病って付く位だから、怖い上に、不思議さ満載かな。

なったことないから、よくは分からないけど、割と子供に多いらしいんだ。

脳の発達と関係があるらしいんだけど、遺伝だったりストレスだったり、薬の副作用だったり、要因は人それぞれみたいだけど、自分の知らないうちに、知らない場所を歩いていたり、何かを食べていたりするらしいから、やっぱり、怖いかな」

「そうか、それは困るね……。人間様も大変なんだね」

「大抵は成長と共に治まるみたいだけど、大人でもなることがあるみたいだしね」

そう話していると、五十メートルほど先の道沿いの右手側に上半身だけのような人影らしきものがうっすらと見えてきた。

「ん？」

「ん？」

「あっ……あれ……」

「あぁ、格好いいだろ」

「鎧……武者？」

近づくにつれ次第に輪郭が鮮明になってきた。鎧武者の下半身が地面に埋まっているような上半身が地面から生えてるような、どっちも同じだがそんな感じだ。

「あぁ、あそこのオーナーが人間界の日本贔屓《びいき》でね」

「そうなんだ」

「あぁ、でも、オーナーだけじゃなくてここ魂魄界でも人気が凄いよ。人間界の……というより、日本の鎧武者。勇ましいもんね……」

「そうだね。人間界の日本に留まらず海外でも人気あるよ。ボクも好きだしっ」

「それは良かった。ボクも鎧武者が好きだよ」

次第に近づくにつれ、ソレは想像以上の存在感を放ってきた。

「なんか、とんでもなく大きいね」

「もっとびっくりするよ、ほらっ」

アルを見ると何気にワクワクしているようだ。嬉しそうなアルの言葉に視線をアルから前へ移した次の瞬間、ボクはたぶんアルの想像以上にびっくりした。

「！！！っ」

目の前に立ちはだかっていた……鎧武者の上半身が。

「なっ、なんで目の前にいんの？　さっき道の右側にいなかったっけ？」

「ふっ、やっぱりびっくりしちゃうよね」

「反則だよこれ……。びっくりしない人はいないでしょ」

「あぁ、ふっ」

「でも、どうなってんのこれ？　目を離してなかったら移動するとことか見れたのかな？」

「いや、それはないよ」

「じゃ〜どうやって……」

後ろを振り返ると今まで歩いてきた道が確かにある。あるにはあるが、また正面を見るとやっぱり道は途絶え鎧武者が立ちはだかっている。正確には立っているかどうかは分からない。上半身だけだが五〜六メートル聳えている。重く渋い光沢を纏った半透明の黒鉄色の甲冑に深紅と深紫の組紐らしきものが重厚感を際立たせている。見上げると顔の部分は赤い模様の入った面頬を着けているようだ。兜の鍬形は右上がりの三日月を模っている。伊達政宗を意識しているのだろうか。人間界で見てきたであろうものを自分好みにアレンジしているようだ。

「ふっ、ここは癒し処／センゴクって言って人間界で言う食堂のような処だよ」

「へぇ～。食堂……じゃなくてっ。答えになってないよアル」

「ここ入ってみる気ない？」

「アル、聞いてる？」

「嫌かい？」

聞いてないようだ。たぶん意図的に……。

「いや……勿論、いいよ。って言うか立ちはだかってるから、入らざるを得なくない？」

「まぁ、ボクが望んだから立ちはだかってるんだけどね」

前向きな苦笑いをしてるボクの反応に、今度はちゃんと答えた。表情を見る限り、さっきのはからかっていた訳ではなく、ボクを連れて行きたかっただけのようだ。

「そこが聞きたかったんだよ～」

「ふっ、ごめんよっ」

「まぁ全然いいんだけどさっ」

そう少し嬉しそうに言ったアルが少年のように見えた。

「ここはね、入りたいと望むと、こうやって出迎えてくれるんだよ。

勿論、強制ではないから、気が変わればすぐ避けてくれるよ」

「へぇ～。便利というか、やっぱり面白いねこの世界は……。

　まるでびっくり箱だけど、少しずつ、慣れてきたかも。こういう感覚
「不快に感じてないかい？」

「いや、こういうのは平気かな。ただ制約がなければもっと心から楽しめるんだろうけど
ね」

「そうだね」

「あっでも、大丈夫。

　ちゃんと気持ちの切り替えはできてるから、今はそれなりに楽しんでいるよ。

　あっ、それなりには余計だな。ちゃんと楽しんでるよ」

「それなら良かった」

「それより、どんなのが出てくるのか、早く入ってみたいよ」

「ふっ、じゃぁ～入ろうっ」

　少しテンションの高いアル。アルに感化されたのか、ボクもテンションが上がってきた。

「ありがとう」

「ありがとう？　ありがとうはこっちだよ、アル」

　アルがいろんな意味で気を遣ってくれているのが伝わってきた。

「じゃ～行くよ」

　そう言うと、アルがその鎧武者に向かって、いかにもな物言いで入店を申し込んだ。

「かいも～んっ」

「！！！っ」

真横にいたボクは、その声の大きさに普通にびっくりした。すると予想以上の轟音《ごうおん》を轟《とどろ》かせながら胸の甲冑部分がゆっくりと上へ開きその奥から重厚感たっぷりの木製の城門のようなものが姿を現した。地響きこそしないが、空震が起こるほどの低い音を立てながらゆっくりゆっくりとその門が開き始めた。

「何だか物々しいね」

「嫌いかい？　こういうの」

「いやいやっ、むしろ大好物だよっ」

「良かったっ」

少しずつ見えてくる中の様子。完全に違和感のある懐かしの異世界、人間界らしきものが姿を現した。なんとも、想像していたまんまの日本庭園を模した庭が出迎えた。敷石に池、池にはそれらしく橋が架かっており、この庭に全く違和感のないこの世界の樹木がちゃんと日本庭園を模していた。それでも違和感を払拭できない何かがあったが、そこに大した意味はない。人間界のそれではないと割り切ればいいだけのことだ。

「ここのオーナーが人間界を訪れてからというもの、日本贔屓だって言っただろ。ある意味パンダミオさんより人間界の日本という国については博識らしいよ。逢ったことも見たこともないけどね。ふっ」

「そうなんだ。なんだか嬉しいな……」

他人事のように客観的にそう感じた。

「それにしても、開門って叫ばないといけないの？」

「そんなことないよ。声の大きさに関係なく、入りたい意志を告げるだけでいいんだ」

「なんだ……そうなんだ。アルはいつも開門なの？」

「あぁ、ボクはいつもこれだよ」

「お気に入り？」

「ビンゴ。開門って言葉、響きが好きでね」

「そっか」

相変わらずビンゴも気に入っているようだ。門を潜ると、実際の食堂らしき建物が思いの外遠くに見えた。目測で十メートル位はありそうだ。この庭が自慢で意図的に距離を置いたのだろうか。足元を見ると、透けているのに、どこか和の趣のある不思議な敷石が入り口まで導いてくれている。あまりの美しさに、敷石なのに踏みづらいという踏み絵状態に感じたのは勿論ボクだけのようだった。店の前まで来るとすぐ笑いが込み上げた。大きな木造平屋の屋敷で入り口に暖簾《のれん》が垂れている。藤色の大きな暖簾の真ん中にちゃんと、それらしく筆で書いたように『○』の中に『珍』と書いてある。素直に珍しいものととれない自分が恥ずかしい。それにしても、これじゃまるで銭湯の佇まいだ。やはり、どこかが微妙にずれてるような……。

「カムイ、この暖簾で分かっちゃうかもしれないけど、ここには本当に珍しいものがたくさんあるんだ。勿論、全て体内に取り入れられるものだよ。

あくまで『珍しいもの』だからね。ふっ」

笑いながら念を押してきた。だった、筒抜けだった……。

「わ、分かってるよ……。ははっ」

顔が若干ひきつっているのが自分でも分かる。暖簾を潜って風情のある引き戸を開けると中から賑やかな空気と見たことがあるような風景が華々しく眼下に広がった。ゆったりと広い階段が下へ扇状に伸びている。その十段ほどの階段を下りた所にそれはあった。

「回転寿司？」

思わず口を突いて出た。前に居たアルには聞こえなかったらしく何の反応もなかった。

「おじゃったもんせぇ〜〜〜。しばらく、お待ち〜なっせ〜〜〜」

奥の方から声が聞こえた。女性のようだ。

「おじゃったもんせ？」

「いらっしゃいって意味だよ」

「あっ、……うん」

懐かしい言葉だ。あっちでも、ほぼ聞かなくなった言葉に少しだけ後ろ髪を引かれた。

「今日も大繁盛だ。カムイ、待つのは平気かい？」

すでに、二十人以上の客が順番待ちをしていた。

「うん、大丈夫。それにしてもかなり大きい食堂だね」

「あぁ、ここはパンダミオでも七番目までに入る広さなんだよっ」

「七番？　三番とか五番とかじゃなくて？　なんだか微妙だね」

「そうかい？」

「ま～、同じ奇数といえば奇数か。価値観の違いなのかな。

人間界じゃ三とか五が区切りとしてよく使われるからさ。

三番以内でも五番以内でもないとすると六番目か七番目に広いってこと？」

「違うよ。二番に広いとこだよ」

「…………」

そういうものなのだと、価値観の違いなんだと、割り切ろうとしたが、やっぱり微妙にモヤモヤする。最初から二番目に広いじゃだめなのか……。

「ふっ。それでも良いんだけど、皆、七番目までって言うから」

「そっかぁ」

だった……。それにしても、微妙な価値観のずれというのは、意外にむずがゆいもんだ。割り切れるまでに時間がかかりそうだ。

「ふっ。ここは品揃えで言えば二番目なんだ。きっと、カムイも気に入ると思うよ」

また来たか……今まで気付かなかったけど、所々、あったんだろうか。今のも『で言えば』を『も』に置き換えてくれるだけでかなりすっきりできるんだけどなぁ、気持ち的に……。慣れるまで、自己訂正回路がフル稼働しそうだ。郷に入らば郷に従えで頑張ることにした。

「カムイ、自分会議かい？」

「あっ、ごめんっ。ビンゴ、ビンゴっ」

未だに、だだ洩れとそうでない思考の区別が付かない。アル達もどうしてか分からないって言ってたっけ。何気に不便だ。

「品揃えも楽しみだけど、既に、外観から相当のお気に入りだけどね」

「それは良かった。ここは是非連れてきたかったんだっ」

「嬉しいよっ。ありがとっ」

「あぁ。一緒に楽しもう！」

「楽しむ？」

「ん？　何かおかしいかい？」

「いや。微妙なニュアンスの違いなだけ。ごめんっ、ごめんっ、楽しもう！　きっとびっくりするようなものが沢山あるんだろうねっ」

「ビンゴッ」

本当に思いっきり気に入ってるようだ。それとも、やはりボクに気を遣って合わせてくれているんだろうか。ちょっと、気になった。

「ここではキラリアン以外で体内に取り入れられるものをかなりの数、取り扱ってるんだ。

取り入れた分、キラリアンと交換なんだよ」

「へぇ～」

あくまで食べるという表現ではないようだ。

「お待ちどぉ～さま～～。こちらに～～ど～ぞぉ～～」

「！！！っ」

「ふっ」

あれだけ待ちの客がいたのにも拘らず、五分ほどで呼ばれた。いろんな意味でびっくりした。その上、非常にタイミングがとりづらい話し方だ。女性っぽい雰囲気からすると、言うところのウェイトレスだろうか、前掛けをして頭巾をかぶり、襷《たすき》がけした茶屋の娘的ななりで歌ってるかのようにボクらに促した。席に着くとメニュー表らしきものが置いてある。普通に読めたことに違和感はもう感じなかった。慣れとは便利な機能だ。まぁ読めてはいてもそれが何なのかは全く分からない訳で……。そういうことでアルに全権を委ねた。

「カムイ、お任せでいいよね」

「勿論、任せるよっ。あっそうだ。ラフレシアやアクアリンも呼び出そうよっ」

「彼女らは、基本水以外は必要としないんだ。それに、彼女らに一番必要なのは睡眠だから、そっとしといてあげよう」

「そっか……。分かった。って言うかさ、ボク、アクアとの接し方とか、今みたいな注意点とか聞いてないけど大丈夫かな？　そういう情報はどこで分かるの？」

「あぁ、これは、お互いに教え合ったりこうやって誰かに聞いたりでいつの間にか身に付くよ」

「これは絶対にダメとか何だか色々ありそうだけどなぁ」

「彼女らはモノじゃないから自分でちゃんと言うし、一緒にいるノアもちゃんと知ろうとするから、本当にいつの間にかって感じだよ」

「そっかぁ。この感覚も人間特有の思考なのかな。

失敗したくないというか、用心深いというか、マニュアルありきというか。

要は、臆病なのかな」

「ふっ、そういうことじゃないと思うけど。

少なくとも、ここでは全てを自分で抱えようとする必要はないよ」

「そんな感じだよね、ここは」

「あぁ」

そんな話をしていると、小さい妖精みたいなのがボクらの席へとハタハタと飛んできた。アルが何やら小声で告げると、

「しょ〜ちぃ〜〜〜。お待ち〜なっせ〜〜〜」

その形からは想像もつかいない大きい声でたっぷりと余韻を残して戻っていった。

「ここにあるものも、キラリアンと同じ取り入れ方をするの？」

「いや、色々あるよ。確かに口から取り込むのが多いは多いけど、感じたり、観たり、聞いたり、触れたり、楽しいよ」

「……。もう、何でもありだね」

「ふっ。直、慣れるさ」

アルが本当に楽しそうだ。

「アル、本当にここが好きなんだね」

「あぁ、好きだよ。不思議なものがたくさんあるしね。来る度に新しいものが増えてるから何回来ても制覇できないんだ」

好奇心のようだ。このテンションの出所は。

「ボクも楽しみだよっ」

多少の不安はあったが、今までの経験上、不快に感じたことはなかった為、楽しみの方が勝っていた。ほどなくして通路と反対側の壁が開いた。

「おなぁ〜りぃ〜〜〜」

「！！！っ」

「ふっ」

殿様かってツッコミはいいとして、ちょうどボクらの腰の高さくらいの男性的な足軽ポムポムが頭の上に人間界で言う料理を乗せて運んできた。これが回転寿司に見えたようだ。規則正しく動き回り、レールの上を動いてるかのように、正確に、機械的にテキパキ動いている。強制的ではなく自発的にまじめに就労してる感じがした。その足軽ポムポムがテーブルに料理を載せた瞬間、テーブルがうっすらと緑色に変わった。

「あっ、テーブルの色が変わった。このテーブル、木製っぽいのに色が変わるんだ。

あっ、そうか。木製って言っても透明だし、何でもありなんだっけ」

独りボケ突っ込みのように自己完結した。が、失礼なことを口走ったと慌てた。

「あっ、ごめんっ。何でもありは言い過ぎだ」

「ふっ、大丈夫だよ。この色でキラリアンの数が分かるんだよ。

勿論、キラリアン以外でも対応してくれるけど、一般的にはキラリアンでやり取りするんだ。

色は七段階あってね、ひとつ上がるごとにキラリアン五つ。

だから今はキラリアン五つになるんだ」

キラリアンって言葉しか頭に入ってこなかった。今夜はキラリアンの夢を見そうだ。

「へぇ～何となく想定内というか……、ん？

キラリアンて固体だったっけ？　液体のような気がしたんだけど」

「キラリアンは固体だよ。ただ、体内に取り入れる時は融解《ゆうかい》するんだ」

「融解。ここにもそんな言葉あるんだ」

「あぁ、あるよ。言葉も行動も、誰かしらが人間界から影響を受けてそれが広がって浸透して……みたいな」

「それでも人間界っぽくなってないのは、ノア族の凄いとこだよね」

「そうかい？　まぁ、ダーカー達のお陰でもあるかな」

「ダーカー？」

「あぁ。人間界で言う取締り執行官みたいな立場かな」

「警察とか裁判官みたいな、そんな感じ？」

「たぶん、そんな感じ。ボクもそこまで、詳しくはないんだ」

「そっかぁ」

「まぁ、おおよそは人間界とそう変わってるとこはないと思うけどね。微妙なニュアンスの違いと認識の違いがあるくらいじゃないかな」

「そこが大きいような気もするけど……。まっ、いっか」

「ふっ、細かいことは分からないけど、今は楽しもう。はい、カムイ」

決して細かくはないと思うが、揚げ足取りはやめた。アルを見ると、かわいいハート型のピンク色したさくらんぼみたいな物体を手に取り、手渡してきた。しかも、顔はないのに、凄く微笑んでる気がするのは何でだ。こんな可愛いもの食べるのか……。思いっきり気が引ける。この世界に来てからというもの、全てが生命体に見える。そう考えると、食べ物として何かを食べようものなら、断末魔の叫びとか聞こえてきそうで、ちょっとびびる。

「これ……」

「これはルルの実って言ってね、ルルの木に成る実なんだよ。

一本の木にちょうど五百三十一個の実を付けるんだ。

ルルの実は、最初は小さくて白くて丸いんだけど、千の風を受けて熟すとその実に宿したたった一つの種を風に託すんだ。

その後、こんなかわいい形になって待つんだよ……」

「薬みたいな名前だね……。しかも、ちょうどの意味が良く分からないけど……。

それで、待つって……、何を？」

「クスリ？」

「いや……ごめんっ。何でもない…。気にしないで。それで、何を待つの？」

「輪廻の刻を待つんだ……」

「輪廻の刻？」

「あぁ。誰かの記憶に残ることで昇華するんだけど、その瞬間に新しいルルの実に生まれ変わるんだよ」

「ここで食べられちゃうのに？」

「た……食べないよ……」

「えっ？　食べないの？」

アルが微妙に引いたのが新鮮だった。

「あぁ。見ててっ、こ〜やるんだよ」

そう言うと、アルが手のひらにそれを乗せて目の前に翳した。すると、その物体にちょこんっと羽が生えて五センチほど浮いたかと思うと、くるくる回りながらアルの眉間辺りにす〜っと近づいて何かを囁いている。

「…………………ねっ」

そう何か言って、眉間の辺りにす〜っと溶け込んでいった。

「うわっ。なんじゃそりゃっ。

何ソレ？　消えたよ、生まれ変わるんじゃないのっ？」

「真似してごらん。聞くより試した方が分かりやすいから。……さぁ」

そう言うと、アルがやんわりとボクに促した。

「分かった……」

恐る恐るアルの真似をすると、その物体は先ほどと同じ動きをしてボクの眉間辺りに近づいてきた。なんと目もないのにウインクした……。そう感じた……。そして、先ほどと同じように何かを囁いた。

「……………………ねっ」

「えっ？　何？　何て言った？」

気になる……、凄まじく気になる。そう気にしていたが一瞬にして眉間の味覚？　に思考ごと奪われた。

「うわぁ。甘〜〜〜い。それに食べてもないのに食感がある。

この食感、柔らかいのにシャキシャキしてる……。やわシャキだぁ～」

「…………」

眉間の奥から声が聞こえた気がした。それと同時に、ルルの実が転生したのが分かった。味覚って口だけじゃないんだ……。ん？　それともこの世界だからなのか？　って言うか、何て言ったんださっき……。やっぱそっちのが気になる。と、いつもの自分会議がヒートアップする前にアルが口を開いた。

「キミは甘いのが好きなんだね」

「えっ？　皆、甘いんじゃないの？」

「ふっ。このルルの実はね、取り入れる者の好みの味覚と感覚を察知して瞬時に熟してくれるからそれぞれに違うんだよ。一度味わうと皆、病みつきになるよ」

「へぇ～、不思議と言うか、便利と言うか……。ははっ」

「便利？　人間界にはないのかい？」

「うん、ないよ。

人間界は同じ食材を使った同じ料理でも作る人によって色々違ってくるんだ。だから、必ずしも毎回自分にとって美味しいとは限らないんだ……」

「へぇ～、そうなんだ。って言うか、リョウリって？」

『って言うか』もお気に入りのようだ。いつの間にか使ってる。そう考えると言葉遣いに気を付けなくてはと少々身が引き締まった。変な日本語を覚えさせては可哀想だ。

「あっ、そういえば、ここは料理してる気配はないね〜。料理っていうのは、元々の素材に手を加えて、より美味しく作り上げることだよ。味もそうだけど、見た目も好みに合わせてアレンジしたりね」

「凄い技術があるんだね」

「考えてみれば、確かに凄いね」

アルとそんな話をしてる中、左から視線を感じて振り向くと、足軽ポムポムが二品目を持ってきていた。

「おなぁ〜〜〜りぃ〜〜〜」

「！！！っ」

「ふっ、直慣れるよ……」

「そう……だね。ははっ。でっ、これは何だい？」

「あ〜、これはやーの涙だよ」

「やーの涙？」

今度は派手なパステルカラーのまだら模様を散りばめた、何かの花びらだろうか……。皿いっぱいに盛ってある。カラフルなポテチといった感じだ。

「やーの涙は湖底の都／フカイ〜ゾってとこに住むミネラールの鱗なんだ」

「ミネラール？　それって魚？」

「そんな感じ」

「そんな感じ？」

「人間界で言えばそんな感じとしか説明できないかな……」

「それもそっか……。でっ、その鱗を……まさかこそぎ取るの？」

一瞬、眉間に皺がよったことに、自分で気付いた。

「コソギトル？」

「あぁ〜毟り取るというか、引き剝がすというか……」

「ま……まさか……」

「だよ……ねぇ……」

アルが思いっきり苦笑いしたのに対し、ボクも苦笑いで返した。

「ミネラールは成長過程で三度鱗が生え変わるんだ。

その生え変わる瞬間があまりにも綺麗でひと目見ようと多くの人々が集まるんだ。

人間界で桜が散る美しい光景があるだろ。あれと同じようにハラハラと鱗が舞い散るんだ」

「へぇ〜」

とは言ったものの、想像する限り美しいかどうか微妙だ。ボクの想像力が稚拙なんだろうか。ハラハラと鱗が舞い散る……。恐ろしい光景しか思い浮かばない。

「大丈夫かい、カムイ？」

「あっ、あぁ、大丈夫」

「実際、見ればわかるよ」

「ははっ」

アルの言葉を信じない訳ではないが、人間界の、いやボク自身の想像力の限界が邪魔をする。しかし、幸いにして、存在感抜群の目の前の美しさがボクのある意味恐ろしい空想をかき消してくれた。

「これはどうやるんだい？」

食べ物なのに、どうやる？　と聞いてる時点で、ここに慣れてきてるのか？　自分にも少しは順応性があるようで若干ホッとした。

「これはね……」

そうアルが言いかけた時、通路側にヌッと大きな影が現れた。

「いっただき〜っ」

「！！！っ」

その大きな声と体、そして何より、その突然さにびっくりした。アルより二周りほど大きいポムポムな熊？　……いや、やはり猫だ。熊に限りなく近いが、猫だ。そいつが、が〜っとそれを口に放り込んでひと飲みにした。

「パルポルンッ！」

「んっぐっ。はぁ〜。よぉ〜アル！」

「キミも来てたのかいっ」

アルのテンションがいきなり上がった。こんなアル、初めて見た。とは言っても、そんなに長い付き合いでもないが……。

そのパルポルンと呼ばれる青年は、ダークブラウンの体に深い緑色の瞳が印象的な小柄な熊といった風体の猫だ。こだわりなのか、ショッキングピンクのテンガロンハットらしきものを背中側にひっさげ、手作り感抜群の首飾りを首に複数本掛けている。細長い暖簾のようなひらひらが沢山ついたガンマンが着てそうなベストを羽織っているが、色はハットとお揃いのショッキングピンクだ。本当にショッキングだ。足元は、てっきり、かかとに鉄の丸いぎざぎざがついたブーツを履いてるかと思いきや、そこに拘りがあるのか素足だ。腰には、これまたピンク色のガンマン風のベルトを三本も巻いている。もう疑いようがないくらいガンマンだっ。ド派手を通り越したその出で立ちに、というより、そのセンスと度胸に脱帽だ。この西部劇かぶれ……いや、崇拝してるっぽいリトルベアー的ガンマン猫は、いきなりボクらのやーの涙を半分近く丸呑みした後、物怖じもせず話しかけてきた。

「おうっ！　ちょっち腹ごしらえだ。お前らもかアル」

悪びれる様子もなく、得意げに答えた。こいつ、ボクらのを食べた……。

「まぁ、そんなとこだよっ。まさかここで会えるなんてっ」

食べられたのを気にしてるのはボクだけのようだ。さすがノア族なのか、ボクの器が小さいのか、微妙に考えさせられた。アルもこんなに楽しそうに話しするんだ。ちょっと寂しいような、嬉しいような……。複雑な心境で二人のやりとりを傍観した。

「オレとお前の仲だからなっ。あっ、お〜いっ、これとおんなじもんをもう一皿くれっ」

そう、誰ともなしに大声で注文したコイツに、少し苦手なタイプのヤツだと軽く身構えてる自分に気付いた。

「ほんと、腐れ縁みたいなものだね。この必然のような偶然は……」

アルの弾む言葉に、腐れ縁なんて言葉も浸透してるんだと、冷静に気になった。それと同時に、この世界には似つかわしくない言葉のようにも感じ、運命とかの方がこらしいと勝手に感じた。

「ははっ。んでっ、こいつは？」

こいつ？　パンさんとは違う意味で随分口が悪い。見た目から想像した通りの態度だ。最初は軽くムッとしたが、パンさんと同じで悪態ではない上にボク自身そこまで不愉快には感じなかった。

「あ〜、彼はカムイ。カムイ、彼はパルポルン、ボクの親友だ」

「パルポルン……」

「おうっ、パルポルンだっ。よろしくなっ！　カムイ」

その性格がまるごと欲しい。きっと怖いもんなんてないんだろう。なんとも羨ましい限りだ。

「あっ、うん。よろしく。えっと……、パルポ……ルン」

「あ～、呼び捨てでいいぜっ。気楽に行こうぜっ」

意外と気持ちのいいヤツだと短いやりとりでそう感じた。姿は見慣れるまで目がシパシパしそうだが色んな意味で独特の存在感だ。アルとは違う意味で興味を覚えた。

「ありがとう、パルポルン……」

「おうっ。でっ、人間様のカムイがこんなとこで何してんだ？」

「えっ？」

「分かるのかいパルポルン？」

「分かるも何も……、まんまじゃね～かっ」

「でも、パンダミオさんのローブを纏ってるんだよ」

「そんなこと言ったって、分かるもんは分っちまうんだからしょ～がね～だろっ」

「ふっ。相変わらずだねキミは」

「だろっ。これがオレだ。それよりココいいか？　アル、カムイ？」

「カムイ、いいかい」

「遠慮すんなっ。本音でいいぜっ」

そう振られて断れる人に会ってみたいもんだ。とは言えボク自身、このパルポルンという青年に興味が湧いていた為、断る理由などなかった。

「全然いいよ。歓迎するよっ」

「サンキュッ」

そう言って、ボクの隣にドカッと豪快に腰を下ろした。

「ありがとう、カムイ」

「ボクが興味あるんだ」

「オレもお前に興味津々だぜっ、カムイっ」

「ははっ」

「パルポルン、そう言えばキミ一人かい？」

「あったぼ～よっ。オレがつるむとしたら、お前とだけだっ」

「ふっ、よく言うよ」

「ほんとだぜっ」

普通に友達同士の会話だ。微笑ましくも羨ましい、しかもちょっとジェラシーすら感じる。友達っていいものだと初めて心から思った。

「実はな、ミテミ～ヨに行ってたんだよ」

「鏡の街の？　どうしてだい？」

「見てみたくなったんだよ、自分の真実ってやつをなっ」

「へぇ～。で？　どうだった？」

「まんまだったぜっ。けっこ～楽しかったからよ、今度一緒に行ってみっか？　三人でっ。いいだろっ、カムイっ」

「えっ？」

「あぁ、それいいねぇ～。行こう」

「う、うん……」

　こうも簡単に受け入れてくれるのはノア族の本能だろうか、それともこの二人だからだろうか。二人の心地よいやり取りを傍観していたが自分も当事者の一人なんだと気付かされた。

「で？　ワケありか？　カムイは？」

「うん、ちょっとね」

「そっか」

「聞かないの？」

「聞いて欲しいんなら言いな。聞いてやっから。

　でも、そうじゃないなら無理に言わなくていいぜ」

「ふっ、キミらしいね、パルポルン」

　二人の、さも日常的なやり取りを見てたら自然と口が開いた。

「ボクは……、なんでここにいるのか分からないんだ……。

　ボクが人間界に帰るには、ボクがここで失くしたモノを見つけないといけないらしくて
……。

　それが何なのかは分からない上にどこにあるのかさえも分からなくてさ。

　ただ、パンさんが調べてくれて、ジャッジメンタリアってとこに行けば何かが解るだろ

うって……」

「そっか。それでアル、お前がいつものお人好しぶりを発揮中なんだなっ」

「ふっ、ビンゴ」

「ビンゴ?」

「あぁ。正解って意味だよ」

「なぁんだ、人間様の言葉かっ」

「ビンゴ。ふっ」

「お前も気に入ったらすぐだからな～。しかもそのハードル意外に低いしなっ。ははっ」

「ふっ」

「あの……、ボクがお願いしたんだ」

「どっちでもい～じゃね～かっ。オレも加わるぜっ。

面白そうだ。だめかっ?　カムイ?」

「えっ……。全然いいけど……。パルポルンは大丈夫なの?

何か用事とかないの?」

「あ～、勿論だっ。用事もな～んもないっ。わり～かっ」

「うわっ、何で逆切れっ?」

「ふっ」

「それに、ここに来たのも偶然だっ。たぶんっ。だから気にすんなっ」

そこは必然の方が、巻き込んだ感がなくてボク的には気が楽なんだけど。

「必然っ」

「えっ？」

だった……。未だに慣れないまま、要所要所でびっくりする。

「よし決まった。じゃ～、腹ごしらえの続きといくかっ」

「ふっ、そうしよう」

テンポの良い会話と勢いに心地よさを感じつつも急に異世界にいる自分に孤立感を覚えた。

ボクは猫の世界で猫と話をしている。ごく普通に……。これは、本当は夢なんじゃないだろうかとこっそり足をつまんでみた。

「っ！」

やっぱり現実のようだ。

「ここはリアルだぜっ、カムイっ」

「えっ？」

「現実だよ、カムイ。キミのね……」

またただ、心というか、行動というか……。読まれてると言うと聞こえが悪いが、何か通じるものがあるらしい。不思議と嫌悪感や畏怖は感じない。これも、この世界のいいところなんだろうか。成るようにしかならないであろう現状に、素直に身を任せることにした。

「さっ、二人とも食えよっ……」

「カムイ、やーの涙……どうぞ」

「あ……、あぁ。これ確か口に入れてたよね……」

「おうっ。そのままがばっと。それいけカムイっ」

相変わらず強引なヤツだが、何やらボク自身楽しめている。

「おっし！　アル！　半分ずっこしよう！」

「あぁ、いいよ」

「さぁ～、二人とも、一気にいけよぉ～。一気にっ！」

パルポルンがまくし立てるせいで何気に緊張してきた……。まるで運動会の徒競走の順番待ち並みだ……。

「さぁ、行くよアルっ」

「いつでもいいよ」

「せ～～～のっ」

ガ～～～ッ……ゴックンッ
「ん……、ん……、うおっ……」

口に含んだ瞬間、違和感を覚えた。人間界の鱗のそれとは違いスッと溶ける様にのどをすり抜け胃に落ちたのが分かった。胃に入って暫くすると心地よくパチパチしながら動き回り始めた。刺激というほどのものでもないが、感触として伝わってきた。

「お腹で……動く……」

「はっはっはっ！　これ腹の中で生き還るんだぜ～。へそを押さえないと出てくるぜっ。へそからっ」

「え～っ」

「ふっ、冗談だよ、カムイ」

「冗談だっ、カムイっ。びびったか？」

「や、やめてよ……。心臓に悪い」

「わりぃ、わりぃ。でも面白いだろっ」

「やーの涙？　それともパルポルン？」

「何でオレなんだよっ」

「ふっ、こういうのは苦手かい？　カムイ」

「いやっ、大丈夫っ。なんとなくコツを掴んできたよ」

「コツ？」

「あ～、なんでもないよ」

食べ物のではなくパルポルンに対するコツが……。

「さ～てとっ。次、何にする？　またカムイがびっくりするやつにしようぜっ」

余韻に浸る間も与えず、なんと公開びっくりをしかける気だ。まぁ～、ドッキリじゃないから的は射てるか……。

「もう頼んであるよ」

「そうかっ。んで、何を頼んだんだっ?」

「ふっ、来てのお楽しみだよ」

「もったいぶるなよ〜、アル〜」

「ふっ、まあまあ」

「ちぇ〜っ」

ここはボクにとって食事処と言うよりビックリハウスだ。まぁ、アルやパルポルンにとっても、そう言う部分があるんだろうが……。ま〜楽しむことにしよう。そうこう考えていると、『能』的店員さんが注文の品を頭に乗せて現れた。

「おなぁ〜〜〜りぃ〜〜〜〜」

「おっ、どれどれっ」

真っ先に、パルポルンが身を乗り出して覗き込んだ。なにやら小さい壺のようだ。きれいな紫色のまだら模様をしている。

「おぉ〜。センスあんな〜アルっ。こりゃ〜いいぜ〜」

パルポルンはご満悦のようだ。さてっ……、鬼が出るか蛇が出るか……。

「カムイ、ほら、覗いてごらん」

アルに促されるままボクは右目を当てた。きれ〜な草原が見える。よく見ると何かが動いて見えた。

「ん？　……何か……いる」

小さい小さい小さ〜い生命体が壺の中を飛び回っている。整然と右回りで螺旋《らせん》を描くように。だんだん入り口に近づいてくるのが分かった為、目を離した。すると、最初の一人がひょこっと壺口から顔を出した。その子はキョロキョロと辺りを窺っていたが、アルやパルポルンそしてボク、三人とそれぞれ目が合うと下を振り返り何かを話してる風だった。

「…………………はいさっ」

何か、こしょこしょと話しかけてきたが最後の『はいさっ』しか聞こえなかった。すると恥ずかしそうにまず一人目がゆっくりと這い出て立ち昇ってふわりと浮いた。続いて二人目、三人目……と、一人ひとりが明滅しながら螺旋を描いて溢れ出てきた。

「うわっ……」

「カムイ、離れろっ。噛まれるぞっ」

「えっ」

「くっくっくっ……」

真顔でパルポルンが言ったが、自分で我慢できなかったのか思いっきり肩が震えていた。

「ふっ、冗談だよ、カムイ。見ててごらん」

次々に溢れ出てくるその生物達は、規則正しく明滅しながら螺旋を描いてくるくると立ち昇っていく。最後の一人が出てきたところでまた何か言った。

「いくよぉ〜〜…………」

今度は最初のいくよぉ〜しか聞き取れなかったが、次の瞬間、螺旋に規則正しく並んでいた生物達が一斉に歌いだした。言葉は分からなかったが、心を完全に連れ去られた。いや、言葉じゃない。声、というより音色だ……。いくつもの音階を心地よく並べたかのような音色。ボクは二人と、その生物達との光景に見入った。共鳴しているかのようだった。

「カムイも、目を閉じてごらん……」

それに便乗したくなったボクは、アルに言われるがままそっと目を閉じた。

「うわっ」

目を閉じた瞬間、初めて目を開けたかのような錯覚を覚えるほどの眩しさを感じた。次第に目が慣れ視野が広がってくると一人の妖精がボクに向かって歌っていた。先ほどと違って今度はちゃんと歌だ。しかし、言葉として認識はできない。言葉として認識はできないが、なんとなく理解はできた。

『あなたはあなた　そのままでいい　そのままがいい』

そんな感じの歌だ。全身全霊でボクの為だけに歌ってくれてるのが伝わってくる分、ストレートに心に染み込んできた。まるで走馬灯のように、ここ魂魄界ではなく、人間界での記憶がフラッシュバックした。色んな感情の自分のビジュアルにその生物の歌が寄り添っていた。わざとらしくなく、ごく自然にボクを肯定してくれている。屁理屈や言い訳じゃない説得力のある徒然なる言霊の流れ。全身全霊とはこういうのだろうか、心と体の全てで感じる愉悦の時間に身を委ねた。どれくらいの時間が経ったのか、心地よく聞き入っていたがいつの間にか夢見の余韻へと変わっていた。

「イ……ム、イ……、カムイ……カムイっ」

「おぉ～いっ。カムイ～。還ってこ～いっ」

遠くの方から、夢心地からの帰還を手伝う二人の声がフェードインしてきた。

「……あ～、アル、パルポルン……」

「おかえり……」

「ど～だっ。良かったろっ」

いつもの雰囲気を纏ったアルとは対照的に、どことなく得意げなパルポルンが出迎えた。

「なんだか……、根本的に前向きになれるね……。これ……」

「だろっ！　さっすがアルだぜ。センスがいいじゃね～かっ」

「ふっ、不動の人気メニューだよ」

「それでも、いいもんはいいんだよっ。素直じゃね～な～お前はっ」

この二人の絡みは何度見ても心地いい。ボクらの世界でも普通に見かけるやりとりなのに懐かしさじゃない心地よさがある。言いたいことを思うがまま伝え合ってる、そんな感じだ。しかし、簡単なようで難しい。人間には、いやボクには特に……。

「アル、ありがとう。凄く良かったよ」

「そうかい。気に入ってくれたなら良かった」

この時、ふと気付いた。こういうやりとりにパルポルンは入り込まないことに。恐ろしく空気が読めるというか気が利くというか……。そっか、だからか。一見ガサツに見えても一緒にいて心地いいのは……。

「ありがとう、パルポルン」

「おうっ」

ボクのありがとうの意味を分かってるかのように、一言だけ笑顔と共に返してよこした。

「さてと……出ようか……」

アルが店員さんを呼んで、人間界で言う会計を済ませて店を出た。その際、パルポルンもちゃんとキラリアンを出していた。意外と言うと失礼だが、やっぱりちょっと意外だった。

「あのっ」

二人に声を掛けるや否や、少し意地悪な笑顔でパルポルンがボクの言葉尻を制止した。

「オレが出さない気がしてただろっ。カムイっ」

「変な気を遣うとパルポルンが怒るよっ」

おごり……か……。完全に見透かされている。

「当たり前のことをしてるだけだ。だから気にするなっ。それにカムイっ、キラリアン持ってね～だろっ」

「あっ……。そういえば……」

「そうだよ。気は遣わなくて良いよ」

そう言われても、こればかりは少々心苦しかった。

「ねぇ、キラリアンて、どこで手に入るの？」

「お前じゃ無理だ、カムイっ」

「えっ？　なんで？」

「人間様には無理なんだ。だから気にしなくていいよ」

こんなに気になる『気にしなくていい』は久しぶりだ。気になってしょうがない。

「ふっ、ノア族は自身でキラリアンを作り出せるんだ。人間様には無理だろ？」

「たぶん……、無理かな……」

「だからっ。い〜っつってんだろっ」

「分かった。ありがとっ」

「それよりよっ。後で人間界のこと色々教えてくれっ」

小声でパルポルンが耳打ちしてきた。

「ふっ」

「勿論いいよっ」

アルが笑ったことで、耳打ちの意味があるのかと改めて思った。それに、やはりボクは顔に出やすいんだろうか、パルポルンがそれでおあいこって気を遣ってくれたのが分かった。キラリアン……。そもそも、ノア族なら誰にでも作れるなら、物々交換の対象としては価値が低過ぎる気が……。今聞くのはタイミングが悪い気がしてまた今度聞くことにした。


「よしっ。じゃ〜行こうぜっ」

そう言うと、パルポルンが先陣切って暖簾をくぐった。

「ま〜た〜、おじゃった〜もんせ〜」

「ごちそうさまっ」

そんな店員の決まり文句に、人間界でのいつもの癖で返事をしたボクを見て、二人は顔を見合わせてニコッと微笑んでいた。さらにボクの照れ笑いに気付いたアルはボクにも笑顔を見せた。パルポルンはボクの両肩をポンポンッと叩いて先に店を出た。先ほどの庭園を経て門を潜ると、外は店に入る前となんら変わった様子もなくボクらを出迎えた。見ると、普通に道が左右に伸びている。てっきり、進む道だけがまっすぐ伸びていると思いきやそうではなかった。鎧武者の後ろ姿でも見れたりするのかと期待したが普通に入り口が出口だった。

「左から来たんだよね？　最初は店が右に見えたから……」

「あぁ〜そうだよ。だから向かうのは右だよ」

「だよね〜」

「カムイ、ほらっ見ろ。かろうじて見えてるぜ、ジャッジメンタリア」

パルポルンが指差した先に荘厳な雰囲気を纏った街の片鱗《へんりん》が微かに見えた。

「うわぁ～。まだ遠目なのになんか身が引き締まるな～」

「だろぉ～。あれがオレらの目的地、ジャッジメンタリアだぜっ」

「それに、何気にノア族の人達が増えてきてない？」

「あぁ～。審判の日の連中だろっ」

「パルポルンって、いつもそんな感じなの？」

「そんな感じって、どんな感じだっ」

「何だか、楽しそうと言うか……」

「あったぼ～よ～。世の中楽しいことだらけだからなっ。どこに行こうが、何をしようが、楽しみでしょ～がね～」

足取り軽く意気揚々と楽しげに話すパルポルンにボクらまでテンションが上がる。本当に羨ましい性格だ。きっと頭の中には壮大なお花畑があるに違いない。

「あそこはちょっと厳格な街だけど、ノア族の片鱗が見れるとこでもあるよ」

「おぉ、そうだなっ。オレ達ノア族のことを知るにはいい街だなっ。あそこにはオレ達の根本があるからなっ。ちなみに、オレの中には草一本生えちゃいね～ぞっ」

だった……。

「へぇ～、そっかぁ。ちょっとびびるけど……。それはそれで楽しみっ」

とは言ったものの、ノア族の根本……。そういえば、考えないようにしてたんだっけ……。非現実からの現実逃避。もう訳が分からなくなるから後回し……。いや、絵空事として仮想現実として受け入れてたのかもしれない。それと向き合うだけのキャパが今のボクにあるだろうか……。そういう意味で大きな恐怖が小さく芽生えた。

「考えすぎだよ、カムイ」

アルがそう言いながら、ボクの右肩に手を添えた。

「へっ？　あっ、あぁ……。へへっ。また顔に書いてあった？」

「カムイは分かりやす過ぎだぜっ。まっ、そ～ゆ～とこも気に入ってるんだけどなっ」

「いてっ」

左肩を少しだけ強めに叩いたパルポルンのそれは悪意や暴力ではないのが手の温かさから伝わってきた。

「ボクらノア族はね、生きることは、贖罪《しょくざい》の輪廻であると教えられるんだよ。生きることは少なからず罪を背負ってしまう。その背負った罪を償ってまた新たな罪を背負う。そしてまた償う……。そうしていくことで生きていることを実感しながら感謝して生きていくんだ。自分を許す術をもっているから他人も許すことができるんだよ」

今までに見せたことのない真顔でアルが口を開いた。

「とは言っても、オレらノア族はそんなに罪は犯さないけどなっ。

人間様と違って。……あっ、わりぃカムイっ。

お前がどうこうじゃなくて人間様を客観的に見ての一般論としてだぜっ」

「うんっ、分かってる。大丈夫だよっ。それに、今まで見てきたけど、今のとこ人間界よりノア族も魂魄界の世界観も桁違いに温厚だよ。

楽しい反面、考えさせられることばかりだよ」

「頭で考えたって自分のキャパ以外の答えなんて出ねぇ～だろっ。

感じればいいんだよっ。お前のここでよっ」

そう言いながら、パルポルンが自分の胸の真ん中をポンポンっと軽く叩いた。

「言いたいことは分かるけどさ～。でも考えちゃうんだよな～」

「まっ、直慣れるさっ。気にするなっカムイっ」

「そう。理屈じゃなくて、どう感じたかを心に刻むといいよ」

なんだか、知り合ったばかりなのに、昔からの友人のように感じる。二人して真剣に向き合ってくれてるのが伝わってくる。本当に温厚な種族……。いや、種族云々ではなく、既に友達か……。人間界にはよしゆき達がいる。未だに顔は思い出せないが……。確かにあいつは友達の一人だ。ただ、アルやパルポルンは、よしゆきとは違う心地よさを感じる。理屈じゃなく、心がそう感じている。初めて心友と言える相手と出会えてる気がする。ここにいると、そんなことが凄く些細なことのようにも感じる。あたかも、そういう感覚すら当たり前であるかのように……。人間とノア族。共通点が多い分、違いが目に付く。その差の大きさも……。ボクも人間界にしがらみさえなければ、ここにずっといたいとさえ思った。

「妄想はすんだか？　カムイっ」

「！！！っ」

パルポルンがどアップでボクを出迎えた。

「脅かしたらだめだよ。それに妄想じゃないよ。自分会議だよ、パルポルン」

「どっちでもい～さっ。カムイはす～ぐ一人旅しちまうからな～」

「ごっ、ごめんっ」

「それに、そうやってす～ぐ謝る、気を遣い過ぎだぜっ」

「まぁ、直ぐには変われないさ」

「分かってっけどよ～」

口調は少々荒いが、パルポルンのそれからはイライラした感じではなく親身というか……、温かさを感じる。

「がんばるよ……」

「だ～か～ら～。そうじゃなくてよ～。まんまでいいんだよ、まんまでっ」

「カムイ、気にすることないよ。焦らず楽しもう」

「しゃ～ね～なっ」

「ありがとっ……。で、こっからどれくらいかかるの？」

「歩いて四時間くらいか」

「よっ……」

「ふっ」

聞かなきゃ良かった。

「な〜にっ、すぐ着くさっ」

四時間後にはねっと突っ込むのはやめた。視線を感じて振り向くと、パルポルンがちょっとがっかりした感じだった。

「ちぇ〜っ」

パルポルンは待っていたようだ。何て返すつもりだったんだろう……。逆に気になった。会話もそこそこに歩くこと二時間。道の右側に木製の看板が見えてきた。その看板には、手書きでおよそ看板らしからぬ言葉が記されていた。

『ここ右?』

「ん?」

そう反応するボクを見て、パルポルンが小声でボクの右耳に囁いてきた。

「あぁでも、おうっでも、はいっでもいいから、言ってみなっ」

いきなりの重低音が利いた小声に、全身に鳥肌が走った。このパルポルンの笑顔は要注意だ。ボクはアルの方へ目を向けると、こちらも少々怪しげな笑顔。ただでひっかかるのは癪に障る、それならばと大声で叫んだ。

「みぎ～っ！」

「！！！っ」

振り返ると、予想通りな見覚えのあるノア族独特の反応に優越感を覚えた。

「へっへ～。びびったかっ。いつも驚かされてばかりじゃないもんね～」

してやったり顔で前に向き直ったボクは、断崖絶壁の切っ先に立っていた。

「！！！っ。……なっ、なんじゃこりゃ～」

結局、自分が一番びっくりした。久しぶりに目が飛び出た。あまりの絶壁に立ちくらみがしてその奈落へと堕ちそうになった時、

「おい、おいっ。来たばっかだろ～がっ」

そう言うパルポルンに、引き寄せられた。もう暫く経ってからならいいんかいっとつっこもうとしたが、もしかしたら、この摑んだ手を離すかもしれない……。十分考えられるだけに大人しく安全地帯までは導いてもらうことにした。

「結局こうなるのかぁ」

「ふっ、大丈夫かい？　カムイ」

「走馬灯が始まりそうだったよ」

「ソウマトウ？」

「あ～、死ぬ前に自分の過去をフラッシュバックで振り返ることだよ」

「へぇ～何で死ぬんだ？」

「いやっ落ちたら死ぬでしょ。普通に」

「あぁ……、この絶壁かい？　ここは……」

「まぁい～じゃね～かっ。ちと休んでこうぜっ」

アルが何か説明しようとしたのを、またパルポルンが制止した。この絶壁に何かあることは絶対に忘れないようにしとこう。それにさっき、来たばっかだろがとか言ってたし……。

「ここはよ、ただの休める丘だ。な～んもないけど、景色は抜群だぜ～」

景色があるんじゃゃんっとつっこもうとしたが、倍返しにあいそうな気がして思い留まった。

「こっちだ、カムイっ」

パルポルンとアルが手招きした。澄んだ草原の中に砂利の道が不規則に走っている。その砂利道を誘われるがまま、丘の頂まで行ってみると眼下に世界が広がっていた。街ではなく、世界そのものが。

「なっ……。すっご……」

「な～。すげ～だろっ。あそこはファライエって階層だ。

オレらもまだ行けね～んだわっ。早く行ってみて～よな～、アルっ」

「そう……だね……」

少しだけアルの顔が曇った。

「どしたっ？　アルっ」

「いやっ、なんでもないよっ」

何でもあることくらいパルポルンは勿論ボクにも分かったが、ボクもパルポルンも触れなかった。本人が何でもないと言ったからには触れて欲しくないのだろう。何より、あのパルポルンが触れないことが、それを物語っているように思えた。

それにしても眼下に壮大に広がる世界は綺麗は綺麗だが、そういうことより、圧倒される何かを感じた。威圧ではない……。貫禄とでもいうのか……。威風堂々、そんな感じを受けた。ボクも純粋に行ってみたいと感じたが、ボクには無理だろう……。

ボクら三人は、それぞれの思いの中ファライエに思いを馳せた。どれだけの時間が流れただろうか、結構、長い沈黙の後、珍しくアルが一番に口を開いた。

「そろそろ、行こうか」

「おうっ。カムイはどうだっ？　もう歩けそうか？」

やはり、アルは勿論、パルポルンも気を遣ってくれていたようだ。

「うん。もう、全然平気。ありがとう」

「おうっ。おっしゃ〜、じゃ〜行くかっ」

「あぁ、行こう」

「あっ、ちょっと待てっ。カムイ見てろよっ」

そう言うと、パルポルンはおもむろに草原の方に向かった。そして、草原の手前で一呼吸置くと、いきなり身の周りの草原をランダムにあちこち……、とは言ってもパルポルンの可愛い長さの足が届く射程圏内の近隣を踏みまくった。

「ほりゃっ、ほりゃっ、ほりゃっ、ほりゃっ、と～りゃぁ～」

そう掛け声を掛けた後、優越感にも似た雄叫びと共に、後ろ向きで勢い良く大の字に倒れて見せた。

経験上、想像通り草達は全て避け、避難している。勿論、パルポルンも分かっているはず。となると、ボクがそのことを知らない体で驚かせようとしているのだろうか。ここは、彼の努力に報いて驚いて見せるべきだろうか……。何気に微妙に悩む。

恐らくこれ以上ないくらいのドヤ顔がくるだろうと構えていたが、立ち上がったパルポルンに目をやると、ん？　……。涙目？　ボクの考えが外れたのかと考えながら、戻りつつある草原をよく見ると、ちょうど後頭部に当たる部分に石が見えた。どうやら想定外の事故が起きてしまったようだ。いくらボクの為とは言え、無駄に草達に労力を使わせたことで、仄かな罰が当たったのだろう。そう、考えるボクは性格が悪いのだろうか。何れにせよ、仰向けじゃなかったのが不幸中の幸いだ。

「だ、大丈夫？」

「何がだっ。それよりどうだっ。この世界の草達は完璧に避けるんだぜっ。

人間界にはね～だろっ。すげ～だろっ」

後頭部事件はなかったことにしたいようだ。可哀想だからそういうことにしといてあげよう。

「う、うん。ないよっ。確かに凄いね……。ここの草達の運動神経というか反射神経……」

「だろっ、だろっ」

そう言いつつも、右手が後頭部から離れないとこを見ると相当痛かったのだろう。ボクの為に、こんなに体を張ったパルポルンに、今更知ってるなんて言えなかった。それにしても、パルポルンは後悔とかすることはないのだろうか。反省とかはしなさそうだけど……。このやりとりを静観していたアルも、きっとボクと同感だったのだろう。軽い苦笑いを浮かべていた。

パルポルンのやせ我慢ありきのご満悦ワンマンショーが無事終幕を迎え、そのまま、何事もなかったかのように歩き出した。途中、何回か後頭部をさするパルポルンに、笑いに加え郷愁にも似た感情が湧きあがった。丘の頂から、先ほどの絶壁までワンマンショー込みで約五分ほどで着いた。

「さてっ、カムイ……。飛べっ」

相変わらず唐突だ。

「はぁ？　どこに？」

「ここだよ、ここっ」

そう言うと、眼下の断崖絶壁を指差した。

「ここへ飛べと？」

「ふっ」

アルが笑うと安心できるが、ボクがそうはしないだろうという笑いなのか、しても全然大丈夫という笑いなのかが分からない為、こういう場合、リアクションに困る。

「おうっ。オレらもすぐ後を追うからよっ」

「このシチュエーションでの後を追うとかいう表現はやめてよ～。

嫌な想像しかできないじゃん……」

「ふっ」

「なんだそりゃっ。気にしすぎだっ。先行けよっ」

「いやいや、遠慮なくっ。お先にど～ぞっ」

今までの経験上、こういう展開時に危険は全くと言って良いほどない。あるのは、と言うか、いるのは勇気。ここで得る自分の経験とアルとパルポルンのことも信用してる分、もしかしたら勇気すら必要ないのかもしれない。経験を楽しむ心、これがあれば十分なのだろう。

「ごちゃごちゃ考えるなっ」

声がしたと同時に背中を押された。

「どぅうわぁ～～～～～～」

また、いきなりパルポルンだ。が、叫んだのも束の間、次の瞬間、ボクは道端でジタバタしていた。

「わぁ～。……ん？　ありっ？　ありっ？」

「よぉ～、カムイ。またまたびびったかっ？」

「まったく……」

相変わらず喜ぶパルポルンに、呆れるアルが心配そうにボクを覗き込んだ。

「ほらっ」

アルより先にパルポルンが手を差し伸べてきた。その手を掴むと、意外に優しく引き起こしてくれた。

「これは経験であり教訓だっ。ありがたく頂戴しなっ」

得意げで上からなパルポルンだったが、毎回、不思議と怒りはこみ上げない。慣れてきたのか、ただ単に憎めないキャラなのか、たぶん、その両方だろう……。

「経験は分かるけど、何の教訓？」

「見た目が全てじゃないってことだよ」

アルがフォローしたとこを見るとパルポルンは上手く説明できないとか、もしくは、面倒臭いとか……だろうか。

「そういうことだっ」

この、そういうこととは、アルのフォローとボクの想像、どっちを指しているんだろうか……。勝手に後者に旗を上げると笑いが込み上げてきた。

「あ～、なるほど……」

それにしても、ボクが自分会議してるのをいいことに、毎回無条件ファースト。タイミングはいつも神がかり的だ。今回も、絶壁に注意を払っていたにも拘らずこれだ。

「覚えておくよ、経験に教訓ねっ」

「おうっ、忘れんなよっ」

憎まれ口っぽく言ったつもりだったが、返事をしたパルポルンの目は、予想外に真剣だった。

「分かった」

ボクも自然と返事をしていた。

「ふっ。やり方や言い方は独特だけど、基本、悪気は全くないんだ。

悪戯好きで、仲間思いで、何より笑うことと笑わせることが大好きなんだ」

「子供っぽくて純粋で、太陽みたいな存在だね……。良く言えば……ふふっ」

「太陽？」

「うん。皆を温かく見守ってるというか……」

「人間界の太陽はそういう存在なのかい？」

「ん～、雰囲気というか都合のいい解釈をすればそんな感じ。

実際は、いろんな問題があるけどあまり悪いイメージはないかな」

「そっか。確かにボクが知る限り、今まで誰も怒らせたことはないかな。

たぶん、恐ろしくその時の空気や相手の状態が読めるか、分かるかなんだろうね。

あんなでも、人一倍神経を遣ってるのかもしれないし、意外と本当の自然体かもしれないし、分からないから惹かれるのかな」

「それ、何となく分かる気がする」

アルの言い方からしても、パルポルンの行動の根本は明らかに善意のようだ。良い意味での故意なのか、計略的偶然なのかボクにも分からない。ただ、今のとこボク自身も、心底不快に感じたことはい。ちょっと気になって笑えたのはアルの『あんなでも』って言葉だ。

「さぁ、行こうぜっ」

「あぁ」

「うわっ。びびった。いつからそこにいんの？」

「はぁ？　ずっといたじゃね～かっ」

「えっ？　アル知ってた？」

「あぁ、カムイは気付いてなかったのかい？」

「全くっ」

「ふっ、分かってて話してるのかと思ったよ」

「ははっ。あれっ。何で気付かなかったんだろう」

「ふっ」

「それより早く行こうぜっ」

「うん。行こう」

ボクらは、再びジャッジメンタリアへと足を踏み出した。次第に大きくなる街並みの片鱗、比例して威厳が増してくるのを感じる。

気が付くと同じ方向に向かうノア族の姿も目立ってきた。審判の日を迎えたノア族達だろうか……。足早に向かう者、マイペースで向かう者、ただ足取りが重そうな者はいなかった。一人だったり複数だったりと様々だ。相変わらず目が合えば挨拶をしてくれる。今まで出逢ったり、すれ違ったりのノア族達は親切だったり感じが良かったが、決して機械的とか規律的とかではない。そこには、何かの強制とかではなく、ちゃんと個々の心が存在している。無秩序に生まれた必然の秩序とでも言えばいいのか。こういう考え方をしてる時点で人間な自分に気付かされる。軽く溜息が出た。ノア族には疑問にすら感じないのだろう。いっぺんに色んな感情が湧き上がったが、羨ましいという思いが他の感情を押し流した。

「そう言えばさ、この世界には乗り物はないの？」

「あるよ。でも緊急時しか使わないかな」

「そうそうっ、あくまで緊急時だな〜。あんなもんに乗ったんじゃ、景色も何もあったもんじゃないぜ」

「乗りたいのかい？　カムイ」

「いやいや、今は別に……。ただ、見かけないな〜と思って。

この世界もかなり広いでしょ？　人間界には『時は金なり』なんて諺《ことわざ》があるんだけど、いかに時間短縮をして必要なことに時間を割けるかみたいなのを気にするというか、美学というか、せわしないというか……。

ノア族の人達を見てきて、少しだけ分かったことがあるよ。

それは、物事の結果が全てじゃないってこと。

勿論、人間界にもそういうのはあるにはあるけど、

それを理解してるというか楽しめてるのはごくわずかかな……。

そう考えると、ここ魂魄界は『本当の自由』を感じるよ。漠然とだけどね……」

「ほぉ〜。分かってきたじゃね〜か〜、カムイっ」

「へへっ少しは……ねっ」

ここ魂魄界では、時間はあくまで刻の目安で、人間界ほど物事や人々を縛るものではない。その為だろうか、明らかに人間界よりストレスを感じないうえ、開放感に満ち溢れているのは。それぞれの流れのままに生きている感じがする。そういえば、ノア族には『死』という概念はなく『転生』か『輪廻』というカタチで次の『生』を授かるようだが、よくよく考えると、ボクは本当にこの魂魄界のこともノア族のことも知らない。パンさんとは時間がなかった為、そういう話をする機会がなかった。アルは聞けば教えてくれる。ただ、あれもこれもなんてことになったらお互いにパ〜ンッてなりそうだから、今は、質問は目の前の疑問点に留めている。だから、ボクのここ魂魄界に対する知識や認識は、線

でも面でもなく、点の状態だ。今現在、ここでの経験と見識が点在している。いずれ繋がっていくのだろうが、ボクには絶対的に時間が足りない。パルポルンも、彼独自のやり方で教えてくれる。ただ、アルと違って、少々スパルタな感じがするうえに、『己で悟れ』的なところがある。良い意味で放置してくれるが、構い方も半端ない。まっ、それがパルポルンの良いとこか……。深く考えずに今に一生懸命になるしかない。思ったままに行動しよう。そう素直に思えた。

「それでいいんだよ」

また、アルが言葉を添えてきた。

「だよね……」

ボクも普通にそう答えた。

「これはお前の旅だ。思った通りにすればいいさっ」

パルポルンが満面の笑みでボクの胸を軽くこづいた。

「まぁ～、今回はカムイが主役だからねっ」

「そだなっ。見つかると良いなカムイっ」

「うん……。ありがとうアル、パルポルン」

そう言ってくれる二人の言葉に、早く見つけなければと思い直した途端、見つかったら、この世界から、追放されるという複雑な感情に襲われた。解放じゃなくてそう感じたのは自分がこの世界に思い切り想いというか未練があるからだろう。間違いなく、ボクはこの世界を気に入っている。

「さぁ〜行こうか」

二人の足取りが軽い中、ボクの足取りは少々重かったが、先ほど決意した自分の思うがままという気持ちに、後悔しないよう気持ちの切り替えができた。ついさっきまで、陽炎《かげろう》のように漂っていた街の片鱗が確かな存在感を帯び、次第に形を成し大きさを増してきた。裁決の街／ジャッジメンタリアがいよいよその全貌を現そうとしていた。

「見えるか？　カムイ。

あれがジャッジメンタリアの中心塔、裁決の塔／キャンセだ。いよいよだぜっ」

いつになく真剣な面持ちで、パルポルンが言い放った。アルは特に変わった様子はなかったが、ボクは、そのいよいよな時に身が引き締まるのを感じ、同時に不安と期待が入り混じった。

第七章　『動きを停めた生命の秤《はかり》前編』

「だいぶ近づいたね……」

「あっ？　そうでもね～ぞっ」

「ふっ」

「えっ……」

「こっからだと、まだ……」

「あ～あ～あ～」

「なっ、なんだよっ。うるせぇ～な～」

「聞きたくないってさ」

「ちぇっ、つまんね～なぁ」

「なっ」

「ふっ」

　全貌がおおよそ見えてはいるが、なかなか辿り着かないジャッジメンタリア。センゴクを出てから、かれこれ三時間以上は歩いている気がする。疲れないとは言え、全く疲れない訳ではないため少々足取りも口数も自然とペースが落ちる。目の前の現実に退屈を感じて始まる自分会議。心地の良い自問自答の答え探し的な現実逃避。まさに今、体を動かしつつの会議につき、どちらも集中力に欠ける。危険と言えば危険だが、今までの経験上、危険な目に遭ったことはない。その代わりと言っては何だが、気の利いた答えなどほぼ出たことがない。一体何の為の会議だ、などと考えなくもなった。慣れとは凄いものだ。と、こんな感じで途中で議題が迷走することもしばしば。結局、集中力があるのか、ないのか……。

ノア族は『生きることは、贖罪の輪廻である』とアルに聞いてから、時折、ボクの中で繰り広げられてきたそれに対する自分会議。ノア族は、生き続ける上で、罪を犯さないことはなく、またそれは免れられない事実と認識し直視し向き合っている。故に、それをいかに最小限に留め、償い、自分をより高めていくかを探求するノア族は、魂を昇華し生の理を悟り重ねることでエリシオンへの道が開かれると信じている。

人間界の先の世界……『エリシオン』。日本で言う極楽浄土のようなものだろうか。

そんなノア族の世界、魂魄界の中枢の一端を担う重要拠点とでも言うべきジャッジメンタリア。三百日に一度、各々定められた期間に、ここジャッジメンタリアに赴き、その中核とも言われるキャンセと呼ばれる裁決の塔にある、ハ～カルンという生命の秤で、犯した罪と重ねた善行を秤に掛ける。善悪を司る魂の一部、戒律の刻印をハ～カルンの誠の深さを量る真命の左と罪の重さを量る断罪の右で量り判決を受ける。その後、償わせし者／ハラクク～レという司祭のような役割の四人が、結果に見合った償いの儀、所謂ザンゲ～ルを行い、戒律の刻印を転生させることで魂の浄化を行うという。浄化と言っても強制的に消したり刷り込んだりとかではなく、過去を顧みながらの反省を促し手助けをするというものらしい。

この日が、人間界で言う誕生日に当たるらしいが、祝うという習慣はないとのことだった。しかも、ノア族自体が温厚な種族な為、その判決により重大な償いの儀を受けることはほぼなく、これ自体、イベントの一環のようなものになってはいるが、重要な行事には違いないようだ。

その日を迎えたノア族は、ハ～カルンに入ってから、判決が出るまでの十五分ほど、戒律の刻印を抜かれることにより、その間は善悪の判断が付かなくなる上に、煩悩が覚醒し拡張してしまうため、その秤にて幽閉され、結果が出るのを待つこととなる。結果が出るとザンゲ～ルにより転生した戒律の刻印を胸に、気持ち新たに帰路につくという。

ジャッジメンタリアに向かう道すがら、アルが簡潔明瞭にそう説明してくれたお陰で、おおまかなことは分かった。途中、パルポルンのチャチャが冗談なのか本当なのかは、アルの反応を見て判断したが、結局のところ、あー見えて、パルポルンも嘘は言わないと言うことが分かった。明らかに分かる冗談とリアクション。少しずつではあるが、パルポルンのことも分かってきた。

ハ～カルンは一度に百の魂まで量ることが可能、毎日三百人前後の受審者があるとのことで、今日はその中に、アルとパルポルンの共通の友、エリアルという女の子もいるのではないかとのことだった。パルポルンによると、その子はアルに好意を抱いているとのことで、何やらわちゃわちゃあるらしいが、詳しくは話さなかった。そう言えば、ここ魂魄界で、恋愛とか普通にあるんだろうか。人間界と魂魄界、互いの世界の常識が通用するとは限らない。そこが、怖くもあり面白いところでもあるが、ボクの性格上、後者に辿り着くまでに、少々時間を要する。この性格、何とかならないものか……。

「へぇ～。自分会議しながら普通に歩けるのなっ。でも、なんかブツブツ言ってるぜこいつっ」

「ふっ。ある意味凄いよね、人間様って」

「いや、人間様ってより、カムイだけだぜ、きっと」

「かもね……」

「あっ」

どこからともなく聞こえてくる会話に、意識を引き戻された。

「おっ、気付いたみたいだぜ、アルっ」

「おかえり、カムイ」

ぼやけた視界が徐々に定まると同時に、覗き込む二人にもピントが合った。

「あっ、ただいまっ」

「お前、よくこけね〜な〜。ある意味すげ〜ぜっ」

「確かに」

「まぁ〜長年やってるからね」

「器用なのか不器用なのか分かんね〜な〜」

「凄い特殊能力だと思うよ」

頭を掻きながらパルポルンが言うと、アルは少し真顔で答えた。

「ははっ」

「まっ、カムイが自分会議してる間、オレらは完全に放置だけどなっ」

「確かに、ふっ」

「き、気を付けるよ」

「おいおいっ、そう深刻に考えんなよっ。ただ、思ったことを言ってるだけだっ」

「そうだよ、深く考えなくていいんだよ」

「うん」

とは言え、あまり良い癖じゃないことは明白で、思わず反省会という自分会議を始めようとしたその瞬間に二人が同時につっこんできた。

「それ出席していいかっ」

「ボクも同席いいかいっ」

「！！！っ。……何で分かったの？」

「たぶん、お前以外はみんな分かるぜ」

二人のこの軽い反応に多少の不安を覚えた。つまり、視覚的にどこかが変化するか、もしくは、行動というか動きに出るんだと思ったからだ。そう考えると、なんだか無性に知りたくなった。

「なんで？　何で分かんの？」

「何でって……。会議中のお前はパッと見、人形だぜ。ある意味こえ～ぞっ」

パルポルンが意外にもあっさり答えたことに若干拍子抜けした。しかも、またしてもアルより先にパルポルンの口からだった。考えるより先に口に出てしまうんだろう。その分、こちらも気を遣わないし本音を言ってるんだと思えた。決してアルがそうじゃないと言ってるワケではない。アルは常に真摯だし、その雰囲気や口調が相手に気を遣わせることはしない。そのくせ全てに気を遣っているし、嘘は言わない。本能のパルポルンに、思慮のアルといった感じだろうか。タイプが違うだけでその本質は同じだ。これまで出会ってきたノア族にも共通して言えることだが、温厚さが根底にある。素晴らしい種族だ。

「なっ、今もそうだったろ。言ってる傍からこれだ。分かりやすいんだよっ」

「……ははっ」

まったく、恥ずかしいを通り越して苦笑いしか出てこない。

「って言うかカムイ、ほれっ、後ろ」

パルポルンの言葉に振り返ると、目的地、ジャッジメンタリアが聳え立っていた。

「！！！っ」

まだこんなに離れているのに荘厳なオーラのせいか、覆いかぶさるような高さを感じる。高貴な威厳を纏っているのがここからでも感じ取れた。思わず見上げると平衡感覚を失い立ちくらみしそうなくらいの存在感だ。吸い込まれそうな錯覚さえ覚える。

「どうだっ、想像以上だろっ」

「うん、遥かに超えてる」

「だろっ。そん中でもいっちゃんでけぇ～のがキヤンセだっ」

「すご……。でもいつのまに……」

「お前が前に集中してなかったからだよっ。自分会議に夢中で見てなかったろ、前」

「ははっ……」

「まったく、面白いヤツだぜ」

「ふっ」

自分会議をしている間は、こんなにもアンテナが畳まれてるのかと反省した。

「あとちょいだ」

「うん」

気付けば、さっきまでは民家らしき建物の間を歩いていたような気がしたが、ここには建物は全くない。光り輝く平坦な砂原のような平地が広がっている。道らしき道もない。

「ん？」

「気付いたか？」

　よく見ると目の前に広がっているのは砂原ではなく湖だった。風が無い為、波が立っていない。まさに鏡面状態だ。左右対称ならぬ上下対象だ。あまりの美しさなのに状態の表現しかできていない自分のボキャブラリーが残念だ。気を取り直すのにも慣れてきて、改めてこの湖をどうやって渡るんだろうかと周りを見回すと、意外な光景が目に入った。

「あれっ？　歩いてる……」

　湖面を歩いてる人影がある。しかもひとつやふたつじゃない。

「ここは舟なんかいらないぜ」

「ここは歩けるんだよ、カムイ」

　よく見ると湖という以前に水じゃない。鏡？　鏡面の地面。

「ここはね、ジャッジメンタリアに入るまでに、自分で自分を省みる為に造られたカエリミと言う自戒の庭だよ」

「カエリミ……」

「あぁ～。他者に指摘される前に自分で認識して心構えできるようにってな。どうだっ、面倒臭いだろっ」

「おいおい、パルポルン」

「冗談だ、アルフッ」

「まったく」

「な〜にっ。カムイにも冗談だって分かるさっ」

「そうじゃなくて、そもそも冗談に聞こえないよそれ」

「やっぱそうか？　がははっ」

「それより、カムイ、ラフレシアを呼び出してくれないか。

　この庭に入る時は、アクア連れはアクアも一緒に歩かないといけないんだ」

「そうなんだ。分かった」

　言われてみれば、先を歩くノア族も、何人かはアクアらしき者と一緒に歩いているのが見て取れた。

「……ふぅ」

「どうしたんだい？」

「あっ、いや。別に、何でもないよっ」

「ふっ、大丈夫。普通に胸に手を当てるように、ゆっくりと優しく自分に手のひらを沈めるといいよ」

「あっ、ありがとっ」

　言われた通り、ボクは慣れない手つきでゆっくりと手のひらを自分の胸に沈ませた。

「あっ」

「いたかい？」

「うん」

指先に温かいものを感じた瞬間、ラフレシアがボクの手を引き寄せて導いてくれた気がした。自然と握られた手の中にラフレシアを感じながらボクは彼女を外の世界へと導いた。

「ラフレシア、出てきてくれるかな」

そう言った次の瞬間、なんともかわいく大袈裟なくらいにセクシーに出てきた。

「はぁ〜いっ。カムイ〜。おひさぁ〜、ですのぉ〜」

さっきまでのシリアスな雰囲気をいとも簡単に塗り替え、良くも悪くもびっくりした。

「ノリノリだね。ははっ」

「勿論ですのぉ〜」

「ふっ」

色んな意味で、照れ笑いが零れた。アルはいつも通り涼やかに静観していた。

「おぉ〜、ラフレシア〜。い〜じゃね〜か〜」

パルポルンもキャラの通り大喜びだ。初対面でこのノリ、さすがパルポルンと言えばそれまでだが、一瞬、酔っ払いのおっさんとだぶった。

「カムイっ、こ〜ゆ〜の、好きですのぉ〜？」

「大好きっ」

ストレートな質問に、勢いで本音を口走ってしまった。

「きゃ〜。かわいいぃですのぉ〜〜。正直さんですのぉ〜」

本気で喜んでくれているようだ。からかわれてる感がない分、何気に気持ちいい。

「アクアリン、出てきておくれっ」

そんなボクらを傍目に、アルがいつもの感じでアクアリンを呼び出すと、

「サービスよぉ～」

と色気たっぷりな声と共にフェロモン全開で妖艶に登場した。思いっきり、ラフレシアを意識しての登場のようだ。思いっきりツボを心得た色気とかわいさを兼ね備えた、ハイブリッドな仕草とポーズに思わず、そこにいた全員が見惚れた。

「おいおい……」

あのアルが苦笑いしている。それはそれで面白かった。

「あ～らっ。刺激が強かったかしらぁ～」

「アクアリンお姉さまかっこいぃ～」

「あ～らっ。そぉ～おぉ～」

そう言いながら、あ～でもないこ～でもないと二人でセクシーポーズを楽しんでいる。

今現在、ノア族のボクは堂々と見放題だ。しかし、興奮という感情が人間の時とはちょっと違う。あるのは綺麗とかカッコいいとか性の対象としての評価ではなく、見たままの素直な反応、人間界のそれも素直な反応と言えばそうだが、そこには時たま、いや、ほとんどにおいて邪な感情も生まれる。しかし、ここではそれがない。ノア族には、こういう発想すらないんだろうが、長年人間界を覗いてきた歴史で、どういうものかはマニュアル的

に理解はされているはずなのに、そうならないのは身体的な機能のせいだけとは言えないような気がする。まぁ、邪とは言ったが、本来の種の存続に繋げる為の感情と理解すれば、全然、邪ではなくかえって神聖な感情なんだろう。人間界の歴史と繁栄、文明の進化、想像力と探究心、いろんな進化が良くも悪くもカタチを成したのが今の人類の姿に外ならない。という横道に逸れた自分会議は後回しにして、ここは静観して目の保養と洒落込もう。アルは照れ苦笑いしている。さっきのボク状態だ。

「カムイのムッチリスケベ」

「！！！っ」

またいきなりパルポルンだっ。状況が状況だけにかなり静かにびっくりした。言いたかっただけなのか、びっくりさせたかっただけなのか、いろんな意味で満足げなパルポルンは、また素敵なダンスショーに見入っていた。

「ムッツリね」

勿論、独り言になったボクの言霊を他所に、パルポルンは高速拍手しまくっている。本能のままのパルポルンだけに想像通りのリアクションだ。次第に周りに人だかりができ始めたのを見て、誰も期待してない台詞をアルが平然と言い放った。

「アクアリンっ、そろそろ行くよっ」

周囲から溜息交じりの悪意のないブーイングの後、ダンサー二人に賞賛にも似た感謝の拍手が起こり素敵なダンスショーは幕を閉じた。

「はぁ～いっ、カムイ～。お久しぶり～。元気そうねっ」

「久しぶりっ、アクアリン」

ついさっきまで一緒だったが、呼び出されたら久しぶりという感覚なんだろうと、敢えて突っ込まなかった。

「あれっ、そう言えば、パルポルンは連れてないの？」

「あ～、オレは、独りの方が気楽だからな～」

「らしいよ」

そうアルがボクに促した。

「パルポちゃんも頑固だものね～」

「パルポちゃん言うなっ」

アクアリンの言葉に、あのパルポルンが照れている。ちょっと意外だ。

「ラフレシアっ、ここはね……」

「カ～ムイっ、ぜ～んぶ見えてるし、聞こえてるから大丈夫ですのぉ～」

「そうなんだ」

ラフレシアにここまでの経緯を説明しようとしたが、満面の笑みで腕にすがり付いてきた。説明しないでいいのは楽だと思ったが、瞬時にして身が引き締まる思いがした。

「なるほど、隠し事はできないってことね」

「そぉ～ですのぉ～」

「そっか」

「ふっ」

嘘やら隠し事とかより、男独特の話には気を配らないといけないとそっちの方に頭がいった。それがアルにはなんとなく分かったようで軽く笑われた。

「じゃ〜、行こうか」

アルの言葉に、皆、賛同した。この鏡面はボクの見聞の域で言うと『乗ったら割れる』というイメージしか湧かない。勢いよく返事はしたが、ほんの少しの躊躇がある。しかし、今までもそうだったが、人間界の常識はここではあまり意味をなさない場合が多い。恐らく、今回のこれもその一つだ。

「カ〜ムイっ」

ラフレシアの声にハッとすると皆が優しくボクを見守っていた。

「済んだか、自分会議？」

「大丈夫かい？　カムイ」

「あっ、ごめん。大丈夫っ、行こう」

「せ〜のっで、みんなで一斉に入ろうぜっ」

ボクの先ほどの不安を察してか、パルポルンが気を遣ってくれたようだ。皆もノリノリで賛同した。道がないこともあり、横一列になりパルポルンの合図で同時に踏み入った。

予想外に軽く弾力がある、鏡面のまま。硬く冷たい感じではなく、人間界で言うなら低反発素材……、そんな感じだ。それにしても表現が美しくない。もっと他に言いようがありそうだが思いつかないのが残念でならない。自分のボキャブラリーのなさについ鼻で笑ってしまう。

今までもあったが、見た目と体が受ける感触のギャップに脳がついていけないことがある。なんとも不思議な感覚だ。人間界でもあるにはあるが、ここほど明確な予想外はそうそうない。軽い不快感から常識と認識するまでに努力を要する。

それにしても、皆ノリがいいのがなんとも楽しい。普段というか人間界ではボクはこういうことは率先して遠ざかる。本来、団体行動は思いきり苦手だからだ。かなり気を遣ってしまう為、できる限り避けてきた。それが友人同士でもだ。

だが、ここに来てから、少しばかり変わった。微小の適応能力をフル稼働して順応しようとする心と体。人間の可能性にも改めて感心した。そういうボクも、歩いているといろんなことが思い出された。しかし不思議なことに、それは全てここ魂魄界での記憶だけだった。パンさんとの衝撃的出会いに始まり、アルとの運命を感じるような出会いから、ボクの為に同行してくれたこの旅。マーニャ爺にウロボロス、アクアリンやラフレシアをはじめとするアクア達。そして、存在感抜群のパルポルン。ここ魂魄界に来て出逢えたノア族の顔が次々に浮かんだ。自分がしたことと、できたこと。してもらったことや、されたこと。そのどれもが新鮮だった。

周りを見回すと、皆、無言でゆっくりと歩いている。回想しながらだからか、歩幅も小さく、速度も遅い。まっすぐ向かいながらも、ちゃんと自分と向き合っているようだ。ガタイによる歩幅のせいもあるが、せっかちなせいだろう、パルポルンが先頭にいる。続いてアル、その左隣にアクアリン。そして、慎重に歩くボクの左隣には合わせるように歩いてくれているラフレシアがいる。そのラフレシアに視線を向けるとラフレシアもこちらを見ていた。

「えへっ」

「やぁ」

照れるその笑顔に思わずボクの方が赤面した。

「おいっ、あれ……」

パルポルンが静かに口を開いた。見ると、白く柔らかそうな壁にボーダー模様の城門のようなものが見える。その上に、大きな真っ白いハート型の物体がふわふわと浮いている。

「ん？」

「ここが入り口だよ」

アルに言われて、近づいてよくよく見ると、壁は高さが五メートルほどあり、入り口は、歯車が噛み合わさったようなカタチになっている。その上部に白いハートが浮いている。そのハートは、二枚の羽が折りたたまれている状態のようだ。その羽の下にある入り口前に、ざっと五十人ほどの人だかりがあり、何やらざわついている。入場を待つ行列かとも思ったが、どうも違うようようだ。

「おいっ、どした？」

先頭にいたパルポルンがその集団の中の一人に話しかけた。

「開かないんだ、門が」

「何で？」

「さっぱり……。何が何だか……」

どうやら、原因は分からないが入場できないらしい。

「この門は常に受け入れるはずなんだけど……」

アルも怪訝そうに言った。

「ね～、アル。門ってこの羽の下のシャッターみたいなこれのこと？」

「あぁ、そうだよ。受け入れの門／エンジェリアって言うんだ」

「へ～、門にも名前があるんだ……」

「門じゃないよ。彼女はこのジャッジメンタリアの番人なんだ」

「えっ？　門自体が番人？　ウロボロスみたいな感じ？」

「あぁ、そうだよ」

一瞬、ウロボロスが頭を過ったが、門の上にハート型の羽が浮いてるだけだ。あの羽に包まれているのか……。

「おいっ、エンジェリアは何て言ってんだ？」

「それが、エンジェリアも反応しないんだ」

「なんだそりゃっ、お手上げかよっ」

パルポルンはその場に腰を下ろし左手で顔を支えた。それにつられるかのように、皆、次々にその場に腰を下ろし始めた。パルポルンを始め、皆一様に不思議がってはいるが、イライラやましてや怒ってる者など一人もいなかった。

そのまま何事もなく一時間ほど経っただろうか、皆の様子が一変していた。ここにいる皆が家族のように和気藹々と和んでいる。まるで仲の良い親戚の集まりの宴会のようだ。パルポルンも、当然の如くそこら中に友達ができていた。あの社交性はぜひ欲しいものだ。

アルは『らしく』まじめに情報収集でもしているのか姿が見えない。勿論、アクアリンも一緒だろう。恐らく、アルもパルポルンもボクが自分会議にスリップしてるのに気付いて、優しい放置をしてくれているんだろう。きっとそうだ。忘れられてるとかじゃない……と思う。ラフレシアはというと、いつのまにかボクの右肩に頭をちょこんと遠慮気味に乗っけて眠っている。心地良い重さと柔らかい寝息にボクの方が癒される。

自分会議の途中休憩で現実に戻ると、未だにさやさやと訪れるノア族。さらに数が増していた。ざっと見るだけで百人以上はいるようだ。それにしても、見てると来る人はいても帰る人は一人もいない。忍耐強いというか、温厚というか、のんびりしてるというか……。呆れるとかではなく感心する。いや、もしかしたら、今日じゃないとだめな人達だろうか。でも、もしそうなら、一人や二人はソワソワしててもよさそうなもんだがなんとも和やかな雰囲気だ。談笑すら聞こえる。実際いつまで続くか分からないこの状況に不安や憤《いきどお》りは生まれないのか、そっちの方がボクには興味があったが、一向にそういう気配すら生まれなかった。その場の状況で気持ちの切り替えをし、順応するといった感じだろうか。なんとも穏やかな思考回路だ。きっと争うなどという発想もないのだろう。恨み、妬み、嫉妬、後悔……。そういったマイナスな思考の数々が凄く少ないか全くないかって言うくらいのプラス思考だ。こういう世界に異世界のボクが負の波紋を落とさないよう細心の注意を払わないといけないと決意にも似た感情が芽生えた。

さらに三十分ほどすると、アルとアクアリンが左側から歩いてくるのが見えた。ボクとパルポルンに気付いたアルは小さく手招きをした。三人でアルの元に行くと、アルの誘いで五人揃って壁沿いを少し歩いた。先ほどの群集が見えはするが声は聞こえない位の距離までくるとアルが立ち止まった。

「ごめんよ、こんなところまで……。実は、中は一大事みたいなんだ」

「一大事？」

「どういうこと？」

「今、左門のエンジェリアを見てきたんだけど……」

「なに～っ、左門まで行ったのか？」

「何で急にそんな大声出すのよ。びっくりするじゃない」

「いやっ、暇だなと思ってよっ」

「えっ……」

アクアリンだけではなく。パルポルン以外は全員びっくりした。因みに、そっち？　とつっこむのは止めた。絶対にボクの反応待ちの顔をしていたからだ。

「ちぇ～、つまんね～な～」

本気でボク待ちだったようだ。

「でっ？　何があったんだ？」

「向こうでゼルクに会ったんだ、偶然」

「なにっ、アイツがいんのかっ」

「うん。エリアルが心配で着いてきてたんだと思う。たぶん」

「思う？」

「あぁ。ゼルクはそういうこと言わないから。ボクの想像だよ」

「まぁ～、当たってってっだろうけどなっ」

「ゼルクって友達？」

「そうだよ」

「……一応なっ」

普通に肯定するアルより少し間を置いて、不服そうにパルポルンが付け加えた。

「パルポルンはそのゼルクって人のこと、あまり良くは思ってなさそうだね」

「常に上から目線なんだよっ、アイツはっ」

小声でアルに耳打ちしたが、アルの代わりにパルポルンが答えた。そうだ、耳打ちすら何の意味も持たないんだった。所々筒抜けになる。パンさんが言っていたが、心がリンクした瞬間や相性があるらしいが、それ以前に、もしかしたら単純に聴覚が研ぎ澄まされている上に、勘も鋭いとしたら納得できなくもない。しかし、ノア族な今のボクにはそれは備わっていないことを考えると誰でもそうではないのか、真正なノア族だけの能力なのか。謎は深まるばかりだ。それにしても、本当の意味でのひそひそ話はどうやってするのだろう。軽く、しかし真剣に疑問に思った。

先ほどの、パルポルンの返事の際、パルポルンと同じじゃんっと思ったがパルポルンが言うくらいだから相当なのかもしれないと想像を巡らせた。

「ちょうど、ゼルクが助言を乞いに向かおうとエンジェリアに頼んで、人影のない左門から出てくるとこだったたんだ。

そこにボクとアクアリンが鉢合わせして事情を聞けたんだよ」

「でっ、ど〜なってんだここ？

アイツが素直にお前に話すくらいだからちょっとは大変なことか？」

「彼が言うには、最初に入った百人が秤の儀式の途中で目覚めて彷徨《さまよ》ってるらしいんだ。

原因はまだ分からないらしいけど」

「なっ？　秤の儀式の間は仮眠状態のはずだろっ」

「三十分のリミットを超えたらしいんだっ」

「はぁっ？　じゃあ、もしかして……」

「うん。リミットが造られる前にたった一度だけ起こった、煩悩の覚醒が起きたんだと思う」

知識のないボクは二人の会話に入れずにただ傍聴しているだけだった。アクアリンもラフレシアも神妙な面持ちで聞き入っていた。いつもの楽天的な雰囲気がそこにはなかった。

「前って、オレらが生まれるずっと前だぜ。そん時の詳しい状況も解決策も分かんね～じゃね～かっ。って言うか、解決策自体あんのかよ？　どうすんだよっ」

「それを聞くためにゼルクが一人で街を出たんだ」

「どこに？」

「パンダミオさんのところ。急いでたからゆっくり話せなくて」

「おいおいっ。どんなに飛ばしても、丸二日はかかるぜ」

「それは大丈夫。エンジェリアの息吹の力を借りたから。帰りもパンダミオさんが手を貸してくれるはずだよ」

「そっか、オレとしたことが。でっ、これからオレたちはどうすりゃい～んだっ」

「街に入って覚醒した人達を、他の人達と何とかしといてくれって」

「なんとか？　なんとかって何だよっ」

「分からない」

「おいおいっ。そいつら噛み付いたりしね～だろ～な～」

噛む？　もしかしてパルポルンは噛まれるのが怖いのか？　いつか噛み付いてやろう。

「たぶん」

「嘘でもいいから、自信たっぷりに否定しろっ。

それにカムイっ、別に噛まれるのなんか怖かね～ぞっ」

「はは……」

やっぱ聞こえてる……。流石に、アルも無責任な発言は避けた。

「ってか、プライドの高いアイツが頼み事？　いつもの腰巾着共はどうした？」

「初めてだね、頼み事なんて。それだけ切羽詰まってる状況なんだよきっと。

フルブルもポーも見掛けなかったよ。

きっとエリアルをこっそり一人で見守りにきてたからだと思う」

「ムッチリスケベめっ」

「そういうことじゃないと思うけどね」

「まぁ～、そんなこたぁ～ど～でもいいか。

アイツの話からすると、正常な連中もいるってことだよな。

とりあえず街に入るか。左門から入れるんだろ？」

「ボクらが着いたら、エンジェリアが開けてくれることになってるよ」

「じゃ～行こうぜっ。っと、カムイはどうする？

オレらも初めてのことだから何があるか分かんね～ぞっ。

カムイは、ラフレシアと皆のとこに戻って待たせた方が良くねぇ～か？」

「そうだね、今回はカムイは表で他の人達と待ってた方がいいかもね」

その二人の会話に、安堵など微塵もなく逆に寂しさがこみ上げた。

「いやっ、ボクも行くよ。邪魔はしないいし、何より力になりたいんだ」

次の瞬間、アテナが減算したが不思議と気にはならなかった。

「へぇ～、怖くねぇ～のかっ？」

「怖いとか以前に、想像できないと言うか……。

それに、ボクら友達だよね。仲間はずれはイヤだよ」

「ふっ」

「だなっ。もうお前は、大切なオレらの仲間だもんなっ。

よしっ、行こうぜカムイ。アルもそれでいいなっ」

「勿論っ。カムイがそうしたいって言うなら、止めはしないよ」

「ラフレシアとアクアリンは戻った方が良くないかな」

「バカ言えっ。一番頼りになる仲間だぜっ」

「えっ？　そうなの？」

「アクア達はキミも見てきた通り特殊な能力を持つ種族なんだ。

魂魄界の中でも身体能力は勿論、頭脳もかなり優れてるんだよ」

「確かにそうだろうけど、でも女の子だし……」

「あぁ、そっか。人間様は男性が女性を守るって本能があるんだっけ」

「そんな大袈裟なもんじゃないかな。意地というか見栄というか。

　でもこれも差別や偏見になるのかな」

「今はそんな難しいことは置いとけっカムイ。とにかく急がね～とっ」

「あっ、そうだねっ。ごめん、行こう」

「心配してくれて、ありがとっ、カムイっ」

「ありがとぉですのぉ～」

　アクアリンとラフレシアの笑顔を見ると二人とも不快には感じてなかったようでホッとした。ボクがなくした『何か』を探すために向かったジャッジメンタリアだったが、過去に起きた一大事が再び起こっているようだ。今は、ボクの『何か』どころではない。話を聞くにつれ、部外者のボクでも容易に想像できる異例の事態だということは分かった。と同時に、この魂魄界で出逢った皆に少しでも恩返しができればと気が引き締まった。それに、人間のボクにとって楽園にすら感じるここ魂魄界が平穏で温厚な世界として存在し続けて欲しいというボクのエゴのような望みを叶えたいとも思った。そうこう考えながら壁沿いに歩くこと約一時間。ようやく左門らしきものが見えてきた。

「えっ？」

　この街を取り囲む壁、正面の入り口から延びる白く柔らかそうなこの壁は、実は腕だったんだと、この時初めて分かった。その左門は手そのものだった。なぜ、正面の門で気付かなかったのだろうか。上を見ると、先ほどと同じハート型の羽が浮いていた。ここジャッジメンタリアの外壁は四方それぞれにエンジェリアと呼ばれる番人がいて、出入りの管理をしていると、アルが教えてくれた。先ほどから気になっていたハート型の羽は、エンジェリアが入場を制限する際にあのようなカタチで全身を包み施錠の役割をしているとのことだった。交互に指を絡ませるようにしっかりと閉じられた手。十本の指が折り重なったその門は、ボクの背丈のおよそ三倍ほどある。近づくと組んだ指がゆっくりとほつれるように広がりボクらを迎え入れてくれた。アクアリンが入ろうとすると、パルポルンがアクアリンの肩に手を掛け制止した。

「オレが先だっ」

そのままパルポルンがレディファーストをお預けにして先陣をきった。せっかちなのか負けず嫌いなのかパルポルンらしいと思った。中に入って周りを確認した後、パルポルンはボクらに入るように促した。

「大丈夫だっ。入ってもいいぜっ」

その行動と言葉にボクはまだパルポルンのことを理解できてないことを思い知った。

「ありがとっ」

アクアリンがパルポルンにウインクして見せた。

「ばっ、ばかやろっ。そ〜ゆ〜のはアルだけにしろっ」

思いっきり照れたパルポルンに皆和んだ。五人皆が通り抜けると、またその指はゆっくりと上の方から固く閉じた。振り返ると当たり前だが表から見えていたキヤンセの横顔が見えた。中に入るとまだ距離があるとはいえその荘厳なオーラと塔自体の大きさは想像以上だった。視線を落とすと規則正しく並んだ民家。恐らくだが、あの大きなキヤンセの周りを取り囲むように立っているのだろう。まるで壮大な魔法陣のような、結界のような。そう連想させる並びだ。ただ、想像と違って人っ子一人いない閑古鳥状態だったことに、若干拍子抜けした。騒然とした街中を想像していただけに、この静けさは余計、不気味さを際立たせていた。導かれるように歩くアクアリンを先頭にキヤンセへと向かった。街中を歩くこと十数分、住人がちらほら確認できた。家の中で寛いでいる者、お構いなしに外で作業をしている者、恐らく日常とまではいかないと思うが、なんとも緊張感がない平和な感じだ。こんなのどかな風景に、最初感じた不気味さは一瞬にして消え去った。と言うか、さっきの入り口付近のあの辺りがただ、ひと気がないだけだったのかもしれない。

「おいっ、おっちゃんっ。避難しね～のか？」

家庭菜園みたいなことをしている初老の紳士にパルポルンが声を掛けた。相変わらずパルポルンの辞書に人見知りという言葉はないようだ。老若男女問わず、会った瞬間フレンドリー状態だ。顔を上げたその初老の紳士は穏やかに笑顔で返事をした。

「な～にっ、大丈夫じゃろっ。なるようになるわい」

「一応、注意はしなよっ」

その笑顔に、諦めでも開き直りでもない確信みたいなものを感じた。パルポルンは、その言葉に説得力を感じたのか、そう、一言だけ返して、その初老の紳士の肩を優しくポンポンッと叩いた。

「ありがとよ、お若いのっ」

初老の紳士は柔らかい笑顔で応えると、再び作業を始めた。気付くとパルポルンは次の老婦人に声を掛けていた。それも、ゆったりとゆらゆら揺れる椅子で気持ち良さそうにうたた寝しているとこに容赦なく声を掛けた。

「ご婦人っ、寝るなら、今日は家に入ってた方がよくね～かっ」

老紳士はおっちゃんで、老婦人はご婦人……。パルポルンの拘りだろうか。しかも、さっきから何でため口なんだとつっこみたいところだが、その言い方に親しみと優しさを感じるせいで言葉を知らない礼儀知らずとはボクも感じなくなっていた。

「あいがとうよっ、お若いのっ。もういっとしたら入るから心配いらんが。そいに、ここにゃ心から悪かとはおらんから大丈夫じゃが。

おまんさぁたちは、あん塔へ行っとかい？」

「おうっ。何だか大変なことになってるらしいからなっ。大切な友達もいるから何とかしてやんね～となっ」

「じゃっとやぁ。なら気～つけていっきゃんせよっ」

パルポルンと、老婦人の会話の中、聞き覚えのある方言が聞こえたことで、心が和んだ。

「アルっ、今の人間界の方言だよ。しかもボクが住んでる街の」

「そうなんだ。年を重ねてるってことは大抵それなりに人間界を垣間見る経験があるからね。

　ノア族は気に入ると染み付いちゃうんだよ。言葉や仕草が、自然とね。

　中には習慣も身についたりすることもあるよ。きっとカムイの街が気に入ったんだろうね」

　聞き馴れた方言に懐かしさを覚えたが、ホームシックのような感情は芽生えなかった。

それより、アルの話の途中、パンさんが頭をよぎった。あの出鱈目に構築された文言や文法は、どこをどう気に入って出来上がったものなのか。そっちの方が気になった。

「ふっ」

「何考えてるか分かっちゃった？」

「パンダミオさん」

「おぉ～、ビンゴッ」

　お見通しだ。ちょっと気になり、もう一度周りを見回してみると、ざっと十人ほど外に出ているノア族がいるが、そのほとんどが性別関係なく、年配の方だ。長生きしてると大抵のことには動じなくなるのだろうか。そういえば、ここ魂魄界は今まで見てきた限り、結構年配の方が多い。人間界を知った上で、敢えて転生せずにここに残る選択をしたノア族だろうか。それはそれで正解のような気がした。それくらい、ここは人間界と比べると心地良い。そんな自分会議をしている中、ちょんちょんっと背中を突かれ我に返った。

「なんだい？　ラフレ……」

そこにはラフレシアではなく、輝きを体の内に閉じ込めたような真っ白く透明なアクアが立っていた。

「あっ。え～っと……」

「オルマリアと申す。貴様はどちらさまだ？」

思わずパンさんがデジャブした。これまた突飛な言い回しだ。と言うより遣い方を知らないか間違ってるんだろうか。物腰は穏やかな分、その言動のギャップに戸惑う。何とも濃いキャラの登場だ。

「ボクはカムイ。どうし……」

「あっ、オルマリアっ」

話の途中で、アルが小走りに駆け寄ってきた。

「アルフっ、丁度良かったわっ。ちょっと手伝えっ」

命令形だ。使い方が違うのか、本当に命令してるのかいまいち分からない。

「知り合い？」

「エリアルのアクアだよ」

「あぁ～、友達の。はじめまして」

「はじめまして。カムイってヤツでしたわね」

微妙に棘を感じる。

「おっ？　オルマリアっどしたっ、こんなとこでっ？　エリアルから離れちゃだめだろっ」

「パルポルンっ。貴様もお元気そうで。エリアルはちょっとの間だから大丈夫」

「オルマリアっ」

「アクアリンっ、久しぶりだなっ」

「オルちゃんっ」

「ラフレシアっ？　貴様……どうして」

あっち見たりこっち見たり。超高速のテニスラリーを見てるようで、目の前が真っ暗になり、一瞬膝が落ちた。

「私にも見つかったんですのぉ。こちらがカムイ。私のマスターですのっ」

嬉しそうにそう言いながら、ボクの腕にしがみついてきた。凄まじいタイミングに倒れずに済んだ。ただ、ラフレシアの言葉に、一瞬の違和感を覚えた気がしたが、それが何なのか分からなかった。

「良かったな、ラフレシア。私も嬉しいぞっ。カムイ、ラフレシアをよろしくなっ」

「うん」

それにしても、所々男前な言葉遣いだ。性格もそういう感じなんだろうか。

「改めて、よろしくですのっ。マスターっ」

「マスター？」

ボクが聞き慣れない風にしているとアルがそっと話し掛けてきた。

「呼び方は決まってないんだ。ご主人様とか、マスターとか……。

名前で呼ぶことも多いね。アクアが呼びたいように呼ぶから。

気に入らなければ変えてもらえばいいのさ」

「そうなんだ。まぁラフレシアの呼びたいように呼んでいいよ」

「ありがとうですのっ、カ～ム～イっ」

小悪魔な笑顔でボクを覗き込んだ。好きに呼んでいいと言った手前、今度は名前かいっとつっこむのはやめた。

「本当に気に入りやがったのね、ラフレシア。幸せそう」

「んっ、すっごく幸せですのぉっ」

そうはっきり言い切るラフレシアにきゅんっとしたと同時に、護ってあげたいという感情が、護るという決意に変わった。人間のというか男の煩悩に近い雄としての本能の成せる業なのだろうか。随分安っぽい気もするが、理屈じゃない感情が一瞬で炎上した。

「それにしてもよっ。お前がここにいるってことは、相当大変な状況らしいな」

事の重大さが少々分かってきたパルポルンも、いつになく真剣な表情だった。

「えぇ。本当はエリアルから離れやがってはいけないのだけれども、あいつは煩悩がないみたいですので大人しかったから、私が秤に戻しやがったの。

他にも、キャンセの外で順番を待っていたヤツらも逃げ回ったりしてる方もいれば、捕まえたりしてる輩もいたわ。ただ、結局どうしたらいいか分かりやがらなくて。

ゼルクのヤツがパンダミオさんに聞いてくるからって。

何人かに指示を出して街を出やがったの。それで人手が足りなくなりやがって……」

「それで助けを呼びに？」

「ええ。いくつか街を抜けてきやがったんだけど、どいつにも出逢えなくて、そしたら人間様がいたから、つい惹かれて声を掛けやがったの。

あっ、ラフレシア、変な意味じゃないからなっ」

独特のヘンテコな言葉遣いも、受動、他動が所々違うのも気になってしょうがない。つっこみどころ満載なのにつっこめないこの状況にお約束のように一人ムヤムヤした。お陰で、会話の内容がほとんど頭に入ってこなかった。

「分かってるですのっ」

長い耳をピクピクンッとさせながら微笑んだラフレシアも他の皆同様、全く気にならないようだ。と言うか、この口調は気にならないのか？　他の人達とは明らかに違うからそこに気付いてないはずはないんだが。もう慣れたんだろうか？　それとも個性と割り切っているんだろうか？　色々考えてもボクの想像に過ぎないからきりのいいとこで聞いてみよう。と、気持ちを切り替えようとした時、アクアリンがぼそっ教えてくれた。

「慣～れっア～ンド個性っ」

やっぱり筒抜けだ。しかも、やっぱり、おかしいんだ、オルマリアの言葉遣い。それを個性で片付けるくらい面倒なのか壮大な心の持ち主なのかのどちらかだろうが、きっと後者だ。

「人間様野郎に声を掛けた直後にアルフが出てきやがって、そして貴様らが次々に」

もうこれは喧嘩の謝恩セールだ。買ってくれと言わんばかりだ。お陰で話が半分も入ってこない。

「ちょうど良かったよ。ゼルクに頼まれて来たんだ」

「あやつに？」

「なっ、意外だろっ」

「パルポルン、彼は気難しいだけで、素敵なひとよ。アナタも分かってるくせに」

アクアリンもゼルクとか言う青年のことをよく知ってるようだ。この話題に入れない以上、会話から情報収集をするしかない。

「見方によっちゃ〜なっ」

「まったく。素直じゃないんだからパルちゃんはっ」

「だから、ちゃん付けはやめれっ」

「まあまあ。で？　どうなんだい状況は？」

アルが話を戻した。

「ほとんどが大人しくしてやがるんですけど、手に負えそうにないヤツらがざっと見だけで、三十人以上はいやがるのっ。今のとこ、他人を襲ってる輩はいやがらないけど、食い物を漁ってやがったり、モノを壊してやがったり、水を飲んでるヤツもおいでになってたけど面白そうだったからそのままにしてきやがったの。

　襲われやがる危険はね〜けど、破損物で怪我をしやがるヤツが出るかも。だから急げよっ」

　この悍ましい言葉遣いに、どっかの方言なのかもという現実逃避に近い錯覚に陥ってきた。このつっこみどころ満載の言葉遣いは、やはりボクが慣れるしかないようだ。

「手に負えなさそうなのが三十人以上か。骨が折れそうだぜ……」

　台詞とは裏腹にパルポルンの目は爛々《らんらん》と輝いている。やる気満々だ。

「じゃ〜、向かいながら役割分担を決めよう」

「おうっ」

　秤が止まった原因を探るのは頭脳派のアルとアクアリン。魂のカケラをなくしたノア族を連れ戻すのは体力バ……改め、体力に絶対的自信がありそうなパルポルンと俊敏そうなオルマリア。そして、ラフレシアとボクはサポートにと決まった。

　途中、規則正しく並んだひと気のない民家群を抜けると、大きな円形の広場が目の前に広がった。パッと見、直径十五メートルほどあろうか。ギリシャを連想させる石造りの大きな明るい広場だ。一番に目に入ったのは中央の大きな噴水だった。ざっと十メートル以上吹き上がっている。なんともスケールの大きい噴水だ。しかし、その噴水の吹き上がった水は、す〜っと空に溶け込んでいるかのように落ちてはこない。恐らく霧状になって散布されているんだろうと勝手に自己解決した。その噴水は近くにいても濡れないせいか、噴水の周りの縁石には何人かが寛いでいた。無数の虹が乱立していて周りのノア族同様、ボクも目を奪われた。

「この辺りを見ていると、どこかで大変なことが起きてるなんて想像もつかないね」

「確かに。ここにはこうやって日常が普通に存在してるものね」

アルに話しかけたつもりが立ち位置を変えていたアクアリンが返事をした。

「あっ、アクアリンか……。アルかと思ってたよ」

「ふふっ」

アクアリンが軽く微笑んだ。

「ここで少し休んでいくかい？」

後ろでアルの声が聞こえた。

「いやっ、大丈夫っ。先を急いだ方が良くない？」

「お前じゃね〜よっカムイっ」

返事したボクに、パルポルンがつっこんできた。

「行っといで三人とも。待ってるから」

アルの視線の先には三人のアクアの姿があった。

「カムイの言う通り、今は急いでるでしょ。大丈夫よ」

アクアリンがラフレシアとオルマリアにアイコンタクトをとった後、そう応えた。

「向こうに着いたら忙しくなるよきっと。

この先こういう水場は少ないから、今のうちに行っといでっ」

「そ～だよっ。お前らがバテたらオレらが大変なんだよっ。だから強制だっ。行ってこいっ」

「そんな言い方。もっと優しく言えばいいのに」

そう言ってアクア達の方を振り向くと、三人皆パルポルンの真意を分かってる風で、柔らかい笑顔をパルポルンに向けていた。

「分かったわ、ありがとっ。すぐ済ませてくるわ」

「ありがちゅっ、パルっち」

「あいがとさげもすっ、パルどん」

アクアの三人は嬉しそうに噴水まで走って行った。さっきからボクだけ的はずれな事を言ってる気がして軽い自己嫌悪にも似た恥ずかしさが鎌首をもたげた。

「心が通じてるっていいね。ボクはまだ全然だ……」

誰に言うでもなく独り言のように呟いた。

「気にすんなっ。お前は知らなかっただけだ」

「そうだよ、カムイ。気にすることはないよっ」

そう言って、パルポルンが、ボクの肩をポンッと叩いた。

「みんな、ゆっくりでいいよっ」

優しい笑顔で送り出すアル。

「どれくらいかかるの？」

「五分もかからないよ、きっと」

「あぁ～、普通ならゆっくりと一時間くらい掛けて補給するけどなっ。でも、アクアは恐ろしく空気が読めるから、今回は速攻済ませてくるぜきっと」

空気が読める。アルは勿論、何気にキミもねっとパルポルンにつっこみたくなった。見るとアクア三人が噴水の傍でそれぞれに寛いでいた。

「水はアクアにとって命みたいなものだからね。ああやって生命エネルギーを蓄えることができるんだよ。だから、こういう開放感のある水場はできるだけ利用させてあげたいんだ」

「人間界で言う、熊の冬眠みたいなもんだっ」

「全然違うよ、ふっ」

得意げに言ったパルポルンをアルが真顔で静かに否定した。

「みたいって言ったろ。ちゃんと」

「いや、根本的に違うから」

「まったく。アルは変なとこで頑固というか律儀だよな～」

「パルポルンがざっくりすぎるんだよ」

パルポルンのざっくり加減は否定のしようがない。お互い言ってることは何気にキツメだが、目は普通に笑っていた。

「まっそ～ゆ～こった、カムイっ」

「そ～ゆ～って……どういう」

ボクまで苦笑いがこみ上げた。そんな中、三人は本当に五分経たずに戻ってきた。

「えっ？　何かした？　あれで、もういいの？」

「んっ、ありがとぉですのっ、マスターっ。元気スパイラルっ、ですのっ」

誰となしに聞いたが、ラフレシアが笑顔で応えた。で、スパイラルって何だ。

「試してみるですの？　マスターっ」

「た、試すって……。どうやってっ」

「そんなこっちゃね～よっ、カムイ」

「ふっ」

「ど～やって試すかですのぉ……。むむむ～～～」

「得意のポーズを見せてあげるのっ」

勢いで言ってはみたものの、頭を傾げて真剣に悩んでるラフレシアに、皆に聞こえるようにアクアリンが耳打ちした。

「そっかぁ～。じゃ～、マスター見ててですのっ」

そう言うと、言ったアクアリンも赤面するくらい妖艶でかわいい振り付けで、ラフレシアがポーズを決めた。ある意味、ボクの想像に近い結果となってボク的には大満足だった。後ろのパルポルン以外は完全に照れ笑いしていた。そんな素直に喜んでいたパルポルンだったが、急に真顔で他の二人に声を掛けた。

「あとの二人も大丈夫か？」

こういうとこに根の優しさが見え隠れするパルポルン。普段の軽いがさつさがかえってこういう意外と普通のことも際立たせているのかもしれないが、それでも余りある内なる優しさを感じる。

「じゃ〜行こうか」

こういう時、アルはクールだ。言葉も態度も……。ただ、人は人という冷めたようなクールさではなく、全部とまではいかないだろうが、場を理解したようなクールさが出る。いや、理解というより把握していると言った方が分かり易いか。その場その場で、必要最低限の言葉と想いで先へと導いてくれる。だからアルの言葉には、パルポルンとは違うカタチの説得力があるのかもしれない。この二人と接してきて、今までのボクなら、というより人間界の頃のボクなら『どうせ……』という卑屈な言葉と行動であきらめる以前に、無関心だったろう。でも、今は違う。二人を見てきて、二人と行動してきて、自分の可能性を探すだけの関心が芽生えている。これは、絶対に大きな一歩になる。他人とは違う自分という存在を認識することで、初めて向き合える未来の自画像。『どうせ』が、『やってみよう』へと変わる瞬間。主導権はないがひきずる過去の自分と向き合うことで、今現在の自分が、未来の自分を切り拓く。ここにいること自体が未来への礎なんだと気付く。今は、これだけ分かればいい。やるべきこと、やりたいこと、するという選択、しないという選択、全て自分で決められる。結果は後からついてくる。なるようになる。流れに身を任せるのも、自分で切り拓くのすらも好きに選べる。ボクはボクだ……。まだ、心から思い込めないが、そう自分に言い聞かせた。久しぶりに自己解決でき満足と納得しているると、パルポルンが思いっきりボクを覗き込んだ。

「もういいかっ、カムイっ？　出発するぞっ」

「！！！っ。パッ、パルポルンっ。ごめんっ」

アルとパルポルンの二人は勿論、アクア達三人からも笑い声が漏れた。

「まとまったかい？」

「おかげさまで……」

「どんな妄想してんだか」

パルポルンが嫌味のないあきれ笑いを浮かべた。

「パルポルン、会議だよ」

「お～、だったなっ」

ボクが考えていた内容をきっと分かってて、そっとしといてくれたんだろう。人間界での変な計算や思惑をここでは感じない分、居心地も気分も良かった。

「じゃ～、先を急ごうっ」

アルの言葉に改めてキャンセへと意識を向けた。暫く歩くと、次第に人影がなくなってきた。周りを見ると、赤褐色のレンガ造りの蔵群とランダムな形の石が敷き詰められた石畳の道。この辺は民家はまばらで倉庫というか蔵が立ち並んでいる。それを縫うように堀が張り巡らされている。趣のある橋が所々に架かっているのが見えた。ざっと見だが人影はない。さすがに、この辺は警報の類があったのかもしれない。キャンセまで目測で直線五百メートルといったとこだが、道なりに行ったとして一キロ位だろうか、予想外の遠回りがなければいいのだが。

「そうだな。ここからならあと十五分位だな」

ボクに聞こえるようにパルポルンが独り言を言ってくれた。

「もう少しで彼らに遭遇しそうだね」

「皆、一応気を抜くなよっ。ど〜なってるか分かんね〜からなっ」

いよいよ彼らとの遭遇が近くなってきたのかと思うと、身が引き締まった。四つ目の石橋に差し掛かった時、とうとう一人目と思わしき人影が現れた。ノア族なのは間違いない。若いこぎれいな男性でモスグリーンの尖り帽子を被りベージュ色の薄手のマントで全身を覆っている。この人気のない街中で何か楽器を奏でながらこちらへと歩いてくる。ボクらは橋の手前で立ち止まって彼が来るのを待っていると、その彼はボクらに気付いたが、気にする様子もないまま橋の中央辺りで演奏を止め、くるりと身を翻し目の前の欄干にゆっくりと足を掛けた。

「あっ」

嫌な予感がして駆け寄ろうとしたが、アルがボクを制止した。

「大丈夫、見てごらん」

改めて彼に目を向けると欄干をゆっくりと跨ぎ、流れる水面の方を向いて座った。そしてそのまま、何事もなかったかのように、また手にした楽器を奏で始めた。転がるような美しい音色を、皆で暫く聞き入っていた。自然と流れ込んでくるその軽く深い音色に、自然の大いなる息吹的なものを感じた。

「綺麗な音……。るりるりの羽でこんないい音色を奏でやがるなんて……」

オルマリアが長い耳を彼の方へと靡かせながら呟いた。

「綺麗ですのぉ。でも少し物悲しいですのぉ……」

ラフレシアは音色としてではなく曲調として受け止めたようだ。綺麗な音色だが、確かに軽い哀愁みたいなものをボクも感じた。

「なんだかしんみりする曲だね。皆が知ってる曲なの？」

「いや……あれは自作だよきっと。たぶん、思いのまま奏でてるんだよ」

「そっか。じゃ〜、彼は今あ〜ゆう心境なのかな」

「だろうね」

物悲しい曲調とそれを強調するかのような音色。彼の息吹とあの長い羽とが造り出す音色。絵的にも間違いなく絵になる。彼と長く横に伸びた羽のバランスがとても美しかった。それにしても、改めて見てみると羽にしては長い。長さは恐らく三十センチ以上ある。形状は人間界の鳥の羽と大して差はない。もし鳥の羽だとしたら相当大きな鳥だ。

「るりるりの羽……。言いにくいなぁ。実際に羽なのあれ？」

「あぁ、羽だよ。るりるりは湖底の都／フカイ〜ゾってとこに住んでいる羽を纏った竜で、彼らが脱皮する時に羽も生え変わるんだけど、その抜け殻の羽は、ああやって綺麗な音色を出すから採取して持ち歩く人も多いよ。

　でも、音を出すのは相当難しいから、あんなに奏でられるのはかなり珍しい。

　こんな音色、ボクも初めてだし」

「そうなんだ……」

「機会があったら見に行けるといいね」

「うん。是非見たいよ」

アルとそんな話をしていると、いつのまにかパルポルンが欄干上の彼の隣に腰掛けて話しかけていた。

「おいっ。そうしてたいのは分かるけどよ、一緒に帰ろうぜっ。

本当のアンタじゃなくて本来のアンタに戻んなきゃな。

したいことだけをできるってだけが『生きてる』ってことでもね〜し、アンタにもしがらみがあんだろ、いろいろとよ……。

今のアンタとその前のアンタ……、どっちがアンタにとって幸せかわかんね〜けど、戻らないとだめだってことは言えるぜっ。だから一緒に帰ろうぜっ」

　言葉遣いと違い口調はまるで昔からの友人のように語り掛けていた。

「相変わらず簡単に他人に干渉できるね。

　いや、干渉は言葉が悪いな……、瞬時に打ち解けられるがいいかな」

「ふっ、それは質問かい？　それとも独り言かい？」

「ははっ。ごめん、ごめんっ、独り言っ」

「ふっ、パルポルンはノア族の中でもちょっと特別かな……。

　よりストレートな上に深いんだよね」

「羨ましいな……」

「なりたいのかい？」

「ん～。見てて悪い気はしないね。

　明らかに今のボクには欠けているというか、ないものだから。

　だから憧れるのか、ただ純粋に魅力的だからなのかは分からないけど」

「考えすぎだよ、カムイ。キミはキミでいいじゃないか。ボクらには十分魅力的だよ、キミは」

「そう？」

「あぁ」

　お世辞や慰めじゃないのは分かったが、その時ふと気付いた。それをよしとできない、素直になれない自信のない自分がいることに。たぶん、アルもそこまで分かってて言ってくれてる。だから尚更、自分と向き合う必要性と覚悟と勇気が欲しかった。

「よしっ、行こうぜっ」

意を決してパルポルンが先に下り、彼にゆっくりと手を差し出すと、何のためらいも疑いもなくその手を摑んで橋へと戻ってきた。

「じゃぁ、帰ろうぜっ」

軽く彼の肩をポンポンッと叩いたパルポルンがやっぱり羨ましかった。彼は意思表示こそしなかったがそのまま曲を奏でながら静かにパルポルンに従った。ソレを見て、ふと我に返った。

「あれっ。もしかして、意外と楽勝なんじゃない？」

「まぁ、皆が皆ああならいいんだけどね」

「そっか、だよね……」

ほどなくして、今まで一番大きな堀が現れ、石畳が敷き詰められた蔵のエリアが終わりを告げた。眼下には、人間界でいう蓮の花のようなものが一面に咲き誇っており、その橋渡し役として、立派な欄干を携えた石橋が軽いアーチを象りながら掛かっている。その橋を皆でゆっくりと渡ると、また空気が一変した。

「いよいよだね」

「あ～、この街の中心にキャンセがある。気を引き締めていくぞっ、みんなっ」

皆無言のまま頷いた。あの明るいアクア達ですら軽い緊張感が漂っていたが、ただ一人、奏でる彼には変化はなかった。キヤンセが今まで以上に覆いかぶさるように聳えており、見上げると立ちくらみするので伏目がちに前を見ながら進んだ。

この街にもやはり住民の人影はない。ちゃんと警告を聞いて家の中で待機しているか、どこかしらに避難しているのだろうか。先ほどの街とは違い、気配という存在感を感じられなかった。もし、人影があるとしたらおそらく『彼ら』に違いない。そう思うと、ちょっとした物音や風景の動きに敏感になった。辺りを警戒しつつ、先頭にパルポルン、殿にアル、ボクは彼女らの右側を歩き、奏でる彼はなんとなく彼女らの左側を思いのままに歩き、皆でアクア達を囲むように進んだ。奏でる彼のお陰で緊張感がいい具合に薄らぎ変な力みが消えていた。この陣形のまま人影のない街中を歩くこと三十分が過ぎた。

「皆、あそこ、いるぞ。気をつけろ」

パルポルンの足が止まった。十メートルほど先のベンチに、二人目らしき人影が見えた。腰掛けて足をぷらぷらさせながら本を手にしている。読書中のようだ。それも楽しそうに嬉しそうに読んでいる。その横にもう一冊本が置いてあるのも見えた。

「本が読みたいのか……。なんとも平和な欲望だね」

「欲望自体はなっ。ただあの本をどうやって手に入れたかによるけどなっ」

「あっ、そっか」

ゆっくりと近づくと、その人影は大人しそうな少女だった。見た目もそうだが仕草も雰囲気も軽く幼さを感じる。淡く透けた黄色の体に、橙色のワンピースのようなものを着ている。少しだけ違和感を覚えたが、その違和感が何なのか分からなかった。大人びた目元に幼さの残る口元、螺旋を描く角の様なものが顔の左右を飾り立てている。明らかにノア族ではない。

「彼女はアルベリオにいる種族、ラーンだよ。彼女らは水を護る精霊でアクアとも関係が深いんだ。成長するとカムイ好みになるよ、ふっ。

しかも、あ～見えて彼女はボクらより年上だよ」

「えっ」

ボク好みになるというところしか頭に残らなかった。皆で近づいていくと、ちらっと一度こちらに視線を向けたが、何の反応もなくそのまま読書の世界へと入り込んだ。ボクらは申し合わせた訳でもないのに一斉に立ち止まった。たぶん、皆、怖がらせないようにとそうしたのだろう。そこで違う行動に出たのが奏でる彼だった。曲調をポップな感じに変えた。自分の好きなことをしてても空気は読めるようだ。そして、何かに選ばれたかのようにアクアリンが一人で彼女の元へと近づいた。

「本が、好きなのね」

アクアリンが優しく話しかけた。彼女は本を読んだまま静かに頷いた。

「お話……いいかしら」

アクアリンの言葉にベンチの左側を見て座る余裕がないことを確認するとそっと、右に置いていた本をひざの上に抱えてアクアリンのためにスペースを作った。

「あら……いいの？」

その言葉に、こくんっと頷いた。

「その本……素敵な本ね」

彼女はまた、こくんっと頷いた。

「私にも好きな本が沢山あるわ」

その言葉に、その少女は興味深げにアクアリンを見つめた。

「あなたにも、これからもっと素敵な本との出会いがあるわよ。楽しみね」

そう微笑むアクアリンに、少女は何度も頷いて見せた。

「ところで、今のあなたは本当のあなた？」

アクアリンの言葉に一瞬、体がぴくんっと揺れた。

「心の奥では、本当はあなたも分かっているのよね、このままじゃ良くないって。だから、どうかしら私達と一緒に帰りましょう」

そう言って彼女を覗き込むと彼女は読んでいた本を抱きしめ顔を横に振った。

「大丈夫。誰も取り上げたりしないわ。ただ、あなたをあなたに戻したいだけ」

その言葉に彼女はアクアリンの方をゆっくりと向き直った。すると彼女の目が次第にうるるとしてきた。

「あなたにとって、とても大切なものなのね。大丈夫、きっとまた読めるわよ。私を信じて」

優しく諭すように肩に手を置き、そのままゆっくりと包むように抱きしめた。彼女は抱きしめられたまま暫く、ひざの上の本の表紙を眺めるとアクアリンに向き直って、こくんっとゆっくりと頷いて見せた。

「ありがとう」

アクアリンが柔らかく応えた。

「アルっ、あの本って珍しいの？」

「珍しいと言うよりここ魂魄界には同じ本はないんだ。きっと彼女自身、思い入れがある本なんだろうね」

物の価値なんてのは本人じゃないと分からない。当たり前のことのように感じるがそれを瞬時に理解して対応できる。考えさせられる場面だった。するといつのまにか彼女の目の前に腰を下ろしていたパルポルンが彼女に優しく声を掛けた。

「持ってやろうか？　その本」

すると彼女はふるふると顔を横に振って、一冊とも大事そうにきゅっと胸に抱えた。

「そっか。じゃ～、本はあんたにまかせっか。そんかわり転ぶなよっ」

パルポルンが優しく続けた。彼女は勢いよく頭を何回も縦に振った。

「よしっ。じゃ～行くかっ」

いつもな感じのパルポルンはいいとして、アクアリンのあの接し方からして、アクアリンはあの子よりさらに年上。ということは……、と考えていると視線を感じた。

「ふっ、アクアリンに怒られちゃうよ」

「……だった。気を付けるよ」

「別に～気にしてないわよぉ～」

思いっきり語尾と流し目が余韻を残しながらうっすらと笑うアクアリンに『時既に遅し』の相乗効果が贈られてきた。真剣白刃取り失敗のビジョンが鮮明に浮かんだ。

「ちっ、ちがっ」

「ふふっ。冗談よぉ、カムイ」

「申し訳ございませんでした」

「ふっ」

「ふふっ。ほんと面白いのね、アナタ」

「許してあげるですのぉ」

「何でお前が許すんだ、ラフレシア」

「のっ」

「ふふっ」

「意味わかんね～。さっ、行こうぜっ」

結果、ぱっと見、良いとこ取りに見えるが、考える前に思った通りに自然と動けるパルポルンに尊敬と嫉妬が入り混じった。

「ありがと。パルちゃんっ」

素直にお礼を言えるアクアリンを見た時、自分の小ささを思い知ったが卑屈にならずに笑って自分を窘められた。

「だから、ちゃんは……。ちぇっ、ま～いっか」

「ふふっ、私の勝っち～」

「かっちぃ～ですのぉ～～」

ラフレシアが嬉しそうに便乗した。

「へいへいっ」

「ふっ」

さすがに二人相手にするのはパルポルンでもきついようだ。そんなやり取りに、和やかな空気が流れた。これで八人。何気に大所帯になってきた。彼の音色が緊張感を解きほぐしてくれていることと、既に二人と遭遇したが想像を裏切るほどの拍子抜けな対面だったこともあり、この先の未知なる遭遇となる由々しき事態を何の根拠もなく前向きに構えることができた。

周りを警戒しつつ、煩悩を行使し続ける彼と彼女が転ばないようにと、そちらの方にも気を配りつつ先を急いでいたら、ボクだけ二回も転んだ。何ともドンくさいと言うかトロいと言うか、自分に少々ムッとした。一回目の歓笑が二回目には苦笑に変わった。勿論、ボク自身は二回とも苦笑だったが……。

そんな平和な道のりを進むこと三十分、高さ五メートルほどの半円アーチ状にデザインされた看板におじゃったもんせという文字が書かれた電飾看板のようなものが出てきた。人間界で、たまに温泉街の入り口にあるようなあれだ。お陰で親近感を感じ、余計に緊張感が削がれて和んでしまった。そう一人、何気に黄昏ているなか、アルが皆にそっと諭した。

「いよいよだ、慎重に行くよ」

ここは、人間界のような信号や標識、機械的な乗り物もまだ見たことがない。時折、看板というか掲示板らしきものはあるにはあるが、行動を制約する規則じみたものではなく、案内の役目を担っている。そのアーチを潜ると、景色は全く変わらないのに空気が一変した。喧騒のような空気感、胸騒ぎというか、忘れかけていた焦燥感にも似た感覚が宿り、パラスが減算した。その瞬間、ラフレシアがそっと寄り添ってきた。ただ、それは、自分の為ではなく、ボクの為にした行動だとその表情で分かった。

「ありがとう、ラフレシアっ」

「大丈夫ですのぉっ」

ラフレシアのはにかんだような笑顔に癒された。と、次の瞬間、パルポルンが静かに促した。

「ほらっ、いるぜっ」

パルポルンの指差した先に数えたくもない人影が見えた。胸騒ぎが的中した瞬間だった。パラスが減った時点で何かが起こることは覚悟していたが、その今から関わらないといけない目の前の光景に、思わず声が出た。

「やっぱり〜」

声が出たと言うより叫んでしまった。彼らと言うか彼女らと言うか、入り混じった集団が思い思いに蹂躙《じゅうりん》していた。一見、普通の行動を、明らかに普通ではないテンションでしていた。

「あ、あれを鎮めるの？　骨が折れそうだね。って言うか、する前に骨折だよ」

「何っ？　カムイっ、怪我したのかっ。心置きなく見せてみろっ。さあっ」

何となく微妙に気になる言い回しだ。そうか、おふくろさまと同じノリだ。

「いやいや……喩えだよ」

「ふっ、パルポルンは分かってて言ってるんだよ」

「また？　その優しさに感謝するよ〜」

憔悴《しょうすい》の前払い状態だ。

「でも面白かったけどな〜ボクも。カムイ、センスいいよ」

「いや、いやっ、うけは狙ってないからっ」

大所帯の他の連れの表情や行動を見る限り、さほど変わってはいなかったが、ボクだけが前向きにげっそりしてた。

「じゃ〜、キャンセに入るまでは連れを増やすかっ」

本当にパルポルンは楽しそうだ。

「そうだね。幸い手が掛かりそうな人はここにはいなさそうだし」

アルからも別に面倒とか迷惑といった仕草や言動は微塵も感じない。

「みんなで手分けしましょっ」

アクアリンもごく当たり前のように前向きで、皆に指示を出した。奏でる彼と本の彼女には近くのベンチに座って煩悩を楽しんでもらいつつ、ボクらは皆で手分けして連れ増やしに取り掛かった。ざっと見て十人以上はいた。既に多くのノア族がゼルクの指示で『彼ら』を秤へと運んでいるようだ。そんな光景の中、パルポルンは何も言わず一番体が大きい男性の元に向かった。アルも男性へ、アクア達はそれぞれ女性の元へと向かった。何の示し合わせもしてないのに自分達の役割をちゃんと認識できていた。ボクはと言うと、杖を持って立ったままじっと天を仰いでいるおじいさんに声を掛けた。

「あの……何見てるんですか？」

聞くと、ちらっとボクに目を走らせたが、すぐにまた天を仰いだ。

「隣、いいですか？」

聞いても返事がなかった為、そのおじいさんの隣に立って空を見上げてみた。

「うわぁ〜」

思わず感嘆の声を上げたボクに、そのおじいさんが声を掛けてきた。

「分かるかね？」

「いいえ。正直、よくは分からないですけど、何だか感動します」

「そうですか」

そう言って、そのおじいさんは少し微笑んだ。よく分からなかったが、ボクはそのおじいさんに義務とは違う意味で興味が湧いた。

「確かに、ボクもずっとこうしてたいかも……」

話しかけるでもなく、独り言のように呟いた。

「今、この瞬間、私達は一つなんですよ」

「一つ……ですか？」

「はい」

「一つか……。なんだか素敵ですね」

「そう思いますか？」

そのおじいさんの丁寧な言葉が心地良く流れ込んだ。

「はい。理由は言葉にするのは難しいですけど……」

自然と口を突いて出た。

「時としてそういう言霊が必要な場面もありますが、こういう場合、その必要はないです」

そう言って、また柔らかく笑った。

「心で感じたことを、飾らずにそのまま口にすればいいんです。

それが言葉という言霊に変わりますから。

本質は上手く表現できることが全てではありません」

空を仰いだままそう続けた。

「簡単なようで難しいです。いろいろ考えてしまって……」

「そうですね。確かに難しい……。しかし、不意に出る言葉はどんな言葉でも、自分の中で生まれた言霊です。それは少なからず本音なんです。

だから良くも悪くも心に響くんです。

先ほどのアナタの感動や素敵という言葉は正にそうでした。

自然と口を突いて出たでしょう。理由はいらないと言ったのはそういうことです。

ただ、勘違いしないでもらいたいのは、今回のことは、私がアナタに無関心だから説明が必要ないと言ったのではないということです。

アナタが理由を説明したいなら私は喜んで聞きましょう」

何だか分かったような分からないような……。おまけに、空とおじいさんの横顔を往復していたせいで立ちくらみしてきて、目の前が一瞬ブラックアウトした為、座り込んでしまった。

「大丈夫ですか？」

おじいさんは心配そうに声をかけてくれたが視線は見上げたままだった。

「はい。ちょっと立ちくらみがしただけです」

「そうですか。無理なさらないでくださいね」

「あっ、ありがとうございます」

おじいさんは、杖で支えてるとは言え、微動だにせず見上げている。

「おじいさんは大丈夫ですか？」

「フォルクスです」

「フォルクス？」

「はい、フォルクスと申します」

そしてまた、一瞬だけボクに視線を落として微笑んだ。

「あっ、そっか……ごめんなさい。ボク、名乗りもせずに……。すいませんでした。

今はカムイと呼ばれています」

即座に立ち上がり頭を下げた。

「カムイさん。良い名だ」

「ありがとうございます。フォルクスさんって響き、カッコイイですね」

「そうですか？　ありがとうございます」

思い切り、社交辞令な流れになってしまった上に、他に言い様がなかったものかと、自己反省しきりだったが、雰囲気は温かいまま保てた。

「フォルクスさん、ずっと見上げてるとクラクラしちゃいますよ」

「そうですね。それにアナタを困らせるのも、私の本意ではありませんからね。そろそろ、戻りましょうか」

そう言ってボクを見て微笑んだ。

「分かるんですか？　ボクのしようとしてたことが」

「なんとなくですがね。私は今したいことを私のためだけにしている。それができることは素晴らしいはずなんですが、最初から心の片隅にあるほんのわずかな疑問符が消えないことを考えると、きっとこのままではいけないということなんでしょう」

「そうですか。正直、ボクには正解が分かりません。でも、その方が良い様な気はします。ボクの大切な友達も、自分達のしていることを信じて疑っていないんです。だから、ボクは彼らを信じたい。本能というか、直感というか……。何だかすいません、曖昧《あいまい》で……」

「いえいえ。見ず知らずの私に寄り添ってくださったアナタを、カムイさんを信じますよ。それに何より、私の直感もそう言ってるようですしね」

そう言って、温かく笑ってくれた。フォルクスさんを連れてどこにいてもらおうかと見回すと、既にボクとフォルクスさん以外はベンチの周りに集められていた。にもかかわらず、ボクらのやりとりを急かすことなく、口を挟まずその一部始終をただただ温かく見守ってくれていた。本当に温かい種族なんだと心がほんわりと温まった反面、ボク自身その種族の一員ではないことに寂しさも感じた。

「ごめんっ……。ありがとう、みんな」

自然と口を突いて出ると、フォルクスさんがボクの肩をぽんぽんっと優しく叩いて微笑んだ。

「やるじゃね～かっ、カムイ」

正直、ボクがどうこうできた感は全くなかったが、不思議とパルポルンの笑顔とその言葉をそのままの意味で心地よく受け入れることができた。皆に合流するとアルとアクアリンが率先して何かをしていた。どうやら名前の確認のようだ。秤に戻すためとコミュニケーションを図っているようだった。この時点で、ボクら八人を除くと女性が六人、男性八人が加わり全部ひっくるめて女性十人、男性十二人のさらなる大所帯となっていた。その統制のとれてない集団でわらわらと歩き進みつつ、途中、ぽつぽつと現れる『彼ら』を集団に加えながら、とうとう、キヤンセ前に広がる巨大な円形の広場に到着した。

「おいおいおいっ……。すげ～なこりゃっ」

笑顔のパルポルン。

「毎回多いけど、こんな煩雑なのは初めてだよ……」

アルは普通に驚いていた。よく見ると、ボクらと同じくその『彼ら』を連れ戻そうと理性的に動いている人影が十人ほど目に入った。その彼らのお陰で、残りは見える範囲で言えば三十～四十人のようだ。アルが見渡した後一人の男性の元へと走っていった。恐らく、ここを仕切って動いていた人物だろう。こちらをチラチラと窺いながら、暫く話したあと、アルが戻ってきた。

「正確な人数は把握できていないみたいだけど、おそらくこの広場に見える人影で終わりみたいだよ。

ボクらも彼らをキャンセ内の秤に連れて行ったらここに戻って手伝おう」

「アル、手分けしようぜっ。

アルとアクアリン、オルマリア、ラフレシアが皆を秤まで連れてってくれ。

オレとカムイは残る。いいか？　カムイ？」

「勿論っ」

「それで、アルとアクアリンはそのまま残って原因を探ってみてくれ」

「分かったわ」

「オルマリアはエリアルに付いててくれ」

「ガッテン承知っ」

ガッテンて……。何でもありだが使い方は要所要所間違っていないのが余計困惑する。

「ラフレシアは戻ってきて、カムイといちゃいちゃしててい～ぞっ」

「分かったですのぉ～」

「おいおい……」

ラフレシアが普通に返事したせいで、パルポルンの言ったことが冗談なのか本気なのか、皆目見当がつかなかった。

「じゃ〜、急ごうぜっ」

そのパルポルンの一声で、皆がそれぞれの役割を果たすべく散った。ボクらと一緒に来た『彼ら』を連れ、アル達四人はキャンセへと入っていった。ボクだけが、どうしたらいいのか正直分からなかったが、それを分かってか、パルポルンから指示が飛んできた。

「カムイっ、あいつを頼むっ」

体育座りでじっと何かを見つめる女の子を指差した。パルポルンは走り回ってる男性に向かった。ボクは、その少女に近づいて視線の先を追ってみた。何やら、人間観察……、違った、ノア観察をしているようだった。

「はじめまして。ボクはカムイっていうんだ。名前教えてくれる？」

さっきの失礼な経験が頭を過って少々緊張しつつ話しかけた。冷静に考えれば、何とも下手なナンパだ。

「ルリア」

「ルリアか……。素敵な響きだね。ところで、ルリアは他人を観察するのが好きなの？」

そう聞くと、無言で頷いた。

「横、座ってもいいかな？」

「お好きにどうぞっ」

ボクの問いに、視線を合わせずに答えた。

「ありがとっ」

そう言って、ルリアの横に同じように腰を下ろした。

「ボクも、人間観察が好きなんだ」

「人間様？」

「あっ……。他人を観察というか、人の行動や格好を眺めるのがね……」

そう言い直した。

「ふ～ん」

「キミは何を見ているの？」

普通に興味が湧いて聞いてみると、振り向いてボクをじっと見つめながら小声で言った。

「過去と未来」

そう言うと、また視線を戻した。

「過去と未来？」

「うん」

「見えるの？」

「ううん。想像するの。

格好、顔かたち、表情、仕草、口調、そのうちのもらえる情報と私の経験、知識から、どういう生き方をしてきて、これからどう生きていくのか勝手に想像するの。

想像するだけで楽しいから、本当の答えはいらないの」

淡々と答えているが、不思議と確かに楽しんでるように聞こえた。しかも、言ってることがあまりにも大人びていて感心を通り越して唖然とした。

「面白そうだね……。そんなこと考えたこともなかったよ」

ボクがそう言うと、嬉しそうに答えた。

「だって、想像も妄想も自由だもの」

「確かに……自由だね」

その時、このルリアを連れ戻す理由を見失いそうになった為ベタな質問をしてみた。

「ところでルリア、キミの帰りを待ってる人はいないの？」

「分かんないっ」

この質問に、表情を一つも変えずに答えた。

「ボクの勝手な思い込みだけど、きっといると思うんだ。

ここ魂魄界のノア族は他者との関わりを大切にしてることが多いから……」

「アナタここの住人じゃないみたいな言い方をするのね……」

その言葉にハッとした。一応隠してることを思い出した。

「聞いたことあるんだ。人間界を覗いてきた友達にね」

「ふ～ん」

苦し紛れの嘘をついてしまった。ルリアは、興味なさげに返事をしたが、それ以上つっこまなかった為、ボクの中で少々の罪悪感と安堵が入り混じった。

「戻りたくない？　今の自分じゃない自分に……」

「これも私、あれも私……。私が私である以上、そのどれもが私。なら、私はどの私でもいい。アナタはそうは思わない？」

落ち着き払った物腰。この答えに、この質問。正直、見かけとのギャップに愕然とした。もしかしたら、想像以上に年上なのだろうか。尚更、ルリアに対する興味が深まった。

「拘りと言うか、執着がないんだ。いや、ごめん違うね。そういう次元じゃないってことか。

はっきりとは理解できないけど、うっすらと分かるような……。

因みに、ボクはどう感じるんだろう……。

意図しない、予想できない喜怒哀楽も多いけど、やっぱり今の自分がいいかな。

自分じゃない他の自分を想像できないよ。想像力が乏しいんだろうね……」

思わず、見た目が少女のような相手に苦笑した。

「ふ〜ん」

笑いも軽蔑もない無関心に近い返事だった。

「待ってる人がきっといると思うよ。もしルリア、キミがどの自分でもいいんならさ、今までのキミを待ってるだろうから、今までのキミに戻らないか？」

お節介以外の何者でもないこの説得力のない誘いに自分で溜息が出た。

「それも一理あるわね……。いいわ、戻りましょ」

「えっ？　いいの？」

「アナタが言ったのよ？」

「いや、そうなんだけど……。ありがとっ」

「変なの……」

おもいっきり、あっさりと承諾してくれた為、変な動揺が生まれたが、ルリアの冷静な言葉でボクも冷静さを取り戻せた。

煩悩が覚醒したからといってコミュニケーションがとれない訳ではないようだ。今までの『彼ら』と接してきて確信が持てた。そのまま、大人しく後をついてくるルリアをキャンセに連れ込んだ瞬間、大勢のノア族が入り乱れる中、オルマリアが走り寄ってきた。

「どうしたの？」

「エリアルがいやがらないの。このフロアのどこを探しても、見当たりやがらないの。外で見かけやがらなかった？」

慌てた様子で答えた。

「ごめん。ボクはエリアルさんを見たことがないから……」

「あっ、そうなのね。私ちょっと外探してきやがるわ」

「分かった。ボクもこの子を連れて行ったらすぐ戻って手伝うよ」

「ありがとう。じゃ～先行きやがるわね」

そう言ってオルマリアは外へと出た。相変わらず壮絶な言葉遣いだ。ボクは秤の間へと急いだ。吹き抜けのエントランスには二十人ほどのノア族が疲労困憊状態で休んでいた。

そこを抜け廊下を急ぎ足で進んでいるとふと気付いて足を止めた。

「あれっ。そう言えば、秤の間ってどこなんだっけ……」

「なんだ、知ってて立ち止まったんじゃないの？　そのドアよ」

まぬけな独り言を言うと、ルリアが先ほどと変わらぬ口調で、ボクの横の扉を指差した。

「えっ。ここ？」

「そうよ」

「ははっ……。ありがとっ……」

「ええ」

なんともお安いコントみたいだった。ドアを開けると学校の体育館を思わせる高さと広さのある部屋で、その中央にこれまた大きな木が天井を突き抜けて聳えていた。

「ん？　……。木？」

そう困惑していると、ラフレシアがボクを見つけてくれた。

「カムイ、ここですのぉ～」

「あっ、ラフレシアっ」

ルリアと二人で駆け寄るとアクアリンとアルフも木の根っこから出てきた。

「うわっ……。どっから出てくんのっ」

「えっ？　一人ずつ秤の中に戻してるんだよ」

「えっ？　秤ってこの木？」

「そうだけど……どうしてだい？」

「ごっつい機械仕掛けの天秤を想像してたから……」

「ふっ。そうなんだ」

「ハ～カルンは特別に育てられた神樹だよ。

この根の部分が部屋状になっていて、これがちょうど百個あってね、
この中で最初から最後まで一連の儀式が行われるんだよ。

だから今、それぞれがいた部屋を聞きながらそこに戻してたんだ」

「あなたもいらっしゃい」

アクアリンが優しくルリアに手を差し伸べると、ルリアは素直に従った。アクアリンが連れて行こうとすると、ルリアは振り向いてボクに声をかけてくれた。

「アナタも早く見つかるといいわね」

そう言うと、無表情のまま手をにぎにぎとバイバイしてアクアリンと神樹の裏側へと消えた。

「見つかる……。なんで分かったんだろう……」

そう考えていると、ラフレシアが一瞬立ち止まりそうになったボクの背中を押してくれた。

「カムイ～、もうひとがんばりですのぉっ」

周りを見ると、今まで気付かなかったがまだ部屋に入れていないノア族が十人ほど各々の思いのまま行動していた。アルがそのうちの一人を連れてまた部屋探しを続けてるのを見てこうしてる場合ではないと我に返った。

「ラフレシア、すぐ済ませて皆と戻ってくるよ」

「は～い、ですのぉ」

耳をぴくんっと弾ませたラフレシアも何気に笑顔が疲れているように見えた。そのまま秤の間を後にして廊下に出ると、三人のノア族が『彼ら』と共に戻ってきた。

「お疲れ様」

「お疲れ様」

「まだいますか？」

「ええ、まだ何人か……」

「そうですか」

疲労を抑える為に最小限の会話に留めた。エントランスに戻ると人数が減っていた。おそらく、少し休んでまた『彼ら』の捕獲に向かったんだろう。ボクも続こうと勢い良く扉を開くと目の前に大きな影が立ちはだかった。

「！！！っ」

ボクだけが驚いた。そこにはパルポルンより二回りほど大きく、少しだけ強面《こわもて》なノア族が立っていた。その彼は、じっとボクを見たまま微動だにしない。いきなり勢い良く開けたのを怒ってると感じたボクは咄嗟に声を掛けた。

「すいませんでした。怪我はないですか？」

するとその彼は、意外にも物腰柔らかい声で答えた。

「入れてもらってもいいですか？」

「えっ？」

一瞬固まった。そのノア族の口が動いてなかったからだ。

「あっ、すいません。どうぞ」

道を空けると、その大きな彼は意外なほど丁寧に頭を下げて入ってきた。その後ろにボクと同じくらいの体型のノア族が付いて入ってきた。大きい彼は『彼ら』側だとその時気付いた。後から入ってきた彼にも、声を掛けた。

「お疲れ様」

「お疲れ様」

すると、先ほどの声で返事をしてくれた。さっきのは、大きな彼ではなくこっちの彼だった。腹話術みたいだったと別に可笑しくもないのに少しだけ笑いがこみ上げた。

「勇敢ですね」

「あぁ、ボクはパルポルンっていう人が宥めた人を連れてきただけなんだ。宥めるのは彼がして、連れて行くのを周りの人にお願いしてるよ」

「そうでしたか」

見ると後ろにも二組、入るのを待っていた。

「あっ、ごめんなさい。どうぞ」

道をさらに譲ると皆一様に頭を下げて横を通り抜けていった。改めて外に視線を投げると、視界が開けた先でパルポルンと十数人のノア族が奔走していた。目的達成まで一人で二～三人のノルマといったところだろうか。そう考えると俄然元気が出てきた。なんとも現金な話だ。勢い良く飛び出し、次に連れ帰るノア族を探していると、周りのノア族が苦戦してるのが見て取れた。手のかかる『彼ら』が残っているようだ。凶暴ではないが、たががはずれた欲望のチカラは想像以上のようでかなりの労力を強いられているようだった。パルポルンは、オルマリアが連れ戻したはずのエリアルを見つけ捕まえようとしていたが怪我をさせないように手加減しながらだった為手こずっていた。

「手伝おうか、パルポルン？」

パルポルンに声を掛けた時、後ろから声がした。

「大丈夫よっ。私が連れ帰りやがるわぁ」

「カムイぃ～」

オルマリアがラフレシアと駆けてきた。

「頼む、オルマリア。女子は苦手だわ……オレ」

苦笑いしながらオルマリアと代わった。

「ラフレシア、中は大丈夫なのかい？」

「大丈夫ですのぉ～。

皆も手伝ってくれてアルとアクアリンお姉さまが原因を探ってるですのぉ」

「そっか。じゃ～早くここを済ませて合流しなきゃねっ」

そんな一言二言の会話の間にオルマリアがエリアルをキャンセへと連れて行っていた。

「はやっ……」

やはり絆とかそんなのだろうか。パルポルンに目をやると既に別の『彼ら』と接触していた。ボクとラフレシアは他の『彼ら』を探した。そんな時、屋根に登っていた洒落た格好をしているノア族が天に向かって羽ばたく仕草をしているのをラフレシアが見つけた。

「飛びたいんだね……。あの人……」

滑稽《こっけい》に見える行動だったが、あれが彼の欲望の表れだとしたら、そう考えたら全然笑えなくなった。そう思っていた矢先、何ともこてこてな展開だが屋根の上の彼がバランスを崩した。彼を助けに建物に入ろうと入り口のドアに手を掛けようとしていた為屋根を滑り落ちる彼に気付かないラフレシア。幸い彼は自力で屋根を摑んで止まったが、数枚の瓦がラフレシア目がけて落ちてきた。

「危ないっ」

咄嗟にラフレシアに覆い被さった。この時、一瞬だけ脳裏にデジャブのようなビジョンが浮かんだが、認識する間もなくすぐに消えた。何枚かの瓦はボクらを避けて落ちたが、一枚がボクの左腕を掠めた。一瞬痛みが走ったが、気が張っていた為か、そう気にはならなかった。そのまま体を起こすと、すぐにラフレシアと壁際に寄った。

「大丈夫？　ラフレシア？　怪我はない？」

「んっ……。あっ」

ラフレシアはボクを見るなり見る見る涙目になった。

「うえぇぇぇぇ～～～～～～～～」

「大丈夫っ。全然平気だからっ」

「うえぇぇぇのぉ～～～～～～ダーリンに怪我させてしまったですのぉ～」

「大丈夫っ、大丈夫だからっ。ほら、よく見て、大したことないでしょ」

血を見て、少しパニックになったラフレシアを宥めようと左頬を見せると、ほんの少しだけ落ち着いた。さらに落ち着かせようと手を引き寄せると、ラフレシアも左手に擦り傷を負っているのが見えた。

「あっ、ラフレシアっ、キミもっ」

今度はボクがパニックになりそうになったが、ボクらに走り寄ってくる影が見えた為、冷静さを保つことができた。

「二人とも大丈夫かっ」

「えぇ」

「はいですのぉ～」

幸い、ボクら二人ともかすり傷だった。

「大丈夫だっ、二人ともかすり傷だ。これでっ」

そう言って、彼はボクらに胸元から取り出した粉を振りかけてくれた。深く被ったとんがり帽子のせいで顔がよく見えなかったが声色と話し方のトーンからするとアルやパルポルンより少し年上といった感じだ。洒落たベストを羽織っていて先の尖った靴を履いている。お洒落かキザかのどちらかだ。そんな勝手な想像をしたが、心配して駆け寄ってきてくれた相手に失礼だったと、すぐに反省した。

「このくらいの傷なら、これでじき治る」

「あ……ありがとう」

「ありがとぉですのっ」

お礼を告げ名を聞こうとした時、パルポルンが叫んだ。

「フレンっ。ちょうどいい、手伝ってくれっ。こいつらを秤に連れ戻さなきゃなんね～んだっ」

「分かった」

そう言うと、フレンという青年はパルポルンの指示もなしに的確に且つ速やかに状況を把握し行動に移した。その姿に、頼もしさすら感じた。ボクらは、先ほど屋根に登っていた彼にコンタクトをとり屋根から下りてもらうことに成功した。ほぼラフレシアの功績だ。周りの皆も、次第に役割分担が把握でき各々のすべきことに最善を尽くしていた。

「よ～しっこれで全部だっ。連れて戻るぞっ」

パルポルンが皆に聞こえるように叫んだ。相当数の『彼ら』だったが、ここで待っていたノア族がゼルクの指示で先に動いていたこともあり、ボクらがこの広場についてから半時ほどで全てを確保できた。全ての『彼ら』を秤に戻し、皆エントランスでそれぞれ一息ついていた。ボクら六人は、他の皆より疲労が少なかったこともあり、そのまま秤の間で原因の手がかりを探すことにした。

「そう言えば、秤の順番待ちをしていたって男がな、事件が起こる前に、不審な行動をするゼルクの姿を見たって言ってたぜ。

ま～恐らくは、こそこそエリアルを見守ってたのが不審に見えただけだろうがな」

「あぁ、ゼルクはこの件とは関係ないよ」

「たぶんな」

「あの方は、少し変わってやがりますが、悪いやつではないでございますから」

その言葉遣いに、少し変わってるのはゼルクだけじゃないよってつっこみたいのを我慢した。アルとパルポルンの二人は勿論、オルマリアもゼルクを擁護した。というか、ボクを含めここの六人皆、ゼルクを疑ってなどいなかった。ボクは面識がないが、皆の信用ぶりを見れば疑う余地はなかった。実際、そうは言っても今回の件とゼルクとの関わりは、本人がいない今、憶測の域を出ないことは確かだ。収束の手がかりが見つからない今、頼りはパンさんの元へ向かったそのゼルクの帰還に掛かっていた。

「それにしても、ノア族って根っから温厚なんだね。煩悩に支配されててあの程度なんだから。

人間界だったら恐ろしいことになるよ。容易に想像できる。

ほんの一部のピュアな人間くらいかな、ノア族みたいな行動に収まるのは」

「ふ〜ん。それが本当なら、人間様って意外とこえぇ〜なっ。

でもよっ、人間様も色々経験してっから、だんだんと良くなるんじゃね〜かっ？」

「それでも人間は、過去の過ちを繰り返すよ……。

文明が発達しても、どんなに便利になって生活が豊かになっても、人間が人間でいる限りは……たぶんだけど……」

「知識はどんどん付いてんだろ？　なら、解決策も見つけられるんじゃね〜のか？」

「……」

その先は言いたくなかった。同時に、自分で振った話題に後悔した。

「でも、笑顔がなくならないのも事実だよ。

いろんな悲惨な過去も経験してるのに、良くも悪くも、乗り越えてきて今がある。

多くの犠牲になった命が未来を繋いでそして紡いできたとも言えるんじゃないのかな」

残念なことにアルの精一杯の慰めだと分かった。これに甘えて、この話題に終止符を打とうと思っていた矢先、いとも簡単にパルポルンがボクの隠した本音を代弁した。

「それでもよ、今もどこかで悲しいことが起きてるのも事実なんだろ。

実際、乗り越えられずに苦しんでる人間様だって沢山いんだろ。

それを黙認してるヤツだってな……。

自分と違う価値観を受け入れられね～限りは変わんね～よ。何にもな……」

目を背けようとしたのが伝わったのか、パルポルンが、半ば強制的に向き合わせてくれた。ノア族の優しさに甘んじて、人間としての現実から目を逸らし、今まで通り逃げる自分に流されそうになったが、お陰で、この魂魄界で感じた思いの丈を打ち明ける決心がついた。ここで、逃げちゃだめだ。そう心の中で繰り返し、勇気を振り絞った。

「……うん、そうだね……。大勢いるよ、傷ついてる人や傷が癒えない人。

様々な現実が変わらないのは、人間にはいろんな『欲』があるからだと思う。

自分の欲に負けちゃう人が多いんだよ。ボクも含めてね……。

それが、必ずしも悪いかといえば、そうでもないし、勿論、欲自体が全て悪いなんて言わないけど、関係してるのは確かだよ。

時折、平常心や理性を飲み込んで、自分を見失って選択を誤ることがあるし。

それにさ、自分自身が余程の経験して実感できないと、大抵の人は変われないんだ……。

その余程のことなんて、そうそう起こることもないし、起きたとしても、時間という魔物が邪魔をすることとさえあるし。

要は、自分次第なんだけど、簡単そうで、かなり難しい。

キミ達を見てると、この歴然とした差が埋まることはないと思い知らされるよ。

それくらい居心地がいいんだ……。ここは……。ごめん……」

「………」

そこにいた全ての時間が凍りつくように止まった。軽い話題のつもりがネガティブな空気を生み出し、根本の単純さと複雑さを痛感させられた。彼らをいろんな意味で失望させてしまった気がして、彼らとの今までの関係が崩れ去るのではと、恐ろしく後悔した。

「あ〜もうっ。辛気臭ぇ〜なぁ〜もぉ〜。過去も今も、もう何も変わんね〜んだよっ。でも未来は変えられるじゃね〜かっ。何でも、やってみね〜と分かんね〜だろっ、カムイ。

オレは、まだ人間様は捨てたもんじゃね〜なって、今思ったぜっ」

失意の沈黙を許さなかったのは、パルポルンだった。

「どうして？」

ボクはうつむいたままパルポルンだけじゃなく誰とも目を合わせられなかった。

「キミだよ、カムイ」

アルが優しく投げかけてきた。

「ボク？」

ほんの一瞬、真っ暗な目の前に光の波紋が広がってそして、すぐさま消えた。

「そうよ、カムイ。アナタはまだ若いわ。

その若いアナタが、そこまで分かっているのなら未来は捨てたものではないわ」

「そうですのぉマスター。マスターは凄いですのぉ」

「ボクは普通だよ……。どこにでもいる高校生さ」

「そこだよっ。お前が普通で、その普通のヤツがそう考えてんなら、そこまで分かってんなら、まだ捨てたもんじゃないってことだよっ」

「そうだよ、カムイ。未来は決まってなどいないんだよ。

人間様の欲は諸刃の剣かもしれない。だけど、それは悪いだけじゃないってことだろ。なら、そこには、ちゃんと希望も未来もあるじゃないか。

そこに目を向けずに、悲観ばかりしていたら、キミら人間様の可能性はどんどん萎えていってしまうよ。

実際、人間様の歴史上、前向きな人間様がいなくならないってことが、希望と未来があるって証じゃないのかな」

「そうだぜっ。もし、人間様がそれに値しない存在なら、もうとっくの昔に滅んでんだろ。

人間様が、良くも悪くも欲っていう原動力で動くとして、いやたぶん、それは、どうしようもない本能なんだろうけどなっ。

そんな人間様にも、当たり前に貪欲なヤツと無関心なヤツが居て、結果、ほんの一握りの成功者と、多大な犠牲者を生み出しながら、進化と退化を繰り返して留まることなく歴史を刻んできたのは事実。

でもよ、皮肉なことに、そういうことも含めて世界は均衡を保ってる部分があるだろ。

欲に目が眩む前に、お前が欲を見極めれば良い、要は、お前次第じゃね〜のかっ。

世の中を悲観する前に、まずは、自分が自分を悲観しないことが大切だと思うぜ。

それは、簡単じゃないかもしんね〜けど、なりたい自分に気付けさえすれば、何かしらの道が絶対に拓けるってオレは信じてるぜっ。

まぁ、その原動力はお前の言う欲に外ならないけどな。

そう考えれば、欲ってのは人間様にとって大切な一部なのかもしれないぜっ。

それにな、カムイ、これだけは覚えておけよっ。お前は特別に選ばれたんだぜっ」

「特別？」

「あぁ、そうだっ。だからよっ、もっとこう胸を張れっ、こうっ」

重い視線をパルポルンに向けると、これでもかといわんばかりに胸を張って見せていた。

「それにね、これはキミ一人がどうこうしたところで、人間様そのものや、世の中を大きく急速に変えられるものではないし、キミ一人でどうにかしないといけないことでもない。

もっと言えばキミがしなければならないということでもないいんだよ。

そう感じる人がいることに意味があるんだ。そこから風が生まれる、希望の風がね。

キミは、その希望の風の種の一つでいいんだよ。その他大勢の一つでいいんだ。

それは、平凡ということでも普通ということでもない。そんな括りなどないんだ。

キミはキミ。それ以上でもそれ以下でもない。

人間様だからとか、ノア族だからとかも関係ない。

他者と自分を同じ物差しで比べる必要すらない。

キミはキミのまんまでいいんだよ、今までも、これからもね」

笑わせようとしたパルポルンのタイミングをなかったものにするアルの間の面白さもだが、皆んなのボクに対する思いに、救われた。正直、全てが分かった訳でも、納得できるだけの知識や経験がある訳でもない。ただ、皆んなの気持ちは、胸の奥深くまで流れ込んできた。

「それに、アナタの他にも沢山いるわ。アナタと同じように考えている人間様が。人間様も、両方のチカラを兼ね備えているの。ただ、バランスを崩しやすい人が多いだけ。

希望のカケラは皆の中に必ずあるわ。それを信じるの。

アナタは……、人間様は……、アナタが思っているほど弱くはないわ」

「ったくよ〜。これくらいで泣くんじゃね〜よっ、カムイ」

ボクの頬を無意識に伝って落ちた涙にパルポルンが優しい檄を飛ばしてくれたのが分かった。

「やめなよ、パルポルン。カムイだって分かっているんだよ」

「そ〜よ、パルちゃんっ。そんな言い方、良くないわよ」

「パルっち、マスターをいぢめたらだめですのぉ」

今まで必死に堪えていたものが、一気に溢れ出した。

「あ～あっ。ほら見ろっ。

こ～ゆ～時、優しいこと言うんじゃね～よっ。我慢できなくなんだろっ」

「そういう……ことか……。ボクもまだまだだ……。ごめんよ、カムイ」

「そうだぜっアル。オレたちだってまだまだだっ。

でも、今はそれでいい。それが分かってさえいればいいんだ。

カムイだけじゃね～。さっきの話は、オレらにだって同じことが言えんだぜっ」

「そう、だね……」

顔を上げると、笑みを浮かべた皆んなの頬にも輝きの雫が伝っていた。一つの想いに、いくつもの思いが共感した瞬間を見た気がした。

「ありがとう……。みんな……」

第八章　『動きを停めた生命の秤《はかり》後編』

「こんなの……初めてだ」

　本当に胸がいっぱいになって、自分という器が弾けそうになる。目に入る全てのモノが共感してくれているような、そんな温かさを感じ、自然と涙が頬を伝って、体中が小刻みに震えた。伝う涙が、皆の柔らかい穏やかな笑顔で拭い去られ、希望が広がる瞬間を肌で感じ、視界に入る全てのモノが、愛おしく感じられた。

　そんな中、エントランス側のドアがゆっくりと開いた。皆、ゼルクが帰ってきたと視線を投げたが、そこに人影はなかった。自然と目が離せなくなっていると、ほんの一呼吸を置いて、また、ほんの少しだけドアが開いた。皆、余計に目が離せなくなっている中、予想外にドアノブの辺りから柔らかそうな牙がにゅ～と生えた。

「ん？」

　そこにいたボクら全員がそこに集中させられ、面白いように皆同じように頭をかしげて凝視していた。恐怖より興味の眼差しで見守っていると、そのまま、かなりのスローモーションで成長した牙が耳だと気付くのに時間は掛からなかった。成長した牙のような耳に次いで、頭、額、そして遂に目が登場した。その瞬間、覗いた目が急に大きく見開かれた。

「！！！っ」

小さい、と言うかまだ幼い。ノア族だろうか、それとも別の種族だろうか、ボクには区別がつかなかった。その子は、ボクら全員の視線の集中砲火を目の当たりにし、驚き過ぎたせいか、大きな目を見開いたまま動けなくなっていた。一呼吸の間をおいてこちら側を見てみると、一人だけ顔が横のままのパルポルンがいた。どうやら、パルポルンと視線が繋がってしまったことで、動けなくなってしまったようだ。パルポルンが体勢を変えないのは優しさだろうか。パルポルンは、そのままの体勢で、何事もなかったかのように第一声を発した。

「おいおいっ、大丈夫か？　あの格好、相当きっついだろっ。てか、ドアから顔が生えてるみたいで、こえ〜よっ」

「キミも同じ格好してるよ」

さら〜っとアルがつっこんだ。パルポルンの体勢は、どうやら優しさではなく、あの子と同じで動けなくなっていただけのようだ。パルポルンの独り言が、まるで呪文のように彼女をさらに動けなくしていたようで、それを察したであろうアルが優しく声をかけた。

「大丈夫だよ。何か用かい？」

すると少しだけホッとしたのか、その格好のままこくりと頷いて見せた。

「その格好、きつそうだよ。ここにいる皆は怖くないから、こっちにおいで」

アルに促されてそっと出てきたその子の姿は、アルやパルポルンよりかなり年下といった雰囲気のかわいらしい少女といった感じで、どうやら、ノア族のようだ。淡く黄色い体に深い茶色の瞳が印象的だった。その少女の、まだ少し強張った表情にアルがアクアリンへと視線を投げ、何か目配せをした。すると、アクアリンはゆっくりとかがんで、その少女の目線まで腰を下ろし、優しく声を掛けた。

「怖がらなくていいのよ。お入りなさい」

「……いいの？」

アクアリンの丁寧な言葉に完全に緊張がほぐれたのか、上目遣いで返事をした。

「勿論よ。ここはみんなの場所よ。さぁ、お入りなさいな」

「……うん」

そう小さく返事すると、少しだけ嬉しそうに小走りでアクアリンの傍に駆け寄った。途中、パルポルンの前だけ気持ち大回りしたのが可笑しかった。

「おいおい……」

「ふっ」

「おいっ、アルっ。今、笑ったろっ」

「ごめん、ごめんっ」

「ちぇ～っ」

何気に寂しそうなパルポルンが可哀想で、尚更可笑しかった。そんなパルポルンの傷心を知ってか知らずか、パルポルンの言葉にもリアクションにも、一切触れることなく、アクアリンにそっと声を掛けた。

「あの……」

「ん……なぁに？」

恐る恐る声を掛けてきたその少女に、アクアリンはマア～ルッこい声で優しく応えた。

「えっと……ね。私の友達も……この中にいるの……」

「それは心配ね」

彼女の言葉尻を確認したアクアリンは、低く温かいトーンで返事をした。

「うん」

「あなた、お名前は？」

「……マアム」

アクアリンがそっと聞くと、その子は、か細い声で答えた。

「マアム。素敵な優しい名前ね」

「うん」

アクアリンの言葉に、少しだけ嬉しそうに頷いた。

「心配でここに来たのかい？」

「ううん」

恐怖心が拭えた為か、アルの質問にも自然に返事ができた。マアムは小さく首を横に振ったあと小さな声で続けた。

「あのね……」

彼女が言うには、一組目の儀式の為百人全員が秤に入り、儀式が始まって十分位経った頃、秤が急に動きを停めたとのことだった。直ぐに、キャンセに常駐している監視員達が色々調べたが、全く原因が摑めなかったとのことだった。原因不明の秤の機能停止により、秤の中で判決待ちをしていたノア族が、休眠状態から目覚められない事態に陥って三十分ほどが過ぎた頃、静かに異変が始まったようだ。

「ここに入ってるヒトが最初に……」

彼女はエリアルが収容されている秤を指差した。一番最初に異変が起きたのがエリアルだったようだ。ここがゆっくりと開き、刻印をなくしたままの状態のエリアルが目覚めてしまったと言う。それをきっかけに、まるで連鎖反応のように次々と解放され始めたノア族。その抜け出してきたノア族の行動は様々で、暴れる者もいれば、大人しく佇んでいる者もいたという。付き添いの者や次の番を待っていたノア族も声は掛けてはみたものの、対応がわからず慌てふためく中、ゼルクがマアムを連れて安全を確保してくれたとのことだった。ゼルクが言うには『彼ら』は元の意識を微かに保ちつつもリミットの外れた煩悩のまま彷徨い始めているのではないかとのことだった。そのままゼルクは何人かを集め指示を出した後、マアムの元に走り寄り安全を確認したうえで、パンダミオさんに指示を仰ぐと言い、一人で街を出たそうだ。

「そっか、心細かったね……。怖かったろ……」

アルの柔らかい口調にマアムの表情も和らいできた。

「ううん。大丈夫」

「友達は大丈夫そうかい？」

「うん。

ず～っとお花眺めてたけど、ちゃんと言うこと聞いてすぐに秤に戻ったよ。ここにいるの」

そう言うと、エリアルの隣の秤を指差した。

「ここにいるのか……。早く助けてあげないとね」

「……うん」

そこにいた皆が、マアムを安心させようと声をかけると、声を掛けられる度にマアムの声と表情に明るさが宿った。

和んだのも束の間、一瞬空振が走り、部屋の空気が一変した。気配を感じ、中心に聳える神樹に目をやると何かに呼応するかのように、重く……深く……共振を始めた。

「何かが……来る」

アクアリンがいち早く反応した。見るとアクアの三人は敏感に反応し辺りを窺っている。

「な……なんだ、これ……」

パルポルンは直ぐにマアムを引き寄せた。微振が波紋のように幾層にも折り重なり広がる。ここら一帯の空間自体がその波にのみ込まれ地響きにも似た振動が次第に強まってきた。

「この神樹の中で……何かが暴れていやがるわ」

オルマリアの言葉に緊張が走った。

「あ……あれ……」

アルの視線の先を見ると秤の一つが青白く鈍く光っていた。振動と共鳴するかのように明滅している。その明滅を三回数えたか数えないかのタイミングで秤の扉がゆっくりと開き始めた。まるで、内側から強制的にこじ開けようとしている感じに体が硬直した。

「まずくね〜か。……あれ」

さすがのパルポルンも動けず、そこにいた全員が、まるで金縛りにでもかかったかのように体が硬直しているようだった。こちらが萎縮するほどの凄まじい気が、ボクらを羽交い締めにしているかのような感覚だ。そのままボクらは、ただ、ゆっくりとこじ開けられる扉を見ていることしかできないまま、とうとうその扉が全開放した。

中から青白い光がゾワッと溢れ出て、その青白い光のなか、中心に一つの闇がぬらりと顔を出した。次の瞬間、今までに感じたことのないような鳥肌がボクの全身を這いずった。全身の毛が逆立つ程の鳥肌が立つなど初めての経験で、歯を食いしばらないと立っていられないほどだった。

「マアム、オレの後ろに隠れて離れるなよ、いいな」

「うん」

パルポルンはすかさずマアムの前に出た。

「アル、あれは……」

「あぁ」

二人、いや、ボクとマアム以外は皆認識できたようだった。

「何？　どうしたの？」

「……ダーカーだよ」

「ダーカー？　前に言ってた？」

「あぁ……。あれが……そうだよ」

凄まじい威圧感だったが、邪悪な感じは受けなかった。ただ、全てのものに対して敵意を放っている感じは伝わってきた。

「アル、ダーカーの煩悩って……」

「想像もできない……」

「だよ……な」

「ただ、明らかに友好的な雰囲気じゃないことだけは分かる」

「敵意むき出しだからな」

「あぁ」

「他の連中は、あっさり出てこれたみたいなのに、何であいつは出てこれなかったんだ？」

「たぶん、神樹が離さなかったんじゃないかな……」

「だとしたら、正解だな。

あんなのが外に出てたら、流石のオレでも、秤に戻せそうな気がしね～もんな」

「ふふっ」

「なんだ、アル？」

「いや、キミは時折、さらっと本音を言うからさ」

「はぁ？　オレはいつだって本音だぜ」

「そうかい？」

「なんだそれ？」

「いや……。ごめん、ごめん。ボクの思い過ごしだ」

「だろ～。……ん？　な～んかすっきりしね～のは何でだ？」

緊張感があるのかないのか分からないやりとりに、少しだけボクの緊張感はほぐれた。

「ふっ。それより、今にも飛び掛ってきそうだよ、彼」

「あぁ……。やっと食い破って出てきたって感じだもんな。

なんか憤怒のオーラ全開だしよ。しまいにゃ、オレらに矛先を向けてるもんな、あれ」

「キミもそう思うかい？」

「そうとしか思えね～よ」

「だよね」

相当まずい状況なのは見て容易に分かるが、この二人からは恐怖感というものを感じなかった。困ったな～程度の苦笑いをしながら、真剣に策を講じてる……。そんな感じだった。

「手段がない今は逃げた方がよくない？」

「そりゃ～だめだ。オレらを攻撃しようとしてるなら尚更な。

本能で速攻、攻撃してくる可能性がある。

それに、神樹の隔壁を食い破りやがったんだ。そのチカラ、ハンパね～ぞ」

「でも、敵意があるにはあるけど、神樹から出た瞬間より少し抑えられてる気がしない？」

「確かにな……。だが、それでもあの敵意だぜ。怖くはね～が、手に負える気がしね～よっ」

「まぁ、そうなんだけど」

皆が一様に恐怖より違和感を感じていた。

「でも……。このままじゃ……」

「くそっ、ゼルクのヤツはまだかっ」

「アクアリン、ダーカーのこと何か知らないかい？」

「アナタも知っての通り、ダーカーは単体の自警員で個々それぞれの特徴も行動も違うわ。

唯一の役目以外、統一性はないの。

ただ、勘違いされているのは、ダーカーは罰するのが役目だと思われていること。

実際は、そうではなくて、護るのが本来の役目よ。しかも、暴力は振るわないわ。護るべきものの安全を脅かす対象に対してのみ、制裁を加えるの。

本来の護るという本能に加え、それを全うしようとする使命感を持っているわ。

それに、かなりストイックよ。もし、ダーカーが煩悩のままに動くとしたら、より善悪の判断も極端になってる可能性があるから、些細な行動すら癇に障れば制裁を加えないとも限らないわ。

その制裁も、理性も手加減もないものになる恐れがあるから、細心の注意を払ってね」

「護る……か……。自衛なのかな……、今の目的は」

「分からないわ」

「話しかけてみるか……」

「来るわ」

「怖いですのぉ～」

「ラフレシア、私の後ろにっ」

振り返るとアクアリンがすっとラフレシアの前に出たところだった。

「ありがとう。アクアリン」

「私がこの子を護りたいだけよ、カムイ」

「にゃはっ」

そのアクアリンの左腕の方から横になった顔半分を覗かせてこちらの様子を窺うラフレ

シアが見えた。マアムのあれがお気に入りのようだ。

「きっと大丈夫だよっ」

「はいですのぉっ、ダーリン」

そう言って耳をぴくんっとさせた。ボクは未だに鳥肌が収まらなかったが、精一杯のやせ我慢で一歩前にいたアルの横に並んだ。

「お～、いい度胸だ、カムイ。見直したぜ」

「大丈夫かい？　カムイ……」

「かろうじて……」

思わず本音が出た。

「さ～てっ。どうすっかな～」

「流石に攻撃とかしてこないよね……」

「さ～なっ。オレも対峙するのは初めてだからなっ」

「ボクが行こう。説得してみるよ」

「話を聞くとは思えね～が……。じゃ～先方は譲るぜっ。

カムイっ、こ～ゆ～のを人間様はレディーファーストって言うんだろっ」

あまりの得意げなパルポルンの表情に、現状を忘れ面白いから黙っておくか、それともちゃんと教えてあげようかの自分会議を始めようとした矢先、アルがボクの楽しみを横取りした。

「ボクはレディじゃないよっ、ふっ」

「ん？」

パルポルンはピンと来ていない。その様子が、尚更可笑しかったが、今はそれどころではなかった。

「話してくる」

そう言うと、アルは先頭にいたパルポルンの前に出た。ボクはパルポルンの『ん？』は無視ですか？　と心の中で失笑した。

「ダーカー、落ち着いてください。

ボクらはあなたに危害を加えるつもりはありません。話……、できますか？」

「…………」

ダーカーは全く反応せずに、ゆっくりとそれでいて勇ましく漆黒の炎を纏ったまま、ほんの少しずつ近づいてくる。

「望みは何です？」

「…………」

やはり無反応だ。

「やっぱ聞く耳持ってね～ぞ、そいつ」

「でも話しかける以外に方法は……」

そうアルが言い終わる前にダーカーから一閃《いっせん》、閃光が放たれた。次の瞬間、その光に包まれたアクアリン。凄まじい光と耳を劈くような金属音の中、後ろのラフレシアを残してアクアリンは飲み込まれるように光の球体ごと消滅した。

「アクアリンっ」

　皆が一瞬で凍った。

「アクアリンは？　アクアリンはどうなりやがったの？」

「カムイ〜。アクアリンはぁ？　アクアリンはどこですのぉ？」

「ごめん。よく分からなかった……」

狼狽《ろうばい》するオルマリアとラフレシアを安心させる言葉が見つからなかった。アクアの中でもアクアリンを当てにしてた分、絶望感にも似た失望感が頭を過った。

「きっと無事だよ。ボクが必ず見つけ出す」

　アルが冷静に言い放った。いつもなら、アルの一言で大概は根拠のないまま安心できた。しかし、今回ばかりは精一杯の虚勢にしか感じられなかった。きっと無事だと思い込むことしかできなかった。

「アル、どけっ」

　そう言うと、パルポルンがアルを押しのけた。

「おいっ。アクアリンを何処に飛ばしやがったっ」

「…………」

「何とか言え、ダーカーっ」

「………」

漆黒の影は勇ましく燃える炎のように、怒りにも似た感情を纏っている。勢いを増すばかりのその激情を抑える術はなかった。

「くそっ。とりあえず、皆下がれ。ダーカーから距離をとるんだっ」

パルポルンはそう言いながら、皆を下がらせた。迫り来る脅威と背にした壁に呼吸ができなくなりそうなほどの威圧感を覚えたが、意外と冷静でいられている。不思議な感覚だ。

そんな中、エントランス側の扉が勢い良く開いた。ボクらは勿論、ダーカーの意識もそちらに向いた。誰もがゼルクの帰還に期待したが、そこにいたのは先ほどボクらを助けてくれたフレンという青年だった。

「ダーカー？　この……姿は？」

「フレンっ」

「皆、無事かっ？」

「あぁ、大丈夫だっ」

フレンはそのままそっと部屋に入ると、ダーカーを刺激しないようにする為か、ゆっくりとドアを閉めた。瞬時に状況を把握したようだが、何の躊躇もなくこの状況に関わると判断しての行動に、複雑な感情が過った。

「どうやら、まずい状況みたいだね」

「あぁ。どうしようもね〜」

「話しかけても返事もしてくれないしね」

「ただ、アクアリンが消されやがったわ」

フレンに一番近かったオルマリアが小さい声で呟いた。

「消された？」

フレンはアルへと視線を投げた。

「どっかに飛ばされたんだと思う」

「そうか。……ダーカーに階層を越えるほどのチカラはないはずだから、パンダミオのどこかにはいるはずだよ」

「怪我をしてなきゃいいんだけど……」

「大丈夫さっ。なんたってアクアだからね彼女は」

「です……ね」

弱気にこそなっていないが、心配しているアルを皆で励ました。

「さてと……」

そう言って、フレンがダーカーへと視線を移すと、二回目の閃光が放たれた。瞬時に目で追ったが、放たれたその閃光は、既にオルマリアを飲み込んでいた。

「オルマリアっ」

フレンがオルマリアの手を引き寄せたが、そのまま光に包まれオルマリアの姿だけが消えた。

「なっ……」

目の前で起こった信じがたい現象に、フレンが驚きを隠せないでいる。

「またアクアかよっ」

そのパルポルンの言葉に、フレンが反応した。

「そうか、そういうことかっ。皆、ラフレシアを護るんだっ。

ダーカーの狙いはアクアだ。アクアの特殊な能力に反応しているのかもしれないっ」

フレンの言葉に四人ともラフレシアとダーカーの間に割って入った。

「咄嗟に前に出てはみたけど、こんなことをしても無駄じゃない？

ボクらを順番に飛ばして、最後にラフレシアを飛ばせばいいんだから。

それより、皆でこの場から逃げた方が良くない？」

自分でもびっくりするくらい冷静な発言だった。ただ、残念なことにその内容は全く気の利いたものではなかった。

「フレン、どうする？」

「確かにカムイの言う通りだ。一旦、エントランスへ避難して、策を練り直そう」

「くそっ……」

パルポルンも仕方なく従おうとした瞬間、先ほどからダーカーが放っていた光とは明らかに異質の光が、背後から温かさと一緒にボクらを包み込んだ。

振り向くと、そこには、光を放つラフレシアがゆらゆらと立っていた。光が徐々に広がる中、ラフレシアの揺れが収まった。

「ラフレシアっ」

「くそっ」

最悪の事態を想定したが、ラフレシアの姿はそこに留まっている。

「消えない？」

再びダーカーに目をやると、ダーカーは動きを止めていた。動かないというよりは、動けないという感じに見えた。

「なんだ？　どうなってる？」

「分からない……」

「この光はラフレシアから放たれている。

ダーカーからの攻撃じゃない。ラフレシア自身が……発光している……」

フレンの言葉にラフレシアに目を凝らした。さらに輝きを増すラフレシア。しかし、不思議と眩しくはなかった。

「おいっ、ラフレシアっ」

パルポルンの呼びかけに返事はなかった。軽く目を閉じてしなやかに立っている。

「ラフレシアっ」

次の瞬間、ラフレシアの足元から温かい風が湧き上がりラフレシアの体がゆっくりと宙に浮き始めた。

「ラフレシアっ」

「触ってはいけないっ」

　ラフレシアに手を伸ばそうとしたが、フレンに制止された。ラフレシアはそのまま三十センチほど浮いて、ゆっくりと回り始めた。それに共鳴するかのように、ボクの刻印のアテナがゆっくりとカウントアップしていき100を超えた瞬間、∞となり光を放った。その光はラフレシアへと流れ込みラフレシアの発光に輪を掛けた。ただ、周りの反応を見る限り、この現象は他の誰にも見えてはいないようだった。

「離れるんだ」

　そう言ってフレンはボクらを下がらせた。

「どうしたんだこれ？　フレン、何が起こってる？」

「たぶんだけど……。ラフレシアが……進化する」

「なにっ？」

「まさか……」

　フレンをはじめ、アルやパルポルンも知っているようだった。ラフレシアの……と言うより、アクアが進化するということを……。

「あぁ。普段アクアは絶対に進化するとこを見せないんだ。

　勿論、ボクも見たことはないけど、これがたぶんアクアの進化だよ」

「ねぇ。どういうことですか？」

「アクアは成長過程で三回の進化を遂げるんだ。

その時期は個人差があるらしいんだけど、これが恐らくラフレシアの第一の覚醒だと思う。

ただ進化が起きる前には前兆があると言われているんだ。キミは何か気付かなかったかい？」

「そういえば、あの水浴びした辺りから、アクアリンとオルマリアがラフレシアにべったりだったような……」

「きっと二人がラフレシアも必死に平静を装ってたんだろっ。いつもはそれぞれマスターの傍にいるのに……」

たぶんラフレシアを気遣ってたんだと思うぜ」

「えっ？　進化の前兆って辛いの？」

「ボクも聞いた話だからよくは分からないんだけど、辛いみたいだよ。

そして進化の瞬間は一人で迎えるらしい。理由は分からないけどね」

「ラフレシア……」

そんなラフレシアの異変に気付けなかった自分が情けなかった。

「カムイに心配掛けたくなかったんだよ」

「そうだよ。それに、見られたくないんだから、バレないようにしてて当たり前だろっ。

アルやオレですら気付かなかったんだ、お前が気付かないのも無理ないぜっ。

だから、今、反省の自分会議を始めるんじゃね～ぞっ」

「それでもキミが納得できないなら、彼女が帰ってきたら、今度はちゃんと見ててあげればいい。過ぎたことを後悔してもどうしようもない。

この先、キミがどうしたいかを考えればいいんだ」

みんなの温かい心が流れ込んできた。

「ありがとう……分かったよ」

独り言だったが、勿論みんなには聞こえていただろう。ただ、二人の言葉にも、自責の念が消えることはなかった。次第に大きく激しさを増す輝きに、遂にこの部屋全部が飲み込まれた。先ほどとは違い、今度は眩しさを感じた。

「みんな、この光を見てはいけない。目をやられるぞっ」

その言葉に咄嗟に目を閉じ、さらに腕で目を覆った。

「大丈夫かっ、みんなっ？」

フレンの言葉に、皆それぞれ、無事であることを確認しあった。目を瞑ってるせいで時間が何倍にも感じたが、体感的には五分くらい経っただろうか。再び大気が足元からゆっくりと立ち昇るのを感じた。その大気が螺旋の風のように舞い踊りながら光ごとラフレシアを包み込んだかのような感覚が流れてきた。腕で庇ったまま、そっと薄目を開くと、ぼんやりと自分の足元が見えた。ゆっくりと目を開くと先ほどの眩しさはなく、しっかりと見開くことができた。

「なんか、もう大丈夫そうだよ」

視線を上げると、既に皆、目の前の何かを見ていた。

「何？　……これ」

柔らかそうな光の繭《まゆ》を風がゆっくりと螺旋状に流れながら包んでいる。とても温かい光景だった。ただ、その中心の繭らしきものは軽く二メートルほどある。中が透けて色とりどりの光が交錯するなか何かがゆっくりと縦に回転をしている。

「これ……ラフレシア？」

「恐らく……。今まさに、進化してる最中だと思う。このまま見守ってあげよう」

「でもダーカーは？」

改めてダーカーの方を見ると、先ほどと同じ場所に留まったままだった。

「どうなってんの？」

「分からない……。この光のせいなのか、他の要因があるのか……」

ラフレシアがこのままな以上、置いて逃げる訳にもいかない。かといって身動きしないダーカーに何かができる訳でもない。確かに見守るしかなかった。温かくも緊張感のある異様な光景の中、ボクらは時が過ぎるのを待った。どれくらいの時が流れただろう、繭の中で交錯していた光が、次第に中心のシルエットへと収束し始めた。いよいよ、その時が近づいている、そう感じた。

「始まるぞ」

フレンの言葉に一同が固唾《かたず》を飲んだ。光は徐々にラフレシアと思われるシルエットへと流れ込む。その度に体色が変化を繰り返す。次第に明確なカタチを成していくシルエット。

次の瞬間、螺旋状に渦巻いていた風のローブが一瞬にしてその動きを止めた。淡く輝いている繭の中では、シルエットが胎動を続けたまま、光を余すことなく吸収し続け、交錯していた光を全てその身に取り入れたそのシルエットは、まるで化学反応のように一瞬輝きを増した後、柔らかい光へと定着した。その光をうっすらと纏ったまま、そのシルエットは頭を上げた。

「終わったようだね……」

膝をかかえていた両の手が、ゆっくりとほつれる。しなやかな四肢が繭をゆっくりと掻き分け広がった。

「ラフレシアっ」

そこにいたのは紛れもなくラフレシアだった。意外だったのは、覚醒後と言う割には、見た目はさほど変わっていなかったことだ。ゆっくりと繭から出てくるラフレシア。ラフレシアの足先が風のローブに触れた瞬間、再び螺旋を描きながら流れはじめ、天高く巻き上がり、そっと、ラフレシアの頭上で回った後、ラフレシアに降り注ぐようにして消えた。降り立つラフレシア。改めてよく見ると体色が少しだけ深みを増している。身長は三十センチほど高くなってるようだ。ボクより五十センチは大きくなっている。今までと違い、凛と落ち着き払った様子に頼もしさすら感じながらも置いてきぼりにされた気がして、少し複雑な気分になった。

「カムイ……」

見た目から想像していた通りの声のトーンと雰囲気に覚醒の片鱗を重ね合わせた。

「お帰り、ラフレシア」

「ただいま、カムイ」

「気分はどうだい？」

「問題ないわ」

「おめでとう、ラフレシア」

「ありがとう、アルフ」

アルは違和感を覚えていないのか、それとも、もう慣れているのか、いつもと変わらない様子で出迎えた。

「よ～。べっぴんさんになったな～、ラフレシアっ」

「ふふっ。お上手ね、パルポルン」

いつもなパルポルンにアクアリンばりの返事をしている。あの人懐っこい感じにやっと慣れて心地良ささえ感じるようになった矢先だった為、少しだけ寂しさを感じた。それと同時に、今まで忘れていた鳥肌が再び背筋の中心から全身へと広がった。

「ダーカーが……」

フレンの言葉に、皆ダーカーの方へと向き直ると、さっきまでこちらに向いていたダーカーの意識が明らかにラフレシアに集中しているのが分かった。それを感じ取ったのか、無言のままラフレシアがすっと前へ出た。

「ラフレシアっ」

ラフレシアは振り返ると、何も言わず薄っすらと微笑んで見せた。その笑顔は、ボクの恐怖に支配されそうな心に安心の火を灯した。向き直るラフレシア、そのままダーカーを見据えた。ゆっくりとなめずるように近づく動のダーカーに対して、すっと立ちはだかる静のラフレシア。互いの距離は見る見る縮まっていった。ただ、その目の当たりにしてる光景に緊張感はあるものの、負の感情は微塵もなかった。

「アクアには、あらゆるものを浄化する能力を持つ者がいると聞いたことがある。

さっきの、あの感じ……、覚醒したラフレシアが、もし、その一人だとしたら……」

「ボクもいつだったか聞いたことがある。

あらゆる能力を持つアクアの中で、浄化能力にずば抜けるアクアが存在するって……。

突然変異なのか覚醒によるものなのかは分からないらしいけど……」

フレンとアルの言葉に、先ほどのラフレシアの笑顔がリンクしてその都市伝説のような話がボクの中で現実味を帯びた。しかし、そんな未確定な安心感の中、見かけによらず冷静なパルポルンが、皆の妄想に近い身勝手な思考に待ったを掛けた。

「おいっ、二人とも、あんまプレッシャーかけるなよっ。

ラフレシアっ、お前もちょっと待てっ。この話はあくまで聞いたことがあるってだけだ」

「ごめんラフレシア。キミに押し付けるつもりはないんだ。パルポルンの言う通りだよ」

この時ばかりはアルも慌てて訂正した。アクアというだけで元々期待してたうえに、さらに覚醒までしたのを目の当たりにしたボクらは、少々舞い上がっていたようだ。完全に人任せにしていた自分に憤りを感じた。

「ありがとう。でも、大丈夫よ」

ダーカーを見据えたまま、ラフレシアが口を開いた。

「そっか……。じゃあここで見守ってる。でも、無理はしないでおくれ」

自分会議に入る間もなくボクの口は勝手に動いた。

「おいっ、カムイ、聞いてなかったのか？

確実性はないんだ。ラフレシアに何かあってからじゃ遅いんだぞっ」

「分かってるよ。でも、ラフレシアがしたいと言ったんだ。

ボクはラフレシアのしたいようにさせたい」

「まったく……」

「カムイ、本当にいいのかい？」

「うん」

「他にもアクアが。せめてアクアリンとオルマリアがいれば……」

「そうだね。でも、今は他に方法がないでしょ。

悔しいけど、ボクにはどうすることもできない……。信じて見守るしか……」

「くそっ」

パルポルンが悔しそうに叫んだが、パルポルンだけじゃなく皆が自分の無力さを痛感しているようだった。

次の瞬間、ダーカーから今までにないほどの凄まじいオーラを感じた。色んな思いに困惑していたボクらの意識を吹き飛ばすには十分すぎるほどのオーラだったが、それに反応するかのようにラフレシアは左右に大きく両の手を広げた。すると攻撃的だったダーカーの気が一瞬ひるみ、その一瞬にラフレシアの広げられた両の手が翼のように優しくダーカーを包み取り込んだ。


一瞬の出来事だった……。


ほんの瞬きほどのうちにことは済んだ。大きく温かな光の玉がラフレシアの腕に抱かれていた。

「ラフレシア……」

「おいっ、大丈夫かっ」

「…………」

皆でラフレシアの正面に回り込んで声を掛けるが反応はなかった。静止したままのラフレシアの腕の中で、ゆっくりと回転する光の玉。

「これが……、浄化なのかな……」

「さぁ……な」

「初めて見る光景だ……。アクアにはどれだけの能力があるんだ……」

「凄い……ね……」

皆で見守っている中、光の玉が一瞬だけ微震した。

「今……」

「あぁ……」

「終わったのか？」

その瞬間、若干だがラフレシアの表情に険しさが走った。

「様子がおかしい」

「ラフレシアっ」

最初からボクを襲っていた鳥肌が、まだ消えていないことに気付いた。一瞬、終わったかと思ったがそうではなかったのだと。ボクだけじゃなく皆がその時、気付いた。

「まだだ……。まだ、終わってね〜ぞっ」

ラフレシアの抱く光の玉が、色を変え形を変えして、もがきはじめた。変化が激しさを増す中、ラフレシアの表情も険しさを増す。浄化しようとしているのか、ただ幽閉しているだけなのか分からないが、苦戦しているのは明らかだった。悲鳴にも似た金きり声のような音を響かせ、さらに暴れもがき苦しんでいるかのようなダーカー。

「ラフレシアっ」

一瞬、ラフレシアの左腕が弾かれたが、すぐに包み返した。

「ラフレシア、やはり無理だ、開放するんだ。でないとキミがっ」

叫ぶフレン。

「もういい。離すんだっ」

「ラフレシア、やめろっ。そいつから離れろっ」

アルもパルポルンもボク以上にフレン同様制止を促した。それでもあきらめないラフレシア。さらに自身の翼で自分の体ごと包んだ。ラフレシア自身が心臓のように鼓動を繰り返す。早まる鼓動。見守る皆にも緊張が走っているのが手に取るように分かった。次第に激しさを増す光の玉。

「おいっ、ラフレシアっ。もうやめろっ」

「ラフレシアっ、離すんだっ」

ダーカーがラフレシアごと突き破ろうとしたその瞬間、声が響いた。

「みんなっ、急いでっ」

その聞き慣れた声に、幾体ものアクアがラフレシアをドーム状にとり囲んだ。先陣を切っていたのは、先ほどダーカーによって消されたアクアリンだった。

「アクアリンっ」

何がどうなっているのか混乱すると同時に、一筋の確実な希望が舞い降りた瞬間だった。アクアリンの声に呼応するかのように、一斉に輝きだすアクア達。いくつもの光の輪が幾重にも幾重にも広がり半球体の大きな光のドームが誕生した。次第にチカラを増すその光は何度も何度も色を変え輝いたその刹那、ラフレシアの翼がその光のドームを突き抜けた。そしてそのままアクアのドームごとゆっくりと大きく包み込んだ。

「うわぁ……」

固唾を飲む光景が目の前を埋め尽くした。暫くすると、ラフレシアの翼が光のドームに溶け込んでゆっくりと消えた。じんわりと光る光景に目の焦点が合ってくる。闇に焼きついたような光の影が立体感を帯び生命感を宿した。宙に浮くラフレシアをはじめとするアクア達。その中心に光の玉が浮いていた。そんな光景のなか、暫くじっと浮いていた光の玉がふっと弾けると、じんわりとダーカーの輪郭が浮かび上がった。ゆっくりと浄化されるかのように光が収束し、姿が現れた。全身ローブを纏っている。顔はフードで見えない。身長は明らかにボクより小さく体型はか細い。さっきまで見えていたのは完全にオーラだったようだ。

「ラフレシア……」

アクアリンがゆっくりとラフレシアを抱きかかえながら舞い降りた。

「ラフレシアっ」

「大丈夫よカムイ。気を失っているだけ。

覚醒したてでチカラを使ったせいね……。直に目覚めるわ」

「そっか……。良かった……」

「カムイ、ありがとう。ラフレシアにチカラを貸してくれて……」

「えっ」

身に覚えのないありがとうに素直に返事をできない違和感を覚えた。

「見てごらんなさい」

アクアリンがボクの戒律の刻印へと目配せすると、アテナだけが0になっていた。

「あっ、そういえば……。ん？　ってことは、見えてたの？」

「私達、アクアには見えるの」

「そうなんだ……」

「ごめんなさいね。無視するつもりはなかったんだけどラフレシアが心配で……」

「あっ。うん、大丈夫。気にはしてないよ。ただ、見えてないんだ〜って思っただけだから」

一見、なんてことのない出来事の話を切り替えるかのように、パルポルンが意図的か否か、口を開いた。

「それにしても、やっぱアクアに頼っちまったな」

「そうだね……。ありがとう、みんな……」

「いいのよ」

こんなに大勢いるのに返事がきれいにハモった。

「うわぁ……」

「どうしたの？　カムイ？」

不思議そうにアクアリンがボクを覗き込んだ。

「いやっ……。きれいにハモったと思って……」

「ふふっ」

「ま～、こんくらい息が合ってないと、あんな芸当は無理だわなっ」

「そう……だね……。ははっ」

なんとなく笑いが乾いてしまった。

「みんな、ちょっといいかい？　このダーカー何かを……」

アルのその言葉にダーカーに視線を向けるとローブの胸元に小さな光が灯っていた。

「大丈夫よアル。あれは、はぐれた魂の息吹。どどっか～んから飛ばされやがった魂よ」

アクアリンの後ろからした声の主はオルマリアだった。

「オルマリアっ……」

「遅くなってごめんなさい。彼女に頼まれやがったの。ゆりかごを持ってきやがれって」

「彼女？」

「えぇ」

「彼女って？」

「貴様の目の前にいやがる彼女がそうよ」

そう言うと、オルマリアは目の前のダーカーに視線を投げた。

「はぁっ？」

パルポルンは勿論、そこにいたアクア以外のボクら全員が驚いた。ボクらの完全な思い込みだが、てっきり男性だと思っていた。

「女性？」

「ええ、そうよ。女性よ」

「えぇ～っ。ダーカーにも女がいんのか？」

「何かおかしい？」

「いやっ。おっかね～イメージしかね～から、てっきりいかついおっさんだと思ってたからよぉ……」

「ふふっ」

「お前らアクアがびっくりしね～とこ見ると、もしかしてアクアは皆知ってんのか？」

パルポルンは右にいた他のアクアの方を振り返って言った。

「ええ。アクアはマスターに出逢うまではこの魂魄界の生態系と役割を学ぶのよ。ある程度のことなら分かるわ」

たまたまパルポルンと目が合った水色をしたアクアが答えた。

「何で教えてくんね～かな～」

そう言いながらアクアリンの方に向き直った。

「ふふっ……。アナタが聞かないからよ、パルポルン」

からかってる風もなくアクアリンが答えた。

「聞くも何も……」

「まぁまぁ、パルポルン」

軽く釈然としてなさげなパルポルンにアルが声を掛けた。

「まぁまぁって何だ、アルっ、オレは怒ってね～し、落ち着いてっぞっ」

「その話は後でいいかい？　話が進まないよ」

フレンがパルポルンに声を掛けた。

「なんだよぉ～。オレが悪いのかぁ？」

「そうは言ってないよ」

「ふふっ」

「ほ～らみろっ。笑われたっ」

「ふっ」

「お前が笑うなっ、アルっ」

「カムイっ、今お前も笑ったろっ」

「はぁ？」

思いもしない変化球に油断していたせいで、気の利いたセリフもリアクションも取れないまま素で答えた。

「冗談だ、カムイっ。びびったか？　はははは っ」

八つ当たりかっ。何か話が訳分からなくなってきたところに、このやり取りを静観していたフレンが脱線した話を引き戻してくれた。

「続けていいかい？　お二人さんっ」

それにしても今のお二人さんは、ボクとパルポルンのことだろうか？　そんなどうでもいいことが気になった。

「で、頼まれたって何を？」

「ダーカーはそのほとんどが女性なのよ。

立場上、多くを語れないから会話は必要最低限しかしないの。

フードのせいで表情は勿論、顔も見えない。感情を表現しない言動と行動。

そんなだから、愛想なく感じるし、制裁の際、容赦もないから冷酷にも感じる。

忠誠心が強くて、ストイック。

それもあって、パルポルンの言うようなイメージが定着してるみたいね。

まぁ、役目が役目だけに、そのイメージの方が都合がいいみたいだけど」

「そっかぁ」

「そして、あの光に包まれた時に彼女の意識が流れ込んできたの。

この息吹を連れて帰りたいって……。手を貸して欲しいって」

「どういうこと？」

「彼女が秤に乗った瞬間に、この子を奪われそうになったそうよ」

「それで秤を拒否した……」

「そう。それが原因で秤が停止したのね……」

「その後、限界点を超えた皆の暴走が始まって……」

「ええ」

「じゃあよ、ダーカーの煩悩はその魂を守ることだったってことか？」

「そうよ」

「守っていたのか……。

確かに、生まれたての魂が秤に掛けられるとどうなるか分かんね〜からな……。

かといって、外に置いとく訳にもいかず、連れて入ったってのか？」

「そう。何も問題は起きないと思っていたそうよ」

「ところが、神樹が何かの理由で引き離そうとした……」

「ええ。それを彼女が拒否したことで、神樹が一時的に機能を停止したの。魂の息吹にも危険が及ぶと判断したのね」

「まさに空前の灯火ってやつだなっ」

どんだけ大ごとだっ。ブームかっ。

「風前の灯ね」

「カムイ、いちいち復唱すんなっ」

「復唱じゃないよっ。訂正されているよパルポルンっ」

「なっ……」

「ふっ」

「鼻で笑うなっ、アルっ」

「ごめん、ごめんっ」

「カムイはさらっと訂正した後、放置かっ傍観かっ」

「ごめん、ごめんっ」

「アルの真似すんじゃね～」

「こらこら、話が進まないじゃないかっ」

フレンがパルポルンを制止した。

「ちぇっ。ま～たオレかよっ」

すこ～しいじけるパルポルンを他所にアルが何事もなかったかのように続けた。

「煩悩の覚醒で凶暴性が解放されたんじゃなかったんだね」

「そう。ただ、守るという本能に備わる防衛本能の暴走を止められないって、ワタシに助けを求めてきたの。アクアを集めて彼女自身を止めて欲しいと……。

ワタシにもオルマリアと同じで意識が流れ込んできたのよ」

「そうだったのか……」

「何だかお互いの勘違い的なことが原因だったみたいだね」

「神樹は、煩悩が覚醒したダーカーが外に出るのを恐れていた為、彼女の幽閉に集中してたみたい。

そのうち、煩悩が覚醒したノア族が神樹を抜け出して徘徊しだして、神樹自体も幽閉力が落ちたとこをダーカーが抜け出したの。

それも、神樹を突き破ったとかではなく、やっとのことで出られたらしいの。

そこでチカラのほとんどを使ってしまい魂の息吹を守る為に私達を威嚇していたところ、私達アクアに気付いて頼ってきたってことよ」

「そうか……。オレらはてっきり、どっかに吹っ飛ばされたのかと思ったぜっ。

あん時は心細かったのなんのって……」

パルポルンがぼそっと本音を漏らした。

「あの時、彼女から攻撃的な意識は感じなかったわ。

むしろ、助けを求めてるようなオーラだったの」

「じゃ～、敵意はオレら男にだけだったのかよ」

「ふふっ、違うわ。男というより、私達アクア以外の存在に対しての威嚇だったの。

ただ、あくまで威嚇としてだったのよ。

でも、アナタ達が攻撃してたら、本能的に反撃したかもしれないわね……」

「あっぷね～。あんなのに攻撃されたらたまったもんじゃね～よっ。

ほんとっアクアの特殊な能力様々だな～。

「それにしてもダーカーにも優しさってのがあったんだな～」

「それは偏見だよパルポルン」

「そうだな……。あいつらもオレらと同じノア族なんだよな」

「あぁ」

「あれは……母性……だと思う。

ボクら人間の、主に女性には母性ってのがあるって言われてるんだ。

いや、女性だけとか人間だけとかじゃないかな……」

「ボセイって何だい？」

「母性本能って言うんだけど、生まれ持った本能というより、行動の過程で生まれるものらしいんだけどね。

他者に対する愛情といったところかな。

簡単に言うと、自分以外の他者を護りたいと感じる気持ちというか……。

思いやる気持ちというか……。ただそれが必ずしも万能じゃないみたいだけどね」

「ボセイか……。普通に優しいじゃいけね～のか？」

「良いと思うけど、たぶん状況や関係性で表現を変えてるというか……。

微妙な違いはあって、なんとなくそうだろうな～的な使い方をするけど
根本は同じことのほうが多いかな……」

「へぇ……。人間様って複雑なんだね……」

「なんか、簡単なことをややこしくするのは得意かもね……。

同じ気持ちでも、個性や、住んでいる場所、その時の感情や相手次第で言葉が生まれてくる。

時にそれが原因で誤解を招いたり酷い時は相手を傷つけてしまうこともあるよ……。

今では、年代によって言い方が変わってることも少なくないから、尚更、ややこしい世の中になってるんだよね〜」

「なんだかめんどくせ〜な〜」

「確かに……。ここ魂魄界にきて、改めてそう感じるよ……」

「それにしても、ダーカーのローブの中、初めて見たぜ。

意外とというか全然普通じゃね〜か〜」

面倒臭かったのか、それ以上の興味が湧かなかったのかパルポルンがするりと話を変えた。やぶから棒というかマイペースというかパルポルンの話題の切り替えは唐突で、時たま頭が付いていかない。

「ダーカーは独自の正義を許された単体の守護者だから、信頼はしつつも少し怖がられたりもしてるからね。

基本、全身ローブだから出で立ちも独特だしね」

さすがにアルは慣れている。この切り替えにも後れをとらない。

「まっ、オレはぜんっぜん怖かね～けどなっ」

その台詞に一同がパルポルンを見た。

「なっ」

心外を絵に描いたような顔をするパルポルン。

「ふっ」

反射的に素で笑うアル。

「鼻で笑うなアルッ。本当に怖かね～ぞっ」

それを聞いていたアクア達の肩が小刻みに震えていた。笑いのツボは人間もノア族も似ているようだ。

「分かってるよ」

「い～やっ。その笑いは分かってね～」

なんだか微笑ましくも安心できる光景だった。

「相変わらず面白いね」

思わず口をついて出た言葉に、傍観者的な、楽な立場を自分で取り払ったことに気付いたが後の祭りだった。

「面白くね～し、ほんとに怖かね～」

「分かった、分かった。そういうことにしとこう」

「しとこうってなんだっ、カムイっ。お前までっ」

「冗談だよっ、冗談。ちゃんと分かってるよっ」

たまにはからかってみたくなったなんてとても言えない。

「本当かぁ～」

「うん。本当」

「ボクも本当だよ」

「アルっ、なんだっそのついでに便乗感抜群の返事はっ。ちぇっ。ま～い～か～」

こんな感じで、ちょこちょこ和む。

「その子を預かりやがるわ……」

そんな言葉とは裏腹にオルマリアが穏やかな笑顔でダーカーに声を掛けた。

「やがるって……ははっ」

オルマリアの言葉は何回聞いても慣れない。

「ええ。お願い……」

そう言うとダーカーはゆっくりとその魂の息吹をオルマリアの持つゆりかごの中に解き放った。

「すぐ、戻るわ」

そうオルマリアに告げ、ゆりかごに視線を投げたダーカーの眼差しにおふくろさまの面影が重なった。ボクも小さい頃ああいう視線を感じていたような気がする。ゆっくりと秤に戻るダーカーをボクらは静かに見送った。秤の扉が閉まると、部屋の明かりが神樹へと流れ込むように次第に部屋は暗くなりその代わりにうっすらと神樹が輝きを増した。

「どうやら正常に動き出したようだな。出て待ってようぜ」

パルポルンが皆に促した。

「もう大丈夫のようだから、私はそろそろ戻るわね……」

周りのアクアより少しだけ背の高い黄色いアクアが口を開いた。

その言葉に釣られるように、そこにいたアクア全員が次々に同じ返答をした。

「そっか、マスターどもが寂しがってるからなっ」

ほんの少しだけ上から目線なパルポルンが戻ってきた。

「ええ。……ふふっ」

「だといいんだけど～」

「まったく～。フェアリスったら～」

「ふふふっ」

帰ってくる言葉にアクアの個性が垣間見えたが、皆、一様に穏やかな笑みを浮かべていた。

「ありがとう、みんな。マスターにもよろしく」

「ええ」

駆けつけてくれたアクア……。ざっと十人前後がそう言って降りてきた天空へと立ち昇るように消えた。

「ありがとう皆……。またね……」

「ええ、またね……アクアリン」

　こだまする声と共に次々と心地よくフェードアウトしていった。

「行っちゃった……ね……」

「あぁ」

「別に不思議じゃないぜっ。いっつもあんな感じだ。アクアだからな」

「おいおいっ。何でもありみたいに……」

「ほぼ何でもありじゃね～か。な～、フレン」

「ふっ。まぁね」

「最高の褒め言葉として受け取っておくわねパルポちゃんっ」

「パルポちゃんっ」

「おうっ。褒めてんだぜっ……。って言うかパルポちゃん言うなっ。

　ラフレシアもそこだけ強調すんじゃね～よっ。って言うかお前もいつ起きたんだっ」

「はい、はいっ。もう言いませ～ん」

　この世界でも、こういう時の返事は二回なんだ……。

「はい、は～いっ。今起きましたですのぉっ」

　ラフレシアの表情を見るに、アクアリンを真似ただけのようだ。

「その返事、ぜって～聞く気ね～なっ、二人とも」

「そんなことないわよパちゃん……パルちゃん……ポルン……ちゃんっ？」

「おいっ……。聞こえてるぞっ。公開テストみたいなことすんなっ。

因みに、パちゃんは絶対やめろよっ」

「ふっ」

アルとフレンの鼻笑いがかぶった。パちゃん……。ボク的にはヒットなんだが……。勿論、自分だったら絶対嫌だ……。

「良いじゃないか、パルポルン。パルポちゃんで」

「良くね～。だいたいパルちゃんならまだしも、パルポちゃんって、何でそこなんだ」

「パルポちゃんっ」

「ラフレシアっ。いちいち復唱すんなっ」

当のラフレシアは満面の笑みだ。

「きっとアクアリンにはその方が親しみを感じるんだろ。ねっ、アクアリン」

「それもあるわねっ」

「それもあるわねっですのぉっ」

そういうアクアリンの表情は含み笑い全開だ。ラフレシアも復唱はマイブームのようだ。

「も……？」

「ほらみろっ。ぜって～わざとだっ。カムイだって『も』でひっかかってるじゃね～かっ」

「アクアリン。嫌みたいだから呼び方変えてあげてくれないかい？」

「分かったわっ。もうパルポちゃんはやめるわっ」

「これでいいかい？　パルポルン」

「ぜって～だぞっ」

「そんなにおかしくないのにねっ」

　真顔でアルが言った。

「そうよね～」

「そうよね～ですのぉっ」

　アクアリンは残念そうに小声で応えたが含み笑いしていた。ラフレシアも全く同じ表情をしていた。

「じゃ～、お前はアルっぺとか呼ばれて平気かっ？」

「全然構わないよ」

「全然構わないですのぉっ」

「何でお前まで返事すんだ、ラフレシアっ」

「にゃっ」

　ただ、何でもいいから真似たいだけのようだ。

「私もアルフがいいなら良いわよ～」

「嘘だ～っ。って言うかオレがイヤだ。アルっぺなんてのとつるんでるのがイヤだ」

「わがままだな～。ふふっ」

郵便はがき

料金受取人払郵便

新宿局承認

3970

差出有効期間
2022年7月
31日まで
(切手不要)

160-8791

141

東京都新宿区新宿1－10－1

(株)文芸社

愛読者カード係 行

ふりがな お名前		明治 大正 昭和 平成 年生 歳	
ふりがな ご住所	□□□-□□□□	性別 男・女	
お電話 番号	(書籍ご注文の際に必要です)	ご職業	
E-mail			
ご購読雑誌(複数可)		ご購読新聞 新聞	

最近読んでおもしろかった本や今後、とりあげてほしいテーマをお教えください。

ご自分の研究成果や経験、お考え等を出版してみたいというお気持ちはありますか。

ある　ない　内容・テーマ(　　　　)

現在完成した作品をお持ちですか。

ある　ない　ジャンル・原稿量(　　　　)

書　名			
お買上 書　店	都道　　　市区 府県　　　郡	書店名 ご購入日	書店 年　月　日

本書をどこでお知りになりましたか?
1.書店店頭　2.知人にすすめられて　3.インターネット(サイト名　　　　　　)
4.DMハガキ　5.広告、記事を見て(新聞、雑誌名　　　　　　)

上の質問に関連して、ご購入の決め手となったのは?
1.タイトル　2.著者　3.内容　4.カバーデザイン　5.帯
その他ご自由にお書きください。
(　　　　　　　　　　　　　　　　　　　　)

本書についてのご意見、ご感想をお聞かせください。
①内容について

②カバー、タイトル、帯について

弊社Webサイトからもご意見、ご感想をお寄せいただけます。

ご協力ありがとうございました。
※お寄せいただいたご意見、ご感想は新聞広告等で匿名にて使わせていただくことがあります。
※お客様の個人情報は、小社からの連絡のみに使用します。社外に提供することは一切ありません。

■書籍のご注文は、お近くの書店または、ブックサービス(0120-29-9625)、セブンネットショッピング(http://7net.omni7.jp/)にお申し込み下さい。

「わがままだな〜ですのぉっ」

「全然普通だっ。お前が気にしなさすぎなんだよっ」

とうとうつっこむのが面倒くさくなったのか、ラフレシアはスルーされた。

「まぁまぁ、パルちゃんいいじゃない」

「まぁまぁ、パちゃんいいじゃないですのぉっ」

「おいっ、パルポちゃんよりはいいと言っただけで、そう呼んでくれなんて言ってね〜ぞっ。

それにラフレシア、今のはわざとだろっ」

「にゃっ」

一番楽しんでるのはラフレシアのようだ。

「じゃ〜、何て呼ばれたいのパルちゃんは？」

「……パル……パルポ……パル……」

パルポルンが慣れない自分会議に入った。

「わ〜ったよ……。パちゃんと、パルポちゃん以外なら何でもいいやっ。任せるっ」

自分会議が面倒臭かったようだ。

「今のが自分会議って言うんじゃないのかい、パルポルン」

アルがすかさずつっこんだ。

「今のが？」

「あぁ」

「ふ〜ん、面倒くせっ」

ビンゴ……。

「おいおい……」

「あっ、カムイっ。気を悪くすんなよっ」

「大丈夫だよ。パルポルンも何気に気を遣うよね」

「何気言うなっ」

「ふふっ」

「終わったかい？」

笑顔でフレンが声をかけてきた。

「おうっ」

「ごめんよ、フレン」

「いや、楽しめたよ」

その笑顔に社交辞令感はなかった。

「楽しかねーっ」

こちらも素の心情のようだ。

「ふふっ」

「じゃあボクらも部屋を出ようか」

「あぁ。そうしよう」

フレンの言葉に、皆、当たり前のように部屋を出ようとしたがボクはここに残って見ていたいと思った。

「あの……。ここにいちゃ、いけないのかな……」

「どうした、カムイ」

「いや、だめならいいんだけど」

「なんだよ回りくどいな～。ここにいたいのか？」

「うん。人間界ではこういう体験できそうにないから……」

「構わないよ、カムイ。何も禁止されていないから」

「あ～っ、アルっ。なんでさらっと許可すんだよ～

もうちょい焦らして反応見たかったのによ～」

「えっ……」

相変わらずストレートだ……。

「趣味悪いよ、パルポルン。さっきの仕返しかい？　ふっ」

「ちげ～よっ。だって、面白いじゃんか～カムイのリアクション」

「まったく～」

結局、六人皆、ボクに付き合って部屋の中で過ぎ待つことにしてくれた。

「きれいだね……。この神樹……」

部屋自体が真っ暗で、その中心にある神樹から光が幾つも幾つも明滅しながら部屋全体へと走り散っている。無数の流れ星があらゆる方向に絶え間なく流れてるそんな感じだ。

「そうだね……。ボクも初めて見たよ。いつもは、秤の中か、部屋の外で待ってるだけだからね。こんなになってたんだね。ありがとうカムイ。カムイが言ってくれなければ見ることはなかったかもしれないよ」

「だなっ。まさか、こんな綺麗だとは思ってもみなかったもんな～。噂すら聞いたことないから、見たことあるヤツいね～んじゃね～かな？」

「そうだね。ボクも初めて見る」

「そっかぁ、フレンも初めてなんだ？　珍しいな、好奇心の塊みたいなのになっ」

「ふふっ。とんだ盲点だったよ……。もしかしたら身近にまだたくさんこんなことが転がっているかもしれないな……」

「そうだな……。当たり前というか疑問すら抱かなかったからな～」

このパルポルンの言葉に後ろ髪を引かれる思いがした。

「それにしてもよ～。オレらもこんなだったんだよな～」

パルポルンがゆりかごを覗き込んで珍しく興味ありげに口を開いた。また周りを置いてけぼりにして興味の方向転換だ。

「そうだね。不思議だよね……。温かくて儚い感じがするのに力強い未来を感じる」

やはり、アルは慣れたものだ。パルポルンの変化球を難なくさばく。頭の切り替えが早いのか、ただ聞き流してるのか……。ま～、アルのことだから前者だろうが……。パルポルンも自由なのか、純粋なのか……。目と脳と口が直結してるんだろうと自己完結した。

しかも、その目と脳と口は、瞬時に繋がるんだろうと想像すると笑いがこみ上げた。そう思った矢先、パルポルンがつっこんできた。

「カムイっ。それ絶対褒めてないだろっ」

だった……。

「えっ……何が？」

白を切ってもバレバレだ。

「今、瞳孔が開いたまま俺を見ながら鼻が笑ってたぞっ」

「そっ、そんなことないよっ」

「ふふっ」

社交辞令全開で返すも、アルにもボクの頭の中が丸見えだったようだ……。

「ねぇ～。ちょっと聞いていい？」

「なぁにですのぉ、マスター～」

誰にという訳ではなく、口を突いて出たが、予想外のところから返事が来た。

「えっ、ラフレシアっ。起きてたの？」

アクアリンに膝枕してもらっていたラフレシアからの返事にびっくりした。

「何を聞きたいですのぉ、マスター？」

「その……。皆にはさぁ、ボクの考えてること分かっちゃうの？」

「ふふっ」

真っ先にアクアリンが笑った。

「大丈〜夫ですのぉっ。あてずっぽうにゃ〜」

これまた意外な返事がやってきた。

「あてずっぽう？」

「まぁ〜、近からず遠からず……。ん？　いや……まんま合ってるか……。

カムイくんだっけ……」

「あっ、はい」

そうか……。フレンさんとは実際ちゃんと初対面の挨拶を交わしてなかったっけ……。

しかも、アルやパルポルン達の言動からするとやはり年上のようだ。

「ボクはフレン。よろしく。ちゃんと自己紹介してなかったね。失礼」

人間のようにちゃんと帽子を取って軽く頭を下げた。

「あっ、こちらこそ。ここでは一応、カムイと呼ばれています。

はじめまして……、じゃないか。

さっきはラフレシア共々助けていただいてありがとうございます」

「お互い様さ」

「ありがとうございます」

「ボクらノア族は自身の経験と洞察力で答えを導き出すんだ。まぁ、人間様も同じだろうけど、人間様より少しばかり正確かもしれないね。だから心が読まれてるように感じるんだろうね。実際は、ラフレシアの言う通り、あてずっぽうだよ。限りなく正解に近いけどね……。ふふっ」

「な～んだ～そっか……。って安心できないですね……。ははっ」

笑顔がひきつってるのが自分でも分かった。

「一〇〇％正解じゃないいんだから、上手くかわせばいいのさ」

フレンさんがさらっと言い放った。

「なるほど」

フレンさんのたった一言だったが、妙に落ち着いた。年の功だろうか、若いのにオーラに貫禄がある。

「ちなみにカムイ、フレンでいいぞ」

落ち着いた矢先だったたためドキッとした。全く……、正確無比なあてずっぽうだ。

「ははっ……。キミさえ良ければボクもカムイと呼ばせてもらうから。

キミも好きに呼んでくれていいよ」

「あっ、全然いいですよっ。じゃあ、ボクも親しみを込めてフレンと呼ばせていただきます……」

「あぁ、構わないよ」

「相変わらずかて～な～」

「まぁまぁ、そこがカムイの良いとこでもあるんだから」

「分かってるっつ～のっ」

「パルポルン。カムイをいぢめちゃだめよっ」

「おいおいっ。いぢめてね～よっ」

「本当っ？」

「あぁ、本当だ」

「じゃぁ～、ラフレシアの代わりに私が許してあげるっ」

見るとラフレシアはアクアリンの膝でまた眠りについていた。

「また、寝たんだね」

「いいえ。ずっと寝てるわ。さっきのは寝ぼけてて、きっと無意識よ」

「え？　あんなにはっきりと寝ぼけるの？」

「あなたに寄り添いたい気持ちが強いのよ、きっと」

「そっか……。ありがとっラフレシア」

「ラフレシアの代わりに許してくれて、ありがとよっ」

「ふふっ」

話が一瞬置き換わったにも拘らず、皮肉っぽくも一応礼を言うパルポルン。パルポルンのこういうやり取りは真剣さを感じる。目を見れば分かる……ような気がする。って言うかボクの話なのにボクは蚊帳の外かいっとひとり心の中でつっこんでみた。

「ふふっ」

アクアリンを始め、何人かが軽く笑った。

「にしても、魂の息吹がはぐれるなんて初めて聞いたな……」

そんな中、フレンがちょっといぶかしげに口を開いた。

「確かに、聞いたことないね」

「ワタシも聞いたことないわね」

「そうね……」

アクアリンもオルマリアも聞いたことないとなると相当珍しい現象なのだろう。

「でもよ～。あいつが嘘ついてるとは思えね～しな……」

「あぁ」

「そうだね……」

「ええ、彼女は嘘はついてないわ」

「そうね。何も隠してやがらないし」

「アクアのお前らが言うんならやっぱそうなんだろうな。

じゃ～やっぱ何かあるのかもしれね～な～。

な～、ここが済んだら、オレらもダーカーに同行してみね～か?」

「相変わらず唐突だね……まぁボクはいいけど」

「でも……」

アクアリンがボクの方をちらっと見て心配そうに言葉を濁した。

「あっ、そうか……」

「わりぃ。オレとしたことが……」

「あっ、ボクもいいよ。まだ見つからないしね……」

「本当にいいのか？　カムイっ」

「うん。どうせ行く宛てないしね」

「いいのかい？　カムイ」

「もちろん。て言うか、ボクも行ってみたいし」

「ヨシッ、決まりだっ」

「んっ……ん〜〜〜」

パルポルンの威勢のいい声にラフレシアの意識が戻った。

「パルちゃんったら」

「あっ、わりぃ」

「アクアリン……」

「よく頑張ったわね、ラフレシア」

「ふぁ〜。よく寝たですのぉ〜」

伸びをしながら、何事もなかったかのように、アクアリンの膝枕からゆっくりと起き上がったラフレシア。それを見て、皆一様に安心した様子だった。

「ふふっ。おはよう……」

「おはようですのぉ。アクアリンのおひざ、ふわふわで気持ちよかったですのぉ。ありがとぉですのぉ、アクアリンっ」

「ふふっ、いいのよ」

「ありがとう、アクアリン。ゆっくり休んで。後はボクが……」

「ええ、後はお任せするわね。カムイ」

そう言ってゆっくりと立ち上がると、アルへと視線を移した。

「お疲れ様、アクアリン」

「えぇ」

お互いに一言だけだったが、互いを見る目を見れば気持ちが通じ合ってるとそれだけで分かった。

「カムイぃ～。おはようですのぉっ～」

「おはよう、ラフレシア。大丈夫かい？」

「ぜんっぜん大丈夫ですのぉ。心配かけてごめんなさいですのぉっ」

「もうあんな無茶はやめておくれよ」

「はぁいですのぉ」

「で……どう？　覚醒した気分は？　何か変わった？」

「ん〜、よく分からないですのぉ」

「そっか。ところでアクアリン……。覚醒はおめでとうなのかな？」

「もちろん。喜ばしいことよ。

それにね、覚醒する時は体内でいろんな変化が起きてるの。

それを乗り越えて初めて覚醒できるのよ」

「そうなんだ……」

「だから、マスターであるアナタが、たくさん褒めてあげてね」

「分かった……」

改めてラフレシアに視線を向けると、褒められるのを思いっきり心待ちにしているオーラが全開だった。人目も気にせず甘え懐く子犬のように、耳のような触角を平に寝かせて、上目遣いでボクを見ている。

「ははっ……分かりやすいねっ」

「にゃっ」

「改めて……ラフレシア。よくがんばったね」

「にゃ〜ありがとぉですのぉ〜〜〜」

予想はしていたが、嬉しそうに抱きついてきた。自分の気持ちに思い切り素直なラフレシアが愛おしく思えた。こんなにも素直にストレートに気持ちを表現できるなんて幸せだとも感じた。そんなラフレシアに、ボクも感化されてきているのだろうか。恥ずかしさは微塵もなく、人目も気になりはしなかった。

「良かったわね、ラフレシア」

「にゃにゃっ」

「ふふっ」

そんな中、エントランスに通じる扉が勢い良く開いた。

「あっ……」

真っ先にマアムが声を上げた。彼がゼルク……。初対面のボクにも、彼の風体と表情から容易に分かった。眼光が鋭いが悪意は感じられなかった。

「どうなってる……。片付いたのか？」

低く落ち着いたトーンの声で誰にというでもなく口を開いた。

「ようっ、ゼルク。遅かったじゃね～かっ」

「やぁゼルク。今ひと段落ついたところだよ。アクア達のお陰でね」

「そうか」

パルポルンのことは無視のようだ。それを気にしてないパルポルンも慣れてる感じだ。

ゼルクはそれだけ言うと、すぐにボクらの中からマアムを見つけて歩み寄り、視線だけをマアムに落として表情一つ変えずに声を掛けた。

「遅くなった。大丈夫か？」

「うんっ。ここの皆が助けてくれたのっ」

反して、マアムは満面の笑みで嬉しそうにそう答えた。

「そうか。友達はどうだ？」

「うん。大丈夫。今、この中にいるよ」

ゼルクという青年の口調には抑揚がない。必要最低限に淡々と話す。ただ、感情がないという訳ではなく、出さないだけなのだろう。彼こそ、ダークのイメージにぴったりだと感じた。そんな彼の振る舞いに『孤高』を感じたボクは、自然と彼に惹かれた。

「どうだった、ゼルク？」

フレンがゼルクに声を掛けると、振り返ることなく、淡々としかもあっさりと教えてくれた。ゼルクが言うには、戒律の刻印をなくすことで、一番強い煩悩に従い、行動に移すようになる為、場合によっては、手に負えなくなることもあると言うことだった。先ほど、皆が言っていた都市伝説が、伝説ではなく、真実だったということに、一同、驚きを隠せないでいた。もし、彼らがあのままだった場合、転生どころか永遠にあのままの状態で、満たされることのない煩悩を満たすためだけに、彷徨い続けることになってしまうところだったようだ。解決法としては、過去の経験からすると、もう一度神樹にて審判の刻に掛ければ大丈夫であろうとのことだった。一通りゼルクの話を聞く限り、今までの状況から現状まで、ほぼその流れになっている。あとは信じて待つしかないようだ。

「そう言えば、さっき集まってくれたアクア達は皆、マスターだっけ……いるんだよね？

アクアとノア族の立場と言うか、関係ってどんな感じなの？」

「関係か……。あまり深く考えたことないな」

アルがアクアリンに視線を投げた。

「私達アクアとノア族の関係はどちらかと言うと、主にアクアの性格によるかしら。基本、ノア族は温厚な種族だから……。例外もいるけど……、ふふっ」

そう言ってパルポルンを見て微笑んだ。

「何でオレを見るんだ～アクアリン」

「あ～らっ失礼……。ふふっ」

「ボクらに主従関係とかはなくて共存共栄なんだよ。常に同じ立場なんだ」

アクアリンとパルポルンのやり取りを見つつ、アルが続けた。

「共存共栄かぁ。

ボクなんかは、ラフレシアに癒されるばっかりで、なんにもしてあげてないよ……」

「それはアナタが気付いていないだけよ。

あの子が、アナタを選んだのには、ちゃんとした理由があるの。

ただ、それはあの子にしか分からないことだけど。

損とか得とかという次元の話ではないのよ」

「よく……分からないや……」

「分からなくてもいいのよ。意識してない方が色々上手くいくことが多いから。

意識してギクシャクするより、ありのままのアナタでいいのよ」

「ありのままか……」

「そうだよ、カムイ。キミは今のキミのままでいいと思うよ。ボクは好きだな……」

「それはきっと、ノア族やアクア達には人間より優しい心が根本にあるからだと思う」

「そんなことはないよ」

「そうよ。人間様という括りをしてしまうと断言はできなくなるけれど、アナタに関してだけ言えば、アナタも間違いなく優しいわよ」

「そういう見方をできるとこが人間と違うんだよ、きっと」

「お前も素直じゃね〜な〜。屁理屈言わせたら宇宙一だなっ」

いきなりパルポルンが割って入ってきた。首を突っ込まずにはいられなかったようだ。目が輝いてる。と、今まではそう思っただろうが、たぶんボクの思考を切り替えようとしてくれたのだろうと、今は感じる。

「ふっ、気にしなくていいよ、カムイ。構って欲しかったんだよ、パルポルンは」

そう言って、パルポルンに視線を移した。

「はあ？　んな訳ね〜だろっ」

「はいはいっ。話を続けてもいいかしら？」

「何でオレを見て言うんだよ」

心外だと言わんばかりにパルポルンは声を張った。

「カムイ。私達アクアはマスターを得ないとあの森を出ることはできないの」

アクアリンがいきなり真剣な表情で続けた。

「森を出る？」

「ええ」

「アクアはこう見えて探究心と好奇心の塊だからね。

それも博識の所以の一つなんだけどね」

「ふふっ。それで、マスターに連れ出してもらうの。外の世界へ」

「それと引き換えに尽くしてるの？」

「結果そう見えてるのね、アナタには。

でも、私達アクアもノア族も、そういう考えではないわ。

してもらったからしてあげるとかじゃないのよ……。

自分がそうしたくて、してるの。自然とお互いを思いやってのことよ。

って……、自分で言うのも照れくさいわね。

実際、外の世界に出てはみたいけど、その手段としてマスターを利用してる訳ではないの。

マスターは選ぶんじゃなくて、現れるのよ。或る日、突然に。

ラフレシアにとってアナタがそうであったように……」

「にゃっ」

ラフレシアが軽くボクの腕にしがみついてきた。

「ラフレシア……」

この心地よさに少しは慣れてきたが、それに比例して、当たり前だと感じるようになってしまいそうな自分が少々怖かった。

「カムイの言いたいことも分かるよ。

確かにボクらがそうして欲しいことをしてくれたり、ボクらの気持ちを汲み取ったりしてくれるからね。

でも、前にも言ったようにお互いにそうしたいからしてるだけで、決して強制ではないんだよ」

「そうね。それに、私達アクアもノア族も温厚とはいえ喧嘩もするし、気分が乗らない時もあるから、その辺はお互いに自分の気持ちに従ってるの」

「う～んっ……分かるような、分からないような……。

確かに人間界にもそういう似たとこはあるけど、主従関係とお金が絡むことが多いから……。

無償の……みたいなのは理想だけど、なかなかそこまで昇華できないんだよね……」

「人間様って難しいのね」

「少なからず欲という感情があって、損得を考えてしまうからかな……。

勿論、皆がみんなそうじゃないんだけどね……。

それに、知ってると思うけど、人間の一生って長くて百年ちょいだから、この世界みたいに、転生するという常識がない分、損得を秤にかけて、そこに固執してしまうのはしょうがないのかもしれない」

「そうなのね……。私達アクアは、ノア族と違って人間界への転生はしないの。

ここ魂魄界でアクアとして、また生まれるのよ。

転生と言うよりは、再生と言った方が分かりやすいかしら。

ただ、人間様と違うのは、不慮の死、年齢による死という概念はなくて、想いが消える時にその瞬間を迎えるの。

基本、アクアは生涯一人のマスターしか持たないのよ。

マスターであるノア族は、そのほとんどが人間界へ転生する。

ほとんどのアクアはその時一緒に想いを閉じるの。

人間様と違って転生があることを本能で知ってはいるけど、だからと言って、無駄に過ごしたりしないわ。

今の自分は今だけだから……。

次に生まれた時は、今の自分じゃなくなっているから……。

今の自分が愛おしくてしょうがないのよ。

だから、妥協もしないし、一瞬一瞬を全力で生きているわ、自分の為に。

他人の世話を焼いている暇はないのよ。あくまで、全ては自分の為よ」

「……そっか……」

自分が愛おしい……今まで感じたことなかったと少し寂しく感じた。

「カムイ、アクアリンを休ませたいんだけど構わないかい？」

「あっ、ごめん……気遣えなくて……」

「ふふっ、気にしないのっ。大丈夫よっ」

「ご苦労様、アクアリン。キミも戻ってゆっくりとしておくれ……。ありがとう」

「えぇ。そうさせてもらうわ。ラフレシアもそうさせてもらいなさいな。オルマリア、またね」

「えぇ。また」

「私は、アクアリンお姉様のお膝でねむねむしたから大丈夫ですのぉ」

「私の膝じゃ疲れは癒えないわ」

「そぉ〜んなことないですのぉっ」

「ラフレシアおいで。ゆっくり休んで、また、元気に出てきてくれるかい？」

「分かったですのぉっ」

「はい。おかえり」

「たっだ〜いまっ。おやすみですのぉ、ダーリン」

「おやすみ、ラフレシア」

「優しいのね。おやすみなさい、カムイ」

「こちらこそ、ごめんとありがとう」

「ふふっ。またね」

アクアとノア族の関係性。人間の思考で、彼らの純粋な関係を理解出来るだろうか、そう自分会議をはじめようとしたその瞬間、パルポルンがちゃちゃを入れてきた。

「お前らよく真顔でそんなこっぱずかしいやりとりできるな〜。ある意味、尊敬するぜっ」

「まったくだっ」

「なぁ〜……はぁっ？」

共感を共有しようと視線を向けた先にゼルクを見て、思わずハッとしたパルポルン。パルポルンとゼルクの意見が合うのは珍しいようだ。人間界でもよくあるパターンに少しほっとした。皆も一様に疲れているようで、小一時間ほどの心地よい沈黙に身を任せた。

暫くすると、部屋が朝日を受け入れるかのように、音も立てずに次第に明るみを帯びはじめた。それとは対照的に落ち着きを取り戻す神樹。永い審判の刻に終わりが近づいていた。するとどこからともなく鳴り響く音と言うより……声、言葉ではなく何かの声が終わりを告げるかのように心地よく響いた。

「終わったかぁ〜」

パルポルンが伸びをしながら立ち上がった。

「終わったね」

「あそこ」

フレンが指差したのはダーカーが入った枰だった。先ほどと同じ位の速さで開き始める扉。分かってはいたが、気持ち緊張感が生まれた。しかし、そこには先ほどのような禍々しさは微塵もなかった。ボクをはじめ、皆一様に安堵した雰囲気が広がった。てっきり審判の刻が済んだら一斉に出てくるのかと思ったら、個別に各々のタイミングで扉が開き始めた。ダーカーのそこは、完全に開くか開かないかのうちに、あのローブが飛び出してきて一瞬ひやっとしたが、そのローブの奥に見えた穏やかな目に安心した。彼女は他には目もくれずにオルマリアの……。と言うより、ゆりかごの中の魂の息吹へと駆け寄った。

「ありがとう。待たせたわね」

「いいのよ。いい子にしていやがったわよ」

「そのようね……」

その二人のやり取りに母性を感じた。

「今からこの子を還しに行きやがるのね」

「えぇ……」

「あのぉ、私達もついて行きやがったら……だめかしら？」

「一緒に？」

「えぇ」

「もちろん……、構わないわよ」

「やりぃ〜」

子供のように一番はしゃぐパルポルン。するといきなりパルポルンの後ろの扉が勢い良く開いた。

ガンッ
「あでっ」

絵に描いたような擬音の後、そこにいたみんなの期待通り、頭を抱えてしゃがみこむパルポルン。

「ふっ」

ゼルクが鼻で笑った。

「大丈夫かい？　パルポルンっ」

アルは普通に心配していたが、薄っすらと笑いを堪えている。他の皆はボクも含め遠慮なく笑った。相当痛かったようだ。あのパルポルンが噛み付いてこない。

「おいおい、大丈夫か？　パルポルン」

「いちっちっちっち〜」

頭をわしわしと撫でながら立ち上がると、扉の向こうから、かわいい女の子がそっと顔を覗かせた。

「だい……じょうぶか？」

心配しているようだが何やら怯えている。

「おまえかっ、エリアルっ。勢い良く開けんじゃねーよっ」

「み～っ。びっくらこくじゃないかっ、あんぽんたんっ」

ちっちゃ……。この言動の声量ではない。

「おいっ貴様。エリアルに八つ当たりはよせっ。そこにいたお前が悪い」

「なにぃ～」

「おいおいっ、やめろよ二人とも、エリアルが怯えてるじゃないか」

フレンが言うと二人ともピタッとやめた。

「出ておいで、エリアル」

「み～っ。一応謝るっ。すまんっ、パルポルンっ」

フレンが優しく促すと、ちょっとびっくりした後、ゆっくりと秤から出てきた。このエリアルって子は極度の臆病なのだろうか。普通に声を掛けられても、びっくりしている。見た目は小柄でチャーミング、驚き方が独特で表情がかなり豊かだ。失礼だが、見てて飽きないキャラクター性を持っている。

「一応ってなんだっ……。って言うか大丈夫だっ、なんともね～」

パルポルンも、相変わらず、ガサツと言うか露骨というか……。そのくせ優しい。全く憎めないヤツだ。

「大丈夫に決まってる。こいつの頭はからっぽだから、音が大きく響いただけだ。気にするな」

ゼルクがエリアルに耳打ちしたが、およそ耳打ちらしからぬ声の大きさだ……。このゼルクという青年、パルポルンに対しては、若干の大人気なさを感じるが。実は何気にお茶目なのだろうか。

「こいつっ」

「み～っ」

案の定、ゼルクの言葉に、パルポルンの顔は真っ赤になったが、ソレを見て怯えているエリアルを見て、必死に堪えている。

「偉いっ、パルポルンっ」

「偉いって何だ、アルっ。オレは子供じゃね～ぞっ」

アルがすかさずつっこんだが、完全に子供扱いだ。流石のパルポルンも、これには気付いた。相変わらず、心が和む光景だ。

「覚えてやがれ、ゼルクっ」

「断る」

「なっ……」

「はいはいっ、きりがない。見物客も増えてきたことだし、場所を変えようか」

フレンは常に冷静沈着だ。アルと似ているが、フレンのそれは経験のなせるオーラというか場数を踏んできているせいだろうか、絶対感を感じる。友達と言うよりは、頼りになる兄貴的な存在だ。アルとは違う部分で、非常に心強い。

次々に解放されるノア族。何事もなかったかのように部屋を出て行くところを見ると、皆、徘徊していた記憶は残っていないようだ。もっと不思議だったのが、出迎えているノア族達だ。誰一人、あの事件のことを口にしない。もしかして、ボクら以外は中にいたノア族同様、記憶が残っていないのか、もしくは、人間、いやボクには分からない感覚でもあるのか。辺りを見ても、『聞きたい』と『言いたい』で悶々としてるのはボクだけのようだった。しかし、この和んだ雰囲気の中、行動を起こす度胸などありはしない。いつも通り長いものに巻かれながら、ただ目で追っていた。ボクらは、全員がこの部屋を後にするのを見送った後、それぞれの顔を見合わせた。

「みんな、変わりなかったようだね。そろそろ、ボクらも行こうか」

フレンの言葉に、皆が頷いた。皆、ボクと違う理由で、この部屋に留まっていたようだ。その瞬間、異端者というレッテルを自分で貼ってることに気付き、ふと孤独感に晒された。

「考えすぎだよ」

そっと、フレンが耳元で囁いてボクの横をすり抜けた。まるで、アルに言われたような感覚に、安堵と親しみを感じた。

「……ありがとう」

小さく独り言を呟いた。いつもなら、直ぐに前向きに方向転換できるのだが、今回ばかりは、この優しさがさらに孤独感に輪を掛けた。人間とノア族……。いや、ボクとノア族か。とても身近で遥か遠い存在。上手く言えないが、そう感じた。廊下へと向かう皆の後ろ姿を最後尾から漠然と眺めながら追従していた。ふと視線を感じて視線を流すと、先頭を歩いていたゼルクがこちらを窺いながらアルとパルポルンに何か話しかけていた。彼にもボクが人間だと分かったようだ。そして、ゼルクはボクと繋がった視線を、表情も変えずに切り離した。

「もう、二千年になるかの……」

「！！っ」

最後尾にいるはずのボクの背中越しに声が聞こえた。びっくりして思わず飛び上がった。前を歩いている誰も気付いていないのか、そのまま廊下へと出て行った。改めて振り返るとボクの腰ほどの身長の長老を絵に描いたような老人がそっと佇んでいた。

「あの……」

話しかけようと、そのご老体の目を見た瞬間、この部屋には、ボクとそのご老体二人の影しかなくなっていた。

「あれっ……。神樹は……」

辺りを見渡すが姿が見えない。一瞬、訳が分からなくなった。

「落ち着きなされ」

その言葉で、自分が狼狽していたことに気付かされた。

「ちょっと付き合ってくれるかの」

その物腰の柔らかい物言いと声のトーンに、いとも容易く冷静さを取り戻させられた。

「ボク……ですか？」

「そうじゃよ」

ご老体が笑顔でそう言うと、真上からゆっくりと陽の光が差し込んできてボクらを温かく包み込んだ。ほんの一瞬、目の前と頭の中が真っ白くなったが、柔らかい風がボクの頬を撫でる感覚に、ふと我に返った。

「……外？　ここは……」

びっくりはしたが意外と冷静さを保てている。次第に目が慣れてくる中、小高い丘にいることが分かった。

「二千年程前の、ここジャッジメンタリアに、一人の男が現れての……。左肩に大きな傷を抱えた大柄の男じゃった」

そのご老体が、ボクの隣でゆっくりと語り始めた。

「名をマルクスと言ったその男は、この街に塔を建てさせて欲しいと、当時のここの住人達に頼んだんじゃ。

勿論、皆、何を聞くでも言うでもなく、快く受け入れてくれた。

マルクスは早速、湖の畔に質素な居を構え、たった一人で黙々と塔を造り始めたんじゃ……。

あの頃は、ここ魂魄界も人間界と大差なかったんじゃよ。

普通に善悪が転がっておったし、荒んだ光景も多々あった。

しかし、根が温厚な種族な為、大事は起きることはなかった」

ふと見下ろすと大きな湖が眼下に広がっていた。ボクはそのまま、そのご老体の声に耳を預けた。

「寡黙で孤高な男じゃったが、同じ街の住人として、皆、普通に接しておった。

そしてついに五十年の後、立派な塔が出来上がったんじゃ。

しかし、マルクスは今までと変わることなく、今度は塔の中で何かを作り始めた。

まるで何かにとり憑かれているかのように一心不乱にの……。

そして、そのさらに一年後、マルクスの望みが叶ったんじゃよ。完成したんじゃ、塔が。

しばらくして、無口だったマルクスが、街の一軒一軒を回り、必要最低限の言葉で、皆をその塔に招待した。街の者は皆、誰一人欠けることなく集まった。

その塔の奥の広間に通されると、皆が溜息をついた。

それはそれは神々しく、荘厳な大樹が部屋の中心に聳えておっての、しかもその大きな樹の周りを取り囲むように、ちょうど百の小部屋のようなベッドが円形に並んでいたんじゃ。

皆、それが何かは分からなかったが、何も言わず完成を祝ってくれたんじゃよ。

大きくも細やかな宴が華やかになってきた頃、意を決したかのような表情でマルクスが口を開いた。

まず、素性も知れない自分を、何も言わず受け入れてくれたことに対しての礼を伝えた。

そして、この大樹は、この土地に息吹いた神樹だということ。

その周りにある小部屋は秤だということ。

そして、この秤は、人々の善行と悪行を量り、過ちを償える秤だと告げた。

心の平穏を保てる秤だと言ってのぉ。

生きとし生けるものは、そのほとんどが必然的に過ちを重ねる。

その頃は、ここ魂魄界も人間界とさして変わらぬ世界だったからの。

ノア族は人間様と違って親という存在がない。

育生機関／ハグク～ム内の大いなるゆりかご／ユ～ラリで、生誕から人間界で言う幼少期、少年期という多感な時期を、守られた籠の中でたった一年ほどで成長を遂げる。

一番無垢な時期を独りで終えて、この世界に降り立つが故に、ほぼ全員が無意識に過ちを重ねてしまう。

無意識とはいえ、それもやはり過ちに変わりはない。

しかも、その過ちは重ねるばかりで、心の救済が行われることはなかった。

成長するにつれ、知識も教養も善悪の判断もつくようになる。

弱い者は、その罪悪感に押しつぶされてしまう者もおっての。

だから、その犯した過ちを省みることで改心し、浄化されることで、残りの余生を豊かに送れることができるようにとの願いをこめて造ったのが、この秤だったそうじゃ。

不思議と、今でもその仕組みは解明できてはおらぬ。

どうやって造ったのか、どうやって動いとるのか……。

当時、マルクスも明かさんかったし、誰も解明しようともせなんだ。

そこが問題ではないことを、皆が分かっとったからじゃ。

と……、ずっとそう思っとったが、実はそれだけじゃなかったんじゃよ。

ずっと先のことになるが、ある男があることをきっかけに、この秤には元々そういう仕掛けはないことが分かったんじゃ。

皆にそう信じ込ませることが目的だったんじゃよ。

マルクスは、意志ある者は自分で反省し改心できる力があると信じておった。

しかし、それにはきっかけが必要だと悟ったんじゃろ。

そのきっかけがこの秤だったんじゃよ。

そこに行き着くまでにどれだけの時間と想いを要したことか……。

わしらには想像もできぬが、容易ではなかったことは確かじゃ。

この秤が用を成し、目的を果たせるようになったのを見届けること一年、マルクスが忽然と姿を消したんじゃ。誰にも何も言わずにの。

また別の街へ行ったのか、はたまた、本来自分のいるべき場所へと帰ったのか、ついに、そのまま行方が知れることはなかった。

残された住人達も、マルクスを悪く言う者は一人もいなかった。

それどころか、マルクスの意志に共感を覚え、この秤を永劫、守り続けることを誓い合ったんじゃ。

マルクスの想いを絶やさぬよう、己の心から消えぬようにの……。

この地を、この創造物を守り、より多くの者達にマルクスの想いを伝え広めることで、今までこうやって受け継がれてきたんじゃよ。

そして、二千年経った今も、これからも、絶えることなく続いていくんじゃ……。

未来永劫にの……」

静かに語り終えたそのご老体は、嬉しそうに微笑んでいるようだった。

「きっかけ……」

視線を上げると、薄ら淡く静かに蒼色を帯びた神樹がボクを見下ろしていた。

「神……樹……」

胸に温かいものが灯ったような感覚に安らぎのようなものを感じた。

「おいっ、カムイ〜。自分会議終わったか？」

パルポルンがすぐ後ろから自分会議をしていたように見えたボクをここに連れ戻した。

「だ〜りんっ」

真横に寄り添うラフレシアに、ボク自身気付いてはいなかったが、驚きはしなかった。

なんとなくだが、今、ラフレシアと想いを共有しているように感じたからだろうか。

「ラフレシア……今……」

「はいですのぉ」

ラフレシアの目を見た瞬間、それ以上言わなくても良い様な気がした。確認という人間らしい作業がいらないことが心地よかった。

「犯した罪と、重ねてきた徳、生まれ変わるきっかけか……。ここも、根本は同じなんだね」

「何だよ今更。こうやって生きてる以上、良くも悪くも結果は出るさっ。

細かいことまで気にしてたらきりがないぜっ。前向きに楽しく生きなきゃ～よっ」

パルポルンの言うことも一理ある。そうできれば皆そうしたいに決まってる。できないから悩むし、もがき苦しむ……。どこかに……、何かに……、誰かに……、救済を求めてしまう。自分自身で乗り越える為のきっかけという救済を……。中には自暴自棄になる者だっている。皆が皆、強いわけじゃないから……。

この体になってみて分かったことがある。体は容れ物だということ。この感覚は、人間からノア族の体になったことと、ノア族の転生の話を聞いたことで、初めて朧げではあるが実感できた。魂と体、自分という存在とそこに存在してる証となる体。勿論、とっかえひっかえできるほど、人間界もここも都合のいい仕組みはないし、進化もしていない。ただ、ノア族は人間界への、人間への転生という概念を持っている。人間にはごく少数を除いて、それは常識的ではない。この違いが、ノア族の心の豊かさを生み出しているのだろうか。まだ見ぬ先の世界への期待と希望が不安を凌駕《りょうが》しているが故の余裕なのだろうか。最終的にエリシオンという極楽浄土のような世界があり、そこには絶対的な幸福しかないと信じて疑わないが故の自信だろうか。それとも、単純にそういう種族なのだろうか。人間なボク自身が通過点だとは思えないボクには、到底到達することはできそうにない……。

「決めるのは自分自身だぜっ、カムイっ」

珍しく自分会議のフレーズを交えずにパルポルンが声をかけてきた。

「そうだよ。キミの人生だ。キミが決めていいんだよ」

アルも同様、肝心な内容の時は必ずストレートだ。茶化しもしないし、回りくどくもない。

「でも、皆が皆、自分勝手に、好き勝手に決めると世の中、秩序がなくなるよ」

「お前はぱ～ちくりんかっ」

まじまじとボクの顔を覗き込むパルポルン。

「ぱ～ちくりん？」

どう聞いても誹謗中傷のたぐいの言葉だが、ちくりんのせいでそれが緩和されて癇に障らないのが絶妙だ。

「カムイ。誰しも、自分なりの正義と道徳を持っているし、大抵の場合、それは共感できる。

カムイの……」

「あ～まどろっこしい。俺達はお前がどんなヤツか最低限知ってるつもりだ。だからバカな決断をしないって分かってるから、お前の好きにしていいって言ってるんだ。

「一般大衆を巻き込むんじゃね～よっ。話がややこしくなんだろっ」

まだ途中のアルの言葉にパルポルンが割り込んできた。アルの言い方にではなく、ボクに言いたいことを我慢できなかったようだった。

結局、人間界もここ魂魄界も自分で決めて行動しないといけないってのは普遍のようだ。いや……、自分で決めないといけないんじゃなくて、自分で決めていいって考えれば気が楽だ。自分で決めてするってことは、いわば自己責任。他人に迷惑さえかからなければ別に問題はない。自分で責任を取って次へ進めば良いだけのこと。自分の気持ち一つで正解にも不正解にもなる。分かってはいるが、簡単にそう思い込めれば苦労はしない。そういえば人間界でも、そういう決断をする場面もあるにはあるが、重大なことは数えるほどだった。あくまで今のボクの年齢でのことだが……。人間界では年を重ねるにつれ、その経験が増えていくのが一般的だ。しかし、ここ魂魄界では、そういう場面が多々ある。と言うより、普通に当たり前に存在する。逞しさというか、大人びて見えるのはそれも一因に違いない。

「自分で……か……」

「そうですのぉ、にゃっ」

今まで大人しく聞き入っていたラフレシアが、優しく可愛く賛同してくれた。正直、存在を忘れるまではいかないまでも、気にしていなかった自分に自己反省を促した。

「ラフレシアっ、わり〜なっ。ちょっとだけ、オレら三人だけにしてくんね〜かっ」

パルポルンの突飛な進言に、ラフレシアの表情が一瞬で大人びた。

「分かったですのぉ」

いつもの甘えた感じではない、アクアなラフレシアがそこにはいたが、ボクの方へと振り返るなり、いつものラフレシアへと戻っていた。

「だ〜りんっ、ちょっとおやすみするですのぉっ。またあとでですのぉっ」

そう言ってほっぺに軽くキスをして、いつものラフレシアが眠りについた。その心地よさの代わりに、先ほどのパルポルンの言葉が重く深くのし掛かった気がした。

第九章　『帰還』

「どうかしたのかい？」

「えっ、どうして？」

「いや、ただ……何となく」

アルの言葉に、少し不安を感じている自分に気が付いた。

「ところでカムイっ。ここ、さいっこ～に居心地がい～だろっ」

「え？　なに、急に」

「だ～か～らっ、居心地いいだろっ」

そんなボクの不安をかき消すかの様に、唐突にパルポルンが話を振ってきた。

「この街？　建物？」

「ちげ～よっ。この世界そのものだよっ」

この言葉が、ここは人間界ではないことを強制的に思い出させた。

「あぁ、うん。最高にいいよ」

本音だった。ただ、そう思った瞬間、おふくろさまとエリの存在が頭を過って、ほんのり建前も入り混じったかのような複雑な感情へと変わった。

「だろっ。オレもここ気に入ってんだ。なっ、アルっ。お前もそうだろっ」

「勿論だよ」

「それがどうしたの？」

「いやっ、べ～つにっ。心配すんなっ。いつでも来れんだからよっ」

いつもの調子でパルポルンが笑ったが、その意味深な言葉に再び言い知れぬ不安を感じた。

「あぁ、いつでもね」

アルも薄っすらと意味有り気な表情で、そう独り言のように呟いた。明らかに二人ともいつもと様子が違った。いつか帰るであろうボクを気遣っての、きっと色々分かった上での慰めのつもりなのだろうと、そう思うことにした。それを分かってか、いつになく真剣な面持ちでパルポルンが付け足した。

「ほんとだぜっ。いつでもこれんだよ」

そして、ボクの横をすり抜けざまに肩を軽く一回叩き、躊躇なく塔の奥へと向かった。

「パルポルンはボクが言いにくいことでも、あ～やって、さらっと言えるんだ。彼は本当に優しいよ。いろんな意味でね。ボクには、到底真似できない」

少しだけ物悲しそうなアルの表情が、不安を更に掻き立てた。

「言いにくいこと……」

この言葉に、先ほどから感じている得体の知れない不安が近づいていることを直感した。

「言いにくいことって？」

「…………」

アルは答えなかった。もしかしたら、答えられなかったのかも知れない。そう言うボクも、もう一度聞く勇気はなかった。

「いつでも来れる……、まるでお別れの言葉だ」

声にならない声で小さく独り言を呟いた。いろんな意味で重い空気が纏わり付く中、先ほど、一人で奥へ向かったパルポルンが、この重苦しくも荘厳で静寂な空気を、いとも簡単に掻き消した。

「お～いっ、カムイ～」

彼には緊張感という観念がないのだろうか。本当に羨ましい性格だ。お陰で、ほんの少しだけ気が紛れた。

「アルっ。そう言えば、パルポルン一人で奥へ歩いて行ったけど、何かあるの？」

「あぁ。無限回廊と真理の間だよ」

「無限回廊と真理の間？」

「あぁ」

「そのネーミング、意味深過ぎてどっちも何か構えちゃうね」

「ふっ。初めて聞くとそうかもね」

「お～いっ、カムイ～」

またしても、この空気をものともしない容赦ないご指名だ。いくら周りに誰もいないとは言え、こっちが落ちつかない。

「聞こえてるよ～。今行くから」

精一杯の小声で返事をして、アルを誘おうと振り返ると、ほんの一瞬、アルの視線が泳いだ。アルのそういう人間的な仕草は初めてだった。そこに、今までにない違和感と不安を覚えたが、さらに追い討ちをかけるようにパラスが減った。負の相乗効果は意識すればするほど勢いを増す。今までも何回か刻印は作動していたが、不思議と気にはならなかったことが、かえって今回の作動の重みを際立たせた。

「行こうか、カムイ。考えてもしょうがない」

「えっ？　考える？」

アルを見ると、いつもの静かな優しいオーラに包まれていた。

「パルポルンは何を見せたいんだろう」

敢えて口に出して言ってはみたものの、何の気休めにもならなかった。

「行けば分かるさ、キミの……」

先を歩き出したアルの言葉が最後まで聞き取れなかった。

「えっ？　何？」

アルに聞こえなかったのか、意図的なのか、この質問はスルーされた。気持ちとは裏腹に、しんっと静寂を湛え光り輝く回廊を、アルと無言のまま歩いた。会話もなく歩いていたせいか、その名の通り永遠に続くと感じられた。

「おうっ。ここだ、ここだっ」

いつもなパルポルンが手招きしていた。

「やっぱり……ここか」

また少しアルの様子が変わったが、パルポルンのいつもな調子に、そう大事ではないと自分に言い聞かせた。

「やっぱり？」

「ん？　あぁ、パルポルンはどっちなんだろう」

「どっちって？」

どう考えても意味深としか取りようのないアルの言葉が、無理やり落ち着こうとしていたボクの中に小さくも大きな波紋を落とした。

「あぁ、ごめんっ。なんでもないよ、行こうっ」

先程から垣間見える、アルの人間くさい仕草のおかげで、何でもないことはないと容易に想像できた。

「入れば分かるさっ。なんも怖いことはね～。

オレらも一緒に行ってやるから、入ってみ。

って言うか、ここはお前一人じゃ入れないんだけどな」

　パルポルンの言葉も、アルの仕草がなければ、ただのプチドッキリだと信じて疑わなかっただろう。それに、いつもなら、パルポルンの『一人じゃ入れない』という言葉の意味を問い質していただろうが、これから起こることに本能が構えていたせいか、それすらできなかった。

「ボクありきみたいな感じだね。なんだか怖いなぁ」

「おこちゃまか、お前はっ」

「大丈夫だよ。ボクらも付いて行くから」

　今までにないほどの速さで、あらゆる想像と妄想の類が仮定と想定を織り交ぜ自分会議を始めたが意外にもあっさりと結論が出た。

「分かった、行くよ」

　二人に対する絶対的な信頼と、考えても結局答えは想像でしかないという不安と恐怖から、ただ単に目を逸らしたかっただけだろう。

「おうっ。そんな構えんなって。気楽にいこうぜっ、気楽によっ」

「うんっ。分かった」

　前を見ると、先ほどまでそこにあった大きな白銀の扉が消え、代わりに遥か上空から透けた白銀のカーテンが下がっていた。オーロラのように無尽蔵に形を変え、色を変え、棚引いている。この時、初めて気付いたがこの回廊天井が見えない。

「ふっ」

何で笑ったのか自分でも意味が分からなかった。

「どうしたんだい？」

「よく分かんない」

「はぁ？　変なヤツだなぁ～」

この二人の反応とボクに対する態度を見る限り、この先に大きな何かが待ってるという感じではなかったが、払拭はしきれなかった。そういう微かな不協和音を感じてはいたが不思議と何の決意も必要としないまま、普通にそのカーテンを潜れた。

次の瞬間、真っ白い世界が劈《つんざ》くように目の前に広がった。奥行きも天井も認識できない程の真っ白な世界。耳鳴りのような、音ではないまっすぐで鋭利な空震。不快感はなかったが、今まで体験したことのない感覚に一瞬で平衡感覚を失った。

「おっと」

「なっ。一人じゃ無理っつったろっ」

その声と同時に、両脇を二人に抱え起こされた。

「なんだ、こういうことか」

大きくも小さな疑問が解決したと思い込みたかった。この白い部屋であろう空間に、無防備な『無』を感じたが、ソレに対する恐怖は微塵もなかった。そもそも『無』ではないのかもしれないとか、『無』がイコール恐怖とは限らないとか、自分会議をしてる時点で少し落ち着きを取り戻してる自分に気付いた。

「終わったか？」

いつものツッコミを入れるパルポルンに安堵すらした。

「ようこそカムイっ。ここが真理の間だっ」

「真理の間……」

上も下も右も左もない、真っ白い空間。真理の間。

「そう。真理の間……。カムイ、あそこ見えるかい？」

アルが遥か先を指差した。目を凝らすと、何かが遥か遠くに輝いている。

「何か光ってるね。何？　あれ……」

「行ってのお楽しみだっ」

「本当に楽しみの類なの？」

「キミ次第。今は半々かな」

「ボク次第？　しかも半々って」

「あぁ。でも悪いことはないと思うよ」

「心配すんな。それに、意外と近いぜっ」

「別に距離は心配してないんだけど」

いつもな三人の空気が戻っていたが、ボクは不安とほんの少しの好奇心のせいで平常心ではなかった。この感覚は、今まで感じたそれとは異質な感覚だった。必然が手招きしてるようにボクには思えた。他に何の目的地も目標物もないこの空間を、三人で歩いて『そこ』へと向かった。途中、他愛もない会話をしつつも、集中できないまま歩き続けた。なかなか、近づかないソレに向け歩き出して、感覚的に三十分ほど経っただろうか。いい加減、口数も減ってきた。『意外と近いぜっ』パルポルンの嘘つきっ。数歩先を歩くパルポルンに目を向けると黙々と歩いている。が、足取りは軽い。アルも同様だ。不自然なくらいの静寂はパルポルンの沈黙のせいもあったが、ボクの緊張しはじめた胸のうちが起因してるのかもしれない。

暫く歩くと、その光り輝くものの正体が分かった。鏡だ。近づくにつれ、ここに似つかわしくない、ごく素朴な存在感に少々拍子抜けというよりは安堵した。何かが起こりそうな予感はあったが、それは、ボクに不利益ではないと直感で感じた。いよいよ目の前まで迫ったが、やはり嫌な予感も胸騒ぎも起きない。ボクの身長位ある大きな楕円形の縁取りのない鏡だった。鏡を覗くとノア族な自分が立っていたが、特に違和感を感じることもなかった。

ところが次の瞬間、もっと単純な違和感に気付いた。確かに、ボクが映っている。しかしボクだけだ。両脇に立っているアルとパルポルンが映っていない。

「えっ？」

二人に目をやると二人共そこにいる。ボクの両隣に。絶対に映り込む立ち位置だ。もう一度鏡を見たが、やはり二人とも映っていない。

「ははっ。心配すんなっ。それは鏡じゃね～よっ。理の窓ってんだ。

この窓は真理を映す。お前の真理をな」

「窓？　鏡じゃないんだ」

「そうだよ、カムイ。これは、窓。今はキミだけの窓だよ。

キミが望めばキミの心の真理を垣間見ることができるんだ」

「ちなみに、オレらにはオレらの窓が見えてる。自分にしか見えない窓がな」

「そうなんだ」

窓が単体で宙に浮いてるという不可思議現象すら、さほど疑問に感じないのは、この魂魄界に染まって慣れたせいではない。もうじき来るであろう『その瞬間』への困惑の為だと大多数のボクが感じてしまったからだ。

「ボクの真理。難しくて意味が……」

「ふっ。難しく考えることはないよ。何も考えずに、覗いてごらん」

「てかな、分かんね～から覗くんだよ。何が分かんね～のかすら分かんね～だろ。

考える必要はね～んだよ。ただ一つだけ確かなことがある。

それは、お前は人間様だってことと、ここは人間界じゃないってことだ。

これは、紛れもない事実だ。後は自分で考えなっ」

このパルポルンの言葉にそっけなさより突き放す優しさを感じた。おまけに、一つじゃなくて二つじゃんとツッコミたかったが、今のパルポルンには悪い気がした。

「分かった」

「おいっ。オレの話、ちゃんと聞いてたか？　言ってる傍からこれだっ。

オレらは考える必要はね〜って言っただろっ。

後は自分で考えなってとこ、分かったじゃなくてツッコムとこだろっ」

「ふっ」

「ははっ、なるほどっ。そうだねっ」

「なっ」

パルポルンの顔が赤らんだ。照れたのか、はたまた怒ったのか。ただ、それを考える余裕が今のボクにはなかった。

「よく分かんないけど、やってみるよ」

「まったくよぉ〜」

力が抜けたのか、パルポルンの赤らんだ顔が風船が萎むように収縮した。

「ふっ。気楽にね、カムイ」

「ま〜いっか。なんも怖かね〜から、もっかい覗いてみなっ」

「うん」

「オレらにはどうせ見えね〜けど、一応離れるか、アル」

「そうだね」

二人が気を遣ってこの場を離れようと振り向いた瞬間、ボクの中で言い知れぬ不安が急成長した。

「いてくれないかなっ、二人ともっ」

「えっ？」

「ん？」

二人ともボクの言葉を予想していなかったかのようなリアクションだった。少し意外だった。

「何だか胸騒ぎがするんだ」

「お前がいいんならオレは全然構わないぜっ」

てっきり弱虫とか臆病的なツッコミ的叱咤がくると思っていた為、少々拍子抜けしつつもホッとした。ただ、それがかえってことの重大さを物語っている気もした。

「勿論、ボクも構わないよ」

「ありがとう」

二人の笑顔に不安と緊張が心地よくほどけた。アルは勿論、パルポルンも最強に空気が読める。ボクが、こういう心境の時には絶対に茶化さない。

決心が揺るがないうちにゆっくりと振り向いて窓に向き直った。自分会議を始めないように意識を無心へと集中させた。やっとの思いで辿り着いた窓。わずか二歩がこんなに遠く感じたのは、あの橋以来二度目だ。ゆっくりと視線を上げると窓は普通にボクの視線の高さにある。あくまで高さの話で、浮いてることを普通と認識した訳ではない。何を考えればいいのか全く見当もつかないまま、その窓を覗くと、これで良かったんだと瞬時に意識が溶け込んだ。

「これで…………だよね。カムイ…………なんだから」

「勿論だっ。いつかは…………だ。早い方が少しは…………だぜ。それに…………」

「あぁ、…………だね。きっと…………だから」

そんな途切れ途切れの会話が遥か後ろから微かに聞こえた。聞こえなかった部分が気になりつつも、そのまま意識が暗く深い漆黒の闇に吸い込まれるように心地よく途切れた。

「あれっ？　アルっ、パルポルンっ」

目を覚ますと、二人の姿だけではなく、例の窓もなくなっていた。音もしなければ、光の移ろいもない、ただ真っ白な世界が広がっている。物は勿論、地平さえないこの世界に再び立ち眩みがしてその場で座り込んだ。目を瞑り、ゆっくりと深呼吸を三回し目を開けると、目の前に透明な立方体が浮いていた。その中には炎らしきものが宿って揺らめいている。

「それは、真理を呼び覚ます記憶の灯火」

「！！！っ」

いきなり聞こえた女性の声にびっくりした。

「その灯火を胸に記憶の回帰をするのです」

「記憶の回帰？」

「さぁ、手に取るのです。そうすれば、あなたを真理へと導くでしょう」

「真理へと？」

訳も分からず言われるがまま、その立方体へと手を伸ばすと、意外にもあっさりと手に取ることができた。すると、中の炎が分裂を始め、やがて立方体を埋め尽くした。先ほどまでの透明な立方体が、揺らめく朱色の立方体へと変化し、三回躍動と明滅を繰り返した後弾けた。

どれくらいの時間が経っただろうか、移ろう光と気配に意識が明るみを帯びた。

「うっ……うぅん」

「おっ、お目覚めのようだぜっ」

「カムイ、大丈夫かい？」

「んっ……。アル、パルポルン」

「ようっ」

「お帰り、カムイ」

次第にはっきりとする景色と意識。それに比例するかのように、さっきまでの自分と明らかに異質な感覚が現実味を帯びてきた。今までに感じたことがないくらい、はっきりと刻み込まれた感覚。眠っていた記憶が鮮明に入り乱れている。煩雑に理路整然を模ってゆく無秩序な断片があるべき姿へと復元してゆくそんな感じだったが、ほんの一瞬のうちにその不可思議な感覚は消え失せ、いつもの自分へと帰還した。

「ボクは、気を失ってたの？」

「まぁ、身体的にはそうかな」

「身体的には……。そう言えば夢を見てたかも。うろ覚えだけど」

「ははっ。夢じゃね～よっ」

「えっ？」

「キミは、記憶の回帰をしていたんだよ。

キミ自身がなくした記憶の断片を見なかったかい？」

「記憶の……断片……。そういえば、小さな炎が見えた気が……」

「記憶のカケラに小さな灯が灯ったはずなんだ。

時間が経てば、その光が強くなってきて収まるべきところに収まるよ」

「まぁ、焦るなっ。直に分かることだ」

「う、うん」

ボク自身、何の記憶を欲したのかは分からなかった。冷静な今なら、人間界と魂魄界の両方で、知りたいことはかなり思い浮かぶ。ただ、それは単純に疑問であって、深層心理で求めるものとはたぶん違う。

「ボクが思い出したいこと、思い出さなきゃいけないこと、容易に想像はつくよ」

期待や楽しみより不安が頭をもたげた。

「心配しなくても大丈夫だよ。キミが望まない記憶が蘇る訳じゃないから。

それに、確実にキミが必要とする記憶のはずだよ」

「だなっ。ただ、ぜってー びっくりするだろうけどなっ。いろんな意味でよっ。ははっ」

いつもの二人のリアクションに救われたが、正直、楽観的になれない自分もそこにはいた。

「そう言えば、二人とも窓覗いたの？　自分の」

「なんで？」

「なんでって」

「ボクらは覗いてないよ。今は、その必要がないから」

「そういうこった」

「ふう〜ん」

ボクの為だけに来てくれたということか。二人に導かれるように、言われるがままこの広大な部屋を出ると、いとも簡単に、元いた日常に帰還できた。

「何だか不思議だね。あんな世界とこの回廊がこのカーテン一つで行き来できるなんて」

「そんなもんか？　オレらはそうは感じなねぇ〜けどな。なぁ〜、アル」

「そうだね」

「キミらにとっては疑う余地のない現実だもんね」

「おうっ」

お互いの常識内では、全然常識的なことだが、対エトランゼとなると普通にそうもいかなくなる。

「ただよっ、今のは準備だっ」

「準備？」

「あぁ。これからの本番に向けてのなっ」

「本番？」

「それよりよっ、神様にでも会ってみるか？　カムイ」

何とも突拍子もなく想定外の言葉が飛んできた。

「神様？　唐突だね。って言うか、いんのそんなの？」

「あったりめ～だろっ。喧嘩売っててんのかっ」

「なっ、何で怒るのっ」

「怒ってね～よっ！」

「まぁまぁ、二人とも。で、行ってみるかい？　カムイ」

「アルまで……。何だか怖いけど、逢ってはみたいな」

「だろっ、だろぉ～。そうこなくっちゃっ」

「いつも以上に乗り気だね」

「あったぼ～よっ。こっちが本命だかんなっ」

「本命？」

「ホンメイ？」

「何でオウム返しするの？」

「はぁ？　おめぇ～が言ったんだろがっ」

「今、パルポルンが言ったじゃないか」

「言ってねぇ～よそんなこと」

「えぇ～言ったしっ」

「しつけ～な～お前もっ言ってね～もんは言ってねぇ～」

リアクションからすると本当に言ってない風だった。空耳だったんだろうか。

「おっかし～な～。確かに聞こえたんだけどな～。アルじゃないよね？」

「ボクは言ってないよ」

「だよね～」

「も～い～じゃね～かっ」

「分かった。ま～いっか」

自分の中で確信してはいたが折れた方が話が早いと、ここは譲った。

「じゃ～オレもそういうことにしといてやる」

「ははっ」

「じゃ～、行こうかっ」

「おうっ」

「うん」

いつも以上にいつもなやり取りに少々の違和感を覚えたが刻印に変化がないことで大し

たことはないんだと自分に言い聞かせて、頭をもたげつつあった不安をぐっと押し殺した。

「さ〜。いいよっカムイっ。カーテンをくぐっててっ」

「えっ？　同じ部屋なの？」

「同じ？　何言ってんだよカムイっ。さっきの部屋は後ろだろ〜がっ。

大丈夫かお前？　さっき入ったのが真理の間でこっちが無限回廊だ」

パルポルンの言葉に条件反射のような速さで振り向くと、そこにはさっきのカーテンが棚引いていた。

「えっ？」

頭がパニックになった。最初、あの部屋に入る時、確か回廊の左側に扉があった。その扉がカーテンに変わったのは確かだ。あの時、絶対に向かい側はおろか、近隣にドアも窓もなかった。でも今は回廊の両側にカーテンが靡いている。

「ねぇ、さっきはなかったよね。この入り口」

「何言ってんだよっ。なかったに決まってんだろっ。おかしなヤツだな〜」

「……えっ？」

もうパニックを通り越して、意外と冷静でいられた。全く逆の返事を想定していただけに意表を突かれた程度にしか感じられないくらいむずがゆい冷静さだった。

「『えっ』ってなんだよっ」

「いや勝手に『あったじゃねーかっ』みたいな言葉が返ってくると思ったから」

「なんだそりゃっ。何で、ないのにあるなんて言うんだ？」

　ボクの勝手な思い込みで一件落着しかけたが、よくよく考えるとやっぱりおかしい。

『なかったに決まってんだろ』で終わるからおかしいわけで、なかったものが、そこに存在してる理由というか経緯が続かないことに違和感を覚えたんだということに気付いた。

「いつ出てきたのこれ」

　目の前の先ほどとは違うカーテンを指差すと、尤もらしい言葉が返ってきた。

「お前が決心した時だよっ」

「……そういうことか」

「大丈夫かい？　カムイ」

　ボクの動揺にも似た躊躇を感じてか、アルが心配そうにボクを覗き込んだ。

「ア……アル。大丈夫だよ」

　この虚勢も筒抜けなのは分かってはいたが、人間の社交辞令は簡単には払拭できない。アルもそれを分かってる風でそれ以上は聞かなかった。

「さっ、行こうぜっ」

「うん。てか、無限回廊って部屋なの？

　ボクはてっきりさっき通ってきた通路の名前だと思ったよ」

「それじゃ無限じゃね〜だろっ。ま〜入れば分かるさっ」

　アルが返事をしないのをパルポルンも敢えてつっこまなかった。目の前のカーテンは、先ほどと同じで実体の感触はない。しかし、ボクの手の動きに従順に宙に棚引く。ボクが入ったのか、カーテンが包み込んでくれたのか、認識できないまま次第に明るみを帯び、眩しさが増す。ゆっくりと目を開けると人間界のどこかにもありそうな、小高い丘の上にたった独りで立っていた。

「アルっ、パルポルンっ」

　またしても返事はなかった。

「またかっ」

　この丘、樹も生えてなければ、ベンチもない。足元には、今までにも見てきた草達がいた。ただの小高い丘？　淡い風が舞い、薄く暖かな陽光がそっとボクをすり抜ける。改めて二人の姿を探したが気配すら感じられなかった。居心地の悪くない広大で無味な景色に、急に孤独と不安が差し込んだ。

「ここは、部屋だ。ここは、部屋だ。ここは、部屋だ。ここは、部屋だ」

『ここは部屋の中だ』と意識を集中して勝手に立方体の枠組みをつけると開放感と引き換えに不安を和らげることはできた。先入観を上手く利用できれば都合よく落ち着くこともできるのだと、理論尽めの理性を無理やり引きずりだした。理性を沈着させるまでの暫くの間、焦点の合わない目で景色を傍観していたが、ふっと風が頬を撫でたかのような感触に焦点がきれいに定まり、我に返った。

「お〜〜〜〜〜〜〜〜いっ」

返事など全く期待してなかったが手始めに景気づけで思いっきり叫んでみた。案の定、うんともすんとも反応はない。

「ははっ。だろうな～」

第三者がいないと独り言が自然と口を突いて出る。寂しさを紛らわせる為だろうか、それとも自分の存在を確認する為だろうか、そんな自分会議が始まりそうな中、本来の目的を思い出した。

「だった……神様。ははっ、神様に逢いに来たんだったっけ」

神様と言えば、もっと薄いパステル風な景色に蝶の舞、小鳥のさえずり、風の音に合わせて竪琴を弾く蒼い目をした柔らかい中性的な容姿をしているか、ギリシャ神殿風の居城に威厳を纏い金色の後光を発した剛の猛々しい姿をしているかを想像していた。実際、そのいずれも、ボクの想像ではなく、誰かの創造したものに影響されまくった『いかにもな空想』なわけで、相変わらずな自分に苦笑した。気を取り直して、辺りを見渡したがソレらしき影は当然のようにない。まず、場所が朗らか過ぎる。さっきの部屋みたいに違和感のある目印もない。

「ふっ、どうしろと」

いい加減、目的もないまま、どこ行くでもなく立ってるのが疲れてきた。座ったところで景色も気分も変わる訳ではないと、大の字に寝て空を仰いだ。ちょっと意地悪で急に寝転がってみたが案の定、逃げ遅れる草達はいなかった。

「ははっ、ごめんよっ。でも凄いね」

妙に生命というものに感心した。それにしても、雲もない、明るいのに太陽もない。

「どうなってんだ……」

そのうち心地よさに負け、意識が遠のくのを心地よく迎え入れた。どれくらい経ったであろうか、す〜っと何かに引っ張られるかのように意識を起こされ目が覚めた。

「あ……、また寝てたのか」

起きあがってみたが何も状況に変化はなかった。時間すらどれくらい経ったのか皆目見当もつかない。

「おいおい……、帰れるのかな」

入る前とは違う不安が膨れ上がってきた。お陰で意識が寝起き状態から臨戦態勢へと切り替わった。改めて、もう一度辺りを見渡すと、さっきまで気付かなかったモノが目と鼻の先にあることに気付いた。

「ん？」

地面から三十センチくらいの高さに、直径にして一センチほどの真っ黒い球体が浮いている。輪郭もはっきりとした漆黒の丸い物体が。

「立体感がない。……もしかして、穴？」

穴のようにも見えるソレを、色んな角度から見てみたが、不思議とどの角度から見ても立体感のない真っ黒い正円だった。触るのは勿論、目を近づけて覗くなんて、そんな度胸など微塵もない。痛いのはご免だし、何より、失明なんてしたくない。しかし、木の枝もなければ小石もない。芝は逃げるし、持ち物といえば……。

「あっ、ラフレシアっ」

一気に期待が膨らんで慌ててカプセルを取り出し呼び出したが、全く無反応だった。お陰で、倍、凹んだ。

「なんで……」

別にラフレシアにどうこうさせたかった訳ではない。話し相手というか『誰か』の存在が欲しかっただけだ。

仕方なく服の裾を小さく束ねて穴に近づけるも何も起きない。靡きもしなければ、吸い込まれもしない。何回か試行して反応がないことを確かめてから意を決して人差指で恐る恐る触ってみたが何の感触も感覚もなかった。実際、触れているのかすら分からないくらい、本当にただの黒い円だ。あとは、自分の目で見て確かめるしか思いつかなかった。

「分かったよ。近くで見るか、覗いてみればいいんでしょ」

これは仕組んだであろう誰かに対する独り言だ。

「まぢで突かないでよ」

未確認の第三者に対する言葉なのか、ボクの独りよがりな懇願なのか、とにかく、勇気という魔法を自分にかけた。

まずは一メートルくらい離れて細目で一生懸命見るも、予想通り全く何も見えない。三十センチ、何も変わらない。いよいよ射程距離と思われる十センチ。心持ち、斜に構えて覗くもやはり何も見えない。ただの真っ黒い円のように見えるが、これはそもそも何なんだという疑問が生まれた。最初は球体だと思っていたモノが直感的に穴だと感じた。これ自体が既に間違っているのか？　この発想自体、人間界の知識の範疇《はんちゅう》でしかない。故に、それ以上の発想が出てこないのは、当たり前なのか、それとも想像力がないだけなのか、何れにしても、答えが出ない。簡易の自分会議を行ったが、結局、穴だろうという前提で行動することにした。

改めて身構えたが、斜に構えたところで、何処から見ても正面の穴なわけで、それに気付いて自分の行動が鼻で笑えた。諦めの溜息をつくも、状況が変わるはずもなく、この変わらない状況を打破すべく否応無しに決心せざるを得ないことに向き合わされた。

「分かりましたよっ。覗けばいいんでしょ、覗けばっ」

やっとのことで、意を決したが、ソレに目を近づけておもいっきり目を開けるのはやはり怖い。少しずつ少しずつ視界を広げていくと、意外にも見た目通りただの真っ暗闇だった。

「ん？」

よ～く見ると暗いが何かが動いてるような気がする。直感的に急に動くのはまずいと感じゆっくりとその穴から距離をとっていくと一気に全身を鳥肌が襲った。この黒い円、やはり穴だった。その穴の向こうから、目が覗いていた。

「！！！っ」

その目は、こちらを瞬き一つせず凝視している。お互いを認識したというより、最初から向こうに観察されていて、今ボクがそれに気付いただけといった感じだ。その目に話しかける勇気などあるはずもなく、さらにゆっくりと距離をとった。すると、その目も後ずさりしていたようで、ついにその正体が明らかになった。

「えっ？」

ボクは一瞬で恐怖と緊張を維持したまま、自分会議モードになった。

「ボク？　人間の……ボク」

容姿は違えど、ボクに違いなかった。穴の向こうは、見慣れた自分がこちらを同じように覗いていた。変な間の後、我に返って改めてびっくりすると向こうのボクも同じようにびっくりしている。

「もしかして、穴と言うより、鏡？　心を映す鏡？」

鏡にしては、立体感と存在感が半端ない。試しに動いて向こうの動きを観察したが、やはり明らかにリアクションが同調している。向こうに見える人間なボクと、こっちのノア族なボク、互いに成りは違うが向こうが偽物でない限り、中身は同じボクのはずだ。色んな想像が駆け巡る自分会議で、この先どうするかの選択肢なんて数えるほどしか見つかりはしなかった。

「さてと、どうしたものか」

声を掛けるか、ちらっと向こうを見ると、向こうも同じタイミングで、こちらをちら見していた。

「あっ」

やはり鏡を見ているかのようだ。きっと今のボクは穴の向こうのボクと同じリアクションだ。このままじゃ埒が明かない。思い切って声を掛けることにした。

「あのっ」

「あのっ」

寸分違わず思いっきりハモッた。

「こんにちは」

「こんにちは」

「ここわいな」

「ここわいな」

「うわぁ～」

「うわぁ～」

まったくハモる。て言うかハモッてると思う。実際は自分の声が重なって聞こえてるだけだ。鏡とは違う臨場感抜群の自分に訳が分からなくなってきた。

「キミは」

「キミは」

思わず口を突いて出た。向こうもそんな感じだ。

「キミは……何？」

「キミは……何？」

間も全く同じだ。

「ボクは……」

「ボクはキミだよ」

「！！！っ」

無意識にオウム返しを想像をしていた為、かなりびっくりした。自分で言ったかと、勘違いするほどに『ボクなソレ』はボクとは違う意思で返事をした。意外と早くしっぽを出してくれた『ソレ』に少しの安堵と不安にも似た恐怖を感じた。

「ボクはキミだよ」

「ボク？」

「そうキミ」

「ボク……。キミはボクで、ボクはキミ……？」

「違う。ボクはキミだけど、キミはボクじゃない。キミはキミだよ」

「うわっ。わ、訳が分かんない」

「全てがキミなんだよ」

「全てがボク？」

「そう」

「全てがボク……」

全く理解できない。

「全てって？」

「全てさ」

「意味が分かんないよっ」

「しょうがないな」

向こうのボクはそう言って穴に手を伸ばした。その瞬間、小さかった覗き穴が、グングンと広がって、そのまま、まったりと空間が繋がった。ほんの数秒の出来事にボクは身動き一つできずに傍観していた。頭では逃げたかったが、本能がそれを拒否しているかのようだった。

「やあ」

「や……やあ」

「待っていたよ、キミを」

「待ってた？　ボクを？」

「あぁ」

「なんで」

「覚えてないかい？」

「覚えて？」

「無理もないか」

そう言ってもう一人のボクが軽く微笑んだ。

「キミはボクを探してたんだろ？」

「キミを？」

「あぁ」

「えっ？」

その瞬間、パンさんの言葉が脳裏に浮かんだ。

「大切なモノ」

「そう。キミにとってボクは大切なもの。キミがキミでいる為に必要なもの」

「ボクにとってキミが」

「そう」

「それって」

「この世界にキミが留まるには、ボクの存在は邪魔なんだ。

裏を返せば、ボクがいなかったから、君はここに留まれたんだよ」

「留まれた？」

「そう」

いろんな質問や見解が頭に浮かんでは消え消えては浮かんでと思考が迷走するなか、一つの疑問だけが残った。

「もしかしてやっぱり……、ボクは……死んだの」

その言葉に『ボクなソレ』は優しく微笑んで首を横に振った。ホッとした反面、ボクの思考はもう行き場をなくした。そう感じた次の瞬間、足元から頭の先へと景色が立ち昇り、今まで居た草原は跡形もなく消え、真っ白い空間にただ独り立っていた。

「あれ、ここは、真理の間？」

今の今まで目の前にいたもう一人のボクの姿も消えていた。目が痛くなるほどのその白い空間を見回すと右手側斜め後ろ二～三メートルのところに何やら、小さな黒い影がもそもそと動いている。二十センチほどの大きさだが明らかに異質な存在感を漂わせていた。恐る恐る近付いてみると、小さい小さい人影らしきモノだということが分かった。ただ、よくよく見ても、全身が真っ黒い影の塊で、顔も輪郭のみが分かる程度だった。なんとなく、膝を抱えて座っているようだと言うことしか分からないが、不思議と恐怖は感じなかった。

「影？」

丸まったままゆっくりと左右に横揺れしている。時折、掠れた小声て「あ～」と悲しげに呻いている。悲哀さえ感じるその小さい影が、ふと呻くのをやめ、一呼吸置いて、ゆっくりゆっくりと立ち上がった。

「……？」

その小さな影は、こちらを気にすることなく、そのまま上を見上げてゆっくりと両手を天に翳した。すると宙高くから何やらゆっくりゆっくりと降りてくるのが見えた。

「……？」

見る見る降りて近づいてくる。

「数字？」

それは見覚えのある数字、戒律の刻印だった。ただ、今までボクが見てきたものと形式が違っていた。表裏ではなく、左右横並びで並んで回転もしていない。そして、そのままゆっくりとその小さな影の目の高さに留まった。するとその小さな影は、右に左に首を傾げながら一生懸命悩んだ挙句、左手を大きく外回りでゆっくりと回した。すると、左側にあった薄紅色の数字が例の金属音を引き連れ一つ減った。再び首を傾げてるような姿勢で、暫くその数字を見つめていたその小さな影は、やっと納得できたのか、その数字を天上へと送り返すと、一仕事終えたかのようにゆっくりと座り込み、また膝を抱えて横揺れを始めた。

それを見て、ボクは急に胸が詰まった。息苦しさとキャパを超えた焦燥感に加え何か胸焼けにも似た不安感が胸の辺りで急成長し始めボクそのものが弾け飛びそうになった。パニックの中、訳も分からない状態に意識が遠ざかる瞬間、何かがボクの指をきゅっと握った。蜃気楼《しんきろう》にも似た揺らめき滲む視界にボクの左手の中指と薬指を両手で包む先ほどの小さな黒い影が、ボクの直ぐ側に寄り添っていた。すると、膨らみ続けていた先ほどまでの言い知れぬ感情が、急速に萎み始め次第に安息にも似た終息が訪れた。視界が晴れ、焦点が定まってくる中、改めて見ると、その小さい影がまだボクの二本の指を握っていた。それを見た途端、あまりの愛おしさに、ボクは訳も分からずその小さい小さい黒い影を抱きしめていた。

「あ～」

「ありがとう、もう、大丈夫だよ」

「あ～」

その影は嬉しそうにそう答えた。ボクにはそう思えた。ボクの腕の中にいたその小さい影は少しだけ温かく壊れそうなほどに柔らかかった。抱きしめていると、その影から懐かしさとあらゆる身に覚えのある感情が流れ込んできた。

「こんなに、一人で抱え込んでいたんだね」

「あ～」

その瞬間、親近感を超越した何かを感じ、腕の中にいるその小さい小さい影を覗き込むと、一瞬、視線が繋がったその刹那、失くしていた記憶に光が差した。

「！！！っ」

失くしていた記憶のカケラが、次第にココロを埋めていく。不鮮明だった思い出が少しずつ鮮明になってきた。改めて、その小さな黒い影に意識を集中すると、黒い影が、霧状に晴れ見覚えのある姿が現れ、自然とひと雫の涙が頬を流れ伝った。

そこにいたのは記憶を失くす前の幼い頃のボクだった。


「遅くなってごめん」

「あ〜」

「もう、大丈夫だから。もう、独りにはしないから」

「あ〜」

まるで、甘えているかのような返事に、気持ちが共有できているのを実感できた。腕の中で、もそもそと動く小さい頃のボクに、抱きしめていた腕をそっと緩めると、何やら胸の辺りから取り出した。

「あ〜」

そう言ってボクにその何かを差し出した。見ると、その小さい手に、小さい白い花がしっかりとしかも大事そうに握られていた。

「あ〜」

「ボクに?」

「あ〜」

そう言いながら、それをボクに手渡すと満ち足りた表情でボクに微笑んできた。

「ありがとう、たかゆき」

ボクは自分の言葉にはっとした。ボクじゃない誰かがボクの意思とは無関係に言葉を奏でたそんな感じだった。

「たかゆき……たかゆき。そうか、ボクの名前」

名前と一緒に、全てがフラッシュバックした。おふくろさまの顔、えりの顔、そして父さんと過ごした大切な記憶。元から胸の奥にあったそれらに、やっと灯が灯った瞬間だった。その灯はゆっくりとボクを包み、ボクの中にあった穴を緩やかに時間を掛け満たしていった。

「パ～パ～」

嬉しそうに小さいボクがしがみついてきた。ボクは無意識に抱きしめていた。やがてす～っと気持ちが軽くなる中、目の前にいた小さいボクが笑顔のままふわりと昇華した。一瞬だけ、寂しさが込み上げたが、代わりにボクの胸に少しの重みと存在感を携えて宿ったのを感じた。

「お帰り」

心に温かい灯が灯ったような感覚に今まで空いていた胸の空席が順に満たされた気がした。その中には、先ほどの小さいボクの存在も感じられた。

「そいつはな、ず～っとここで、たった独りでお前を待っていたんだ、たかゆきっ」

どこからともなく聞き覚えのある声がした。一瞬で全身が硬直した後、すぐに脱力した。

「お帰り。ようやく逢えたようだね、たかゆき」

その声に、心底安堵した。同時に柔らかい風を感じ、辺りを見回すと、さっきまでいた草原に戻っていることに気付いた。

「アル、パルポルン」

「ちぇっ。ま～たアルが先かよぉ」

「あっ、ごめんっ」

「あやまんなよ。余計悲しくなるぜっ」

「ごめんっ、あっ」

「だからっ。まっい～けどよっ。でっ大丈夫かっ？」

「分からない」

「おいおいっ」

「しょうがないよ、パルポルン」

「二人ともボクの名前……」

「あ～、わり～なっ。騙してたみたいでよっ。始めっから知ってたぜ、お前の本当の名前。ただな、おまえ自身が思い出さないと意味がなかったんだよ」

「そっか」

「それだけかっ。怒んね～のかっ」

「何で怒るの？　ボクの為にしてくれていたのに」

「へっ。分かってんならい～やっ」

「ごめんよ、たかゆき」

「謝らなくていいよアル。逆にありがとう」

「ところで、たかゆきっ。お前はここに何しに入った？」

「ここ？」

「あぁ」

「パルポルンが神様に会いたいかって無理やり」

「無理やり言うなっ」

「ふっ」

「冗談」

「分かってるよっ。でっ会えたか？」

「いや……、神様っていう存在には逢えなかったよ、残念ながら。

でも、ボク的には、もっと素敵な存在には出会えた。

記憶の奥深くに宿っていた父さんの記憶と、迷子になってた幼い頃のボク自身、ボクが手を離してしまった、ボクの大切なボクに、会えたんだ……」

「なんだ、会えたんじゃね～かっ」

「……え？」

「だからっ、ちゃんと神様に会えたんじゃね～かっ」

「えっ。じゃあ……」

「ビンゴッ。そこの彼が創造神だよ。

ここはキミという創造神の造り出した世界なんだよ、たかゆき」

その言葉に促されるように後ろを振り向くと、『ボクなソレ』が佇んでいた。

「ようやく帰れるよ、ボクが本来、いるべき場所へね」

「キミのいるべき場所？」

「あぁ。ここは、ボクの……と言うより、キミが造り出した世界。

本来、ボクらがいる場所じゃない。ボクらにはそれぞれ、ちゃんとした居場所があるだろ。

ボクもキミも、そこに帰る時が来たんだ」

『ボクなソレ』は晴れ晴れしくも寂しそうな表情を浮かべてうっすらと笑った。

「そう。この世界がキミの自分会議そのものなんだよ。

ボクらも、この世界も、キミの創造物なんだ」

「アル……。どうりでいま一つインパクトに欠けるというか、人間臭いというか、人間の想像の域を超えてない訳だっ……て、すんなり受け入れられる訳ないよ」

「なんでだよっ」

「なんでってパルポルン。いろんなことがいっぺんに起こりすぎて」

「そうだね、この短期間に色々あったからね」

「そんなもんかね～」

「そんなもんだよ」

「わり～なっ、たかゆき」

「いや、別に謝らなくても」

「…………」


いつも聡明なアルもストレートなパルポルンも、言葉が見つからないようだった。それはきっとボクの心境が流れ込んだせいだろう。きっと今、二人とも自分会議をしているんじゃなかろうか。そうこう考えているうちに、ほんの少しだけ冷静さが顔を覗かせた。

ボクの想像しうることしか起きてなかったのはそういうことか。あくまで、想像できうる生命体、景観、出来事、人間のいや、ボクの常識と想像や妄想そして願望が根底にある。なんとも乏しい想像力に失笑したが自分自身に最大限の感謝をした。これが今のボクの想像力。でもこの世界が本当に人間の、ボクの中に存在するとするなら人間もまんざらではないと感じた。

終わりのない限りある世界、それが人間であり、それがこの世界そのもの、宇宙そのものなのかもしれない。まぁ『宇宙』という言葉すら人間が造った言葉に外ならないが、この薄っぺらくも無限の領域はきっと幾億年かかっても解き明かされはしないだろう。人が人のままである限りは。新しい発見と創造がある限り、人が希望を捨てないのなら未来は無限に広がっているだろう。この自分会議すら希望への架け橋なのかもしれない。

救済と進化の世界、魂魄界……。

「この世界は、たかゆき、キミの創造物。だけど、実在するんだ。キミの中でね。

そして今まで出逢ってきたノア族はキミ自身。いわば、キミとボクらは一心同体なんだよ。

数あるキミの中からキミは選ばれ、そして昇華して人間として生まれた。

キミ自身というボクらの代表としてね」

「キミらとボクが一心同体？」

「あぁ」

「おうっ」

「そうだよ。一つなんだよ、ボクらは」

「一つなのにボクが選ばれた？」

「そう。キミが選ばれた」

「ボクが」

「おうっ。お前が選ばれたんだ」

「何で？」

「理由などないよ。キミが選ばれた。ただ、それだけ」

「ボクじゃなくてアルフ、キミやパルポルンや、他にもいくらでも、ボクより為になるボクがいるのに、なんでボクなの。

キミ達の方がきっと人間界の為にもなるはずなのに」

「理由なんかね〜って言ってるだろ。ただ、お前が選ばれた。それだけだ。

だからな〜んも気負う必要はね〜んだよっ。気楽に考えればいいんだっ」

「でも……さ」

「あ〜っ。ウジウジうじうじウジウジうじうじ。考えてもしょうがね〜だろがっ。

お前がそんなんじゃ先が思いやられるぜっ。まったく」

「まぁまぁ、パルポルン。たかゆき、それは違うよ。キミはとても素敵な存在なんだよ。

唯一無二なんだ。今のキミは違うって言うかもしれないけどね。

人はないものねだりをする。

ねだって、望んで、努力してあるいは掴めること、掴める人はいるかもしれない。

でも、それが全てじゃないだろう。良いこともあれば、悪いこともある。

自分の等身大を受け入れて、受け止めて、常に成長しながら前に進む。

成長なんて目に見えて変わるものではない。

振り返って初めて気付くもの。時には道草をしながらね。

その積み重ねが生きていくってことじゃないかな。

それに、ボクらはキミが生きている限りこうしてキミと共にある。常にね。

キミはボクらであり、ボクらはキミでもある。キミの願いはボクらの願いでもあるんだ。ボクらの願いがキミの願いでもあるようにね」

「おいっ、たかゆきっ。ここの皆、お前のこと気に入ってんだよ。お前でいいんだ。お前で良かったんだ。だから胸を張れたかゆき」

正直、素直に受け入れられない自分がいたが、今はそれでいいと感じた。いずれ分かる日がくるかも知れない。その日を待とう、そう思えた。魂魄界が、本当の自分会議。真の自分との対話。妄想でも想像でもない自分を知る為の自分との会話。ちょっとしたきっかけから垣間見た世界。ボクの中にある世界……。

次の瞬間、聞き慣れたあの金属音が鳴り響いた。今までになく大きく、そして力強く。するとボクの胸の前に現れた数字が回転を始め、一瞬光に包まれたあと「∞」と表示された。同時に沈黙を守ったまま、ボクを見守っていた『ボクなソレ』がボクへと流れ込んできた。

「ただいま」

ゆっくりと拓く破錠された記憶の扉。絡まりゆく宛てのなかった感情と記憶の導線がはらはらと解れゆく。光を孕みながら繋がって膨らんで明滅を繰り返しながら螺旋を描き舞い昇る。昇華しなおかつ炎上する烈火の如く激しく眩しくボクを包み込んだ。体の隅々まで記憶のカケラが流れ込んで埋まらなかった隙間を埋め尽くした。ボクがボクに還った……。

「∞……。ウロボロス……。無限の可能性……。そっか、そういうことか」

たぶん心はまだ受け止めきれないだろう。だからか、思考する時間と経験を与えたんだ。

「ボクはもう大丈夫だよ。ありがとう……父さん」

父さん……。無意識に口を突いて出た。

「おめでとう、たかゆき。とうとう見つけたね」

「見つけた？」

「あぁ正確には気付いたってだけだけどなっ。あ〜あっこれでお役ごめんかっ」

「お役ごめんて？」

「お前は気にしなくていいんだよっ。

それより、待ち望んだ人間界へのご帰還が迫ってきたぜっ。

いんだろっ待ってるやつらがよっ。早く帰ってやんなっ。きっと待ってるぜっ」

「それは嬉しいけど心の準備がっ」

「心の準備？　んなもんは必要ね〜。お前は考えすぎなんだよ。

心で感じたままに行動すればい〜んだよ。たまには信じろ、自分をよっ。

いつでも『その瞬間』は突然なんだぜっ」

「そうだよ、たかゆき。自分に降りかかる『不運』も『幸運』も、いつでも突然なんだ。

心の準備をする時間なんか与えてくれないよ。だから、一瞬一瞬が大切なんだ。

いつ何が起きても、受け入れられるようにね」

「いつなにが……」

「基本、人間は後悔するのがうめ～よなっ。ある意味、感心するぜっ」

「パルポルン」

「だってよ、たかゆき、今めっさ後悔してるって顔してるもんよっ」

パルポルンのボクに向いた視線を辿って、アルもボクを見た。

「ふっ……、たかゆき。何か後悔してるのかい？」

その言葉に、ここ魂魄界での出来事が走馬灯のように目まぐるしく駆け巡った。

「後悔……」

後悔することだらけで考えがまとまらない。きっと、このまま、ずっとここ魂魄界にいるような気がすると感じていたのか、思い込もうとしていたか、それとも、今の自分の立場を見ない振りをしていたか、後悔だらけだ……。

「お前は人間だ。それが普通じゃね～か？」

「あぁ。深く考えなくても大丈夫だよ。後悔が必ずしも悪いことだとは限らないよ。後悔も経験の一つに過ぎない。次に来る『その時』の為のね。

何も怖くない。たかゆきは、たかゆきらしく生きていけばそれでいいんだ。

自分を愛することを忘れちゃいけないよ」

「でも、後悔はなるべくしたくないな」

「それが人間の美学であろうがっ、美学なのであろうがっ」

「パンさんっ」

「少しは成長したでおじゃるかな……」

「自分では……まだ分かりません……」

「まぁ、自分の成長を感じ取るのは難しいでおじゃるゆえ、しょうがなかろう。

いチュか、感じることができるでおじゃろう」

「そう……ですかね……」

「何はともあれ、みチュけたようでおじゃるなぁ。

いやみチュけたというより向き合えたと言うべきか」

「……それこそ、全然、実感が湧かないんですよね……」

「しょうでおじゃろ～なぁ。もともと持っておった記憶ゆえ」

久しぶり聞くと聞き取りにくい。久しぶりだからでもないか……。辺りを見ると、さっきまでの草原がいつのまにかパンさんの屋敷前に変わっていた。

「いつのまに」

「キミが悟った瞬間だよ、たかゆき」

「ボクが」

「あぁ」

「もしかして、ボクは最初からここを一歩も動いていないの？」

「い～やっ。ちゃんとボクらと旅をしたよ。あれは夢なんかじゃないよ。紛れもない現実」

「だ～っ。ま～た正直に言いやがったぁ～」

「良かった。あれで動いてないなんて言われたら脳内のキャパが一瞬で弾けるところだったよ」

「ほらなっ、ほらなっ。パ～ンッってのが見れたかもしれね～のによぉ～」

「ふふっ、まったく」

「おいおい、笑えないよ」

「いずれにせよ、そのうち全てが嚙み合うでおじゃるよっ、たかゆき殿。焦ることはないでおじゃるよ」

「うん」

「うん？」

「あっ、はいっ」

「先は長そうでおじゃるな～」

「ははっ。すいません」

安堵にも似た脱力感が膝を襲ったがかろうじてやり過ごすことができた。

「すべては、たかゆき殿の中にあるでおじゃるよ」

「はい」

「ふっ。何の実感も湧かないかい？」

「うん」

「焦るな、焦るなっ。いずれ嫌でも思い出すさ」

「うん」

「あっ」

「おっ、来たようだぜ」

そのいつにないパルポルンの声色にその瞬間が本当に来たんだと思い知らされた。

「では、たかゆき殿……」

「ダーリン……」

いつのまにか、ラフレシアが寄り添っていた。溢れそうな涙を堪えているその瞳は、真っ直ぐにそれでいて力強く、ボクの心に溶け込んだ。

「今まで……ありがとぉ……なのだぁ」

「こちらこそ、ありがとう……ラフレシア。キミがいたから……ここまでこれたよ」

ボクは全ての感情の、ありのままの想いでラフレシアを抱き寄せた。それは別れのそれではなく、純粋な感謝と紛れもない愛情が複雑に入り乱れた感情の証だった。

「にゃっ」

ラフレシアも、潤んだ瞳のままの笑顔で応えてくれた。それが精一杯の笑顔なのは、お互い様だった。互いの腕と指と胸の奥が、優しくも力強く互いを包み、一つになれたのを感じた。どこまでも、いつまでも、この瞬間が続いて欲しいと心の底から願わずにはいられなかった。

「さぁ〜、来たぜ、たかゆき。さよならは、言わないぜっ」

「パルポルン……」

「そんな辛気臭い顔すんなっ。今生の別れじゃあるまいしっ。またなっ」

「うん、また……」

パルポルンのいつも以上にいつもな口調に、やはり特別な瞬間なんだと再認識させられた。どこか遠くを見ているような、それでいて、ボクを直視しているような、パルポルンのそんな目は初めて見た。今までの、悪気のない高圧的な悪態も、さり気ない気遣いも、そしてあの行動力も、その全てが何気に心地よかった。意外にも、憧れる存在の一人だ。

「さぁ〜、呼んでいるよ、たかゆき。お別れの時だ」

「アル……今まで、たくさん、ありがとね」

「こちらこそ、たかゆき。ずっと、元気でいておくれ。ボクらはいつも一緒だ」

「そうだね、アルも元気でね……」

「あぁ。キミもね」

「うん」

初めて、アルがはっきりと別れと言う言葉を口にした。未だに、半信半疑に縋っていたボクの一部に、容赦なく疑いようもない終止符となる言葉を。その言葉に、アルの全身全霊な決意と覚悟が込められている気がした。今回の旅の最初から最後まで、全てを共にしてくれた大切な友人の一人。彼の存在は、あまりにも大きく尊い。絶大な信頼がそこにはあった。一緒にいて、一番安堵できる、親友のような、兄弟のような親近感のある存在だ。

「元気でね、たかゆき」

「ありがとう……アクアリン。キミも、元気で。

あと、最後の最後までお願い事で悪いんだけど……」

「大丈夫よ。ラフレシアのことね。あの子のことは私に任せてちょうだい」

「うん、ありがとう。よろしくね……」

「えぇ」

アクアリンの寂しげな笑顔に、ボクは涙を堪えるのが精一杯だった。記憶の要所要所で存在感を放つ彼女の存在は、頼もしくもあり、癒されもした、特別な存在だ。パルポルンほどではないが、自由奔放を絵に描いたような、伸び伸びとした清々しい女性だった。その彼女の存在に、幾度、助けられたことか。今思えば、本当に感謝の言葉しか返せない。

「達者でのっ。たかゆきどの。マルクスもさぞ、安心したでおじゃろう」

「マルクス？」

「おぬしの父上でおじゃるよ。あやチュも昔ここに来たでおじゃるよ。

拙者がマルクスと名付けたでおじゃる。詳しいことは又いチュか教えるでおじゃるよ。

あやチュがここに残したメッセージはおぬしに届いたようでおじゃるし、
おぬしも、あやチュ同様、人間界に還る時がきただけでおじゃる。

本来いるべき場所へのっ。向こうでも頑張るでおじゃるぞっ」

ここにきてのカミングアウトに一瞬頭が混乱したが、不思議と受け入れられている自分に気付いた。パンさんを初めて見た時のインパクト絶大のキャラ、その身なりと言葉遣いのお陰で、異世界に放り込まれたという不安が半減したのは紛れもない事実。ここでの全てが彼の計算ずくだったのかもしれない。感謝してもしたりないほどだ。パンさんが背を向け肩と髻がヒクヒクと波打っているのを見て、きっと泣いてるんじゃなく笑ってるんだと自分に言い聞かせても涙が止まることはなかった。

「さぁ、ラフレシア」

そして、喩えようもない感情が目まぐるしく駆け巡る中、ボクの視線はラフレシアを朧げに捉えた。ボクと同じで、一歩踏み出せないでいるラフレシアの背中を、アクアリンがそっと送り出してくれた。二歩と半歩、歩み出て、丁度ボクの目の前に立ち止まったラフレシアとの最後のお別れの時が来たことを痛感した。

「ダ〜リンっ」

「ラフレシア」

視線が繋がった瞬間、それ以上の言葉が出てこなかった。精一杯我慢してたものが互いに溢れ出た。何で、こんな分かりやすい機能が備わっているのかなんて、そんな疑問で現実逃避できるほど軽くはないこの出来事は、ボクの胸を深く穿った。自然に抱きしめた指先に喩えようもない想いがこもった。妹のような、恋人のような、愛おしくも、守ってあげたくなるような不思議な存在。ここまで挫けずに乗り越えてこられたのは、間違いなく、彼女の存在のお陰だ。守るものがいるという自覚と意識が強さを生み出すと言うことを教えてくれた大切な存在だ。このままここに、そう思った時にラフレシアの肩の力が抜けたのを感じた。この時、今までの変われない自分が昇華した気がした。

「最後の最後まで、ありがとう、ラフレシア」

「にゃっ。ダーリンはもう大丈夫にゃっ。私も大丈夫にゃっ。

ありがとぉ、たかゆき……。私はずっと、たかゆきの中にいるにゃっ」

「うん、みんながここにいるのが分かる。だからボクは大丈夫だよ」

「そうにゃっ」

そう言うと、精一杯の笑顔でボクの腕からすり抜けた。そこにいる皆が温かい笑顔のまま涙を流していたのが涙が止めどもなく流れるボクにも朧げに見えた。

パンさんのドアップから始まったここ魂魄界での記憶。アルフとの出逢い。そしてアルフと二人で始めた旅。マーニャ爺に、アクアリン、ウロボロス、パルポルン、拘わりを持ったノア族と、魂魄界のあらゆる種族達、そしてラフレシア……。数々の思い出がボクを目まぐるしく駆け抜けていく中、それぞれの別れの言葉達が微かに遠くで聞こえた。懐かしくも身に覚えのある温かい光に包まれていきながら、ボクは一言も返せなかった。ただ、戒律の刻印のアテナとパラスが一つとなり∞に変貌していたのが微かに見えた気がした。いよいよ、この旅の幕が下りる時が来た。無条件に突きつけられた感覚に弾け飛びそうなほどの郷愁が胸から全身へと広がった……。

終　章　『虹色世界』

「みんな…………」

弾けるでもなく収束するでもなく、それぞれの記憶と想いがボクそのものを模った。

「ボクの妄想……そして創造。ボクの想像が創り出した空想の世界……魂魄界」

そう考えていると、魂魄界での出来事が柔らかく軽やかにフラッシュバックを始めた。魂魄界……。あの空気感、色彩、感触……。その世界に確かに存在した住人……。ラフレシアもアクアリンもパルポルンもパンさんも……そして、あのアルさえも……、全てがボクの創造……。

でも、今の今まで確かに存在した。まだはっきりと残っている、あの世界観、そして彼らの確かな存在感と温もりが。ボクのこの五感全てに……。夢や想像などでは決してない。明滅することのないその記憶の断片は破綻することなくカタチを成したままボクの一部となった。そんな、ほんの一部のはずのボクそのものが、まやかしの体に『悲しみ』を纏わせた。まとわり付き流れ溢れる悲しみの中、何かが遠ざかり何かが近づく気配を感じた。二度と行くことのできない場所への辛辣《しんらつ》なホームシック……。心底待ち望んだはずのボクのいるべき世界への帰還……。現実として両立し得ない共存する二つの世界への思いが、喩えようもない不安と悲哀をさらに加速させた。近づく気配が大きくなるにつれ溢れる悲哀を拭う気力も削り取られ、息苦しい孤独感が無尽蔵に折り重なり抗うボクが壊れないぎりぎりまで押し潰した……。

「……ワスレ……ナイヨ……」

苦痛とも恐怖とも言えない喩えようもない悲哀、そして胸の奥深くに眠っている微かな、しかし確かな歓喜。そんな思いが無作為に入り乱れる中、意識が遠ざかり深い暗闇の深淵へとひきずり込まれた。

ほどなくして、意識が明るさと温かみを帯びた。何の感情も湧かないまま暫く流される感覚に無気力のまま身を任せた。さらに明るさが増す中、痛みの無い衝撃がボクの胸を貫いた。それが何なのか分からなかったが、胸の真ん中に貫かれた風穴が空いてるような、何か大切なモノを忘れてるような小さな空虚さが宿った。

「何だろう……この感覚……」

深く気にかける間もなく、衝撃の余韻も肩の力と共に消え去ったが、宿った感覚は消えなかった。軽い自分会議をしつつ、暫く流れに身を任せていたが、答えなど出はしなかった。その少しの違和感と疑問は、小さいながらも温かく、途轍《とてつ》もない可能性を秘めていると感じられたせいだろうか、畏怖や不安のような負の感情が生まれることはなかった。

違和感と疑問を払拭できないままだったが、今のこの場所は何故か無性に居心地が良かった。しがらみが存在しない空間とでも言うのか、仮初《かりそ》めの虚構と感じつつも安心できた。ただ、懐かしさがある訳でもなく、何処かも分からないこの場所が、いよいよな瞬間を迎えようとしているのは、何となく分かった。

ふと気付くと、いつの間にか立ったまま、天を仰いでいた。微かな気配を感じ、正面に視線を下ろすと、十メートルほど先だろうか、淡い光を浴びる小さな建物らしきものが見て取れた。徐々に近づき、次第に輪郭がはっきりしてきたそれは、古びた駅だった。辺りが薄い暗闇に包まれており、微かな明かりに照らされ、幾つかの仄かな光の舞いの中、ぼんやりと浮かび上がっている。

「駅……？」

記憶の片隅にあるような、見たことあるような、そんなどこにでもありそうなローカルな駅が、佇むボクに向かってゆっくりと近づいてくる。近づくにつれ、その明かりは古い蛍光灯で、時折、明滅を繰り返しながら古びた無人駅を照らしていることが分かった。舞っていた仄かな光は蛍だろうか、何時の間にか、辺り一面、薄暗い闇に包まれており、蛍の乱舞に合わせせるかのように、コオロギやスズムシのような虫の音が鳴り響く中、ボクはその駅に一人立っていた。ボクは導かれるかのように、その駅のベンチに腰掛け、辺りを見回したが、何もない薄暗がりの中、光と音の色付けがあるだけだった。暫くすると、それらしく、アナウンスが流れた。

「次は、シンセカイ、シンセカイ」

「新世界？」

そのアナウンスを認識した瞬間、目先の地面に淡く発光する文字で『神世界—真世界』と浮き出た。その意味を考えていると、何処からともなく汽笛が聞こえてきた。

「……汽車？」

近付く汽笛、その汽笛の大きさに反し、予想外に遠くに一点の光が見えた。徐々に近づく汽笛。その光の点が、汽車のカタチへと変貌するのに、時間は掛からなかった。およそ、この駅に停まれるスピードではないと感じたその汽車が、何のブレーキ音もさせずにボクの前に体裁よく停まった。形こそ若干個性的だが、人間界の汽車と酷似している。白いもやが立ち込め、静かに開く車両の扉。違和感は覚えなかったが、誰一人として乗り降りしない。車両にも人影すらなかった。無意識に立ち上がったボクは、何かに導かれるかのように、何の疑問も感じないまま、汽車に乗り込み、三輌あるうちの真ん中の車両の真ん中辺りの窓際に座った。

三分ほど経っただろうか、鳴り響く汽笛と共に車両の扉が閉まった。何処へとも知れず動き出す汽車。窓の外を見て見ると、先程の駅が、遥か眼下後方に見えた。この光景、微かな記憶の中で免疫が出来ているせいか、さほど驚かなかった。

漆黒の空間に流れる様々な光景。何処か、見覚えのあるその光景、感動より、何故か安心感の方が大きかった。そんな懐かしさにも似た景色の中、明るさが増し自分の体が光に溶け込むような感覚に意識が遠ざかった……。

「ん……っん……」

どれほどの時間『無』に支配されていたんだろうか。ボクは意識が戻るなり、汽車の中ではなく、海中に漂っているような感覚に一瞬慌てたが、呼吸ができることが分かりパニックにならずに済んだ。そのまま、何処へともなく流される中、いきなり、意識をひっぱられるような引力を感じた。まるで、真っ暗な深海から明るい海面に引き上げられるような感覚に歓喜と不安が入り混じった……。

「たか……かゆき…………たかゆき……」

その微かに聞こえる声の方へと流れ泳いで行くと、忘れかけていた重力というものを感じた。次の瞬間、ボクは……そこにいた……。

「おかぁさんっ、たかゆきがっ」

「たかゆきっ、たかゆきっ」

「たかゆきっ」

聞き覚えのある声色が少しだけ跳ねていた。おふくろさまと……えり……。明るいだけの世界に懐かしい顔と見覚えのない天井がぼんやりと浮かび上がってきた。

「たかゆきっ」

「たかゆきっ」

視界の輪郭が現実味を帯びてくる中、久しく感じていなかった重力が心地よく体を支配した。

「えり……おふくろさま……」

「うんっ。そうだよっ。分かる？」

「うん……」

「よかった……」

どこか懐かしい二人の顔が心配そうにボクを覗き込んでいた。

「先生を呼んでくるわっ」

おふくろさまが小走りで部屋を出るのが見えた。

「たかゆきっ、たかゆきっ」

えりの動揺した様子に、一瞬何が何だか分からなかったが、握られたえりの手の温もりから還ってきたという感覚が胸の中に広がった。

「ここは……」

「良かった……。目覚めてくれて……。ここは病院だよっ」

「えり……」

「うん。もう、大丈夫だからねっ」

涙するえりの手を握り返しながら現実と向き合った。

「病院？……」

「うん。私達、事故にあったんだよ。咄嗟にたかゆきが私を庇ってくれて、たかゆきが……はねられちゃったの」

「はねられた……」

「うん。今は話さなくていいから、まだ、ゆっくりして」

「うん……」

そのタイミングで、おふくろさまと医師、その後に看護師さんが一人なだれ込んできた。

「たかゆきっ、大丈夫?」

初めて見るおふくろさまの心配そうな顔。少しやつれて見えた。

「あぁ……大丈夫だよ、おふくろさま……」

「良かった……。本当に良かった」

そう言って、ベッドの横の簡易ベッドに腰掛けた。冗談や悪態がないことから、相当、心配かけたんだと思い知らされた。先生の軽い問診で、もう大丈夫と言われたが一応、明日一通りの検査をして、異常がなければ一週間後、退院することができるらしい。その旨を告げ、ボクら三人を残して先生と看護師さんは部屋を出た。

もやがかった記憶のまま暫く病室の天井を眺めた……。ぼ～っと見上げる視界にふと点滴があることに気付いた。今までも見えてはいたんだろうが、今認識できた。そっか……本当に病院なんだ、ここ……。今さらながら、改めて気付いた。もっと驚いたことに千羽鶴が三つも吊るされていた。先生が部屋を後にしてから誰も一言もしゃべらなかった。

きっと、それぞれ色々な思惑の中、安堵を噛み締めていたんだと感じた。そんないつまで続くか分からない沈黙に終止符をうったのはさっきとは違う看護師さんだった。

「神崎さん、具合はどうですか？」

「大丈夫です」

「点滴、あと十五分ほどで終わりますから終わったらナースコールしてくださいね」

「はい。ありがとうございます」

全部、えりが受け答えした。

「有嶋さん。あなたもまだ無理しちゃだめよ」

「はい」

「……？」

えりも……？

「えりっ」

「シ～ッ」

そう言ってベッドの反対を指差した。そこには簡易ベッドで寝息を立てるおふくろさまがいた。緊張が解けて一気に脱力したせいか、ほんの十分ほどしか経ってないのに沈むように眠っていた。

「おかぁさんも、疲れちゃったんだね。ずっと心配してたもん」

「そっか……。えりもごめんな……色々……」

「そうだぞ～心配したんだから……」

「ごめん……」

「私のせいで、たかゆきにもしものことがあったら、ワタシ……」

そう言うえりの肩が小刻みに震えていた。えりの不安に寄り添おうと手を伸ばしたが届かないまま、もそもそと手探りしているとクスッと笑って手を伸ばしてくれた。

「ははっ」

何とも恥ずかしいやら格好つかないやらで笑顔がひきつった。えりの手を軽く引き寄せると包帯が見えた。

「それ……」

「あっ、ちょっと擦りむいちゃって……」

そう言って笑ったが、気遣いだということは直ぐに分かった。

「そっか……痛くない？」

「うんっ、大丈夫っ。ありがとっ」

久しぶりに目が合って会話できたことにドキドキもきゅんきゅんもしたが、まだ朦朧《もうろう》としているせいか平静を装えた。

「たかゆきのおかげで……私は意識を失っただけで済んだんだよ」

「え……」

「覚えてない？」

「あの時……急に大きな光に包まれて……大きな音のあと衝撃が走って……、そして……、気付いたらえりを抱えててえりの数字が……確か……数字が０に……」

「数字……？」

「うん」

「私の記憶では、咄嗟にたかゆきが庇ってくれて柔らかい衝撃の後、訳も分からないまま意識が遠のいて……」

「オレがえりを庇った？」

「うん。それは確かだよ」

「どうなってんだ……」

「おかぁさんの話では、おかぁさんが、音を聞きつけて家を出てきた時には、既に、私達二人とも意識がなかったそうよ」

「……そっか……」

「うん」

「……で、病院なんだ……ここ……」

「そだよっ。今は無理しないでゆっくりして……。きっと、すぐに思い出すよ」

そう言うと手をきゅっと握ってくれた。

「オレ……夢を見ていたよ……」

「夢……？」

「うん……どんな夢かは全然覚えてないけど……」

「そっかぁ」

「でも……この辺りが温かいんだ……」

そう言って胸に当てたボクの手にえりが優しく手を重ねてきた。

「じゃあ、きっと素敵な夢だったんだね……」

「うん。そんな気がするよ」

「でも、本当に良かった……」

次の瞬間、聞き慣れたあの金属音が鳴り響いた。今までにないほど、大きく、力強く……。それはえりの上に浮いていた……。

「78……23……」

「えっ？　今、浮いてるの？」

えりは、すぐさま自分の頭上を見上げた。

「やっぱり、見えないやぁ……」

そう言うと、寂しそうな表情のまま、天井を仰いでいた。数字はいつものようにゆっくりと回転していたが、一瞬強く輝いた次の瞬間、両方の数字が激しくカウントアップを始めた。

「えっ？」

「どうしたのっ？」

「両方とも急激に数字が上がり始めた……」

「えっ？」

「うわっ」

「なに、なにっ？」

呼応するかのように横回転のスピードも増してきたせいで一瞬、平衡感覚を失い軽いめまいに襲われた。

「大丈夫っ？　たかゆきっ」

「大丈夫っ……、ちょっとめまいが……。もう治まったから平気だよ……」

「ほんとっ？」

「うん。ごめん……」

改めてゆっくりとえりの頭上を見上げると、さっきまでの勢いや激しさはなく、緩やかに穏やかに一つの塊が形を変え、色を変え蠢《うごめ》いていたが、最終的に『∞』と表示された。

「∞……？」

「無限大？　無限大って浮いてるの？」

えりがもう一度、頭上を見上げた。

「うん……記号のほうの……ね…………」

「メビウスの輪みたいな、こんなの？」

そう言ってえりが指で八の字を書いて見せた。

「うん。そう……」

「無限大かぁ……」

「無限大……無限大……どこかで……」

思いっきり引っかかる中、記憶の足跡を辿ろうとしたがまだ頭の中は深く濃い霧に覆われていた。えりの頭上を見上げるボクに、

「まだ見えてるの？」

そう言ってもう一度、自分の頭上を見上げた後、また少しだけ物悲しそうにボクに視線を落とした。

「やっぱり……私には見えないや……」

「そっか……」

「うん……」

「でも、もうこれが最後だと思う……たぶんだけどね……」

「どうして？」

「ん？　なんとなくとしか言い様がないけど……無限大って変わりようがなくない？」

「そっか……それもそうだねっ」

気の利いたことの一つでも言おうと思ったが何一つ出てこなかった。そんな中、全く予想だにしない方向から声がした。

「結婚式には呼んでおくれよ～」

びっくりしたボクは手を引っ込めようとしたが、えりがきゅっと離さなかった。

「勿論ですわっ。おかぁさまっ」

「まぁ～この子ったら～。できたお嫁さんだことっ」

「ありがとうございますっ」

「ふふっ」

「ふふふっ」

何劇場だこれ……。

「でも、えりちゃん、あなたも疲れたでしょ、送っていくわ。

ありがとう……。もう大丈夫だから、今日はゆっくりと家で寝なさい」

急に、おふくろさまが大人な表情になった。

「はい、おかぁさん。でも大丈夫です。

さっき、うちの両親がお見舞いに来るって電話があったから一緒に帰ります」

えりも相変わらず恐ろしく空気が読める。瞬時に素に戻った。

「そう。それなら安心ね。

丁度良かった。まだろくにお礼もしてなかったから……。

えりちゃんにも色々無理させちゃったし……」

「そんなことないですよ。

たかゆきがしてくれたことを考えたら足りないです……全然……」

ちょうど点滴が終わった頃、えりの両親……ボクの二人目の上品な方のおふくろさまと今のおやじさまが見舞いに来てくれた。二人とも、自分の子のように喜んで安心してくれた。おやじさまは話をしたそうだったが、上品な方のおふくろさまが気を遣って五分くらいで四人で部屋を出た。見送りから帰ってきたおふくろさまが言うには、退院の日はおやじさまが迎えに来てくれるとのことだった。

夜ご飯は点滴だった。一週間、こん睡状態だったんだから当たり前と言えば当たり前か……。確かに、食欲もないし……。おふくろさまは、お弁当を買ってきていた。久しぶりの一緒の夕食の中おふくろさまが色々教えてくれた。

ボクは一週間眠り続けたということ。えりも一生懸命看病をしてくれたこと。その疲労と心労のせいで三日目に倒れてしまったこと。えりが復活してから、二人で別々に思い思いの千羽鶴を作ったこと。出来上がった同じ日に、ボクのクラスメイトも千羽鶴を作って持ってきてくれたこと。えりは決して誰の前でも涙を見せなかったこと。かい摘みつつも最低限の必要な情報は教えてくれた。途中、病み上がりに千羽鶴を折らせたのかとつっこみたかったがおふくろさまのいつにない真剣な表情と疲弊してる風な様子に聞き流した。

そして、沈痛な面持ちでおふくろさまが最後にゆっくりと話し始めた。

「あなたが二歳の夏、家族三人で初めてのキャンプに出掛けたの。

お父さんはお医者さんしてたから、お正月とお盆以外は中々休みが取れなくて、開業して五年目でやっとそれ以外でもお休みがとれるようになったの。

お父さんは、あなたがお腹にいる頃からずっと家族でキャンプに行きたがってた。

お父さんの、ささやかな夢の一つだったの。

それがやっと叶うって、何ヶ月も前から計画を立ててそれはもう張り切ってた。

指折り数える子供のように毎日が待ち遠しくていつも以上にニコニコしてた。

ただでさえ温厚を絵に描いたような人だったけどあの時は本当に無邪気に喜んでた。

あなたを授かったと知った時ほどじゃなかったけれど……。

そしてその待ちわびた日がとうとう来たの。

夏真っ盛りの、それはそれは陽射しの強い日だった。

キャンプ場のある湖に着くと、幾分涼しくて、セミの鳴き声も、遠くに近くに、景色に溶け込んで心地よかった。

初めての遠出に、あなたは車酔いしたのも忘れて大はしゃぎして……。

見るもの全てに興味を示した。

私もお父さんもあなたの質問攻めで、もう……うんざり……って冗談よ。ふふっ」

「なっ……。真剣に聞いてたのになんだよっ……」

「ふふっ。お父さんは心療内科を開業していたんだけど、その診療所には常に四季折々の花や風景の写真が飾ってあったの。

お父さん、花や風景を写真に収めるのが好きなのもあったんだけど、患者さんが少しでもリラックスできるようにって……。

でねっ、あなたも幼心に、お父さんが花が好きなことを知ってて、その湖の畔で、花を見つけては嬉しそうにお父さんに手渡すと、またすぐに嬉しそうに探しに走り出した……。

あなたに連れ添いながら湖の漣《さざなみ》の音、風の音色、全てを平等に照らしてくれる陽の光、優しく囁く森の木々、道端の名も知らない草も個性だらけの石ころも、当たり前だと思いつつも感謝せずにはいられなかった。

あなたの笑顔、あの人の笑顔、私の笑顔……。

温かい家族の何気ない日常に溢れる自然な笑顔……。

その時は、その笑顔がどんなにも愛おしくてかけがえのないものかって、分かってたつもりだった……。

私はその光景がいつまでも続けばいいと心の底から思っていたし、実際、続くと信じきっていて疑いもしなかった。

でもね、願ってはいなかった、祈ってはいなかったの。

その必要もなく、そこにあると思っていたから……。

そんな時だった。

あなたが三本目の花を見つけて私に嬉しそうに見せてくれて……。

手を繋いでお父さんの所へ向かおうと立ち上がった時、私は眩暈がして傍の柵に手を伸ばしたの。

柵を摑んだ瞬間、私は柵ごと湖に吸い込まれるように体をもっていかれて、慌ててあなたが落ちないように押しやったんだけど、あなたは私を掴んでしまって一緒に湖に落ちたの。

詳しくは覚えていないけれど、私は気を失ってしまって、どのくらい経ったのか、泣きじゃくるあなたの声で私は意識を取り戻した。

タオルを掛けられて濡れたあなたを見た時、守れなかった自己嫌悪と、生きていてくれたことへの感謝と安堵が目まぐるしく体中を駆け巡った。

周りには、キャンプに来ていた人達の人だかりができていて、安堵の歓声が、これは不幸中の幸いで済んだんだと教えてくれた。

その中の誰かが救急車を呼んでくれてたみたいで、ほどなくして救急車が到着して事の成り行きをお父さんが救急隊の方に説明してた。

私とあなたは軽い問診と診察を受けて大丈夫と判断されたのと、あなたが救急車に乗るのを怖がったのとで救急車はそのままとんぼ返りしてくれた。

一応、不安があるなら病院に連れて行くようにとお父さんに言い渡して。

お父さんは帰ることを勧めたけど、あなたがどうしても泊まりたいと聞かないから、じゃ〜このまま具合が悪くならなかったら一泊だけって約束でお泊まりしたわ。

私は勿論、あなたも具合悪くなることなく三人で楽しい夜を過ごした。

朝、目が覚めると私とお父さんの間にまるまって穏やかな寝息をたてるあなたがいた。

言葉にできないほどの安堵感に包まれて、生まれて初めて神様にお礼を言ったわ。

その後まもなくして、悲しみの淵に突き落とされるとも知らずに」

「えっ？　事故だけじゃなかったの？　そんなことがあって、その帰りに事故ったの？」

「そうよ。あの夜、あなたが眠ってから、お父さんが教えてくれたの。

私達を湖から引き上げてくれたのは近くで釣りをしてた老夫婦で、すぐお父さんと何人かの人が駆けつけて皆で助けてくれたって。

あなたは一分くらい、私は三分くらい意識がなかったみたい。

そこまで騒がせておいて、その夜はそのキャンプ場の皆と楽しんだんだから、なんとも迷惑な家族よね、ふふっ。

でも、周りの皆はお祝いだって私達の無事を心から祝福してくれた。

あんなにも人の温かさを感じたのは久しぶりだった。

で、その帰りに事故に遭ったの。対向車の脇見運転で……。これが真実。

幼心にも衝撃を受けたあなたが封印してしまった記憶が、その事故の前の出来事。

あなたは事故のことはなんとなく覚えていたけど、水難事故のことは一切覚えていなかった。

だから、キャンプの帰り道の事故でお父さんが亡くなったことだけをあなたに言い聞かせた。

あなたが夏に焦燥感を感じるようになってしまったのは、幼心に巣食った恐怖という魔物と、恐らくその封印しきれなかった記憶の断片……。

そして、あなたに異変が起きた……。
一つは、あなたがあれ以来、無意識に水辺を敬遠するようになったこと。
人工の水場は大丈夫だけど、自然のそれはだめだった。
無理もないわよね、あんな怖い思いをしたんですもの。
何箇所か心療内科も受診したけど払拭されることはなかった。
お父さんが生きていたら……そう何度も思ったわ。
お父さんなら……あの人ならきっと……。
そして、もう一つ。それは、人に色が付いて見えるという異変が……。
私は、あなたに口止めをした……。
普通じゃないことが、良くも悪くもあなたに影響すると思ったから……。
あなたも、ちゃんと約束を守ってくれた。
でも、私はあなたに足枷をはめていただけなのかもしれないわね……。
私には、トラウマにならないようにと願うことしかできなかった。
あなたに乗り越える強さが芽生えるようにと……」
「おふくろさま……。オレね……ここで眠っている間ずっと夢を見ていたよ。
小さい頃の自分にも会ったよ。
その夢の中で、父さんを感じたんだ……。そして思い出した……。
父さんのこと……父さんの顔……父さんがいた時の記憶……」

「……そう……」

「……うん……」

「良かったわね……」

「詳しく聞きたくないの？」

「そうね……思い出せたら教えてちょうだい……」

「えっ、何で分かんの？」

「何年、あなたの母親をしてると思ってるの……ふふっ」

「ははっ……確かにっ……。

小さい頃の自分に逢うまでに何か大切なことがあったような気がしてるんだけど、それは思い出せないんだ……。父さんのことは、小さい頃の自分の朧げな記憶と、おふくろさまの話で何となく思い出せたけど、もっと大切なことがあったような……」

「焦る必要はないわ……」

「うん」

そのままボクらは暫くの沈黙に浸った。ふと気付くと、おふくろさまが帰り支度を始めていた。その姿を無意識に目で追っていたが、その視界に入った窓の外に目をやると、外は既に月明かりが照らしていて、その当たり前の光景に妙に現実感を感じた。

「今日はゆっくり眠りなさい」

「たぶん、今日は無理……」

「こんな話ししちゃったもんね……。でも、今日は無理にでも寝なさい。それも、なるべく早くね……。ここ、出るらしいから……」

そう言うと、こちらを振り向きもせず言葉尻を小声で言うと音もなく部屋を出て行くおふくろさまの肩が小刻みに震えていた。早速、からかってる。さっきまでのシリアスが一瞬で吹き飛んだ。

「ぜ……全然、笑えんっ……」

してやったり顔のおふくろさまがドアの小窓から覗くと、かなり嬉しそうに手を振って帰って行った。さっき、やつれて見えたのは気のせいだ……絶対……。お陰で父さんの自分会議はしなくて済みそうなくらい別の方に意識が鋭敏に研ぎ澄まされた。絶対、計算ずくだあれ……。

おふくろさまの素敵なアドバイスに加え個室だった為、自分の実力以上の想像力を発揮できた。第六感を超えた世界に到達できそうなくらいで、小さな音や、気配、カーテンの隙間から漏れる車のライトにさえ想像力を掻き立てるには十分な仕掛けとなり、その全てが、最恐映像へと脳内変換され、一層眠れなくなった。消灯時間を過ぎても、目が冴えたままで、夏だというのに、顔から下はタオルケットにしっかりとくるまっていた。

「夜の病院って、やっぱ怖いなぁ……」

言わなきゃよかった。声に出したら余計怖くなった。暫くすると、見回りの看護師さんが扉の窓からぬっと覗き込んだ。

「うわっ」

あまりのタイミングに百倍びっくりした。もう少しで、ちびるとこだった。ボクが起きてるのを見て看護師さんが部屋にそっと入ってきた。

「眠れないんですか？」

「はぁ……なんせ一週間も冬眠していたらしいんで……」

「ふふっ。目覚めてなによりですっ」

「ありがとうございます」

「安定剤でも飲む？」

「いえっ、そこまでは……。

おふくろさまが、ここは出るよってありがたい言葉を残して帰ったもんで……」

「ふふっ。それで、蓑虫状態なんだ。でも、確かに否定はできないわね」

「そ、そこ全力で否定してくださいよ。やっぱ安定剤もらおうかな……」

「じゃ～坐薬持ってくるわね」

「……坐薬？」

「はい。坐薬……」

「看護師さん、さっき飲むって……。楽しんでるでしょ、ボクの反応見て……」

「分かる？」

「満面の笑みですから……」

「ふふっ、この部屋はな〜んにも出ませんよ。私達も結構頻繁に見回りするし。安心して寝てください。次来る時は念の為坐薬持ってきますね。眠れてなかったらかわいそうですから、ふふっ」

「何で笑うんですか……。しかも、この部屋はって……」

「おやすみなさい」

「無視ですかっ」

「わんわんっ」

「どうしても坐薬入れたいんですね。わんわんスタイルなんて絶対しませんからっ」

「大丈夫よ〜。横になってくれるだけで〜」

「まぢ、根性で寝ますっ」

「ふふっ、おやすみなさいっ」

「おやすみなさいっ」

　この会話で尚更目が冴えたが、お陰で怖さが半減した。そう考えていたら、また怖さがぶりかえした……。一瞬、解除していた蓑虫状態、再始動。ん？　いかん……これじゃいざと言う時自由が利かん。少なくとも二つのいざと言う時に備えなくては。少し緩めに巻いておこう。安心できる万全の体勢が決まった。言うならツタンカーメン状態だ。何とも楽で落ち着く。そのまま眠れるでもなく天井をぼ〜っと見ていると一瞬、誰かの笑顔が記憶の片隅を過った気がした。

「……誰だ……」

意識を集中すればするほど遠のき、追えば逃げる陽炎のようにその笑顔が再びもやの奥へと消え去った。

十分くらい経っただろうか……。早速一つ目の『いざと言う時』がきた。絶対に朝まで我慢できない催しが。

「あ～～～もうっ」

面倒なのではなく。ただ怖いだけだ……。

「くっそぉ～～～」

意を決してタオルをゆっくり解いた。ベッドから足を下ろすのも決死の覚悟がいる。枕元の照明を付けたが足元が影になり余計怖くなった。勿論、下を覗くなんて度胸はない。みるみる催してくるその波は容赦なく、いい加減、いろんな覚悟を決めてスリッパに飛び乗った。当たり前のように立ちくらみがしてベッドへととんぼ返りした。

「だよな～。一週間だもんな～。でも、管が入ってた時よりましかっ。

それに看護師さんに手伝ってもらってなんて、想像するだけど無理だっ。

トイレのことは注意されなかったし、尿瓶も見当たらないから自分で行ってもいいんだよな？」

立ちくらみが治まるのを待って再び恐怖のスリッパダイブ、今度は一応心もとないが立てた。立てたと思った瞬間、神経が研ぎ澄まされたが当たり前のように何も起きなかっ

けていざ出陣。

部屋の電気を速攻点け、部屋を見渡すがこれまたふつうの部屋だ。そ～っとドアを開けていざ出陣。

で……トイレどこ？　ナースステーションから離れているせいで夜間照明だけが朧げに廊下を照らしている。暗くはないが決して明るくもない。左右どちらに向かおうが、いずれはトイレにたどり着くはず。取り敢えず、左に出てみることにした。五メートルもいけば突き当たりになる丁字廊下だ。途中、左右に部屋が一つずつある。

「絶対にドアの小窓は見ないからなっ」

独り言にハッとした。誰かが返事しようもんなら秒殺で白目を剥く自信がある。突き当りまで来て左右を見ると右奥が明るい。あそこは恐らくナースステーションだ。左に曲がると四～五メートル先の右側に階段の誘導灯があった。そこを過ぎて部屋をいくつか越えた所にそれはあった。良くも悪くも……トイレだ……。明かりが漏れていて仄かに明るい。病室の小窓群と上下に誘う薄暗い階段を細心の警戒心で乗り切り、トイレ前に到着。

ホッとしたのも束の間、病室や廊下で鎌首をもたげた妄想が臨場感抜群に襲い来た。怖い映画やテレビ、話や写真、それら総動員してこの状況にぴったりな恐怖体験のシナリオが音を立てて組みあがる。記憶力とは違う力が備わってるんじゃないかと思うほど必要としない情報が保管される場所があるようだ。恐る恐る覗くと普通に明るい。ドアを使う方じゃないからと自分に言い聞かせ一番手前の便器に斜に構えて立った。こういう時に限って時間は永く感じる。動けそうで動けない束縛にも似た時間にあらゆる恐怖を超越した想像が襲い巡った。やっとのことで用を足し始めたその時、のそ〜っと廊下から影が覗いた。

「うわっ」

思いっきり手にひっかかった。が、こういう場合、そんなことは一瞬で気にならなくなる。その影はゆっくりと入ってきた。普通におじいさんだったが思いっきり嫌な予感がした。心頭滅却して祈ったがやはりボクの隣に来た。本当にこういう予感はよく当たる。

「こ……こんばんは……」

あまりの恐怖への警戒心と強制的な安心感を得る為に思わず先に挨拶していた。すると、手元を見ていたおじいさんがゆっくりとボクの方を向いて、

「こん……ばん……は……」

いかにもな雰囲気で無表情のまま返事をしてくれた。一応足元を見たら、ちゃんと足があったし体も透けてなかった。この時点で、和の幽霊という疑いは半減したがまだ、洋風ホラーは拭いきれない。

「ふぇっ……ふぇっ……ふぇっ……」

テンポ良く発される声とは言えない擬音がきっと年齢的なものだと言い聞かせながら無我の境地で用を足し終わるとおじいさんは勿論鏡も見上げないようにして、さっと指先だけ洗って速攻トイレを後にした。安心と警戒が入り混じる中、トイレを出ると、すぐ左にあった薄暗い階段の一番下の段の右隅に何やら蠢く黒い影がのそ〜っと立ち上がった。

「うわっ」

当たり前のように、夜の病院には不謹慎なくらいの声が出た。全身の毛が一瞬で逆立った。硬直した体と釘付けになった視線でその影がおじいさんらしいことが見て取れた。が、素直に安心はできなかった。今度は幽霊というよりいわゆるモンスター系を連想したからだ。立ち上がったのはいいが、その場で右に左に揺れている。それが余計、恐怖を煽った……。声を掛けるかその場を去るかの瞬時の自分会議に答えが出る前に、ボクの声に驚いたのか、既に探していたのか、若い女性の看護師さんが駆けつけ、おじいさんを連れていった。ちゃんとおじいさんだったことにかなりホッとしたが、その看護師さんがクスクスと笑っていたのは、徘徊おじいさんと、びびり高校生のどちらにだったんだろう……。そんなことを考えながらその廊下を右に曲がり、自分の部屋が見えてきた時にその奥から、浴衣の下半身が歩いてきた。

「うわっ」

もう完全にデジャブの世界だ。よく見ると腰が九〇度に曲がったおばあさんらしき影がこちらにふらふらと向かって歩いてきている。どう頑張っても、ボクが部屋に入る前にすれ違ってしまう距離感。廊下の真ん中を歩いてくるその影に細心の注意を払いつつ左壁に左腕が当たるくらいに寄ったまますれ違ったその瞬間、嫌な予感が的中した。

「おこん……ばんは……」

細い挨拶にも拘わらず、はっきりと聞き取れた声に飛び跳ねた。

「うわっ」

二度あることは……の世界へ到達。ある程度、想定できていたはずなのにその瞬間は笑えなかったが、笑えるほど驚いた。さらに、こちらのそういうリアクションに何の反応もしないまま通り過ぎたおばあさんに、倍恐怖を感じた。

「こんばんは……」

返事をしないと気を悪くされてもという思いと、もしこの世の者じゃなかった場合に無視したことで祟られるのが怖かった為同じくか細い声で後ろ姿に挨拶を返した。が、どうか振り向かないでくださいと心で懇願した。幸い、聞こえなかったのか、無視されたのか無反応のまま突き当たりを左に曲がって行った。

「トイレか……」

ホッとする間もなく、自分の部屋を確かめ駆け込んだ。結局、部屋に帰り着くまでに二度、ご臨終しそうになった。部屋に入るなり、瞬時に先ほどの蓑虫型臨戦態勢をとったが安心できる体勢とは裏腹に心臓はバクバク、目はギンギンだった。

「あっ……。くそっくそっくそっ」

やっと安心体勢まで持ってきたのに指先しか洗ってないことに今更気付いた。

「……ひっかかったんだった……」

天使と悪魔の自分会議の中、寛大な悪魔になんとか打ち勝ち安心体勢を紐解いて部屋の備え付けの洗面台で手を洗い直した。勿論、鏡は視野に入れないようにして……。改めて安心体勢を整えるとトイレまでの壮大な走馬灯が駆け巡った。あのおじいさんの病室を探してみて、もし見つからなかったら……。あの看護師さんは実在する看護師さんなのか……。真下を向きながら的確に歩けるおばあさん……。そもそも、あれはほんとうにおばあさんだったんだろうか……。考えれば考えるほど最恐映像へと誘われた。考えないようにすればするほど普段発揮しない、想像力が働いた。

一時間ほど経っただろうか、いい加減落ち着きを取り戻した心音を感じながら、体が欲するままゆっくりと目を閉じると引き込まれるように体が軽くなった……。

暗い靄を抜けると明るい見覚えのある草原にボクは一人で立っていた。風を感じながら目を閉じた瞬間、両隣に何とも懐かしいような親近感のある二人の気配を感じた。

「この二人……どこかで……」

右か左か……どちらを先に振り向くか……。意を決して右に振り向きざまに目を見開くとハッと目覚め、外は朝を迎えていた。

「はっ……えっ？　……夢……」

あまりにも臨場感がありすぎた為、夢という感覚ではなかった。きつねにつままれたとはこのことを言うのかというほどに信じられないくらいの感覚だった。

「あれ……夢……」

暫く、無意識に天井を見上げていたが、不意に、軽く握っていた左手の中に違和感を感じた。

「ん？　……」

ゆっくりと手を引き抜いてそっと開くと、微かに見覚えのある小さなカプセルのような物体が鈍い光を滑らせていた。

「ん？　……これ……どこかで……」

いくら記憶を辿っても全く思い出せないままそれに見入っていた。

「カプセル……かな……」

「みたいだねっ」

「！！！っ。うわ～～～っ」

絵に描いたようなお手玉状態になった。

「きゃっ」

「えりっ」

「びっくりした～」

「それはこっちの台詞だっ」

「えへっ。ごめんねっ」

「いつからいたの？」

「もう十五分くらい横に座ってるよ」

「え……」

「ふふっ、一生懸命だったね……自分会議」

「ははっ……」

「それ、どうしたの？」

「いや……起きたら握ってたんだ……」

「……？　たかゆきの？」

「見覚えある気はするんだけど……」

「そっか……しまっておけば？」

「そだね……」

そのカプセル状のものをテレビの下の引き出しに入れようとしたちょうどその時、部屋のドアがいきなり開いた。

「たかゆき〜。おっひっさ〜。あらっえりちゃん、いつもありがとう。うちの唐変木《とうへんぼく》のためにっ」

「いいえ。こんにちはお母様」

「唐変木って……。えりもできれば、まずは否定してくれないかな〜そこ……。しかも、おひさって……おふくろさま、昨日もここにいたじゃん……」

「えへへっ。ごめんっ」

「えりも、わざとかっ」

「あ〜ら〜た〜め〜てっ。……こにゃにゃちわんっ」

おふくろさまのあまりにも懐かしい昭和ポーズボケに一瞬突っ込み方を忘れておふくろさまを放置してしまった。

「あらっ冷たい息子ね～。無視？　それとも放置できるくらい男前になったの？」

「んな訳ないだろっ。ごめんっ、まだ本調子じゃないみたい……」

「大丈夫？」

急におふくろさまが母親の顔になった。

「あっ大丈夫、大丈夫っ。体調は凄くいいから。ただ、寝不足だけどね……お陰様でっ」

「あ～らっ、礼なんて水臭いわね～」

「へいへいっ」

「ふふっ」

そんなやりとりで、おふくろさまが座ろうとした瞬間おふくろさまだけ看護師さんに呼ばれ座る間もなく部屋を出た。

「相変わらず、仲良いねっ」

その言葉にハッと我に返ると目の前にボクをじっと覗き込むえりがいた。

「えぇ～。そんなことないよ」

そう言って視線を落とすと、今まで手の中にあったはずのカプセル状のものが感触と一緒になくなっていた。

「あれ？」

「どうしたの？」

「カプセル……」

「お薬？」

「いや……」

「さっき言ってた？」

「うん……。握ってたはずなんだけど……」

「その辺に落ちてなぁい？」

「ん～、なさげ」

えりと二人で布団やら足元やら探したが見つかることはなかった。

「どこいったんだろう……」

「不思議だね。でも、たかゆきにとって大切なものならきっと出てくるんじゃないかな……」

「そ……だね……」

あのカプセル状のものは微かではあったが確かに見覚えがあった。ただ、いまいち現実味が足りないというか漠然とした違和感みたいなものがあった。大切なものという感覚、温かい感触、思い出そうとすればするほど、ほんの一瞬のフラッシュバックのような記憶の滑空が頭の中で混在して迷彩の記憶を模った。

「まぁ～た、迷子さんになってるんじゃないですのぉ～」

聞き覚えのある心地の良い声がボクを引き戻した。

「ははっ。……ビ～ンゴっ」

ビンゴ……ビンゴ……どこかで……そう引っかかっていると声が聞こえた。

「にゃっ……。でも、ちゃ～んと帰れたですのぉ。良かったですのぉ、ダーリンっ」

明らかにえりとは違う、聞き覚えのある声と口調に心臓を鷲掴みにされた。

「えっ……」

瞬時に、抑えきれない高揚感が湧き上がり咄嗟にえりの方を振り向くとそこにはボクの知っている、いつものえりがいた。

「……えり……」

「ん？　どうしたの？」

「ダーリンって……」

「ダーリン？　ダーリンがどうかしたの？」

「ダーリンって……言わなかった？」

「ううん。たかゆきがビンゴって言ってから何も言ってないよ……。

それに、ダーリンて恥ずかしくて言えないよぉ……」

その表情はからかってるものでも、ましてや、嘘をついてるものでもなかった。

「そっか……だよね……」

一瞬で、大切な何かを忘れてるような不安感に襲われたが、記憶を辿っても全く、心当たりも手がかりもなかった。

「ダーリンって聞こえたの？」

「うん」

「あぁ～。さては夢の中で浮気してたなぁ～」

「おいおい……」

　このモヤモヤした感覚のせいか、笑いが思いっきりひきつってるのが分かった。しかし、冷静になると浮気という言葉に思わず顔が綻んだ。まだ、はっきりとつっこむ勇気も自信もなかった為、社交辞令かもしれないその言葉を鵜呑みにして勘違いかもしれない嬉しさを噛み締めた。

「んにゃ～。けしからんっ」

「おっ、おかぁさんっ」

「おふくろさまっ。びっくらこくからノックくらいしろよ～」

「したらびっくりしないでしょ～よっ」

「やっぱそっちか……」

「ふふっ」

「そっちかじゃにゃいっ。この浮気モノめっ」

「浮気って……。それに何その猫キャラ……」

「猫キャラ?」

「ダレが?」

「えっ?　おふくろさまだよっ。にゃいっとか言ってるだろ?」

「ん?　たかゆき……。おかぁさんそんなこと言ってないよ……」

「えっ？」

「やっぱ、たかゆきまだ疲れてるんだよ。

　ごめんね、ゆっくり休ませてあげないといけないのに……」

「大丈夫？」

　二人してまた真剣な空気になった。が、それ以上にボク自身が不安を感じていた。色んな記憶か妄想か……。現実と非現実が交錯してしまっているのだろうか……。ただ、そんな言い知れぬ不安を他所に夕方の強い陽射しも蟬の声も改めてどこか懐かしく愛おしく感じた。

「まぶしい？　カーテン閉めようか？」

「いやっ、そのままでいいよ。ありがとう」

「うん」

「ありゃりゃ～、めずらしい。暑がりの五月蠅《うるさ》がりさんがどうしたのかしらっ」

「ん～ただ、なんとなくね……。今は……このままがいい……」

「そう……」

　ボクの様子がいつもと違ったんだろうか二人ともボクをそっとしといてくれた。橙色の陽射しが柔らかくも力強く差し込んでくる。どこにでもある夏の夕刻、街の生活音も差し込む陽射しも生暖かい風やセミの声さえ切なくて、愛おしく感じた。

「マジックアワー……って言うんだっけ……」

「えっ、何？」

「ごめんっ。なんでもない……」

「マジックアワーがどうかしたの？」

「聞こえてんじゃんっ」

「あらっ、手品できるの？　たかゆきっ」

「おふくろさま、それボケ待ちでしょ……」

「……」

「無視かっ」

「ふふっ」

そんな懐かしくも、いつもなやり取りに安らぎを感じながら、この神秘的な時間を過ごした。いつの間にか部屋を訪れていた主治医の先生から、三日後の退院を告げられたが、さして何の感動もなかった。

いよいよ退院当日。三日間、特に変わったこともなく普通に怖い夜が三回、淡々と過ぎ去った。消灯前のお手洗いと速攻就寝を遂行した為、あの夜がデジャブすることはなかった。

朝食時間におふくろさまと身辺整理を済ませて迎えを待った。おふくろさまが看護師さんに呼ばれ部屋を出て十分も経たないうちに迎えが来た。えりとおやじさま、上品な方のおふくろさま皆で迎えに来てくれた。主治医の先生に話を聞きに行っているおふくろさまを待ち、全員が揃ったところで、ナースステーションに挨拶をして一階へと下り、おふくろさまが会計を済ませた。当たり前だが、芸能人や著名人などのＶＩＰと違い、出入り口までの見送りや花束進呈は勿論なく、拍子抜けする位あっさりと解き放ってくれた。病院からえりりんちまでは車で十五分ほどだ。パッと見でも分かる高級車、運転席にはおやじさまの姿があった。

「えりっ、これ。土足厳禁だったっけ？」

「まさかぁ〜。そのままでいいぞ〜」

えりに小声で聞いたら、おやじさまが答えた。ボクは助手席に呼ばれ、女性三人が後部座席に座った。軽い日常的な笑いの中、車が動き出した。車内は、当たり障りない世間話で盛り上がったが後ろの盛り上がり方は尋常ではなかった。途中、おやじさまの用事を済ませ四十分ほどでえりの家に着いた。お昼は、寿司を出前してくれていて、えりん家で退院祝いをしてくれた。楽しいやらめでたいやらで温かい時間がゆったりと流れた。

「たかゆき、そろそろお暇《いとま》しましょう」

「あら、夕飯も一緒にどう？」

おふくろさまが口を開くと、すぐさま、もう一人の上品な方のおふくろさまからお誘いがきた。

「うんっ、それがいい。ここんとこ一緒に過ごすこと減ってきてたし、いい機会だからそうしよう。大勢で食べると美味しいしねっ。なっ、えりっ」

「あぁ〜、大賛成っ」

社交辞令じゃない便乗をしたのはおやじさまで、何の躊躇もなく即答したのはえりだった。その好意に素直に甘えるというか、しっかりと空気を読めるのはおふくろさまの得意分野だ。

「少しは遠慮を……」

そう呟いた瞬間、おふくろさま以外の全員から全否定された。結局、そのまま楽しい二次会が始まった。いつ頼んだのか、実は既に昼と一緒に頼んであったのか丁度いい時間帯に三種類のピザと絶対食べきれないと断言できるほどの大きさのオードブルが届いた。その無茶苦茶な料理のボリュームに本当に喜んでもらってるんだと嬉しくなった。事故前後の話や入院中の恐怖体験、ボクやえりが小さい頃の話で、普通に気を遣うことなく盛り上がった。

「今度こそ、お暇するわよ、たかゆきっ」

「うんっ」

大人の事情ではない社会人の常識がすんなりと楽しいお祝いをお開きにした。

「また来いよっ、たかゆきっ」

「うんっ……あっ、はいっ」

「ん？　はい？　どうした？　熱でもあるのか？」

「あらっ、そうなの？」

おやじさまの言葉に上品な方のおふくろさまが速攻、ボクのおでこにおでこを当てようとしてきた。

「あっ……」

あまりの恥ずかしさに反射的に身を引こうとしたボクの肩を、優しく引き寄せておでこを当てがった。

「どらっ、パパもっ」

「こ～らっ。じっとなさいな。ん～、熱はなさそうね」

「えっ」

「ははっ、冗談だよっ。びっくりしたかい？」

「だっ、大丈夫っ……。ははっ」

ひきつった笑顔になってるのが自分でも分かる。それはそれで恥ずかしかった。

「まったくっ、お父さんっ。たかゆきをからかわないでっ」

「そうよ～あなた」

「お母さんが一番楽しんでたでしょっ」

「え～。分かっちゃったぁ？」

「二人ともぉ～。ごめんね、たかゆきっ」

「いやっ、全然大丈夫」

「いや～暫く会わないうちに大人になったんだなぁと思ってな。感無量だよっ、パパはっ」

「そうよ～、親としては子供の些細な変化も気になるモノよ～」

「ははっ」

ボクの再三の苦笑いすらおふくろさまは静観していた。あれはきっと傍観者として楽しんでるに違いない……。

「もうっ、おかぁさんもたかゆきも疲れるでしょ～。サクッとお開きっ」

ほんわか間延びしそうな空気をえりが良い雰囲気のまま一刀両断した。竹を割ったかのような潔い挨拶を交わし、ボクらはえりん家を出た。目と鼻の先に家があるにもかかわらず三人で道路まで出て見送ってくれた。ボクらが玄関近くに着いたところで、三人とも手を振って家に戻っていった。

「えりのおやじさまもおふくろさまも、あんなキャラだったたっけ？」

「よほど嬉しかったんでしょうね。あんなに気にしてもらえて幸せね、私達……」

「そだね……」

「ところでたかゆき、何かひっかかってることでもあるの？」

「えっ？　どうして……」

「ん～ん……なんとなく……」

「そっか……。おふくろさまには、やっぱ伝わっちゃうのかね～」

「い～えっ。えりちゃん達もよ……」

「ん？　えりたち？」

「ええ。みんなも、うすうす気付いてるわよ」

「そんなにいつもと違った？」

「何て言えばいいのかしら……。目……かしら……」

「魚の腐ったような目とか……」

「ふふっ……。違うわよ……」

「冗談だよ……」

「えぇ……」

いつものつっこみどころをわざわざ用意したにもかかわらずおふくろさまがスルーしたことで、若干、調子が狂ったが、真剣な話なんだと分かった。

「そう……なんだ……、みんなには分かっちゃうんだ……。

オレにも分かんないんだけどさ……。

何か……、何か大切なことを忘れてるような気がして……。

胸に何か大きな穴が空いてる感じがするんだ……。

考えても、思い出そうとしても全然分からなくて……。

気にしないようにしてたけど……それも無理で……。

父さんのことや、オレの幼少期のことが思い出せて嬉しかったり悲しかったり、それはちゃんと分かるのに、それとは違う何かが欠けてる気がして……。

事故る前に感じてたモヤモヤがやっとなくなったと思ったら、置き換えられただけだ、これじゃ……。でも、不安はないかな。

　また逢えそうな気もするし……」

「逢える？」

「逢える？」

「あなたが言ったのよ、逢えそうな気もするって」

「えっ？　オレそんなこと言った？」

「ええ」

「誰に？」

「私が知るかいっ」

　いつものテンポの良いつっこみに、なぜか心の底から安堵した。

「確かにっ……。でも、逢えそうな気がするって……どういうことだ？　しかも誰に？……」

「さぁ……でも、無意識で出た言葉なら記憶のどこかにはあるんじゃないの？　その記憶……」

「うん……」

「気長に待ちなさい。いずれ分かるわよ、きっと……」

「うん……」

　改めて気付くと自分家の玄関先だった。久しぶりの我が家……。なんだか一気に脱力した。『帰ってきた』という当たり前の感覚と『還ってきた』という実感にも似た感覚がボクを困惑させた。ここがボクの世界……。ボクのいるべき場所……。世界……？　場所……？　そんなキーワードのような言葉が連呼される中、おふくろさまの言葉がフェードアウトした。

「先入っとくわよ」

いつかどこかで逢えるだろう誰か……、もどかしさと期待感が混在したままだが、きっと逢える……。そう根拠のない確信に近い感覚が不安を消し去った……。

「たかゆきっ」

「何？　父さん…………。えっ？」

「だれが父さんじゃいっ。こんなルリカケスのような声をつかまえてっ」

「……おふくろさま……」

ボクの様子を見ておふくろさまが母親になった。

「まだ朦朧としてるの？　大丈夫？」

「いや……だいぶはっきりしてる……」

「なのに……父さんの声に聞こえたの？」

「いやっ、違うよ。聞こえたんじゃなくて、父さんだったんだ。声も、口調も気配も……」

「そう……」

さっきのは、明らかにボクの記憶に残っている父さんのそれでしかなかった。

「……うん」

「さぁ〜、もう家に入んなさいっ」

気を遣ったのか、面倒臭かったのか、それ以上は何も聞かずに重苦しくなりそうな空気をいつものおふくろさまが一掃した。

「うんっ」

今までの不可思議な出来事は父さんと何か関係があるんだろうか……。そうこう考えていると一瞬、軽い頭痛が走った後、何かがフラッシュバックした。

「今の……」

どこかで見たことある景色と人影らしきいくつかのシルエットが懐かしさを纏って幾度も幾度もボクをすり抜けた。

「……っ」

不意に右手に違和感を覚え、恐る恐る指を開くと、病院でなくなったあのカプセルがそこにあった……。思いがけない邂逅《かいこう》の瞬間だった。

「あっ……」

次の瞬間、大きな衝撃が体を襲った。ただ、体感できる痛みは一切なくその代わりに、染み渡り満たされていくのを感じた。拭い去られるように記憶が露になる。霞みがかった片鱗がその全貌を現した。

「思い……出した……」

込み上げる想いと記憶が不完全だったボクを全力で満たした。一瞬、許容できないほどの感覚が押し寄せたが彼らの存在がそれを収束してくれた。

「……アル……みんな……」

魂魄界での全てが、明確に燦然《さんぜん》と蘇った。ボクの想像の世界という朧な感覚ではなく五感を刺激するリアルな世界観。人間界の現実と何ら変わらない確かに存在する世界……。胸に空いていた風穴がウソのように傷跡すら残さず消え失せていた。

「ふぅ……」

安堵の溜息と共に温かい安らぎが胸の奥から満ち溢れながらも、その感情が強烈な郷愁へと変わった。人間界で事故にあい、昏睡した状態で覚醒した世界……魂魄界。ボクが創り出した世界……。ボクの都合で、ボクの隔壁内で、ボクの深層心理で生まれ、育まれた理想世界。

そんな亜空間のような異世界で、友との出会いや経験を重ねて、時には寄り道しながらもボクがボクの中で見つけた一つの答え……。


『ボクは……いつだって独りじゃなかった……』

勿論、ボクだけじゃない。生きとし生けるものは全てそうだ。現実、簡単にそう実感などできることではないが……人はそんなに強くはない。が、自分で思っているほど弱くもない。無限の可能性を秘めつつ、行く先を探し求める無限迷宮のような人生を彷徨う。場合によっては、行き先を見出せないこともあるだろうし行き先を定めても、途中で見失うこともあるだろう。すぐにたどり着ける人もいるだろうし、一生捧げてもたどり着けない人もいるだろう。皆、そんな手探りの模索の中、微かな希望と大きな夢を胸に無意識に地道な一歩を刻んでいる。この世界は、自分の思い一つでいろんな色を帯びその色は人の数、想いの数だけ存在して、正解がない代わりに間違いもない。出した答えが未来を粛々《しゅくしゅく》と模っていく。自分以外の誰かに影響受けたとしても、たとえ、何かに導かれたんだとしても自分を模っていくのは自分自身……。今、この瞬間からだって変われるんだ。良くも悪くもボクだって、いや誰だって必ず訪れるきっかけに気付き、そこにちょっとの勇気さえ持てればそれが希望の、新しい未来の始まりなんだ。新しい自分。新しい世界。きっかけから生まれる進化。ノア族が言ってたようにこの人間界すら本当に通過点なのかもしれない。この先の世界へ進む為の……。そんな世界があるかないかなんて分からないけど、もし、次の世界が存在するとしても、今のボクにはこの世界こそが現実。限られた時間しか存在できないこの世界が……。現実と理想の狭間でボクらは生きている。これからも紆余曲折、いろんなことがあるだろう。落ちこむことも、挫けそうになることもきっとあるだろう。でも、なんとなく……ほんと漠然とだけど進めそうな気がする。一歩ずつ、地道に焦らずに……だってボクは、『ボクら』だから……。

見上げると、少し淀んだ夜空に微かに星が瞬いて見えた。

「たかゆき～早く家に入りなさぁ～い」

聞き慣れた小声が響いた。

「ほ～いっ……んっ？」

無意識に返事をしたが、声をかけてきたのはおふくろさまではなく、二階の窓で頬杖しながらボクを見ていたえりだった。

「って……えりかいっ」

「自分会議の続きは部屋でしなさ～いっ」

「あ～。今、ちょうど終わったとこ。それでね……思い出したんだ。はっきりと……」

「えっ？　そうなの？」

「うん」

「そっかぁ～……良かったねっ」

「あぁ。明日……教えるよ……」

「ほんとっ？　いいの？」

「勿論」

「わぁ～、うれしぃ～。すっごく楽しみっ」

「そう？」

「勿論だよぉ～」

「そっかぁ……。じゃ～明日なっ」

「うんっ」

「おやすみっ」

「おやすみぃ～」

精一杯の小声で交わした約束がテンションを上げた。

「楽しみ……か……へへっ」

みんな……いいよね。えりだけだから……。

玄関を開けると、心配してたのか、はたまた、待っててくれたのか、おふくろさまが仁王立ち……ってこれじゃ怒ってるか……。今までにないくらい優しい笑顔で静かに出迎えてくれた。

「おかえり……」

一瞬、おふくろさまの肩を抱いた笑顔の父さんが見えた気がした。

「ただい……ま……」

おふくろさま、そして……父さん。

「ん？　……ん？　あり？　……アル……？」

「……？　……パル……ポルン……」

「俺らがいるってことは……」

「たかゆきが、また迷子になってるようだね……」

「しょ～がね～なぁ～あいつわっ。あ～～～～しょ～～～がね～～～～～～」

「ふっ。その割にえらく嬉しそうじゃないか、パルポルン」

「そういうお前だって顔がにやけてんぞっ」

「そっ……そうかい」

「それにしても、今帰ったばっかでナニしてんだあいつは……」

「ふふっ……」

「とにかく探すかっ」

「そうしようっ」

「またパンさんのとこに裸で転がってたりしてな……」

「おいおい……ふっ」

終わり

著者プロフィール

アルセーヌ・エリシオン

本名：生駒貴博
鹿児島県出身在住。

カバーイラスト：MARK iii
イラスト協力会社：株式会社ラポール イラスト事業部

ポムポム ～ボクらの知らない虹色世界～

2021年9月5日　初版第1刷発行

著　者　アルセーヌ・エリシオン
発行者　瓜谷 綱延
発行所　株式会社文芸社
〒160-0022　東京都新宿区新宿1－10－1
電話　03-5369-3060（代表）
03-5369-2299（販売）

印　刷　株式会社文芸社
製本所　株式会社MOTOMURA

ISBN978-4-286-22920-1